아노말리

아노말리

에르베 르 텔리에 장편소설

이세진 옮김

민음사

그대가 꿈을 꾼다고 말하는
나 또한 꿈속에 있네.

• 장자

진정한 염세주의자는
염세주의자가 되기엔 너무 늦었음을 안다.

• 빅토르 미젤,『아노말리』

차례

—

1부

하늘처럼 검은
(2021년 3월~6월)

9

●

2부

삶은 한낱 꿈이라고들 하네
(2021년 6월 24일~6월 26일)

189

●

3부

무(無)의 노래
(2021년 6월 26일 이후)

305

—

1부

하늘처럼 검은
(2021년 3월~6월)

인식, 지성, 심지어 천재성까지도 늘 뛰어넘는 기막힌 것이 있으니,

그것이 바로 몰이해다. • 빅토르 미젤, 『아노말리』

블레이크

누군가를 죽이는 것, 그건 아무것도 아니다. 관찰하고, 감시하고, 숙고해야 한다, 아주 많이. 그리고 때를 보아 빈틈을 파고든다. 그렇다. 빈틈을 파고들어야 한다. 우주가 쪼그라들도록, 쪼그라들다 못해 총부리나 칼끝에 응집되도록 애를 써야 한다. 그게 전부다. 의문을 품지 말 것, 분노에 쓸려 가지 말 것, 매뉴얼을 선택할 것, 조직적으로 행동할 것. 블레이크는 이것을 할 줄 아는 사람이다. 워낙 오래전부터 그래왔기 때문에 언제부터 그렇게 됐는지조차 모른다. 나머지는 나중에, 그냥 저절로 할 수 있게 됐다.

블레이크는 타인들의 죽음으로 삶을 꾸려 나간다. 훈계 따위는 부디 집어치워라. 누군가 윤리를 따지고 든다면 그는 통계로 답할 준비가 되어 있다. 블레이크의 변(辯)은 이렇다. 보건부 장관이 예산을 삭감하면 여기서는 스캐너를 못 쓰고 저기서는 의사가 부족하고 또 어디서는 소생술을 못 하니, 우리가 알지 못하는 허다한 사람들의 명줄이 그만큼 짧아질 것이다. 책임은 있으나 죄는 없다는, 흔해 빠진 타령. 블레이크는 그 반대다. 어쨌든 블레이크에게는 변명이 필요 없다. 그는 개의치 않는다.

살인, 그건 소명이 아니라 기질이다. 어떤 정신 상태라고 말해도 좋다. 블레이크는 열한 살이고 이름이 블레이크가 아니다. 그는 엄마 옆, 푀조 자동차의 조수석에 앉아 보르도 인근 지방 도로를 지나고 있다. 차의 속도는 그리 빠르지 않은데 갑자기 개 한 마리가 도로를 건넌다. 충격이 일어나고 차의 진행 방향이 살짝 꺾인다. 엄마가 비명을 지르며 브레이크를 세게 밟고, 자동차가 지그재그로 궤적을 그리고, 엔진이 멈춘다. 차 안에 있으렴, 우리 아들, 세상에, 너는 차 안에 있어. 블레이크는 말을 듣지 않고 엄마를 따라 내린다. 개는 털빛이 회색인 콜리 종이다. 차에 들이받힌 앞가슴에서 흘러내린 피가 갓길을 적셨지만 개는 죽지 않았고, 아기가 칭얼대듯 신음한다. 엄마는 질겁해서 사방으로 허둥댄다. 블레이크의 눈을 손으로 가린 채 두서없이 뭐라고 우물대면서 구급차를 부르려고 한다. 엄마, 저건 개잖아요, 그냥 개예요. 갈라진 아스팔트 도로 위에서 콜리견이 헐떡거린다. 다친 몸뚱이를 기이한 각도로 튼 채 쓰러져 꿈틀거린다. 그 요동도 차차 잦아든다. 개는 블레이크가 보는 앞에서 죽어 간다. 블레이크는 개의 생명이 떠나가는 모습을 호기심 어린 눈으로 응시한다. 끝났다. 소년은 슬픔을 약간 흉내 내 본다. 어머니가 충격받을까 봐 슬픔은 이런 것이려니 하는 상상 속 모습을 흉내 내지만 실은 아무 느낌도 없다. 엄마는 작은 사체 앞에서 얼어붙었다. 블레이크는 슬슬 안달이 나서 엄마의 옷소매를 잡아당긴다. 엄마, 가요, 여기 있어서 뭐 해요, 개는 죽었어요, 우리 그만 가요, 나 축구 교실 늦어요.

살인, 그건 능력이기도 하다. 찰스 삼촌이 사냥에 데려간 날, 블레이크는 살해에 필요한 모든 능력을 스스로에게서 발견한다. 총 세 발에 토끼 세 마리, 일종의 천부적 소질이다. 그는 잽싸고 정확하게 겨냥한다. 너절한 고물 기병총, 조정이 잘 안 되는 소총에도 잘 적응한다. 장터 축제에서 여자아이들이 그를 졸졸 따라다닌다. 아, 제발, 나 기린 인형 갖고 싶어, 코끼리, 게임보이, 응, 그래, 또 해 줘! 그러면 블레이크는 인형이나 게임기를 받아 나누어 준다. 그는 사격장에서 공포의 대상이 되지만 나중에는 신중하게 처신하기로 작정한다. 블레이크는 찰스 삼촌에게 배운 것, 노루 목을 따거나 토끼의 각을 뜨는 일도 아주 좋아한다. 삼촌하고 마음이 얼마나 잘 맞았는지. 살해에서 쾌감을 얻는 게 아니다. 부상한 동물의 목숨을 끊는 일은 재미가 없다. 그런 변태적인 짓을 좋아하는 건 아니다. 재미있는 것은 기술적인 손놀림, 반복을 거듭해 물 샐 틈 없이 완벽해진 루틴이다.

블레이크는 스무 살이고 리포브스키, 파르사티, 마르탱 같은 지극히 프랑스인다운 이름으로 알프스 근처 소도시의 호텔 학교에 들어갔다. 선택지가 없었을 거라는 생각은 하지 마시길. 그라면 무엇이든 할 수 있었을 것이다. 그는 전자 공학을 좋아했고 프로그래밍도 좋아했고 언어, 가령 영어에도 재능이 있어서 런던에서 석 달 어학연수를 받은 것만으로도 악센트도 거의 없이 영어로 술술 말했다. 그러나 블레이크는 무엇보다 요리를 좋아한다. 레시피를 구상하며 보내는 멍한 시간 때문이다. 그럴 때 시간은 서두르지 않고 천천히 흐른다. 주방의 정신없는 열기 속에서도 냄비에서 버터가 녹고 흰 양파가 졸아들고 수플레가 부풀어 오르는 것을 지켜보는 차분한 시간. 그는 냄새와 양념을 좋아한다. 접시 하나에 조화로운 배색과 풍미를 빚어내기를 좋아한다. 그는 호텔 학교에서 가장 우수한 학생이 될 수도 있었을 것이다. 하지만 정말이지, 젠장, 리포브스키(또는 파르사티, 또는 마르탱), 손님한테 좀 싹싹하게 굴면 무슨 큰일이라도 나? 이건 서비스직이라고, 서비스직, 리포브스키(또는 파르사티,

또는 마르탱)!

어느 날 저녁, 만취한 사내가 술집에 와서 사람을 죽이고 싶다고 말한다. 직장 문제라나, 여자 문제라나, 하여튼 그럴 만한 이유가 있다. 하지만 블레이크에게 그런 건 상관없다.

"돈 주면 할 거지?"

"미쳤군." 블레이크가 대꾸한다. "완전히 미쳤어."

"돈을 낼게, 아주 많이."

그가 제시한 금액은 0이 세 개다. 블레이크는 웃는다.

"안 해. 지금 장난해?"

블레이크는 천천히, 시간을 들여 느긋하게 술을 들이켠다. 사내는 바에 엎드려 있다. 그가 사내를 흔들어 깨운다.

"잘 들어, 그 일을 해 줄 만한 사람을 알아. 금액은 아까의 두 배야. 나도 만나 본 적은 없어. 내일 접선 방법을 알려 주지. 하지만 그다음엔 나한테 입도 벙긋하지 마, 알았어?"

그날 밤 블레이크는 블레이크를 만들어 낸다. 앤서니 홉킨스가 나오는 「레드 드래곤」을 보고 윌리엄 블레이크의 작품을 읽어 봤는데 마음에 드는 시가 한 편 있었기 때문이다. "위험한 세상으로 나는 뛰어들었지/무력하게, 벌거벗은 채, 빽빽 울면서/구름 속에 숨은 악마처럼." 게다가 블레이크는 블랙과 레이크, 검은색과 호수의 조합이다. 멋지지 않은가.

바로 다음 날, 북미의 한 서버에 제네바의 웹 카페에서 개

설된 blake.mick.22라는 이메일 주소가 등록된다. 블레이크는 모르는 사람에게 중고 노트북 한 대를 현금으로 사고 낡은 노키아 핸드폰, 선불 카드, 카메라, 망원 렌즈도 마련했다. 일단 장비가 마련되자 견습 요리사는 '아직도 여기로 연락이 되는지는 잘 모르겠다.'는 말과 함께 사내에게 블레이크의 연락처를 건네고는 기다린다. 사흘 뒤, 바의 사내가 지나치게 기교를 부린 메일을 보내온다. 경계하는 눈치다. 질문이 많고, 철갑의 빈틈을 찾는다. 때로는 답 메일이 하루 이틀 있다가 온다. 블레이크는 표적, 조달해야 할 장비, 실행에 걸리는 시간에 대해 말한다. 그런 신중함으로 사내를 안심시킨다. 그들은 합의에 도달하고, 블레이크는 약속된 금액의 절반을 선금으로 요구한다. 그 금액만 해도 0이 네 개다. 사내가 '자연스럽게' 죽은 것처럼 보이면 좋겠다고 하자 블레이크는 두 배를 부르고 한 달을 요구한다. 상대가 프로라고 확신한 사내는 모든 조건을 수용한다.

블레이크는 자신의 첫 살인을 설계한다. 그는 극도로 꼼꼼하고, 신중하며, 상상력도 있다. 영화도 많이 보았다. 살인 청부업자들이 할리우드의 시나리오 작가들에게 얼마나 많은 도움을 받고 있는지. 그는 경력을 시작할 때부터 사례금과 계약 관련 정보를 비닐봉지에 넣어 자기가 지정한 장소에 두고 가게 한다. 버스 안, 패스트푸드 매장, 공사장, 쓰레기통, 공원 같은 곳에. 너무 외진 곳은 되레 눈에 띌 가능성이 있고, 너무 붐비는 곳은 접선 상대를 찾기 힘드니 피할 것이다. 블레이크는 약속 장소에 미리 가서 주위를 살필 것이다. 장갑, 후드, 모자, 안경 따위를 착용하고, 염색을 하고, 가발 쓰는 법을 익히고, 뺨을 홀쭉하게 하거나 부풀리고, 모든 나라의 자동차 번호판 수십 개를 확보할 것이다. 칼 던지는 법, 거리에 따라 달라지는 하프 스핀과 풀 스핀, 폭탄 제조법, 해파리에서 사후 검출되지 않는 독을 추출하는 방법에도 차차 눈을 뜰 것이다. 브라우닝 9밀리미터 권총과 글록 43 권총을 몇 초 만에 해체, 조립할 수 있게 되고, 총기는 추적 불가능한 비트코인으로 구매할 것이다. 다크 웹에 자기 사이트를 개설할 것이고, 그 바닥이 그에겐 게임 판 같을 것이다. 모든 것의 튜토리얼이 인터넷에 존재하므로, 그저 찾기만 하면 된다.

그의 표적은 50대 남성이다. 블레이크는 그의 사진과 실명을 받았지만 표적을 켄이라고 부르기로 한다. 맞다, 바비 인형의 남자 친구 켄이다. 좋은 선택이다. 켄은 블레이크에게 완전한 인간 존재로 받아들여지지 않을 수 있다.

켄은 혼자 산다. 벌써부터 블레이크는 예감이 좋다. 애가 셋 딸린 기혼 남성이면 기회를 만드는 것 자체가 쉽지 않기 때문이다. 그 나이에 자연스럽게 죽은 걸로 보이려면 선택의 여지가 별로 없다. 자동차 사고, 가스 유출, 심장 마비, 우발적 낙상. 이야기는 끝났다. 자동차 브레이크나 핸들에 장난치는 수법에 관해서는 아직 노하우가 없다. 심장 마비를 유도하는 염화칼륨을 손에 넣는 방법도 모른다. 가스 질식도 영 아닌 것 같다. 낙상으로 가자. 일 년에 낙상으로 죽는 사람이 일만 명쯤 된다. 주로 노인들이 그렇게 사망하지만 어떻게든 처리하면 된다. 켄이 운동선수처럼 건장한 건 아니지만, 몸싸움은 애초에 고려 대상이 아니다.

켄은 안마스 근처에 위치한 침실 두 개짜리 아파트 1층에 산다. 블레이크는 석 주를 관찰과 설계로만 보낸다. 선금으로 낡은 르노 소형 트럭을 사서 시트, 매트리스, 조명용 보조 배터리 등을 어설프게나마 장착했다. 그런 다음 그 아파트가 내려다보이는 한적한 주차장에 자리를 잡았다. 이제 그는 그 집 안을 들여다볼 수 있는 시야를 확보했다. 켄은 매일 아침 8시 30분에 스위스 국경을 넘었다가 저녁 7시에 귀가한다. 주말에는 가끔 여자가 온다. 10킬로미터 떨어진 본빌에서 프랑스어 교사로 일하는 여자다. 화요일이 일과가 가장 규칙적인 날, 예측이 쉬운 날이다. 화요일에 켄은 일찍 귀가했다가 바로 체육관에 간다. 두 시간 뒤에 돌아와 이십 분쯤 욕실에 머물고, 텔레비전을 보면서 저녁을 먹고, 컴퓨터를 좀 하다가 잠자리에 든다. 그러니 화요일 저녁으로 한다. 고객에게 암호 메시지를 보낸다. '월요일 저녁 8시?' 하루 뒤, 두 시간 뒤에 처리하겠다는 뜻이다. 의뢰인은 화요일 밤 10시에 확실한 알리바이를 만들 것이다.

디데이 일주일 전 블레이크는 켄의 집으로 피자를 배달시킨다. 배달원이 초인종을 누르자 켄은 망설이지 않고 문을 열어 주고, 무슨 일이냐고 묻고는 깜짝 놀란다. 배달원이 피자 상자를 들고 그냥 간다. 블레이크로서는 그 뒤는 볼 것도 없다.

그다음 주 화요일, 블레이크가 피자 상자를 들고 직접 그곳에 나타난다. 그는 한산한 거리를 잠시 살피고는 미끄럼 방지 덧신을 신고 장갑을 확인한다. 켄이 샤워를 마치고 나올 때 벨을 누르기 위해 잠시 기다린다. 가운 차림으로 문을 연 켄은 블레이크의 손에 들린 피자 상자를 보고 한숨을 쉰다. 하지만 그가 무슨 말을 하기도 전에 빈 상자가 바닥에 떨어지고, 블레이크가 전기 곤봉 두 개를 그의 가슴팍에 대고 짓누른다. 켄은 바로 무릎을 꿇고, 블레이크는 그와 함께 몸을 굽히면서 상대가 움직이지 않을 때까지 십 초 정도 계속 누른다. 업자가 800만 볼트라고 했다. 곤봉 하나를 가지고 스스로 테스트도 해 봤는데 의식을 잃을 뻔했다. 블레이크는 입가에 거품을 흘리며 신음하는 켄을 욕실로 질질 끌고 가 한 번 더 전기 충격을 가한다. 그다음엔 단번에

우악스럽게 켄의 관자놀이께를 양 손바닥으로 잡고 머리통을 들어 올렸다가 — 코코넛으로 열 번 연습한 대로 — 온 힘을 다해 내리친다. 켄의 두개골이 욕조 모서리에 부딪치고 그 충격으로 다이아몬드 모양의 타일이 깨진다. 매니큐어처럼 끈끈하고 시뻘건 피가 금세 퍼지며 뜨뜻한 쇠 냄새를 풍긴다. 어안이 벙벙한 듯 벌어진 입, 천장을 향해 크게 뜬 눈. 블레이크가 그의 가운을 들춰 본다. 전기 충격은 아무 흔적도 남기지 않았다. 블레이크는 비운의 미끄러짐과 중력의 작용을 나름 계산해서 시체로 하여금 가장 그럴듯하다고 생각되는 자세를 취하게 한다.

자기 솜씨에 감탄하면서 몸을 일으키는데, 희한하게 오줌이 너무 마렵다. 블레이크로서는 그런 건 생각해 보지 않았을 것이다. 영화 속 킬러는 오줌을 누지 않으니까. 요의가 어찌나 급박한지 나중에 닦는 한이 있더라도 변기에 눠 버릴까 싶다. 하지만 경찰이 똑똑하거나 그저 체계적이기만 해도 수사 절차에 따라 DNA를 발견할 것이다. 그럴 수밖에. 어쨌든 블레이크의 생각으로는 그렇다. 그래서 방광이 터질 것 같은데도, 괴로움에 인상을 쓰면서 계획대로 밀고 나간다. 비누를 집어 켄의 발뒤꿈치에 세게 문지르고 바닥에 눌러 흔적을 만든다. 비누가 미끄러진 방향을 가정해서 던진다. 비누가 튀어 가더니 변기 뒤에 멈춘다. 완벽하다. 수사관이 저 비누를 발견하면 수수께끼가 풀렸다고 좋아하겠지. 블레이크는 수온을 최대치로 높이고 샤워기 헤드를 시체의 얼굴과 상반신에 조준한다. 김이 풀풀 나는 뜨거운 물이 몸에 닿지 않도록 조심하면서. 그런 다음 욕실에서 나온다.

창가로 달려가 커튼을 치고, 마지막으로 실내를 점검한다. 켄의 몸뚱이를 끌고 간 흔적은 없다. 핏빛이 은은하게 비치는 물이 마루판까지 잠식하기 시작한다. 컴퓨터가 켜져 있고, 화면에는 영국식 잔디밭과 꽃이 만발한 화단 사진들이 떠 있다. 켄은 화초를 즐겨 가꾸는 사람이었나. 블레이크는 그 건물에서 나와 장갑을 벗고, 200미터 떨어진 곳에 세워 둔 스쿠터까지 서두르지 않고 걷는다. 시동을 걸고 1킬로미터쯤 간 뒤, 마침내 소변을 보려고 멈춘다. 염병할, 검은 면 덧신을 아직까지 신고 있다.

이틀 후 켄의 직장 동료가 연락이 되지 않는다고 경찰에 신고하고, 경찰은 사뮈엘 타들러의 사고사를 발견할 것이다. 블레이크는 그날 바로 잔금을 받는다.

이 모든 일은 아주 오래전에 일어났다. 그 후로 블레이크는 두 개의 삶을 꾸려 왔다. 이쪽 삶에서 그는 보이지 않는 자, 스무 개의 성(姓)과 그만큼 많은 이름, 그만큼의 온갖 국적의 여권을 소지한 자다. 진짜 생체 인증 정보들도 있다. 아무렴, 생각보다 쉬운 일이다. 저쪽 삶에서 그는 조라는 이름으로 파리에 본사를 둔 멋진 회사를 꽤 오래 운영해 왔다. 채식 요리를 집으로 배달해 주는 회사인데, 보르도와 리옹에 지점을 두었고 지금은 뉴욕과 베를린에도 지점이 있다. 동업자 플로라는 그의 아내이기도 하다. 그들의 두 아이는 아빠가 출장을 너무 자주, 너무 오래 간다고 불만이 많다. 사실이 그렇긴 하다.

★

2021년 3월 21일
뉴욕주, 쿼그

3월 21일, 블레이크는 출장 중이다. 보슬비를 맞으며 축축한 모래 위를 달린다. 긴 금발, 반다나, 선글라스, 노란색과 파란색의 운동복, 조깅하는 사람으로 위장한 숨겨진 삶. 그는 열흘 전에 오스트레일리아 여권을 들고 뉴욕에 왔다. 대서양을 넘어오는 비행이 어찌나 흉흉했던지, 그는 자신에게 마지막 때가 온 게 아닌가, 하늘이 그동안의 모든 청부 계약에 앙갚음을 하는 것이 아닌가 생각했다. 끝이 보이지 않는 에어홀 속에서 금발 가발이 벗겨질 뻔하기까지 했다. 그가 쿼그 해변의 회색 하늘 아래, 가격이 천만 달러에 달하는 너절한 집들 앞에서 3킬로미터씩 조깅을 한 지도 벌써 구 일 째다. 인간들은 모래 언덕을 옮겨 놓고 이곳에 듄 로드라는 이름을 붙였다. 바다를 혼자 소유한다는 집주인의 환상이 다치지 않도록, 집집마다 이웃집에서 보이지 않게 전나무와 갈대를 잔뜩 심어 놓았다. 블레이크는 짧은 보폭으로 서두르지 않고 달린다. 그러나 매일 같은 시각에 근사한 단층집 앞에 멈춰 선다. 커다란 통유리창이 있고 세쿼이아 널판으로 마감한 그 집은 테라스에서 계단을 통해 바다로 연결된다. 그는 숨이 차는 척하며 한쪽 옆구리가 결리는 듯 몸을 완전히 숙이고, 매일 그러듯 멀리 보이는 사내를 향해 고개를 들고 손 인사를 한다. 다소 통통한 50대 남자가 차양 아래 난간에 팔을 괴고 커피를 마시고 있다. 옆에는 그보다 젊은, 짧은 갈색 머리의 키 큰 남자가 있다. 그는 약간 뒤쪽, 널판으로 마감한 벽을 등진 채 근심 어린 얼굴로 모래톱을 바라보고 있다. 겉으로 보이지는 않지만 재킷 안의 권총 케이스 때문에 옷 왼쪽이 불룩하다. 오른손잡이로군. 오늘, 이번 주 들어 두 번째로 블레이크는 웃으면서 그들에게 다가간다. 금작화와 키 작은 풀 사이 모래가 깔린 길을 따라서.

블레이크는 계산된 동작으로 기지개를 켜고, 하품을 하고, 백팩에서 수건을 꺼내 얼굴을 닦는다. 그리고 물통을 꺼내어 차가운 차를 쭉 들이켜고, 나이 든 쪽이 말을 걸어 오기를 기다린다.

"안녕하시오, 댄. 잘 지내시는지?"

"안녕하세요, 프랭크." 댄-블레이크는 여전히 숨이 차고 쥐가 나는 척하며 인상을 찡그린다.

"뛰기에는 날씨가 영 아니네요." 남자는 일주일 전 그들이 처음 봤을 때부터 회색 콧수염과 턱수염을 밀지 않고 있다.

"영 아니죠, 그래도 뭐." 블레이크가 이렇게 대꾸하면서 그들과 5미터쯤 떨어진 곳에 멈춰 선다.

"오늘 아침 오라클 주가 흐름을 보니 당신 생각이 납디다."

"그 얘긴 하지 말죠. 내가 앞으로 일어날 일을 예견할 수 있다는 거 알아요, 프랭크?"

"모릅니다만?"

블레이크는 수건을 정성스레 접어 백팩에 넣고, 수통도 정성스레 집어넣는다. 그리고 냅다 권총을 꺼내 득달같이 젊은 쪽을 향해 세 발을 내리 쏜다. 젊은 남자는 총격에 뒤로 나가떨어져서는 벤치에 쓰러진다. 이어서 어안이 벙벙한 얼굴의 프랭크에게 세 발을 쏜다. 프랭크는 소스라칠 겨를도 없이 무릎이 꺾이고, 난간에 기댄 채 꼼짝하지 못한다. 양쪽 모두 두 발은 가슴에, 한 발은 이마 정중앙에 맞았다. 단 일 초에 여섯 발, P226 권총에 소음기를 달긴 했지만 어차피 파도 소리에 다 묻혔다. 한 건 더 처리했을 뿐, 감흥은 없다. 10만 달러를 쉽게 벌었을 뿐.

블레이크는 지크 자우어 사(社)의 권총을 가방에 넣고 모래에 떨어진 여섯 개의 탄피를 줍는다. 쓰러진 경호원을 보니 한숨이 나온다. 또 어떤 회사가 주차 요원들을 채용해서 두 달 교육하고 아마추어 상태로 실전에 투입했군. 이 가엾은 놈이 일을 제대로 했다면 상관들에게 댄이라는 이름을, 멀리서 찍은 사진을, 그가 슬쩍 흘린 오라클이라는 회사 이름을 보고했겠지. 그들이 댄 미첼이라는 사람은 오라클 뉴저지 물류팀 차장이다, 긴 금발 머리더라, 라고 확인해주었을지도. 댄 미첼은 블레이크와 제법 닮았다. 기업 조직도를 수십 장 뒤지고, 수천 장의 얼굴 사진 중에서 나름 엄선했으니 말이다.

블레이크는 다시 뛰기 시작한다. 빗발이 굵어지고 그의 발자국은 지워진다. 토요타 렌터카가 200미터 떨어진 곳에 있다. 번호판은 지난주에 브루클린에서 찍은 동일 모델 차량과 똑같은 것으로 맞췄다. 다섯 시간 후 그는 새로운 신원 정보로 런던행 비행기를 탈 것이고, 파리행 유로스타로 갈아탈 것이다. 돌아가는 비행이 열흘 전의 파리-뉴욕 간 비행만큼 고달프지만 않다면 완벽할 텐데.

블레이크는 프로가 되었다. 이제 일하는 중에 소변이 마렵진 않다.

★

2021년 6월 27일 일요일, 11시 43분
파리, 라탱 구역

블레이크에게 물어보라, 생제르맹 최고의 커피를 마실 수 있는 곳은 센 거리 모퉁이의 이 바(bar)다. 블레이크가 맛있는 커피라고 하면 진짜 맛있는 거다. 맛있는 커피는 질 좋은 원두, 여과한 연수, 커피머신의 조합에서 탄생하는 기적이다. 이 바에서는 갓 볶은 니카라과 원두를 곱게 갈아서 쓰고, 매일 세척한 침발리 머신을 사용한다.

블레이크는 오데옹에서 가까운 뷔시 거리에 첫 번째 채식 식당을 연 후로 이 바의 단골이다. 모든 것에 절망할지라도 가급적 파리의 카페 테라스에서 절망하기를. 이 동네에서 그는 조로 통한다. 조나탕, 혹은 조제프, 혹은 조슈아의 조. 직원들도 그를 조라고 부른다. 기업을 소유한 지주 회사가 기록된 사업자 등록부를 제외하면 그의 실명은 어디에도 나오지 않는다. 블레이크는 늘 비밀 — 신중함이라고 해두자. — 에 집착했고, 그러길 잘했다고 생각할 이유를 매일 같이 발견한다.

이곳에서 블레이크는 경계를 푼다. 쇼핑도 하고, 학교에 아이들을 데리러 가고, 네 개 점포에 매니저를 한 명씩 두게 된 후로는 플로라와 함께 극장이나 영화관에도 간다. 평범한 생활 속에서도 몸을 다칠 수는 있다. 그래 봐야 마틸드를 조랑말에 태워 주다가 부주의로 마사(馬舍) 문짝에 눈썹뼈를 찧는 정도지만 말이다.

두 정체성은 서로 완전히 차단되어 있다. 조와 플로라는 뤽상부르 바로 옆에 있는 고급 아파트의 대출금을 상환하는 중이지만, 블레이크는 십이 년 전 파리 북역 근처에 방 두 개짜리 집을 현금으로 구입했다. 라파예트 거리에 위치한 꽤 괜찮은 집으로, 창과 문이 금고 벽처럼 엄폐되어 있다. 표면적인 임차인이 집세를 내는데 매년 이름이 바뀐다. 어차피 존재하지 않는 사람이니 어려운 일도 아니다. 그러나 아무리 조심해도 지나치지 않다.

그렇게 블레이크는 설탕 없이, 걱정도 없이 커피를 마신다. 플로라가 추천한 책을 읽는다. 지난 3월에 파리-뉴욕 간 비행기에서 그 책의 저자를 보았다는 말은 플로라에게 하지 않았다. 정오다. 플로라는 캉탱과 마틸드를 데리고 친정에 갔다. 그는 점심을 건너뛴다. 아침에 오후 2시로 약속이 잡혔기 때문이다. 어제저녁에 한 건이 들어왔다. 간단하고 보

수 좋은 일로, 의뢰인은 무척 다급한 눈치다. 늘 그랬듯 라
파예트 거리에 들러 옷을 갈아입어야 한다. 30미터 떨어진
곳에서 후드를 쓴 한 남자가 굳은 얼굴로 그를 지켜본다.

빅토르 미젤

빅토르 미젤은 매력이 없지 않다. 각진 얼굴은 오랜 세월이 흐르면서 인상이 유해졌다. 숱이 많은 머리칼, 매부리코, 가무잡잡한 피부는 카프카를 닮았다. 마흔을 넘기는 데 성공한, 좀 기운 넘치는 카프카랄까. 키와 체격이 크고, 장시간 앉아서 일하는 직업 탓에 살이 좀 붙긴 했어도 날씬한 편이다.

빅토르는 글을 쓰는 사람이다. 두 편의 소설 『산이 우리를 찾으러 올 거야』와 『놓쳐 버린 실패』가 호평을 얻고 파리에서 통하는 문학상도 받았건만, 수상을 알리는 붉은 띠지가 판매로 이어지진 못했고 몇 천 부 이상 나간 책은 한 권도 없다. 그는 비극적일 것도 없다고, 환멸은 실패의 반대말이라고 생각한다.

마흔세 살이 되기까지 작가로 십오 년을 살았지만, 문단이라는 좁은 바닥은 차표 없는 사기꾼들이 무능한 승무원들과 짜고 여봐란듯이 일등석을 차지한 우스꽝스러운 열차 같다. 겸손한 천재들은 플랫폼에 있다. 자신이 멸종해 가는 그 족속에 속한다고 생각하진 않는다. 하지만 그는 앙심을 품지 않았다. 마침내 마음 졸이지 않게 되었다. 도서전 작가 부스에 네 시간 앉아서 겨우 네 권에 사인하는 상황도 받아들이게 되었다. 비슷하게 잘나가지 못하는 작가가 간이 테이블 옆자리에 앉아 있으면 기분 좋게 한담을 나눈다. 미젤은 무심하고 차갑게 보일 수도 있는 사람이지만 어쨌든 유머가 있다는 평판을 듣는다. 하지만 정말 유머가 있는 사람이라면 '어쨌든'이라는 군말이 붙을까?

미젤은 번역으로 먹고산다. 영어, 러시아어, 그리고 어렸을 때 할머니에게 배운 폴란드어까지. 블라디미르 오도옙스키, 니콜라이 레스코프, 그 외 일반 대중은 잘 읽지 않는 19세기 작가들의 작품을 번역했다. 아무 일이나 받을 때도 있다. 가령 어느 페스티벌의 의뢰를 받아 『고도를 기다리며』를 「스타트렉」에 나오는 잔학한 외계인들의 언어인 클링온어로 옮긴 적도 있다. 은행 직원 앞에서 체면을 차리기 위해 우스꽝스러운 영미권 베스트셀러도 번역한다. 문학을 미성년자를 위한 마이너 예술로 만드는 책들. 그 일은 명망 높거나 힘 있는 출판사들의 문을 열어 주었지만 정작 그 자신의 작품 원고는 그 출판사들의 문턱을 넘지 못했다.

미젤이 미신적으로 집착하는 것이 있다. 그의 청바지 주머니에는 늘 레고 브릭이 들어 있다. 제일 흔한, 네 개의 스터드가 두 줄로 배열된 선명한 빨간색 브릭이다. 어렸을 때 그의 방에서 아버지와 함께 만들었던 성벽의 브릭. 작업장에서 사고가 일어났고, 그 모형은 미완성인 채로 그의 침대 옆에 있었다. 아이는 자주 말없이 성벽의 총안, 도개교, 작은 인형, 탑을 바라보았다. 그걸 혼자 완성하는 것도, 해체하는 것도 아버지의 죽음을 받아들이는 일이었다. 어느 날 그는 성벽에서 브릭 하나를 빼내어 주머니 안에 넣고는 성을 분해했다. 삼십사 년 전의 일이다. 빅토르는 두 번 브릭을 잃어버렸고, 두 번 다 똑같은 브릭을 새로 구했다. 처음엔 무척 슬펐고, 두 번째는 아무 느낌도 없었다. 작년에 어머니가 돌아가셨을 때 관에 브릭을 넣어 드리고 바로 새 브릭으로 대체했다. 이 조그만 빨간색 평행 육면체는 아버지가 아니다. 추억의 기념물, 부자지간의 정과 신의를 상징하는 깃발일 뿐이다.

미젤은 아이가 없다. 그는 열정에 타격을 입지는 않은 채로 이 여자 저 여자를 전전하며 실패를 거듭해 왔다. 자주

거리를 두었고, 확신이 없었고, 오래오래 같이 살고 싶은 여자를 만난 적도 없다. 어쩌면 절대 그렇게 되지 않겠다 싶은 여자들만 만나 온 건지도.

아니, 거짓말이다. 사 년 전 아를에서 열린 번역 컨퍼런스에서 '그런' 여자를 우연히 마주쳤다. 그가 '곤차로프의 유머를 번역하는 법'에 대해 한창 이야기할 때 그녀는 첫째 줄에 앉아 있었다. 그는 계속 그쪽만 보지 않으려고 애썼다. 강연 후에는 어느 편집자에게 붙잡혀서 ─ "러시아의 페미니스트 작가 류보프 구레비치의 작품을 번역할 생각은 없으세요? 선생님 생각은 어떠세요? 괜찮을 것 같지 않아요?" ─ 자리를 뜰 수 없었다. 하지만 두 시간 후 디저트를 가져가는 줄에 그녀가 미소를 지으며 오더니 빅토르 바로 뒤에 섰다. 심장은 사랑의 진실을 단번에 알아보고 큰소리로 비명을 지른다. 물론 상대에게 다짜고짜 당신을 사랑한다고 말할 순 없다. 상대는 이해하지 못한다. 그러니 이미 상대에게 사로잡힌 몸이라는 사실을 감출 요량으로 대화를 시도한다.

디저트 코너의 마지막 단계인 녹진한 쇼콜라 퐁당까지 가서 빅토르는 고개를 돌리고 대화의 운을 뗐다. '프렌치 크림'은 프랑스어로 샹티이(chantilly)인데 '크렘 앙글레즈'*는 영

---

* crème anglaise. 영어로 직역하면 잉글리시 크림(english cream).

어로 뭐라고 번역해야 하는지 어눌하게 물었다. 그렇다, 안타깝게도 그것이 빅토르가 할 수 있는 최선이었다. 그녀가 예의 바르게 웃으면서 "애스콧 크림(Ascot cream)"이라고 대답했는데, 그 허스키한 음성이 그에겐 마법 같았다. 그녀는 친구들이 있는 자기 테이블로 돌아갔다. 애스콧은 영국 지명이지만 샹티이와 마찬가지로 경마장의 도시라는 사실이 한참 있다가 생각났다.

그들의 눈길이 오갔고, 그는 마음이 통했다고 생각하고 싶었다. 그녀가 와 주길 바라는 마음으로 일부러 보란 듯이 바(bar)로 갔지만, 그녀는 그쪽 테이블의 대화에 붙잡혀 있었다. 그는 얼간이 10대 소년처럼 군 것 같은 기분으로 호텔에 돌아갔다. 참가자 사진에서 그녀를 찾진 못했지만 또 볼 수 있을 거라 생각했고, 다음 날 오전 내내 이런저런 구실을 만들어 모든 워크숍을 둘러보았다. 헛수고였다. 폐회식 파티에도 그녀는 없었다. 증발해 버렸다. 호텔에서의 마지막 아침 식사 때 주최 측 친구에게 그녀의 인상착의를 설명했다. 그러나 '작은', '갈색 머리', '매력적인' 같은 단어로는 아무도 특정할 수 없었다.

이듬해, 그다음 해에도 그는 컨퍼런스에 갔다. 솔직하게 말하면, 그녀를 볼 수 있을까 싶어서 간 거다. 그때 이후로 — 직업적으로는 심각한 과오지만 — 그는 번역문에 애스콧 경마장이나 크렘 앙글레즈를 묘사하는 짧은 글을 슬쩍 끼워 넣곤 했다. 구레비치 선집에서부터 이 못된 짓이 시작되었다. 산문집 첫 장의 "Почему нужно дать женщинам все права и свободу?(왜 여성이 모든 자유와 권리를 누려야 하는가?)"라는 문장에 "자유는 초콜릿 케이크에 얹은 크렘 앙글레즈가 아니다. 그것은 권리다."라는 문장을 집어넣었다. 이목을 끌 만한 일은 아니었다. 혹시 모르지 않는가? 요컨대 그녀는 곤차로프에 관심이 많아 보였으니 말이다. 하지만 아니올시다였다. 그녀가 그 책을 읽었다 해도 문장이 첨가된 걸 몰랐을 것 같다. 편집자도 몰랐고, 독자 중에도 알아차린 사람은 없었다. 빅토르는 삶이 흘러가는 대로 손을 놓았고, 그건 낙심할 만한 일이었다.

올해 초 주미 프랑스 대사관 문화 센터의 재정 후원을 받는 미국의 프랑스 관련 협회에서 빅토르를 번역 문학상 수상자로 선정한다. 그의 밥줄인 스릴러 소설 중 한 권에 번역상을 주기로 한 것이다. 3월 초, 빅토르가 그 상을 받으러 미국에 가던 중 비행기가 끔찍한 난기류를 만난다. 폭풍이 비행기를 사방으로 뒤흔드는 시간이 끝도 없이 이어진다. 기장은 승객들을 안심시키는 말을 하지만, 승객들 모두, 특히 미첼은 이대로 바다로 추락해 단단한 물의 벽과 충돌할지 모른다고 생각한다. 그는 오랜 시간 좌석을 붙잡은 채 흔들릴 때마다 근육에 힘을 주고 버틴다. 우박이 어둠 속에 빗발치는 창밖에는 일부러 시선을 주지 않는다. 그때 몇 줄 앞에, 무엇으로도 깨울 수 없을 것처럼 후드를 뒤집어쓴 채 자고 있는 금발 머리에서 멀지 않은 곳에 그 여자가 보인다. 만약 탑승할 때 보았다면 지금까지 눈을 떼지 못했을 텐데. 많이 닮지는 않았지만, 그녀를 보니 그가 놓친 아를의 여인이 지독히 생각난다. 가녀린 모습, 섬세한 이목구비, 피부결, 가냘픈 몸매는 꼭 소녀 같은데, 눈가의 미세한 주름을 보니 30대 같다. 얼룩무늬 뿔테 안경이 그녀의 콧날 양쪽으로 파리 날개 모양의 그림자를 드리웠다. 이따금 그녀는 옆자리의 나이 든 남자를 향해 미소를 짓는다. 부녀지간일까. 기체가 널을 뛰어도 그들은 재미있기만 한 듯하다. 그게 아니라면 괜찮은 척해야 더 안심이 된다고 생각하는 것인지도.

하지만 비행기가 또다시 에어홀에 빠지자 빅토르 안에서 뭔가가 부서진다. 그는 버티려는 노력을 포기한 채 눈을 감고 이리저리 휘둘린다. 그는 실험용 쥐가 되었다. 극심한 스트레스를 받다가 나중엔 발버둥 치지도 않고 죽음을 기다리는 쥐.

영원 같던 시간이 마침내 끝나고, 비행기는 폭풍에서 벗어난다. 그러나 미젤은 진이 다 빠진 채 비현실적인 기분에서 헤어나지 못한다. 사람들은 웃고, 울고, 주위의 삶은 다시 돌아가는데, 모든 것이 다 탁한 유리 너머에서 일어나는 일 같다. 기장이 착륙할 때까지 아무도 일어나지 말라고 하지만, 어차피 미젤은 일어날 기력이 없어 좌석에서 몸을 떼지도 못했을 것이다. 비행기 문이 열리자마자 승객들은 얼른 나가고 싶어서 서두르지만, 선실이 비어 가는 동안에도 빅토르는 창가의 자기 자리에서 꿈쩍하지 않는다. 스튜어디스가 어깨를 살짝 두드렸을 때에야 비로소 일어나기로 한다. 그 순간 그 여자가 다시, 더욱더 절박하게 생각난다. 오직 그녀만이 그를 이 비존재의 구렁텅이에서 꺼내 줄 수 있을 거라는 예감이 든다. 눈으로 그녀를 찾지만 보이지 않는다. 입국 심사 줄에도 그녀는 없다.

도서 사업부 책임자가 공항으로 그를 마중 나왔다. 그는 정신이 쏙 빠져서 말이 거의 없는 번역가를 보고 염려를 표한다.

"괜찮으신 겁니까, 미젤 선생님?"

"네, 다 같이 죽는 줄 알았습니다. 하지만 이제 괜찮아요."

억양이 하나도 없는 목소리에 영사관 직원은 더 걱정이 된다. 호텔에 도착할 때까지 그들은 아무 말도 하지 않는다. 다음 날 오후 늦게 그를 데리러 온 영사관 직원은 그때까지 번역가가 방에서 나가지도 않고 아무것도 먹지 않았다는 사실을 알게 된다. 샤워하고 옷 갈아입는 것도 직원이 시켜서 겨우 한다. 시상식 장소는 센트럴 파크 맞은편 5번가의 앨버틴 서점이다. 때가 되자 대사관 문화 담당관의 재촉하는 손짓에 따라 미젤이 파리에서 작성해 온 수상 소감을 주머니에서 꺼낸다. 그리고 아무 감흥 없는 목소리로 번역가의 역할은 "작품의 포로가 된 순수 언어를 다른 언어로 옮겨 해방하는 것"이라고 말한다. 미국인 저자에 대해서는 영혼 없는 찬사들을 맥없이 나열한다. 괴상하게 화장하고 그의 옆에 서서 미소 짓는 키 큰 금발 여자가 그 저자다. 미젤이 갑자기 말을 멈춘다. 분위기가 점점 어색해지자 저자가 마이크를 가로채 열렬한 감사를 표한 뒤, 그 판타지 장편 소설의 속편이 두 권 더 나올 거라고 예고한다. 다음으로 칵테일파티가 열린다. 미젤은 정신이 나간 사람 같다.

"맙소사, 기껏 돈 들여 이런 파티를 마련했는데 저 사람 애쓰는 시늉이라도 해야 하는 거 아니야?" 문화 담당관이 한쪽에서 투덜거린다. 도서 사업부 책임자는 미젤을 옹호하는 둥 마는 둥 한다. 미젤은 다음 날 비행기로 돌아간다.

그는 파리에 돌아와 글쓰기에 돌입한다. 누가 불러 주는 것을 그대로 받아쓰는 것처럼. 이 글쓰기의 통제 불가능한 메커니즘이 그를 깊은 불안에 빠뜨린다. 제목은 '아노말리', 그의 일곱 번째 책이 될 것이다.

"지금까지 살아오면서 나는 어떤 행동도 하지 않았다. 기억도 나지 않는 오래전부터 행동들이 나를 만들었지만, 어떤 움직임도 나의 통제하에 있지 않았다. 내 몸은 내가 그리지도 않은 선들이 이끄는 대로 사는 데 만족했다. 우리는 가장 힘이 들지 않는 저항 곡선을 따라 살 뿐인데도 마치 공간을 지배하는 양 건방을 떤다. 한계 중의 한계. 어떤 비상(飛翔)도 우리의 하늘을 펼치지는 못하리."

남서증(濫書症)에 빠진 빅토르 미젤은 서정과 형이상학을 오가며 몇 주 만에 100여 쪽을 다음과 같은 유의 글로 가득 채운다. "진주를 품은 굴은 고통만이 존재한다는 것을 의식적으로 안다. 그것의 실상은 아픔에서 오는 쾌감이다. (……) 서늘한 베개는 언제나 내 피의 헛된 온기를 일깨운다. 내가 추위에 몸서리치는 것은 내 고독의 모피가 세상을 따뜻하게 하지 못한 탓이다."

최후의 며칠 동안 그는 집에서 한 발짝도 나가지 않고 두문불출했다. 그가 출판사에 보낸 마지막 문단은 이 비현실적인 체험이 억제할 수 없는 지경까지 치달았음을 여실히 보여 준다. "내가 존재하지 않았다면 세상이 어떻게 달라졌을지 나는 알지 못했다. 내가 좀 더 치열하게 살았다면 세상을 어느 해안으로 데려갔을지도 알지 못했다. 내가 사라진들 세상의 흐름이 뭐가 바뀔까. 이제 나는 존재하지 않는 자갈들의 길을, 아무 데로도 데려가 주지 않는 길을 걷는다. 나는 삶과 죽음이 구분되지 않고 산 자의 가면이 죽은 자의 얼굴에서 안식을 찾는 하나의 점이 되어 간다. 오늘 아침, 청명한 날씨 속에서 나는 나를 본다. 나는 여느 사람과 다르지 않다. 나는 내 존재를 끝내는 것이 아니라, 불멸에 생명을 불어넣는 것이다. 헛되이, 마침내 나는 순간을 미루지 않을 마지막 문장을 쓴다."

이 글을 마치고 편집자에게 파일을 전송한 후, 빅토르 미젤은 끝내 이름 붙이지 못한 극심한 불안에 떠밀려 발코니로 걸어가 난간 너머로 떨어진다. 혹은 몸을 던진다. 유서는 남기지 않았지만, 집필 중이던 글 전체가 이 최후의 몸짓으로 귀결된다.

"나는 내 존재를 끝내는 것이 아니라, 불멸에 생명을 불어넣는 것이다."

2021년 4월 22일 정오의 일이다.

뤼시

어슴푸레한 새벽빛 속에서 각진 얼굴의 남자가 살그머니 침실 문을 연다. 그의 피곤한 눈길이 어렴풋이 보이는 침대에 가서 머문다. 한 여자가 거기 누워서 자고 있다. 삼 초짜리 컷이지만 뤼시 보게르가 보기엔 별로다. 너무 밝고, 너무 산만하고, 너무 정적이다. 촬영 감독이 졸면서 찍은 것 같다. 감마*와 콘트라스트를 보정하고 배경의 그림을 좀 날려 줘야 한다는 메모를 특수 효과 팀에게 남긴다. 뱅상 카셀의 얼굴 주위로 프레임을 좁히고 살짝 줌 인으로 들어간다. 리듬

---

* 영상 신호에서 입력 값에 대해 출력 값이 보이는 비선형성의 정도. 표현하고자 하는 색감과 영상에서 실제로 보이는 색감이 다른 것도 감마 때문이다.

감이 생기도록 장면 몇 개를 슬로 모션으로 처리한다. 뤼시에겐 일 분으로 충분하다. 됐다. 훨씬 낫다. 디테일에 대한 이런 감각, 이런 영화적 본능 덕분에 그녀는 많은 감독이 가장 좋아하는 영화 편집자가 되었다.

새벽 5시, 아직 이른 시간이라 루이는 자고 있다. 두어 시간 뒤 루이를 깨우고 ─ 웨이크, 워크, 워큰(wake, woke, woken) ─ , 아침을 먹이자 ─ 이트, 에이트, 이튼(eat, ate, eaten). 그렇다, 아이가 5학년 과정의 영어 불규칙 동사 변화를 잘 익히게 해야지. 하지만 지금 당장은 오늘 오전 늦게 마이웬 감독과 함께 보기로 한 실내 장면 편집을 끝내야 한다. 자리에서 일어나는데 목이 뻐근하고 눈이 뻑뻑하다. 벽난로 위 커다란 거울에 훅 불면 날아갈 듯 소녀처럼 작고 가녀린 여자의 모습이 비친다. 창백한 피부, 섬세한 이목구비, 짧게 자른 갈색 머리칼. 우아한 그리스식 코에 얼룩무늬 뿔테 안경을 걸치면 대학생처럼 보인다. 그녀는 거실 창으로 걸어간다. 허한 기분을 다스릴 수 없을 때면 늘 이 차가운 유리창에 이마를 기댄다. 메닐몽탕은 잠들어 있지만 도시는 숨을 쉰다. 그녀는 몸을 던져 저 밖의 모든 것에 녹아들고 싶다.

소리 죽인 딩동 소리가 메일 수신을 알린다. 그녀는 앙드레의 이름을 보고 한숨 짓는다. 화가 난다. 그의 집요함 때문이라기보다는, 그가 집요하게 굴면 안 된다는 걸 알면서도 어쩌지 못하는 것 때문이다. 사람이 똑똑하면서도 어쩜 그리 약해 빠졌지? 하지만 사랑이란 가슴이 머리를 이기는, 이성으로 어쩌지 못하는 것 아닐까?

앙드레와는 삼 년 전 영화인 친구들이 연 파티에서 만났다. 그녀는 늦게 도착했고, 자리를 막 뜨려던 남자는 도로 파티에 남았다. 사람들이 그를 놀렸다. 암, 그렇지, 어여쁜 뤼시가 오니까 앙드레가 갈 생각을 안 하네……. 그가 바로 바니에 & 에델만 사(社)의 앙드레 바니에, 뤼시도 이야기를 들은 적이 있는 건축가였다. 키가 크고 날씬한 앙드레는 쉰 살쯤 됐지만 더 나이 들어 보였다. 그는 손이 길쭉했고, 슬프면서도 쾌활한 눈, 부서지지 않는 젊음을 간직한 눈을 지녔다. 뤼시는 자신이 무슨 말을 하든 그는 자신의 포로라는 것을 알았다. 그렇게 된다는 게 좋았다.

얼마 지나지 않아 그들은 다시 만났다. 그가 조심스럽게 구애를 했고, 자기 꼴이 우스워지는 것보다 그녀가 당황할까 봐 마음 쓰는 게 보였다. 처음에 그녀는 그가 마음 상하지 않게 좋은 말로 거절했다. 그래도 그들은 계속 만났고, 그는 늘 섬세하고 재미있고 사려 깊은 태도를 보여 주었다. 독신 생활 얘기가 나오면 그가 늘 화제를 딴 데로 돌렸기에, 그녀는 자랑스러운 얘기는 아닌가 보다 했다. 여자는 끊이지 않았어도 마법 같은 시간은 별로 없었나 했다.

어느 봄밤, 그가 집으로 저녁 식사 초대를 한다. 그녀는 그의 폭넓은 교우 관계에 놀란다. 개념 미술을 하는 화가, 프랑스에 잠시 체류 중인 영국인 외과의, 《르 몽드》 기자, 애주가 사서, 그리고 아르망 멜루아라는 세련된 멋쟁이도 있었는데, 저녁을 먹다가 알게 된 바에 따르면 놀랍게도 그는 프랑스의 대(對)간첩 활동을 이끄는 사람이다. 뤼시는 앙드레의 널찍한 오스만식 아파트의 절제된 원목 가구와 인더스트리얼풍 가구가 책, 특히 소설로 가득 찬 것을 발견한다. 건축가 하면 떠오르는 차갑고 간결한 세계와는 거리가 멀다. 책장 선반에 원색의 미키마우스 석고상이 놓여 있다. 그녀는 그 석고상을 들고 요리조리 돌려 보면서 놀라워한다. 앙드레가 다가와 묻는다.

"보기 싫지 않아?"

뤼시가 미소 짓는다.

"내 집에서 뭔가 하나는 순응을 거부하면 좋겠다는 마음으로 산 거야. 추한 것에는 익숙해지지 않거든. 이건 삶에 속해 있지. 추한 삶이지만 그래도 삶이야."

그날 모임 내내 뤼시의 시선은 자석에 끌리듯 그 흉물스러운 미키마우스를 향한다. 그러다 갑자기, 이유는 알 수 없지만, 월트 디즈니 사의 생쥐가 그녀에게 말한다. 이 남자와는 행복할 수 있다고.

그녀는 앙드레에게 루이를 소개한다. 앙드레는 계산적이지 않다. 사춘기를 앞둔 개구쟁이 소년을 금세 좋아하게 되지만, 아이를 자기편으로 만들려고 하지는 않는다. 하지만 앙드레도 바보는 아니다. 뤼시의 마음을 얻어야 할 판에 적을 만들 필요는 없다.

어느 날 점심을 함께 먹고 헤어지면서 뤼시가 길을 건너려고 하는 순간, 앙드레가 그녀의 팔을 뒤로 거칠게 잡아당긴다. 그 순간 트럭이 바로 그녀 앞으로 지나간다. 어깨가 욱신거리지만, 죽을 뻔한 마당에 그런 건 아무것도 아니다. 앙드레의 얼굴에 혈색이라고는 없다. 둘이 잠시 나란히 서 있는데 도시의 소음이 증폭된 것 같다. 그도, 그녀도 숨이 거칠다. 그가 그녀를 와락 끌어안고 말한다.

"아팠지, 미안. 너무 무서웠어. 당신이 어떻게 되는 줄⋯⋯. 당신을 정말 사랑해."

그는 자기가 한 말에 놀라 뒤로 물러나더니, 다시 한번 미안하다고 하고는 가 버린다. 그가 멀어져 가는 모습을 보면서 그녀는 처음으로 저 사람이 허리를 꼿꼿이 세우고 참 빨리 걷는구나, 아직 젊구나 하고 생각한다. 그녀는 마음이 흔들리고, 보름이 지나서야 그에게 다시 연락할 것이다. 그리고 다시 만났을 때 그는 그 이야기는 일절 하지 않을 것이다.

하지만 그는 이미 말했다. 당신을 사랑해. 뤼시는 그 말을 경계한다. 그 말을 듣기엔 너무 이르다. 그녀가 사랑했던 다른 남자는 그 기만적인 말을 너무 자주, 너무 온당치 않게 사용했다. 그 남자는 그녀를 학대하고 모욕했다. 사라졌다가 돌아왔고, 그러다 또 잠수를 탔다. 그녀는 앙드레에게 말하고 싶다. 사람들이 아름답다고 하는 그녀의 고운 살결, 날씬한 다리, 창백한 입술, 그 행복의 기약 때문에 그녀를 원하는 남자들이 지겹다고. 사냥하듯 접근해 그녀를 트로피처럼 벽에 걸어 두고 싶어 하는 남자들이 지겹다고. 그녀는 충동적 욕망 이상을 누릴 자격이 있고, 누구의 노리개도 되고 싶지 않다. 그래서 그에게 천천히 다가가고 싶다고, 그래서 이렇게 그의 곁에 있는 거라고 말하고 싶다. 그가 그녀에게 시간을 주었기 때문에, 그녀가 그에게서 다정함을 느꼈기 때문에, 그리고 그가 그녀를 존중해 주었기 때문에. 그녀도 그를 나이 많고 조용한 구애자 역할에서 구원해 줄 수 있기를 원한다. 칼처럼 자르든가, 완전히 항복하든가 하기를 바란다. 그러나 완고하고 때로는 잔인하리만치 무정하게 그를 대하는 자신을 부끄러워하면서 점점 커져 가는 마음에 저항하는 데 그친다.

또 한 번의 겨울이 지나간다. 만난 지 넉 달이 조금 넘었을 때, 그들이 자주 가는 마레 지구의 작은 한국 식당 킴에서 저녁을 먹고 난 후 그가 다시 한번 말한다. "알지, 뤼시, 난 당신이 좋아. 우리 사이를 가로막는 것, 우리가 맞서야 할 것이 뭔지도 알고. 하지만 필요한 시간을 충분히 가진 뒤 언젠가 당신이 나를 동반자로 원한다면, 그땐 당신이 먼저 다가와 줘……" 그 순간 그녀를 바라보는 그의 눈길에는 나이가 없다. 그녀는 흔들리고, 미소 짓는다. 시간을 더 가져야 한다는 건 알지만 소용없다. 그가 헛된 기다림에 지쳐 나가떨어질까 봐 두렵다. 그녀는 카이로스의 붉은 머리채를 잡아 보기로 결심한다. 그리스 신화에 나오는 기회의 신 말이다. 그녀가 온전히 마음에서 우러난 행동으로 그의 옆으로 자리를 옮기고 부드럽게 키스한다. 어떤 영국식 로맨틱 코미디도 이토록 근사한 오프닝 신을 시도하진 못했을 것이다. 그녀는 후회하지 않는다.

기적과도 같았던 이 순간부터 앙드레와 그녀는 서로를 떠나지 않는다.

앙드레는 보름 후인 3월 초 뉴욕 실버 링 건설 현장에 출장을 가야 했다. 뤼시는 폰 트로타 작품의 편집을 마쳤고 마이웬과의 작업은 한 달도 더 남아 있으므로 아무 일정이 없었다. 앙드레가 뉴욕에 같이 가자고 했다. 함께 시간을 보내고, 센트럴 파크에 가서 오리들도 구경하자고. 구겐하임 미술관에서 클레의 작품들을 감상하고, 브로드웨이에서 뮤

지컬 한 편을 봐도 좋겠지. 그녀는 망설이지 않고 그가 현장을 구경하게 해 준다면 가겠다고 했다. 그건 나름대로 '당신의 모든 것이 나와 상관이 있다.'는 표현이었다. 그녀는 집에 돌아와 미리부터 짐을 싸며 즐거워했다. 책은 뭘 가져갈까, 존 쿳시 좋지, 그리고 로맹 가리 플레야드판도, 그리 무겁지 않으니까. 이 검은색 드레스를 챙기자, 나한테 진짜 잘 어울리는 옷이니까. 이 치마는 너무 짧지만 스타킹을 신으면 돼. 3월은 제법 추우니까. 다시 가볍게 들뜨는 기분이 그녀는 좋았다. 루이는 당분간 할머니가 돌봐 주기로 했다.

비행기는 난기류를 만났고, 공포스럽기까지 했다. 이러다 기체가 두 동강 나는 게 아닌가 하는 생각이 들었을 때는 너무 두려워 자제력을 잃을 것만 같았다. 앙드레는 계속 싱글벙글하며 그녀에게 말을 걸었다. 그녀는 뉴욕을 좋아했지만 앙드레만큼 그 도시를 잘 알지는 못했다. 일주일로 잡았던 일정이 이 주가 되었다. 그녀는 헉 소리 나게 비싼 이스트빌리지의 미용실에서 긴 머리를 아주 짧게 잘랐다. "전에는 이런 머리 한 번도 안 해 봤는데. 뭐, 새로운 인생을 시작하는 거니까." 진부하기 짝이 없는 발상이지만 앙드레가 그런 지적질은 하지 않는 사람이라서 그녀는 감사했다. 그가 얼마나 안심되는 사람인지, 그들이 서로 얼마나, 그렇다, 사랑할 수 있는지 깨달았다.

그들은 파리로 돌아오고, 모든 것이 천천히 무너지기 시작한다. 앙드레의 흥분 앞에서, 그녀를 안고 싶어 하는 그의 두 팔 앞에서, '꼭 선보여야 한다는' 친구들이 있는 자리에서 그녀가 전리품이라도 되는 듯 걸핏하면 퍼부으려는 키스 공세 앞에서 그녀는 점차로 주춤거린다. 왜 쥐를 잡은 고양이들은 쥐들이 마음대로 살아가게 내버려 두지 않는 걸까? 그녀는 그런 침해를 아무렇지 않게 여길 수 없는 사람이었다. 강제적인 구석 없이 관계가 천천히, 잔잔하게 흐르기를 바랐다. 남자의 갈망하는 손길은 겁이 난다. 남자들의 폭발하는 욕정을 마주하면 그녀 자신은 욕망이 일어나지 않는다. 그는 이해하려 들지 않는다. 앙드레가 지금까지 잘 감춰온 약점이 명백해진다. 아니다, 앙드레를 편안하게 달래 주는 여자가 되고 싶지는 않다. 그의 압제적인 욕구에 맞춰 주고 싶지 않다. 나이 때문에 상처 입은 나르시시즘일지라도 그녀가 보듬어야 하는 건 싫다. 날 데려가 줘, 날 데려가 줘, 하며 애처롭게 쳐다보는 사육장의 강아지 같은 눈길도 이제 못 봐주겠다. 왜 그는 자기 품에, 침대에 그녀를 옭아매고 있다는 걸 알려 하지 않을까? 왜 세상에서 가장 하기 싫은 일을 거부하는 것에 대해, 최소한의 의무감을 갖는 것에 그녀가 죄책감을 느껴야 하나?

그러다 6월 초, 그 마지막 저녁 식사가 있다. 이미 답이 빠히 보이는 시점에 앙드레는 그녀를 다시 차지하려고 한식당 킴을 고집한다. 벌써 조금 유행이 지난, 절반은 젠 스타일이고 절반은 '강남 스타일'인 그 장소가 그녀에게 무슨 마법이라도 부릴 수 있다는 양. 그는 식어 가는 '버섯(beosut)' 크림 파스타 앞에서 주절대고 또 주절댄다. 자기가 하는 말만 듣고, 자기 말에 취해 떠들어 댄다. 예쁜 말 하나하나가 그들의 이별을 더욱 추하게 만든다. 그녀는 그를 바라보고, 그가 손을 잡아도 내버려 둔다. 자리를 뜨고 싶은 생각뿐이고 마음이 냉랭해진다. 그녀는 다시 늙어 버린 이 매력적인 신사를 향해 미소 짓는다. 그런데 이 사람은 그녀의 마음이 이미 떠났다는 걸 왜 모르는 걸까? 그녀의 에너지가 부족했거나 그저 사랑이 부족했을 수도 있다. 그녀가 사랑이라는 단어에 얼마나 질색하는지는 오직 신만 아신다. 그래도 앙드레가 일종의 연고랄까, 상처가 아물 시간이랄까, 참기 힘든 역한 냄새가 나는 고약 역할을 하긴 했다. 하지만 이제 상처가 다 나았으니…… 아니다, 그녀가 잘못 생각했다. 쓸쓸한 이별의 초입에서 뭐 하러 아름다웠던 시작을 돌아보는가? 그녀가 그를 가지고 논 게 아니다. 그가, 단지 그가 그들이 함께 품었던 희망에 부응하지 못했을 뿐.

그녀는 음식값을 나눠 내겠다고 고집을 부린다. 이제 무슨 수를 써도 '우리'는 없고 그들은 남남이라고 인식시키기 위해서다. 그때 그가 작은 책 한 권을 내민다. 『아노말리』, 빅토르 미젤. 그 이름을 보니 뭔가 생각난다.

"받아, 마음에 들 거야……."

그녀는 책을 되는대로 펼쳤다가 다음의 문장을 만난다. "희망은 우리를 행복의 층계참에서 인내하게 한다. 우리가 바라던 것을 취하자. 그러면 불행의 대기실에 들어가게 되나니." 맙소사, 이 은유들이라니. 시작부터 불길하네. 좀 더 읽어 보자. "유혹은 언제나 그렇고 그런 수완에 불과했다. 결별이 더 큰 예술이다." 그렇다면 그녀는 예술가다. 더 큰 예술을 향해 전진.

그녀는 그 선물을 받고 자리를 뜬다.

그게 삼 주 전, 앙드레가 소야라인지 수야라인지 하는 빌어먹을 타워 때문에 뭄바이로 떠나기 전의 일이다. 그가 대단히 멋진 타워라고 떠들어 댔지만 뤼시는 이미 그가 무얼 짓든 관심이 없다.

화면에는 그가 어제 보낸 메일도 아직 '읽지 않음' 상태로 떠 있다.

결국 메일을 열어 본다. 수다스럽고, 알맹이가 없고, 우스꽝스럽지 않은 문장이 하나도 없다. 아무것도 와 닿지 않는다. 어차피 무슨 말을 썼어도 그녀에게 와 닿지 않았겠지만. "당신과 함께 가능한 한 가장 먼 길을 걷고 싶었어. 아니, 가능한 여러 길 중에서 가장 먼 길이라도." 진부해, 진부해. "당신을 사랑하고 원하는 내 눈길을 결국엔 당신이 좋아하게 될지 모르겠군." 그녀가 하늘을 쳐다본다. 마지막은 측은한 자기 부정이다. "답장은 하지 않아도 괜찮아."

어차피 답장 쓸 생각은 꿈에도 없다.

갑자기 전화가 울린다. 발신자 표시가 없다. 이 인간이 월요일 아침부터 전화를 해? 아직도 밖이 컴컴하고 루이가 방에서 자는데? 뤼시는 성질이 나지만 벨이 계속 울리게 할 수 없어서 수화기를 든다. 하지만 전화 건 사람은 여자다.

"뤼시 보게르 씨 되십니까?"

"맞는데요." 뤼시가 낮은 소리로 대답한다.

"모파스 서장입니다. 경찰이에요."

"전화를…… 잘못 거신 것 같은데요."

"1989년 1월 22일, 몽트뢰유 출생 맞습니까?"

"네."

"그렇군요. 지금 댁 앞에 와 있습니다. 문 좀 열어 주시죠."

"무슨 일인데요? 애가 자고 있어요."

"설명 드리겠습니다. 영장도 가져왔어요. 지금 현관문 아래로 밀어 넣겠습니다. 자, 열어 주시죠."

데이비드

고무나무는 목이 마르다. 갈색 이파리들이 말라붙어 돌돌 말리고 일부 가지는 이미 죽었다. 플라스틱 화분 속 고무나무는 황폐함의 화신이다. '화신'이라는 표현을 식물에 쓸 수 있다면 말이다. 빨리 물을 주지 않으면 죽을 텐데, 라고 데이비드는 생각한다. 순전히 논리적으로 생각하면, 시간이라는 연속선 어딘가에 돌이킬 수 없는 시점이 존재할 것이다. 형국이 끝내 뒤집히는 시점이 있고, 그 시점을 지나면 무슨 짓을 해도 고무나무를 살릴 수 없다. 목요일 오후 5시 35분에 물을 주면 고무나무는 살겠지만, 목요일 오후 5시 36분에는 누가 물병을 들고 나타나 봤자 소용없다. 고맙지만 이제 틀렸어, 친구, 삼십 초가 지나서 안 될 것 같아. 어쩌면 그래,

생체를 다시 가동할 유일한 세포, 이웃들을 깨울 마지막 용감한 진핵생물이 이렇게 외칠지도 모르지. 얘들아, 힘내, 우리 다시 기운을 내 보자, 반응을 해 보자, 물을 흠뻑 머금어 보자, 이렇게 지면 안 돼. 그런데 이런, 마지막의 마지막까지 이미 떠나 버렸군. 당신이 그 처연한 물병을 너무 늦게 가지고 왔어, 그러니 이만 안녕. 그렇다, 시간의 연속선 어디쯤 그 시점이 존재하겠지.

"데이비드?"

상냥한 남자 목소리가 데이비드를 식물과 존재에 대한 몽상에서 깨운다. 데이비드가 일어나 키 큰 50대 남자를 끌어안는다. 남자는 데이비드보다 약간 더 나이가 들었을 뿐인데 완전히 백발이다. 그는 데이비드를 닮았다, 공통으로 물려받은 DNA가 상당히 많다고 여겨질 만큼.

"안녕, 폴 형."

"잘 지냈어, 데이비드? 조디는 같이 안 왔어?"

"일 끝나는 대로 올 거야. 오늘 괴테 어학원 강의 나가는 날이거든. 나 때문에 조디가 강의 연기하는 건 좀 그래서."

"그래."

데이비드는 형을 따라 진료실로 들어간다. 프렌치 엠파이어 양식의 책상, 떡갈나무 책장, 아르누보 스타일의 크리스털 벽등, 두툼한 양홍색 벨벳 커튼, 창밖으로는 렉싱턴 거리가 멋지게 내려다보이고 바로 앞 3번가 모퉁이에는 그들이 금요일마다 스쿼시를 치는 클럽 입구가 보인다. 이 공간은 실체를 잘 감추고 있다. 실상은 종양학자, 최고라는 평가를 받는 암 전문의의 진료실인데.

"커피 마실래, 데이비드? 차가 더 좋은가?"

"커피 줘."

폴이 커피 머신에 캡슐을 넣고 우아한 이탈리아제 커피잔을 커피 배출구 아래에 받친다. 몇 초라도 동생의 시선을 피해 볼 요량이다. 폴이 생각하기에는 데이비드도 이미 알고 있지 싶다. 그가 동생 데이비드의 이름을 너무 많이 불러 댔으니까. 전쟁 영화에서 병사가 피를 철철 흘리는데 병장이 괜찮을 거야, 짐, 넌 이겨낼 수 있어, 이딴 소리를 하면 절대 좋은 징조가 아니다. 친절의 수사학, 이탈리아 에스프레소 커피의 부드러운 크레마, 대화를 자꾸 뒤로 미루는 수법, 이 모든 것이 최악을 예고한다.

"자."

데이비드가 고개를 끄덕인 뒤 기계적으로 커피 잔을 받아 바로 책상 위에 올려놓는다.

"말해, 난 준비됐으니까."

"그래. 너도 알다시피 어제 내시경 초음파 검사를 하면서 생체 조직 검사도 했는데…… 결과가 나왔어."

폴이 잔을 밀어 놓고 봉투에서 사진들을 꺼내 동생이 볼 수 있게 책상에 늘어놓는다.

"우려했던 대로야. 여기, 소장 반대편, 췌장 말단에 생긴 종양이 악성이야. 암이라는 얘기지. 종양이 주변의 혈관과 림프절에 퍼졌을 뿐 아니라 간과 소장에도 전이됐어. 임상적으로는 4기야."

"4기라, 그건 곧?"

"너무 진행됐기 때문에 원위부 췌장 절제술과 비장 절제술을 실시하기엔 늦었어. 쉽게 말해서 췌장과 비장만 떼어 낼 수는 없어."

데이비드는 한 방 맞은 것 같다. 숨 쉬기가 힘들다. 폴이 준비해 놓은 물 한 잔을 건넨다. 동생은 형을 쳐다본다. 형이 검사를 권한 것도 동생의 눈 흰자가 심하게 누런 것을 보았기 때문이다. 데이비드가 숨을 깊이 들이마시고 질문을 한다.

"경과가 어떨 것 같아?"

"수술은 못 하니까, 화학 요법과 방사선 요법을 함께 써서 종양의 크기를 줄여 봐야지."

"경과가 어떨 것 같아, 형?" 데이비드가 다시 묻는다.

"차마 말을 못 하겠다. 좆같아."

"그 말은 무슨 뜻이야? 내가 살 확률이 얼마나 돼?"

"오 년 후에 살아 있을 가능성은 20퍼센트. 뭐, 확률로는 그래. 하지만 확률이 뭐가 중요하겠어. 그걸 뛰어넘을 수 있도록 노력해야지. 다른 의사 의견도 들어 봐야 할 것 같아서 솔한테 진료 예약 잡아 놨어. 솔은 최고야. 그 친구가 응급으로 받아 줘서 바로 내일 진료할 수 있어. MRI 사진하고 검사 결과는 내가 이미 보내 뒀고."

"그럴 필요 없어, 형. 난 형을 믿으니까. 형이 말한 대로 하자. 언제부터 시작하면 돼?"

"될 수 있는 대로 빨리. 지금 당장 회사에서 병가를 받아. 최소한 석 달은 받아야 해. 주변 사람들에게 바로 알리고. 커버해 줄 보험은 있지?"

"그럴 거야. 보장 내용을 일일이 확인해 보진 않았지만, 아마도."

데이비드가 자리에서 일어나 몇 발짝 뗀다. 분노로 몸을 부들거린다. 하지만 이것이 분노일까? 그의 온몸이 의연하기를 거부한다. 신이여, 왜 자꾸만 지난 몇 주 동안 있었던 일이 주마등처럼 눈앞을 스칩니까. 왜 자꾸만 내가 얼마나 눈뜬장님이었는지 돌아보게 됩니까. 꿈에도 걱정하지 않았던 나날들, 무지의 축복 속에서 먹고, 객쩍은 농담을 하고, 아이들을 영화관에 데려가고, 조디와 사랑을 나누고, 폴과 스쿼시를 치던 나날들. 석 달 전에 X선 진단 장치로 촬영을 한

번 해 보고 손을 썼으면 달라졌을까? 데이비드는 궁금하다. 이런 일이 일어나리라는 것을 그 안의 어떤 부분이 일찍이 짐작하고도 알려 하지 않은 걸까.

"언제 시작됐을까?"

"몰라, 데이비드. 그건 알 수가 없어. 종양이 그 자리에 일 년 전부터 있었는지 두 달 전부터 있었는지 그건 몰라. 아무도 몰라. 췌장암이라고 다 같지도 않고."

"두 달 전에도 손을 쓸 수 없었을까? 우박이 내리친 그 끔찍했던 파리-뉴욕 간 비행 후에 죽을 것처럼 피곤했거든. 기억나? 소변 색도 심하게 진했어. 그런데 검사받을 시간이 없었어."

"나도 몰라. 확실한 건 지금부터 할 수 있는 일에 집중해야 한다는 거야. 아직 많은 것을 할 수 있어."

"새로운 치료법이 있어? 신약이라든가."

"응, 가능한 방법은 다 써 볼 거야. 네가 원한다면 임상 시험 중인 약도 써 볼 거고. 아직 시판되지는 않고 있지만 혁신적인 것으로, 약속할게."

폴은 거짓말을 하고 있다. 거짓말이라도 이렇게 말하는 것보다는 나으니까. 아니, 데이비드, 새로운 치료법은 없어, 내가 말했잖아, 좆같다니까, 할 수 있는 게 없어, 쥐뿔도 없어, 기적의 약 같은 건 찾지 못했어, 왜 환자에 따라 잘 맞는 치료법이 각기 다른지조차 모른다고.

"통증이 심한 암 아닌가?"

"치료받는 동안 고통을 최소화하는 조치는 다 해 줄게. 물론 달갑지 않은 부작용은 있지. 그건 불가피해. 거저 되는 일은 없으니까."

달갑지 않다. 말은 좋다. 그래, 동생아, 그래, 내장이 뒤틀리도록 구토해서 배 속이 텅텅 비게 될 거다, 머리카락과 눈썹이 빠지고, 체중도 20킬로그램쯤 줄어들 거야, 그다음엔? 그게 다 두세 달 더 살자고 하는 짓인걸, 오 년 생존율이 20퍼센트이긴 하지만, 동생아, 너 같은 말기 암은, 생존율이 10퍼센트도 안 돼, 빌어먹을, 이건 부당해, 구역질이 나……. 폴이 의자를 끌어당겨 데이비드 옆에 앉는다. 데이비드는 미동조차 없고 아무 기력이 없다. 폴이 이미 부재하는 동생의 팔에 손을 얹는다. 그 몸짓이 얼음처럼 차가운 공포에 잠겨 가는 동생을 달랠 수 있다면. 손만 얹어 어둠을 빨아들이고 물리칠 수 있다면. 미친 생각 같지만 마음이 그렇다. 오랜 세월 임상을 하고 수많은 환자의 죽음을 보아 왔지만, 지극히 이성적인 뇌에서조차 주술적인 사고가 치밀어 오르는 건 어쩔 수가 없다. 갑자기 — 왜 하필 지금? — 페오리아에서 볼링을 치던 일이 생각난다. 그날 볼링 신이라도 내렸는지 데이비드가 막 쳐도 스트라이크가 연거푸 나와서 다들 미친 듯이 웃었는데. 루나 이모네에서 가스 불에 구워 먹었던 분홍색 마시멜로 냄새, 형제가 함께 좋아했던 금발 소녀 데버라 스펜서의 달콤한 베리 향 향수. 결국 그녀가 잔 남자는 멍청한 '공룡' 토니였지만. 그런데 왜 그 애를 공룡 토니라고 불렀지? 그의 첫 결혼 때 데이비드가 웨딩 연설을 했다. 피오나와의 첫 결혼은 그야말로 대환장 파티였고, 그 결혼식에서 데이비드는 너무도 얼척없고 우스꽝스러운 연설을 했다. 얼척없고 우스꽝스러운 것으로 한 획을 그은 연설이었다. 그리고 폴의 아들 데이비드의 탄생. 삼촌 데이비드는 산부인과 병동에서 아기 데이비드를 안고 감격에 겨워 눈물을 흘렸다. 이제 잃게 될 것들, 암이라는 시커먼 소용돌이가 삼켜 버릴 것들. 갑자기 눈시울이 와락 뜨거워져서 참을 수가 없다. 젠장, 징징거리는 암 전문의라니, 도대체 이게 무슨 일이람? 폴은 몸을 돌려 티슈를 뽑아 들고는 요란한 소리를 내며 코를 푼다.

진료실에 햇살이 비친다. 썩 좋은 타이밍은 아니지만 금빛 햇살이 데이비드에게 드리운다. 오후 5시 21분, 서쪽에서 3번가의 고층 빌딩 사이로 비치는 이 엄청난 햇살은 생명의 빛, 일시적인 기적이다. 그 기적은 여름이나 겨울이나 정확히 십이 분 동안 지속된다. 그러니 5시 33분이면 끝나리라.

"그래, 데이비드. 오늘 다른 환자는 없어. 같이 조디를 기다리자. 내가 치료 절차를 설명해 줄게."

폴은 장시간 설명을 하고, 데이비드는 말을 끊지 않고 계속 듣는다. 하지만 폴은 내일 처음부터 다시 설명할 텐데, 데이비드가 아무것도 기억하지 못 해서다. 데이비드는 조디의 얼굴을, 이름 모를 절망의 눈빛을, 아빠가 많이 아프다는 말을 들은 아이들의 눈을 생각했을 것이다. 그레이스, 벤저민, 내 새끼들, 너희가 힘을 내야 해, 너희가 엄마를 많이 도와 드리고 말 잘 들어야 해, 알았지? 보장 내용이 훌륭하지만 그가 15세부터 25세까지 십 년간 흡연한 사실을 숨긴 것에 대해 트집 잡을 보험 생각도 했을 것이다. 피할 수 없는 고통, 막판의 피폐함, 화장(火葬), 심지어 장례식에 틀 음악까지 생각했을 것이다. 음악이 좋아야 해, 형, 록이나 블루스가 좋아, 누가 작곡한지도 모르는 무거운 장송곡은 싫어. 아이들 학비, 진즉에 갚아 버린 아파트 대출금을 생각했을 것이다. 바보 같으니, 사망 보험금으로 다 갚을 수 있는데. 그는 이미 일어난 일과 장차 일어날 일 모두를 생각했을 것이다. 그런 다음 엉뚱한 생각까지 했을 것이다.

"그런데 형…… 저기 대기실에……."

"응?"

"고무나무 있잖아. 그거 물 좀 줘야겠던데."

오후 5시 33분, 태양이 물러난다.

★

2021년 6월 24일 목요일, 22시 28분
뉴욕, 마운트 시나이 병원

대기실의 고무나무는 죽지 않았다. 그러나 데이비드는 대기실에 다시 가지 않았고 고층 빌딩 사이로 파고드는 햇살도, 태양도 다시 보지 못했다. 마운트 시나이 병원 344호실은 완전히 북향이고, 아마 며칠 후 이 병실은 비워질 것이다. 죽음은 수척해진 그의 이목구비에 벌써 살림을 차렸다.

진통제로는 프랑스에서 개발해 임상 시험 중인 나노 의약품을 모르핀 보완용으로 쓴다. 모르핀은 사용량을 한없이 늘릴 수 없으니까. 의료진은 암과의 싸움은 포기했다. 너무 악성이고, 너무 전이력이 크고, 너무 진행이 빠르다.

누군가 노크를 하지만 아무도 대답하지 않는다. 데이비드는 의식이 없고, 조디는 며칠 밤 이어진 간병에 지쳐 그 옆 의자에서 잠이 들었다. 아이들은 지난 사흘 동안 폴의 집에서 지냈다. 문이 가만히 열리고, 검은색 정장에 금배지를 단 남자 두 명이 들어온다. 한 남자가 아무 말 없이 데이비드를 향해 몸을 숙이고 입가에 흐른 타액을 채취한다. 그는 타액이 묻은 작은 막대를 시험관에 넣고 바로 병실에서 나간다.

다른 남자는 핸드폰을 꺼내 관을 주렁주렁 단 채 죽어 가는 환자의 사진을 찍어서 전송한다. 그러고는 의자에 앉아 환자의 여윈 얼굴에서 눈을 떼지 못한다.

난기류

2021년 3월 10일

미국, 이스트 코스트 공해(公海)

북위 42도 8분 50초 서경 65도 25분 9초

순탄한 비행은 모두 비슷하다. 반면 난비행은 각기 나름대로 힘들다. 파리-뉴욕 간 AF006 여객기가 노바스코샤주 남부 상공을 지나던 오후 4시 13분, 푹신한 거대 적란운 벽이 전방에 나타난다. 구름 낀 전선이 아주 빠르게 일어난다. 비행이 아직 십오 분 남았지만 북쪽과 남쪽 수백 킬로미터에 걸쳐 아치형으로 펼쳐진 전선은 이미 최고치인 4만 5000피트 상공까지 올라와 있다. 3만 9000피트 고도에서 비행 중인 보잉 787 여객기는 뉴욕을 향해 하강을 시작해야 했으므로 구름 전선을 피할 도리가 없다. 조종실이 돌연 부산스러워진다. 부조종사가 지도와 기상 레이더를 분석한다. 구름을 동반한 거대한 한랭 전선은 예보에 없었다. 지드 파브로는 이제 놀란 것을 넘어 진지하게 걱정이 된다.

불투명한 회색의 구름 벽 꼭대기가 눈부신 햇빛에 영롱하게 빛난다. 구름 벽은 맹렬한 기세로 여객기를 밀어붙이며 자기를 떠받치며 몸집을 키워 주는 구름층을 게걸스레 집어삼킨다. 마클 기장은 보스턴 관제 센터에 주파수를 맞추고 기기를 점검한다. 기상 레이더를 보니 120해리 전방이 온통 붉은색이다. 보스턴 관제 센터의 메시지가 흘러나오자 그가 커피 잔을 내려놓으며 고개를 끄덕인다.

"보스턴 관제 센터 권역에 있는 모든 항공기에게 말한다. 이스트 코스트의 기상 이변으로 JFK를 제외한 모든 공항을 폐쇄한다. 삼십 분 전부터 이스트 코스트에는 이륙이 금지됐다. 급변하는 기상 상황 때문에 더 일찍 알리지 못했다. JFK 커너시 방향으로는 아직 착륙이 가능하다."

"보스턴 관제 센터, 여기는 에어 프랑스 006이다. 케네벙크 방향 삼 구 공 상공에 거대한 구름이 앞을 가로막고 있다. 80해리를 지나 삼 오 공으로 기수를 돌리겠다."

"에어 프랑스 006, 여기는 보스턴 관제 센터다. 운항 가능하다. 이제부터 주파수 125.7 케네디 관제 센터와 교신하도록. 바이바이."

마클이 인상을 찌푸리며 북쪽에서 남쪽까지 꽉 막힌 지평선을 바라본다. 이번 비행을 마치면 진짜 마지막 대서양 비행만 남아 있는데, 하늘이 이런 식으로 잊지 못할 추억을 안겨 주려나 보다. 그는 공항과 교신을 시도한다.

"케네디 어프로치, 여기는 에어 프랑스 006이다. 현재 연료가 충분해 구름 전선을 따라 남쪽으로 워싱턴까지 갈 수 있다."

딸깍 소리가 나더니, 여자 목소리가 심각하게 응답한다.

"미안하지만 안 된다, 006. 노퍽 상공까지 기상 조건이 똑같이 나쁘다. 남쪽이 더 나쁠 수도 있다. 상황이 허락하는 대로 팔 공에 이르러 다시 케네벙크로 방향을 잡도록. 이 패러미터를 유지하기 바란다."

마클은 고개를 흔들고 교신을 끊은 뒤, 마이크를 잡고 승객들을 안심시키는 안내 방송을 시작한다. 처음에는 영어로, 그다음에는 다소 불분명한 프랑스어로.

"승객 여러분, 기장입니다. 즉시 좌석으로 돌아가 안전벨트를 매 주시고 전자 기기는 전원을 꺼 주십시오. 지금부터 우리는 심한 난기류 지대를 통과합니다. 다시 한번 말씀드립니다. 심한 난기류입니다. 가방과 노트북은 앞 좌석 밑이나 짐칸에 넣어 주십시오. 음료는 바로 치워 주시고 간이 테이블도 제자리에 접어 넣어 주십시오. 승무원들은 승객들과 선실의 안전을 점검한 후 자리로 돌아가 착석하기 바랍니다. 다시 한번 말씀 드립니다. 승객들의 안전을 확인한 후 자리로 돌아가 착석하십시오."

적란운이 다가온다. 슈퍼셀*이지만 전형적인 모양새는 아
니다. 나선을 그리며 하늘로 치솟는 기둥 하나가 아니라, 보
이지 않는 손이 받치고 있기라도 한 듯 기둥 수십 개가 권계
면에 뭉쳐 있다. 대양의 선박들도 말세를 만난 것처럼 암울
하겠지. 장거리 비행 이십 년 경력의 마클도 이런 구름은 처
음 봤다. 최소한 올해 최대의 폭풍이다. 성층권 돔의 높이가
16킬로미터에 이른다. 두 개의 기둥 사이로 빠져나가려고 시
도했다가는 그다음 기둥에 부딪힐 위험이 크다. 기상 레이더
에 비스듬히 기울어진 붉은 막대가 보인다. 물과 얼음의 벽
이다.

"저 구름 커지는 속도 봤어요?" 지드가 염려한다. "저기에
닿는 순간 미친 듯한 하강 기류에 걸려들고 말 겁니다. 저
구름은 통과 못 해요."

지드의 염려가 맞지, 마클은 생각한다. 대서양 비행 경력
일 년, 장거리 노선 비행 경력을 다 합쳐도 겨우 삼 년이지
만 말이야. 마클은 다시 마이크를 켜고 승객들이 상황을 너
무 심각하게 여기지 않도록 쾌활한 목소리로 방송을 한다.

"승객 여러분, 마클 기장이 다시 말씀 드립니다. 모두 좌석

---

* 뇌우의 한 형태로, 상승 기류를 동반하는 구름과 함께 강력한 토네이도
를 형성한다.

에 앉아 안전벨트를 매십시오. 동반한 어린이 승객의 안전벨트도 확인해 주십시오. 다시 말씀 드리지만 전자 기기는 모두 전원을 꺼 주시기 바랍니다. 곧 에어홀을 만날 가능성이 높습니다. 기내의 모든 승무원은 안전 점검이 끝났으면 착석하십시오……. 회신 바랍니다."

"전원 착석 완료했습니다." 수석 사무장이 회신한다.

"오케이, 이제부터 좀 힘들어질 겁니다. 장담하는데 잊지 못할 비행이 될 겁니다. 하지만 안전벨트만 잘 매고 계시면 모두 안전할 거라고 약속합니다. 혹시 놀이 공원을 좋아하신다면 롤러코스터를 탔다고……."

갑자기, 아직 온난 전선 가장자리에는 닿지도 않았는데 받쳐 주는 공기가 사라진 탓에 보잉 여객기가 구름 속으로 곤두박질한다. 조종석이 선실과 분리되어 있는데도 마클과 파브로의 귀에 승객들의 울부짖는 소리가 들리는 것 같다.

여객기는 영원과도 같은 십 초 동안 자유낙하를 하다가 적란운의 가장 험준한 곳, 남서쪽 기둥에 걸려들어 요동친다. 기체가 30도나 기울어지자 경보 장치가 켜지고 수동 조종에서 자동 조종으로 넘어간다. 보잉 여객기는 즉각 구름의 소용돌이에 휘말리고, 사방이 한밤중처럼 어두워진 탓에 조종실에 불이 켜진다. 칠흑 같은 어둠, 끔찍한 굉음. 거대한 우박 알갱이들이 미친 듯이 창을 두드리고 더러는 강화 유리에 흔적까지 남긴다. 그 몇 초가 끝나지 않을 듯 길게 느껴지고, 다음 순간 토네이도의 공세에도 불구하고 기체가 상승하는 따뜻한 기류를 타고 양력(揚力)을 다소 회복한다. 이번에는 롤러코스터를 타고 밑에서부터 올라가듯 강하게 눌리는 느낌이 든다.

마클은 안전벨트를 맨 상태로 제너럴 일렉트릭 엔진 두 개를 모두 최대치로 올린다. 왜냐하면, 그렇다, 그 망할 놈의 무풍대는 적도 부근인 리우-마드리드 간 비행에나 해당하는 것인데, 북대서양 한가운데에서 이게 무슨 일이냔 말이다. 젠장, 정말 한심하다, 최강 엔진과 환상적으로 유연한 날개를 장착한 이 여객기가 미니어처 비행기처럼 두 동강 날 순 없다. 그럴 수는 없어. 모의 비행에서 엔진 이상, 급격한 감압, 계기반 컴퓨터 작동 중지, 별의별 상황을 다 극복했는데 정작 실전에서 실패할 수는 없는 일이다. 마클은 아이들과 아내 생각을 하지 않는다. 아직은 아니다. 어쩌면 조종사들은 죽기 전 인생의 장면들이 주마등처럼 지나가는 순간조차 갖지 못할지도 모른다. 마클은 승객들 생각도 하지 않는다. 단지 이 크고 무겁고 둔중한 보잉 여객기를 구하려고 애쓸 뿐. 그는 암기하고 있는 동작들을 반복하고 또 반복하면서 반사 신경과 이십 년의 경험치에 자신을 맡긴다. 그래도 엉망진창이다.

마클과 파브로는 이리저리 흔들리고 처박히느라 얼굴이 납빛이 된 와중에도 조종에 집중하며 폭풍과 사투를 벌인다. 나중에 알게 됐지만 최근 십 년 사이에 일어난 가장 강력하고 급격한 폭풍이었다고 한다. 좌측 터빈의 동력이 15퍼센트 떨어졌다는 경고등이 들어오지만, 강력한 전자기장이 조종실의 전자 기기를 교란한다. 기체는 돌풍 속에서도 어떻게든 버티고 수평을 유지하다가 결국 안정을 찾는다. 우박의 기세가 꺾일 줄 모르고 창 바깥쪽 표면은 얽은 자국투성이지만, 다행히 안쪽에는 실금 하나 가지 않았다.

기체의 흔들림이 다소 진정되자 마클은 안내 방송을 내보낸다. 비행기 안이 웅성웅성 요란하지만, 그는 소리를 지르지 않으려 애쓴다.

"죄송합니다, 승객 여러분. 기상 이변으로 기체가 많이 흔들렸습니다. 우리 비행기는 적란운을 통과해 뉴욕까지 가야 하므로, 적어도 이 탈수기 속 같은 흔들림에서……."

별안간 눈부신 햇살이 다시 조종실을 비추고, 보잉 여객기에 급격히 속도가 붙는다. 비행기 안은 다시 조용해지고 폭풍이 그들 뒤로 멀어진다.

마클이 어리둥절해서 계기판을 살핀다. 비행기는 규칙적인 소리를 내면서 완벽하게 잘 날고 있다. 하지만 계기판 전체에 이상이 생겼다. 족히 오 분 동안 계속 하강했는데 계기판에는 해발 3만 9000피트라고 나오고, 기상 레이더에도 아무 방해 요소가 없다고 나온다. 방위는 이 육 공이다. 그가 다시 마이크를 잡는다.

"자, 여러분도 보셨다시피 본 여객기는 방금 큰 피해 없이 구름에서 빠져나왔습니다. 다음 지시가 있을 때까지 자리에 앉아 계시고 전자 기기의 전원을 켜지 마십시오. 기내의 승무원은 자리에서 일어나도 좋습니다, 감사합니다. 요청하실 것이 있으면 기내 승무원에게 말씀해 주십시오."

마클은 마이크를 끄고 무선 응답기에 긴급 코드 7700을 누른다. 다시 헤드셋을 쓰고 케네디 어프로치를 호출한다.

"메이데이, 메이데이, 메이데이,* 케네디 어프로치, 여기는 에어 프랑스 006이다. 구름과 우박을 동반한 난기류를 만났고, 부상자는 없으나 계기판에 이상이 있다. 고도, 속도, 레이더가 전부 표시되지 않고 앞 유리창도 심하게 손상됐다."

케네디 관제 센터에서 이번에는 남자가 놀란 목소리로 응답한다.

"에어 프랑스 006, 메이데이 접수했다. 긴급 코드 7700 맞나?"

"뉴욕행, 에어 프랑스 006, 코드 7700 맞다."

---

* 국제 긴급 구호 신호. 비행기에서 메이데이를 세 번 외치면 기체 결함이나 연료 부족으로 비상 착륙이 필요하다는 뜻이다.

상대가 전혀 이해 못 하겠다는 듯한 목소리로 다시 묻는다.

"에어 프랑스, 여기는 케네디 어프로치, 긴급 코드 7700 확실한가? 에어 프랑스 006 맞나?"

"맞다, 에어 프랑스 006, 메이데이. 긴급 코드 7700, 우박을 동반한 구름을 통과해 앞 유리창에 균열이 생겼다. 레이돔에도 손상이 있는 것 같다."

교신이 한참 동안 끊긴다. 마클은 말문이 막힌 표정으로 파브로를 돌아본다. 그가 긴급 코드를 세 번 전송했지만 케네디 공항 측은 계속 응답이 없다. 갑자기 교신이 다시 연결된다. 이번에는 여자 목소리인데 아까 그 여자처럼 경쾌한 목소리가 아니다. 상냥한 목소리도 아니다.

"에어 프랑스 006 메이데이, 여기는 케네디 어프로치. 항공 교통 관제소다. 기장의 이름을 알려 주기 바란다."

마클은 여전히 어리둥절하다. 지금까지 일하면서 관제소에서 조종사 이름을 물어본 일은 한 번도 없었다.

"에어 프랑스 006 메이데이, 여기는 케네디 어프로치. 다시 묻는다. 기장의 이름이 어떻게 되는가?"

소피아 클레프먼

2021년 6월 25일 금요일
뉴욕주, 하워드 비치

토요일 오후, 주방 싱크대 옆 라디에이터 뒤에서 바싹 말라 죽어 있는 개구리 베티를 발견한 사람은 리엄이다. 베티는 깃털처럼 가볍고 투명해서, 다리와 물갈퀴만 따로 달렸을 뿐, 몸통은 트레이싱 페이퍼를 개구리 모양으로 대충 구기고 뭉쳐 놓은 것 같다. 리엄은 여동생에게 베티가 뒈졌어, 너의 베티가 뒈졌어, 라고 말한다. 정말 재미있다는 듯 리엄은 두 팔을 들고 덩실덩실 춤을 추기 시작하고, 소피아는 울음을 터뜨린다.

베티는 삼 주 전 비바리움*에서 탈출했다. 예쁘고 축축한

---

* 동물이나 식물을 가두어 사육하는 공간. 특정 생물이 살아가는 환경 조건을 소규모로 꾸며 놓아 작은 생태계처럼 보이게 한다.

이끼며 초록 식물, 소피아가 골라서 넣어 준 회색 조약돌, 반으로 쪼갠 코코넛 껍질로 꾸며 준 수영장에도 불구하고, 거기 갇혀 사는 것이 지루했음이 틀림없다. 게다가 학교가 파하고 집에 온 소피아가 살아 있는 시커먼 파리를 먹이로 넣어 주기도 했는데. 소피아는 비바리움을 자기 침대 옆 낮은 테이블 위에 놓아두었다. 매일 밤 이불을 뒤집어쓰고 일어나 앉아, 풀 아래에 꼼짝 않고 있는 개구리에게 그날 하루 있었던 일을 소곤소곤 들려주었다. 소피아는 베티의 행복을 바랐다. 하지만 무엇보다 안전을, 포식자들이 베티에게 접근하지 못하기를 바랐다. 소피아는 '포식자'라는 단어를 처음 배웠을 때부터 마음에 들었다. 어딘가 무시무시하게 들려서 좋았다. 그럼에도 불구하고 개구리는 달아나 버렸다. 온기와 습기를 찾아 요리조리 용을 쓰고 뛰어다니다가 아래층 주방, 미지근한 금속 라디에이터에 다다랐겠지. 얼마나 배고프고 목이 말랐을까. 베티의 피부는 오랫동안 비가 오지 않을 때의 정원 흙처럼 쩍쩍 갈라져 있었다. 죽음 속에 굳어진 베티는 개구리의 엑토플라즘*이 되었다.

소피아는 베티에게 손대기가 두렵다. 리엄도 허세를 부리고 소리 지르며 개구리 사체 주위를 빙빙 돌긴 하지만 손으

* 영매의 몸에서 흘러나온다고 하는 물질로, 존재 여부가 과학적으로 증명되지는 않았다.

로 만지는 건 겁낸다. 엄마가 아이들을 타이른다. 조용히 해, 제발 좀 차분히 굴어라, 아빠 깨시겠다. 하지만 아빠는 이미 티셔츠 바람으로 아래층에 내려와 고함을 지른다. 왜들 소란 이야, 에이프릴, 애들 좀 조용히 시키면 안 돼? 나 휴가 나와 있는 동안만이라도 안 되겠어? 애들 데리고 쇼핑이나 가지그 래? 클라크 클레프먼 중위는 죽은 것이 분명한 베티와 여전 히 울고 있는 소피아를 발견하고는 장난을 친다. 저런, 소피 아, 네 개구리 좀 봐라, 꼭 말라 비틀어진 중국 만두 같아!

클라크가 두 손가락으로 개구리의 발 하나를 잡고 들어 올려 움푹한 접시 위에 아무렇지 않게 내려놓는다.

클레프먼 가족은 베티의 장례를 치러 주기로 한다. 베티 의 종교가 무엇인지 알 수 없으나, 에이프릴은 베티도 그들 가족처럼 침례교로 간주하기로 한다. 정식으로 침례를 받지 는 않았지만 어쨌든 대부분의 삶을 물속에서 보냈으니까. 그편이 간단하다. 거듭난 개구리는 개구리들의 천국으로 가 리라. 결국에는 클라크가 베티를 변기에 던져 넣을 것이다. 그 또한 간단해서 좋다.

베티는 소피아가 여섯 살 생일에 받은 선물이었다. 베티를 키우면서 소피아는 개구리에 대해 많이 배웠다. 이를테면 개구리는 삼억 년 전부터 있었고, 공룡과 같은 시대를 살았 고, 수천 종이 존재하고, '해충을 잡아먹는 유익한 동물'인데도 침투성이 높은 피부를 가졌기 때문에 아트라진 같은 살충제 성분에 죽어 나가곤 한다는 사실을. 개구리는 도롱뇽, 두꺼비 등과 함께 양서류에 속한다는 것을. 아닌 게 아니라 베티도 엄밀히 말하면 웨스턴 그린 토드(Anaxyrus debilis), 즉 두꺼비다. 소피아는 이 학명을 명함지에 정성껏 써서 비바리움에 붙였다. 사실은 수컷이지 싶다. 판매원도 잘 알지 못했다. 앤디(소피아가 명찰에서 본 바로는 앤디였다)는 한숨을 내쉬며 말했다. 아가씨, 미안해요, 겨우 엄지손가락만 한 두꺼비라서 생식기 구분이 잘 안 되네요, 그냥 남자와 여자 다 쓸 수 있는 중성적인 이름을 지어 줘요. 모건이나 매디슨 같은. 그래도 소피아는 베티라는 이름을 택했다. 소피아가 비바리움에 다가가면 베티는 굴속이나 조약돌 밑에 숨었다. 청소기 돌리는 소리가 나면 겁을 먹었다. 라과디아 공항에서 이륙해 하워드 비치 상공을 나는 비행기 소음에도 겁을 냈다. 매사에 겁을 내고 숨어서 베티의 모습을 보기가 힘들었다. 계집 맞네, 클라크가 킬킬거리며 말했다. 리엄이나 소피아 앞에선 그런 말 하지 마, 에이프릴이 이렇게 말하고는 한숨을 내쉬었다.

어쨌든 클라크 클레프먼이 베티를 집어 수프 접시에 놓는데, 소피아가 비명을 지른다.

"베티가 움직였어. 엄마, 베티가 움직였어요!"

"뭐? 그럴 리 없어, 소피아. 아빠가 접시를 건드렸을 뿐이야."

"아니에요, 움직였어요. 봐요, 저 우묵한 부분에 물기가 있어서 그래! 그래서 깨어난 거야. 엄마, 엄마, 물을 더 부어 봐요, 어서요!"

에이프릴이 어깨를 으쓱하고는 컵에 수돗물을 받아서 베티에게 부어 준다. 양서류가 한 발을 꿈틀, 다른 발을 꿈틀하더니 되살아난다. 스펀지처럼 물을 다 빨아들이고 그릇 바닥에서 펄떡거린다. 피부도 예전처럼 초록색이 차츰 돌아온다.

"미쳤네." 클라크가 놀라서 중얼거린다.

"건조할 때는 아홀로틀*처럼 가사 상태로 있는 거예요, 엄마, 기억나죠? 아홀로틀이 이렇게 하잖아요, 이 상태로 우기까지 버티는 거죠."

"미쳤어." 클라크가 아까 한 말을 되풀이한다. "이런 건 처음 봐, 이 멍청한 개구리가 아까 분명히 백 퍼센트 죽은 상태였는데 지금은 발정 난 잡년처럼 설치고 있네, 미쳤어."

"클라크, 제발 애들 앞에서 그런 말 좀 쓰지 말라니까." 에이프릴이 말한다.

---

* 점박이도롱뇽과의 양서류. 우파루파, 멕시코도롱뇽이라고도 한다. 번식이 쉽고 신체 일부가 손실되더라도 쉽게 재생한다.

"내가 내 집에서 마음대로 말도 못 해? 젠장! 나는 너희들한테 뭐야? 병신들 천지에 목숨 내놓고 가서 매달 집구석에 꼬박꼬박 돈 벌어다 주는 ATM기야? 나도 신물 나거든? 에이프릴, 알아들어? 신물이 난다고!"

에이프릴이 바닥만 내려다보고, 소피아와 리엄은 굳어 버린다. 클라크의 분노에 주위의 공기가 얼어붙는다.

클라크가 주먹을 쥐고 자기 안으로 침잠한다. 그렇다, 전부 부숴 버릴 기세다. 빌어먹을, 아프가니스탄에서 열 번이나 죽을 뻔한 사람에게 절을 해도 모자랄 판에. 열 번, 그래, 말이 쉽지. 그들에게 관심을 주는 사람은 아무도 없었다, 뒈지기라도 하면 모를까. 그들은 정치인의 아들이 아니니까. 베트남전 때 허울 좋은 주 방위군에 들어가 숨어 버린 얼간이들 있지 않나. 그렇다, 작년에 험비*라는 바퀴 달린 관짝 대신 오시코시 트럭이 연대에 들어오긴 했다. 나쁜 새끼들이 주둥이만 살아서는 13밀리미터 총탄도 뚫지 못하는 방탄 차량이라고 떠들어 댔다. 하지만 웬걸, 구멍이 숭숭 뚫린 그 차는 모래색으로 페인트칠만 다시 한 박스 쪼가리 수준이었다.

개구리 베티의 부활 두 주 전에 바그람 공군 기지에서 카

---

* 군용 지프차.

불로 이동하던 중 클라크가 탄 오시코시 트럭이 총알 세례를 받았다. 소리를 들었을 때 자스타바가 틀림없었고 시리아군이 쓰는 입문 레벨의 반자동 총이지 싶었다. 총알이 절대 깨지지 않는다던 좌측 뒷문 유리창을 뚫고 들어와 톰슨의 심장에 박혔다. 단박에 톰슨은 총알이란 것이 얼마나 사람을 죽이기 좋게 만들어졌는지 알았고 미친 듯이 비명을 질렀다. 톰슨은 민간 군사 기업 '아카데미'에서 온 용병이었다. 생각이 꼬였다기보다는 그냥 멍청한 놈으로, 원래는 제너럴 모터스 자회사에 납품하는 공장에서 일했는데, 다른 나라에서 똑같은 점화 플러그를 또 다른 가엾은 놈이 시급 30센트에 만들게 되자 공장이 문을 닫는 바람에 실직자 신세가 되었다. 톰슨은 몬태나주에 산장을 갖는 것이 꿈이었다. 그 꿈을 위해 앨버말 사(社) 엔지니어들의 밀착 경호 업무를 담당했다. 엔지니어들은 넉 달간 카불의 세레나 호텔에 머물며 리튬 시장을 조사했다. 넉 달간 중국의 간평 리튬보다 빨리 채굴 계약을 성사시키려고 분투했다. 하지만 날벼락도 유분수지, 톰슨이 아직 타지도 않았는데 아카데미에서 지원한 차량이 카불로 출발해 버렸다. 톰슨은 오시코시 트럭을 얻어 타는 대가로 200달러를 내야 했다. 십여 년간의 전쟁으로 황폐해진 아프가니스탄 변두리, 시멘트 파편과 골진 함석판 들이 널려 있고 움푹 파인 도로를 두 시간 달리는 대가로.

눈의 흰자위를 희번덕거리며 피를 꿀럭꿀럭 토해내는 톰슨을 잭 중사가 돌보는 동안, 클라크는 회전식 포좌에 들어가 자기가 아는 모든 욕을 퍼부으며 총알이 날아왔다고 생각되는 방향으로 산탄을 난사했다. 헐벗은 언덕 위 진흙으로 지은 꾀죄죄한 간이 건물 두 채에 수백 발의 총탄이 쏟아졌다. 그 건물들은 이내 부서져 내려 흙먼지가 되었다.

오시코시는 방향을 틀어 바그람으로 황급히 돌아갔다. 수술실이 그들을 기다리고 있었다. 간호사는 이미 분주했다. 바로 전날, 청소 팀에서 일하는 아프간인 임시 직원이 구내식당 옆에서 '알라후 아크바르'*를 외치며 자살 폭탄을 터뜨리는 바람에 두 명이 사망하고 열 명이 다쳤다. 범행 이유는 버드와이저 10여 병을 마시고 취한 군인들이 코란에 대고 오줌을 갈겼기 때문이다.

아마도 그 이야기는 진짜였을 것이다. 관타나모 수용소에선 햄 조각을 철창 안으로 던져 줬다는 이야기. 쓰레기들은 늘 애국주의에서 피난처를 찾는다. 어쨌든 톰슨이 쓸 병상을 찾을 필요는 없었다. 도착했을 때 톰슨은 이미 죽어 있었고, 차 안은 온통 피 칠갑이었다. 분명한 건 톰슨에게 물을

---

* 아랍어로 '신은 위대하다'는 뜻.

부어 줬어도 개구리처럼 살아나지는 못했을 거라는 사실이다. 안타깝게도 클라크는 아무것도 할 수 없었다. 할 수 있는 게 아무것도 없는데 자기 새끼들 앞에서 '계집'이니 '발정난 잡년' 같은 말도 못하다니, 자기들이 사는 세상이 얼마나 좆같은지 똑똑히 가르쳐 줄까 보다.

클라크가 말했다. "너희들 개지랄에 지친다, 지쳐. 에이프릴, 어서 그놈의 쇼핑이나 가, 저 꼬맹이도 데려가고. 리엄, 게임 그만하고 엄마 따라가서 짐 드는 거나 도와줘. 소피아, 너는 이리 와, 개구리를 다시 비바리움에 넣어 주자."

소피아가 엄마를 쳐다본다. 엄마는 말없이 자동차 키를 챙긴 뒤, 툴툴대는 리엄의 손을 잡는다. 소피아는 완전히 살아난 베티가 담긴 접시를 들고 위층으로 올라가는 아빠를 따라간다.

비바리움 속에는 조약돌에 붙여서 세워 둔 에펠탑 모형도 있다. 넉 달 전 클레프먼 가족이 결혼 기념일 여행으로 프랑스 파리에 다녀왔기 때문이다. 그들은 벨빌에 침실 하나가 있는 집을 빌렸고, 애들은 거실 소파베드에 재웠다. 노트르담 대성당과 개선문을 구경했고, 몽마르트르 언덕과 샹젤리제 거리를 둘러보았다. 그런데도 소피아는 '양서 동물'을 보러 가야 한다고 고집을 피웠다. 소피아의 고집에 에이프릴이 아이를 파리 자연사 박물관의 동물원에 데려갔고, 그곳에서 소피아는 처음으로 아홀로틀을 보았다. 괴상한 그 동물은 한쪽 눈을 잃어도 복구할 수 있고 뇌도 일부 재생이 가능하다고 했다.

그 후 소피아, 리엄, 에이프릴은 정규 노선을 이용해 뉴욕으로 돌아왔는데, 비행기가 어찌나 흔들렸는지 마지막 삼십 분은 아이들이 줄기차게 비명을 질러 댄 기억밖에 없다. 클라크는 그들과 함께 귀국하지 않았다. 새로운 임무를 받아 파리에서 바르샤바로 갔고, 바르샤바에서 곧바로 바그다드로 이동했다. 이번에는 C17 보잉 수송기에 아브람 탱크 두 대와 엄청난 폭발력을 지닌 폭탄을 싣고 날아갔다. '모든 폭탄의 어머니'라고 불리는, 무게 10톤 지름 10미터의 괴물 폭탄을. 클라크는 바그다드에서 아홉 주를 보내고 하워드 비치로 돌아왔다. 톰슨의 피 냄새, 뜨거운 금속성의 비린내를 여전히 간직한 채로.

소피아의 영민함은 에이프릴의 자부심이었다. 그러나 그녀는 딸내미의 톡톡 튀는 생기와 호기심을 질투하는 자신에게 화가 날 때도 있었다. 소피아 나이 때 에이프릴은 엄마에게 찰싹 달라붙어 동물 그림, 특히 망아지 그림을 색칠하며 시간을 보냈다. 치매에 걸린 어머니를 자매들과 함께 이사시킬 때 그런 그림 수백 장을 발견했다. 엄청났다. 자주색 망아지, 인디고색 망아지, 초록색 망아지, 주황색 망아지. 무지개의 모든 색이 다 있는데 전부 다 망아지 그림이었다. 에이프릴은 기억이 나지 않았다. 그 시절 자체가 기억에 전혀 없었다. 그녀는 어린 나이에 부모의 집을 떠나 이 키 크고 호리호리한 금발 남자와 결혼했다. 그는 섬세하고 배려 넘치는 청년이었으며, 공책에서 뜯어낸 종이에 아름다운 시를 써 주었다. 그 종이를 말없이 그녀에게 내밀면서 그 용기에 자기가 더 민망해했다.

Swing the bells
Play hide and seek,
I kissed April on her cheek
종을 울려요
숨바꼭질을 해요,
나는 에이프릴의 뺨에 입 맞췄죠

그렇다, 그 시절에 클라크는 자상했다. 그는 대학 졸업장이 없었기 때문에 처음에는 부동산 중개 일을 했고, 그다음엔 운전 학원에서 강사를 했다. 하지만 우유부단한 고객, 초보 운전자에게 짜증이 나면 참지 못했기 때문에 어떤 일도 오래가지 못했다. 군대는 그에게 기본 틀을 만들어 주고 그의 자부심을 되살려 주었다. 군대는 스물두 살이지만 열여덟 살처럼 보이는 앳된 청년의 머리를 밀고 검은 베레모를 씌워 주었다. 가장 중요한 것은 1만 5000달러의 보너스를 지급했다는 점이다. 이 돈과 보장된 월 소득을 밑천 삼아 에이프릴은 대출을 알아봤고 부동산 가격이 바닥을 칠 때 하워드 비치에 위치한 이 집을 헐값에 샀다. 전 주인이 망해서 퇴거한 지 얼마 안 된 집이었다. 그 집 사람들은 망가뜨릴 수 있는 건 다 망가뜨려 분풀이를 했다. 세면대, 싱크대, 주방 조리대, 심지어 침실 벽까지 부수고 갔다. 몇 년 뒤 남극의 스웨이츠 빙하, 두께만 2킬로미터에 면적은 플로리다주만 한 그 빙하가 와해해 녹아 버리면 그 집은 침수될 것이다. 하지만 클라크와 에이프릴은 그것을 짐작하지 못했고, 집 전체를 손보기 시작했다. 에이프릴은 배가 불룩한 임신부의 몸으로 혼자서 페인트칠을 했다.

April tender, April shady,

O my sweet and cruel lady,

April blooming with pastel colours

정다운 에이프릴, 그늘진 에이프릴,

오 나의 상냥하고 잔인한 여인이여,

파스텔 색조로 만발하는 에이프릴

시간이 갈수록 클라크는 자신감이 생겼고 권위적으로 변했다. 시를 써서 건네던 그 다정한 청년은 이제 없었다. 군사 훈련은 그를 무정한 근육질의 남자로 변신시켰다. 사랑을 나눌 때도 자기 여자의 젊은 몸을 너무도 조심스럽고 수줍게 다루던 그 청년이 우악스럽고 이기적인 남자가 되었다. 그때부터 그녀는 남편이 두려워졌다. 하지만 클라크가 훈련을 마치고 마지막 시험을 통과했을 때 리엄은 이미 태어났고 소피아는 배 속에 있었다.

April caught in the icy storm,

April soft, so sleepy warm

얼음 폭풍에 갇혀 버린 에이프릴

보드랍고, 노곤하도록 따스한 에이프릴

그렇게 몇 년이 흘렀고, 정다운 에이프릴, 그늘진 에이프릴은 언니 집에 굴러다니던 오래된 책을 우연히 펼쳤다가 강기슭에 좌초한 잉어처럼 벌어진 입을 다물지 못했다. 그의 시, 오직 그녀만을 위한 그 아름다운 시는 어느 잊힌 영국 시인이 쓴 「에이프릴에 빠지다」였다. 클라크가 첫 만남 때 건넨 그 종이쪽지를 그녀는 바보처럼 고이 접어 지갑 속에 늘 가지고 다녔다. 그가 학교 수업 시간에 배운 시를 공들여 베껴 쓴 것일 뿐인데 말이다. 에이프릴은 아이들을 데리고 집으로 돌아왔다. 그리고 그날 밤 그녀는 빼도 박도 못하게 추락한 과거의 이미지, 공책에서 대충 찢어낸 종이를 어색하게 손에 든 10대 소년 클라크에 대한 짓밟힌 추억을 마주하며 분하고 서글픈 마음에 밤이 새도록 울었다.

April, I fall for you.
에이프릴, 너에게 빠진다.

★

클라크가 비바리움의 철창문을 들어 올리고 접시를 기울인다. 개구리는 떨어지면서 이끼에 한 번 부딪혔다가 코코넛 껍질 수영장에 퐁 하고 들어간다.

"베티에게 먹을 것 좀 줘야겠어요, 아빠. 배고플 거예요."

"그냥 좀 쉬게 해. 너도 목욕 좀 해야겠다. 베티처럼 욕조에서 놀아."

소피아는 아무 대꾸도 하지 않는다. 아래층에서 문 닫히는 소리가 나고 엄마와 리엄의 발소리가 멀어져 간다. 탁 하고 자동차 문 닫히는 소리가 나더니 차가 출발한다. 클라크가 수돗물을 틀고, 물 온도를 확인하고, 향기 나는 목욕용

소금을 넣고, 신발을 벗는다. 소피아는 미적거린다. 아빠가 눈살을 찌푸린다.

"빨리 좀 해라, 소피, 물속으로 들어가라고. 파리에서처럼 시간이 남아도는 게 아니……."

초인종 소리에 아빠는 하던 말을 멈춘다. 초인종이 또 울린다. 문을 열려고 하는지 덜커덩거리는 소리도 난다. 클라크가 천장을 쳐다본다.

여자 목소리가 들려온다.

"클레프먼 씨? 클레프먼 부인? FBI의 채프먼 요원입니다."

"소피, 아빠가 내려가 볼게. 넌 욕조에 들어가서 거품 목욕하고 놀아. 욕조에 물이 반쯤 차면 수돗물 잠그고, 알았지?"

클라크가 욕실에서 나간다. 아래층에서 그의 언성이 높아지고, 어떤 남자가 단호하게 뭐라고 대꾸한다. 또 다른 남자 목소리도 들려온다. 실랑이가 이어지고, 누군가 욕실 문을 노크한다.

"들어가도 되겠니, 소피아?" 여자 목소리다.

"네, 아줌마." 소피아가 대답한다.

웬 여자가 미소 띤 얼굴로 들어온다. 흑인이고 머리칼이 매끄럽다. 머리칼을 짧게 자른 모습이 엄마와 좀 비슷하다고 소피아는 생각한다. 그런데 엄마보다 덜 피곤해 보인다. FBI 요원이 무릎을 꿇고는 아이의 뺨을 프로답게 살짝 어루

만진다. 신경과학이 밝혀낸 바에 따르면, 신체 접촉은 아이들을 안심시키고 안정감을 가져다주는 중요한 매개체다.

요원은 이어서 수건을 내민다.

"안녕, 소피아, 난 헤더라고 해. 헤더 채프먼 요원이야. 얼른 몸을 닦고 옷을 입으렴. 난 욕실 밖에서 기다릴게, 알았지? 엄마는 어디 가셨니?"

"리엄 오빠랑 쇼핑하러 갔어요."

여자는 욕실에서 나와 휴대폰을 꺼낸다.

"소피아 클레프먼은 저와 함께 있습니다. 에이프릴 클레프먼이 지금 어디에 있는지 찾아 보세요. 아마 가장 가까운 메이시스 백화점에 있을 거예요. 검은색 쉐보레 트랙스, 차 번호는 알고 계시죠. 아들 리엄과 함께 있을 겁니다."

소피아가 옷을 입고 나오자 계단참에서 기다리던 여자가 손을 내민다. 아래층은 이제 조용하다. 아빠는 보이지 않는다.

"자, 소피아, 엄마와 리엄 오빠를 찾으러 가자. 우리랑 다같이 차를 타고 갈 거야."

"그런 다음에 다시 집으로 오나요? 베티에게 먹을 걸 줘야 하거든요."

"베티?"

"내 개구리예요, 아줌마. 죽은 줄 알았는데 그냥 물기가 마른 거였어요. 아홀로틀처럼요."

여자가 꺼냈던 휴대폰을 다시 집어넣는다.

"네 개구리는 걱정하지 마. 우리가 돌봐 줄 테니까. 다 잘될 거야. 날 헤더라고 부르렴. 어떠니, 소피아?"

"네, 아줌마."

조애나

2021년 6월 25일 금요일
필라델피아

"조애나, 당신의 뇌는 고딕 대성당이구려." 션 프라이어가
말한다.

조애나 워서먼은 션 프라이어의 눈빛을 고스란히 받아 내
며 깜짝 놀란 마음을 숨긴다. 정말? 대성당? 고딕? 적어도
플랑부아양 양식*이겠지? 변호사는 생각한다. 왜 타지마할
은 아니야? 피라미드나 라스베가스의 시저스 팰리스는? 일
순간 당황했지만 조애나는 대꾸할 말을 찾아낸다.

"남자의 뇌라는 말보다는 낫군요."

"뭐라고?"

---

* 골조가 타오르는 불꽃과 같은 모양으로 된 화려한 건축 양식. 고딕 후
기 양식에 속한다.

"시몬 드 보부아르 얘기예요. 보부아르의 아버지는 늘 자기 딸이 '남자의 뇌'를 가지고 태어났다고 했대요."

발데오 사 CEO가 알 만하다는 듯 쿡쿡대며 웃는다. 누가 보면 시몬과 그 아버지 그리고 그 집 개하고도 막역한 사이인 줄 알겠어. 조애나는 속으로 웃는다. 프라이어는 시몬이라는 여자가 누구인지 어렴풋이 이름이나 들어 봤을 정도겠지만 어쨌든 작은 약점도 보여선 안 되는 매출 300억 달러 규모 거대 제약 회사의 대표다. 고딕 대성당이라니…… 딱하다, 딱해.

조애나는 서류 작업을 하고 서류를 들고 따라다니는 일까지 하는 어소시에이트 변호사 한 명과 함께 필라델피아의 발데오 본사에 왔다. 발데오가 덴턴 & 로벨 법률 회사의 고객사가 된 지도 칠 년, 법률 회사 측에서는 주로 세금 문제와 주식 공개 매입을 담당해 왔다. 조애나는 석 달 전부터 발데오를 위해 일했고, 프라이어를 직접 상대하는 건 두 달 됐다. 처음 만난 자리에서 프라이어는 특유의 느릿한 텍사스 말투와 최상위 포식자다운 미소를 과시하며 그녀에게 물었다.

"이봐요, 변호사님. 덴턴 & 로벨의 하고 많은 얼간이 중에서 내가 왜 당신을 선택했는지 아시오?"

"제가 맞혀 볼까요, 프라이어 회장님. 아마도 스탠퍼드의 동기들 중 일등이었기 때문이고, 어쩌면 젊은 여성이기 때문이며, 확실한 이유는 흑인이기 때문일 겁니다. 그리고 제가 하버드에서 회장님과 함께 수학한 늙은 백인들을 상대로 언제나 승소했기 때문이겠죠."

프라이어가 껄껄 웃음을 터뜨렸다.

"그렇소, 변호사님. 감히 그렇게 대답하는 사람이 당신밖에 없기 때문이기도 하고."

"저는 회장님이 저를 받쳐 줄 능력이 있는 분이기 때문에 고객으로 모시기로 한 거고요."

프라이어가 다음의 말을 덧붙였다. 마지막 한마디를 덧붙여야만 직성이 풀리는 사람이기 때문이다.

"내가 카네기 멜런 대학교도 나왔다는 걸 잊지 마시오."

무승부. 이 설전 이후로 조애나 워서먼과 션 프라이어는 세상에서 둘도 없는 친구인 척하고 있다. 대등한 입장에서 이야기를 나누는 사이 말이다. 프라이어는 그것이 자기 명예를 높여 주는 일이라고 생각한다. 그가 사회적, 인종적 다양성을 상대적으로 수용하는 시간. 억만장자 상속자가 휴스턴 출신의 흑인 영재 계집애와 멸시 없이 대화를 나눈다는 사실에 자부심을 느끼고 웬만큼 즐기기까지 하는 시간. 조애나는 전기 기사 부친과 재봉사 모친 사이에서 태어나 소수 집단 우대 정책(affirmative action)의 혜택을 받은 장학생이었다. 프라이어는 그런 정보를 다 입수해 뒀다.

대화를 튼 다음부터 그들은 현격한 차이 — 서른세 살의 나이 차, 20억 달러 상당의 스톡옵션, 그리고 하얗게 빛나는 의치 — 에도 불구하고 서로를 이름으로 부르고, 그것이 유해한 위선으로 그들의 대화를 세련되게 채색한다. 만약 그들이 라틴 계통이었다면 아예 말을 놓았을 것이다.* 자기 집 정원사하고도 친구 사이라고 주장하는 부르주아 프라이어는 이 허구의 우정을 믿지만 조애나는 절대 속지 않는다. 그녀는 프라이어의 강박적인 미소에서 뭐라 콕 집어 말할 수 없는 남부 사람의 특징, 모든 인종 간 관계에 배어 있는 기호와 상징적 뉘앙스를 간파한다. 머리를 완벽하게 손질한 부잣집 백인 마나님이 흑인 운전사를 향해 거의 무의식적으로 짓는 세상 환한 미소, 그 아래에 저 노예의 후손은 날 때부터 나보다 열등한 사람이라는 오만한 확신이 깔려 있는 부담스러운 미소, 「바람과 함께 사라지다」 이래 한 치도 변하지 않은 유독한 미소, 어린 시절 내내 어머니에게 재봉 일을 맡기던 백인 아주머니들의 분칠한 얼굴에서 본 그 미소를 가능케 하는 자연스러운 태도를 알아본다.

하루는 — 20세기가 저물어 가던 때였다. — 조애나가 중

---

* 라틴 계통의 언어에는 우리말처럼 존대의 개념이 있다.

학교 수업을 마치고 스쿨버스를 기다리는데, 검은색 리무진 한 대가 조애나 앞에 멈춰 섰다. 선팅한 뒷좌석 차창이 스르르 내려가더니, 같은 반 여자애가 얼굴을 내밀고 조애나에게 타라고 했다. 그 애는 친구와 함께 조금이라도 더 시간을 보낼 수 있다는 생각에 싱글벙글했다.

친구의 엄마도 부추겼다. "그래, 조애나, 타고 가렴. 조금 돌더라도 너희 집 앞에 내려 줄게. 힘든 일도 아닌걸."

'힘든 일도 아닌걸.' 이 말에서 조애나는 알아차렸다. 저 엄마는 내키지 않는데 딸이 졸라서 어쩔 수 없이 이러는구나. 조애나는 대형 독일제 세단 뒷좌석에 친구와 나란히 앉았다. 운전대를 잡은 친구 엄마는 예의를 차리고 싶은 듯 대화를 시도했다.

"그래, 조애나, 넌 나중에 뭐가 되고 싶니? 설마 너희 엄마처럼 재봉사가 될 건 아니지?"

조애나는 대답하지 않았다. 그녀는 눈에 눈물이 그렁그렁해져서는 집에 들어가자마자 엄마 품에 뛰어들었다. 엄마를 꼭 끌어안고, 곧바로 책과 공책을 꺼냈다. 오만한 말 한마디가 누구보다 부모에게 감사하는 딸, 누구보다 악착같이 공부하는 학생을 탄생시킨 것이다.

이십 년이 지난 지금, 조애나는 자신이 어디서 왔고 어디로 가는지 안다. 무엇보다 고소인의 대다수가 여성 노동자들, 그것도 대부분 유색 인종인 이 헵타클로르 관련 소송에서 그녀 같은 흑인 여성 쌈닭 변호사가 쟁점을 바꿔 놓고 상대의 공격을 누그러뜨릴 수 있다는 것을 안다. 어쨌든 프라이어는 그럴 거라 믿는다. 그가 그녀를 강력하게 원했기 때문에 미친 척하고 부른 거액의 연봉에도 불구하고 D&L이 그녀를 영입했을 거라고 조애나는 짐작한다. 법률 회사는 그녀를 영입하는 자리에서 바로 고객사를 딱 하나 배정했고, 그 회사가 바로 발데오였다. 더 좋은 일은(법률 회사에서 이런 경우는 극히 드문데) 곧바로 파트너 변호사가 되었다는 것이다.

1930년대에 지은 고층 건물 꼭대기 층에 있는 프라이어의 회장실은 거대한 통유리창으로 델라웨어강이 내려다보인다. 프라이어는 손님 앞에서 흡족해하는 주인의 자세로 사무실 안을 왔다 갔다 하지 않고는 못 배긴다. 무솔리니처럼 턱을 치켜들고 팔짱을 낀 채 창밖 경치에 푹 빠진 척한다. 사무실에 둘이 있는 가운데 그가 한참 동안 명상에 잠긴 척해도 조애나는 늘 봐준다. 일 분에 100달러인데 봐줘야지. 어느 날 그녀가 이 사실을 지적하자, 프라이어가 기억을 더듬어 지독히 냉소적인 문장 하나를 끄집어냈다. 돈이 이토록 과대평가되지 않는다면 우리도 이토록 그걸 가치 있게 여기지 않을 텐데……. 그가 직접 생각해 낸 말은 아니지만 프라이어는 원래 인용을 좋아한다. 문학적 소양이 생뚱맞게 여겨지는 경영인들의 세상에서, 그는 그 소양을 상징적 지배의 강력한 도구로 삼았다. 헵타클로르 관련 형사 소송 가능성이 제기되고 이사회에서 우려를 표했을 때(회사는 그 살충제를 테스트가 완료되기도 전에 시중에 선보였다.), 프라이어는 신중론을 능란한 솜씨로 물리쳤다. "친애하는 동료 여러분, 나는 언제나 랠프 왈도 에머슨의 아름다운 시를 생각합니다. 그 시는 이렇게 끝나지요. '길이 난 곳으로 가지 마라. 아직 길이 없는 곳으로 가서 새로운 발자국을 남겨라.' 그렇습니다, 인류를 먹여 살리기 위한 끝없는 싸움에 우리의 발자국이 남을 겁니다."

헵타클로르⋯⋯. 조애나가 여기에 와 있는 이유도 특정 곤충들을 유충 단계에서 벗어나지 못하게 하는 그 유효 성분 때문이다. 발데오 사는 2000년대에 이 성분을 개발했고, 그 후 공공 부문과 다른 제조 회사들에 특허가 공개되었다. 하지만 헵타클로르가 극소량으로도 암을 유발하고 내분비계에 교란을 일으킨다는 강력한 증거가 나왔다. 오스틴 베이커 법률 회사가 집단 소송을 걸었고 발데오는 수억 달러의 손해 배상금을 지불해야 할 위기에 봉착했다.

"괜찮으시다면 이제 일 이야기를 하죠, 션. 현재 예순다섯 명의 환자가 발데오를 예방 의무 경시 혐의로 고소했습니다.

우리가 큰 대가를 치러야 할 수도 있어요."

조애나는 의도성이 없음을 전제로 하는 이 '예방 의무 경시'라는 신조어가 무척 마음에 든다. 그녀의 법률 회사가 고객사와 이익을 공유하는 운명 공동체임을 보여주는 '우리'라는 단어도 싫지 않다. 그녀가 이어서 말한다.

"말해 보세요, 션. 저쪽에서 발데오가 제품의 위험성을 알면서도 사용자들에게 숨겼다는 걸 입증할 증거를 제시할 것으로 보이나요?"

"그게 어떻게 가능할지 모르겠소."

"법정에서 이런 질문을 받으면 '어떻게 가능할지 모른다.'는 말은 절대 하지 마세요. 내가 방금 물어봤던 것처럼 선 넘는 질문이 나오면 난 바로 이의를 제기할 거예요. 일단 계속 제품은 무해하다고만 말하세요."

"당연히 무해하지. 당시의 임상 시험 결과는 오스틴 베이커가 내세우는 개별 연구 결과하고는 완전히 달라요."

"좋아요. 계속 그렇게 말하세요. 이건 전문가 대 전문가의 싸움이에요, 션. 관건은 발데오에서 연구원으로 일했던 프랜시스 골드헤이건이죠. 그는 헵타클로르의 유해성을 입증하는 자신의 분석을 회사 측에서 고의로 누락시켰다고 주장하고 있어요."

"그 친구의 실험 기록도 검토했지만 최종 단계에서 배제

한 거요. 게다가 우리가 조사를 좀 해 봤는데, 그 친구는 사생활만 봐도 거짓말쟁이예요. 적어도 자기 마누라한테는 그래."

변호사가 한숨을 내쉰다. 이런 방법으로 소송에서 이겨 봤자 장기적으로는 법률 회사 이미지를 말아먹을지도 모른다. 그래도 단기적으로 볼 때 패소는 고려할 만한 사항이 아니다.

"그런 식으로 그 사람의 평판을 망가뜨리고 싶진 않아요. 발데오로서도 그렇게 나가서 명예로울 게 없어요, 정의 차원에서도 그렇고요."

"이봐요, 조애나, 정의는 어머니의 사랑 같은 거라오. 누구나 웬만큼은 정의를 편들지……. 가족 얘기가 나왔으니 말인데, 동생은 좀 어때요?"

이 사람이 아는구나, 변호사는 즉시 깨닫는다. 당연히 프라이어는 그녀의 약점을 조사했다. 그래서 지난 2월에 조애나의 여동생 엘렌이 원발 경화 쓸개관염(PSC) 진단을 받았다는 것을 알고 있다. 엘렌 같은 대학생은 기본 건강 보험밖에 없고, PSC처럼 치료법이 딱히 없는 중병은 의료비 보장이 되지 않는다는 것을 확인하고 질겁했다는 사실까지. 프라이어는 조애나가 단지 엘렌을 위해 D&L의 고액 연봉직을 구했다고 생각한다. 20만 달러짜리 간 이식 수술을 받지 않으면 엘렌은 죽은 목숨이요, 그 후에도 일 년에 10만 달러는 들 것이다. 그 연약한 육체가 십 년, 어쩌면 십오 년 동안 쓸개관염에 저항하며 혹시 나올지 모를 치료법을 기다리기 위해 10만 달러가 필요하단 말이다. 그러나 프라이어의 생각은 틀렸다. 물론 돈도 중요했지만 조애나는 이 높은 자리에 오르고 싶은 마음도 있었다. 돈더미의 꼭대기에서 자기가 할 수 있는 복수의 범위를 조망해 보기를 원했다.

CEO는 할 수 있는 한 엄숙함을 담아 진지한 목소리로 말한다.

"동생이 얼마나 힘들까. 내가 진심으로 당신을 염려한다는 걸 알아주시오."

"정말…… 감동이네요."

"뭐든 동생에게 필요한 게 있으면, 조애나, 우리가 누구보다 잘 도울 수 있소. 병원이든, 약이든, 새로운 치료 계획이든."

"고마워요, 션. 당장은 간 이식이 필요해요. 하지만 고마우신 제안, 기억해 둘게요. 괜찮으시다면 헵타클로르 집단 소송 이야기로 돌아가죠. 제 동료 스펜서 변호사가 우리의 방어 전략을 간단히 말씀 드릴 겁니다."

젊은 어소시에이트 변호사의 프레젠테이션이 끝나기 무섭게 션은 턱을 까딱하는 것으로 D&L의 변호 전략을 수락

한다. 그는 변호사들에게 악수를 청하며 회의가 끝났음을 알린다. 조애나가 회장실에서 나가려는데 션이 그녀를 붙잡는다.

"조애나, 당신에게 기회를 하나 제안하고 싶소. 내일 토요일 저녁에 돌더 클럽 모임이 있는데 당신도 거기에 오면 어떻겠소. 돌더 클럽에 대해서는 알지요?"

조애나가 고개를 끄덕인다. 알다마다. 매우 폐쇄적인 클럽, 원형으로 삼은 빌더버그 클럽*보다도 회원 가입이 엄격히 제한된 클럽이라고 들었다. 빌더버그 클럽이 매년 정재계 주요 인사 백여 명을 한자리에 모으는 데 반해, 돌더 클럽은 '거대 제약 회사'를 이끄는 이십여 명이 회원의 전부다. 지난 반세기 동안 어디서 회의가 열리고 무슨 논의가 이루어졌는지 아무도 모른다. 약값을 담합했을 수도 있고, 친구들끼리 작은 거래가 오갔을 수도 있고, 장기적 방향성을 결정했을 수도 있다. 음모론자들이 판 벌리기 딱 좋은 이야기다. 프라이어가 미소를 짓는다.

"당신을 내 개인 고문으로 소개하려고 해요, 사실이 그렇기도 하고. 올해 연례 회의가 미국에서 열려요. 그래서 영광

---

* 1954년에 로스차일드 가문을 주축으로 네덜란드 암스테르담 인근 빌더버그 호텔에서 첫 회의가 열린 데서 유래한 명칭이다. 전 세계 유력 인사들로만 구성되며 회의 내용은 외부에 알리지 않는다.

스럽게도 미국인인 내가 기조 연설을 하게 됐소. 연설 주제는 '죽음의 종말'인데, 당신 마음에도 들 거요. 줄리어스 브라운, 그래요, 2020년도 노벨상 수상자가 배아의 계통 발생에 관한 연구를 발표할 예정이고, 그 외에도 두 명의 발표자가 더 있소. 그들의 발표를 들으면 당신도 깜짝 놀랄 거요. 너무 늦게 말해서 미안하지만 당신도 이 바닥의 편집증을 잘 알잖소. 장소는 맨해튼 어퍼이스트사이드에 있는 서리 호텔의 반 고흐 홀이오. 저녁 8시쯤 올 수 있겠어요?"

조애나는 뭐라고 대답해야 할지 망설인다. 네, 생각해 주시니 영광이에요, 션, 하지만 너무 늦게 알려 주셨어요. 아무래도 저는...... 그녀가 본능적으로 손을 자기 배에 얹는다. 원초적인 보호의 몸짓이다. 프라이어가 모르는 것이 있다. 조애나는 임신 중이다.

정확히 칠 주 전의 일이다. 사시미로 가볍게 점심을 먹고 파트너들과 회의를 하던 중, 조애나는 덴턴 & 로벨의 화장실에서 임신 테스트를 했다. 테스트기에 선명한 석류색의 줄 두 개가 뜬 순간, 그녀는 기뻐서 가슴이 터질 것 같았다.

그녀가 사랑하는 남자는 언론에 만평을 그린다. 작년 10월 말, 네오 나치 지도자가 그의 만평으로 피해를 입었다고 언론사를 고소했고, 조애나는 법정에 신문을 들고 나가 완벽한 KO승을 거두었다. 이 '켈러 대 워서먼' 사건은 새로운 판례가 되었다. 글이나 만평 같은 창작 활동에서 백인 지상주의자에게 뇌의 회백질이 부족하다고 하는 것은 공격이 아니라 의견, 나아가 진단일 뿐이라고. 쉬운 재판이었다. 그날 저녁 에이비 워서먼은 톰바스 식당에서 조애나에게 식사를 대접했다. 그에겐 너무 비싼 식당이었고, 식사가 끝나 갈 무렵 그는 마음에 확신을 느끼고는, 앞으로 다가올 수백 년을 그녀가 어떻게 보는지 엄청 우물거리며 물었다. 나는 당신을 사랑하기 위해, 어디든 당신을 따라가기 위해 태어난 사람이에요, 라는 고백은 자제했지만 속으로는 완전히 그렇게 생각하고 있었다. 조애나도 의심 따윈 하지 않았다. 그가 만년필 한 자루를 내밀었다. 받아요, 조애나, 워터맨 만년필이에요. 나의 독일계 성(姓)과 비슷하죠. 음…… 당신 이름에 내 성이 붙으면 좋겠어요, 나 역시 당신 성을 따르고 싶고요. 조애나는 만년필을 받아서 뚜껑을 연 뒤, 눈물을 너무 많이 보이지 않으려고 애쓰며 하얀 면 냅킨에 조애나 우드 워서먼이라고 썼다. 식당 사장이 냅킨을 가져가도 좋다고 했다.

그들은 당장 아이를 갖고 싶었고, 그러기 위해 필요한 일을 매우 자주, 매우 오래, 다양한 장소에서 했다. 의사도 확실하다고 했다. 3월 초 조애나가 유럽에서 돌아온 후였다. 그 공포의 비행을 겪으면서 그녀는 살아서 돌아갈 수만 있다면 그와 당장 결혼하리라 마음먹었다. 그리고 4월 초 결혼을 하기 전에 그들의 생식 세포가 만나 즉시 하나가 되기로 합의한 것이다. 그들의 인연을 맺어 준 백인 지상주의에 감사해야 할 판이었다. 유대인인 에이비(에이브러햄의 애칭)는 아들이 태어나면 이름을 아돌프라고 짓겠다고 했다. 미들네임이면 허락할게, 라고 조애나가 웃으면서 말했다. 그러고는 금세 동생이 서서히 고통스럽게 죽어 갈 판국인데 자신은 이렇게 행복해도 되나 하고 자책했다. 그러나 조그만 행복이 조애나 안에서 점점 불어나 모든 것을 삼켜 버렸다.

프라이어가 재촉했다.

"조애나, 돌더 클럽에 올 거죠?"

내일 저녁? 곤란하다. 부모님과 임신 삼 개월을 축하하는 자리를 갖기로 했는데……. 다른 한편으로 생각하면 악마를 만나 함께 춤추는 자리에 구미가 당기지 않는 것은 아니었다.

변호사가 망설일 시간은 그리 길지 않았다. 프라이어의 책상 위에 놓여 있는, 베이클라이트*로 된 묵직한 검은색 골동품 전화기가 울렸기 때문이다. 그는 바로 수화기를 들고 짜증스럽게 내뱉었다.

"방해하지 말라고 했을 텐데……. 알았어……. 그렇게 전

---

* 플라스틱의 시초가 된 열경화성 수지.

하지."

프라이어가 흥미롭다는 미소를 지으며 조애나를 돌아
본다.

"조애나, 놀라지 말아요. 문밖에 자네를 기다리는 사람들
이 있다는구려. FBI 요원 두 명이오. 어쨌든 내일 저녁 모임
에 참석하는 걸로 알고 있겠소, 물론 저들이 당신을 풀어
준다면 말이지만."

미젤 사태

4월 22일, 빅토르 미젤이 발코니에서 떨어진 그날은 목요일이다.

클레망스 발머는 카페 로스탕에서 점심 약속이 있었지만 약속 시간이 미뤄졌다. 근처에 있는 뤽상부르 공원을 좀 거닐다 가려고 사무실에서 나서는데, 컴퓨터에서 미젤의 메일이 도착했다는 신호음이 울린다. 클레망스는 미젤을 좋아한다. 재능 있는 작가, 즉흥적으로 글을 쓰는 것 같지만 실상은 굉장히 숙고해서 글을 쓰는 작가다. 그의 작품은 늘 구조가 탄탄하고, 문장이 유려하고 아름다우며, 비슷한 책을 쓰는 법이 없다. 미젤은 발머에게 자신의 직업을 사랑할 이유를 제공해 준다. 물론 성공은 요원하지만, 언젠가는 대중도 알아주지 않을까……. 절대로 성공하지 못할 사람은 없는 법이니. 어쨌든 미젤은 그런 것에 신경 쓰지 않는다. 그의 최신간인 『놓쳐 버린 실패』는 메디치상, 공쿠르상, 르노도상의 예심 후보작에 전부 올랐지만 보름 뒤 본심 후보작 목록에서는 빠졌다. 클레망스는 속상하고 안타까워서 미젤을 위로하려고 전화를 걸었지만, 잠시 후에는 되레 그가 그녀를 위로하고 있었다. 그리고 클레망스에게 내일 저녁에 시간이 있느냐고 물었다, 오데옹 극장 초대권이 두 장 있다면서. 물에 젖지 않는 오리 깃털처럼, 그에게는 모든 것이 미끄러져 튕겨 나갔다.

클레망스는 편집자적인 반사 반응으로 첨부 파일을 전자책 단말기에 다운받는다. 하지만 이내 제목이 호기심을 자극하고('아노말리', 전작들에 비해 훨씬 딱딱하고 딱 떨어지는 제목이다.) 메시지도 없이 덩그러니 첨부 파일만 있어서 열어 본다. 그리고 놀라움을 금치 못한다.

클레망스 발머는 글을 빨리 읽는다, 그게 직업이니까. 한시간 만에 다 읽었다. 『아노말리』는 빅토르의 전작 중 어느 것과도 확연히 다르다. 소설도 아니고, 고백록도 아니고, 반짝거리는 문장이나 재치 있는 경구를 되는대로 나열한 작품도 아니다. 이 작품은 이상하다. 손에서 놓을 수 없게 하는 짜릿한 리듬이 있다. 클레망스는 장켈레비치부터 카뮈, 곤차로프, 그 외의 여러 작가에 이르기까지, 그에게 은근히 영향을 미친 모든 작가들을 그 작품에서 알아본다. 어둠의 텍스트, 거리를 둘 줄 모르고 야유조차 고통스러운 텍스트. "맙소사, 종교적 정신에서는 얼마나 많은 어리석음이 배어 나오는지. 모든 신념은 지성에 비수를 꽂는다. 신자는 죽음을 또 하나의 불운에 불과한 것으로 만들려다 이성을 잃었다. 나는 의심으로 인해 생의 독학자가 되었고, 그리하여 매 순간을 한층 더 즐거이 누릴 수 있었다. 신의 영광을 드러내며 반짝이는 구름 앞에서도 나는 신비감에 빠지지 않았다. 물에 빠져 죽어 가는 순간 헤엄을 치려고 용을 쓰겠지만, 아르키메데스에게 기도하지는 않을 것이다. 그리고 오늘, 나는 물속에 가라앉으면서 어떤 명제도 진리로 통하지 않는 심연을 향해 눈을 뜬다."

클레망스는 갑자기 불안해져서 바로 미젤에게 전화를 걸었다. 휴대 전화, 다음은 집 전화로. 경찰이 집 전화를 받는다. 미젤이 무슨 짓을 했는지 알게 된 발머는 충격이 너무 커서 얼떨떨하다. 경찰이 묻는 말에 대답을 하는데, 비로소 진짜 슬픔과 먹먹한 분노가 엄습한다. 미젤을 마지막으로 본 게 언제더라? 3월 초, 번역상 수상을 축하하기 위해 립 식당에서 함께 저녁을 먹었다. 그는 늘 먹는 앙두예트*를, 그녀는

---

* 돼지 내장으로 만든 작은 소시지.

파리식 샐러드를 주문했고 함께 픽생루 적포도주를 마셨다. 그때는 이런 일이 일어날 줄 몰랐다. 전혀 몰랐다. 친구의 말에서 손톱만큼의 이상한 기미도 보지 못했다. 그녀는 『아노말리』를 이 작품이 예고한 참사에 비추어 다시 읽어 본다. 그리고 작가명이 빅토르 미젤(Victør Miesel)로 되어 있음을 알아차린다. 공집합의 기호로 쓰이는 그리스 문자 ø. 비극적인 재치의 발휘.

발머는 자기가 할 수 있는 대로 연락을 취한다. 미젤은 양친이 세상을 떠났고 형제자매도 없다. 일레나 레스코프한테는 알려야 한다. 그녀는 국제 동양 언어문화 학원에서 러시아어를 강의하는데, 미젤과 일 년쯤 뜨겁게 연애를 하고 헤어졌다. 빅토르가 번역한 니콜라이 레스코프의 증종손녀이기도 하다. 그녀는 그럴 줄 알았다는 듯 "보주 무이!"*, "끔찍해라!", "어떻게 이런 일이!" 같은 말만 과장된 열의로 반복하고는 서둘러 통화를 마무리한다. 클레망스는 방금 미젤의 원고에서 읽은 문장을 떠올린다. "사람이 사람에게 얼마나 관심이 없는지 충분히 깨달을 만큼 오래 산 사람은 없다."

편집자는 모든 일을 맡아 한다. 친구들에게 전화를 돌리고, (당연히 종교색 없는) 장례를 알아보고, 《르 몽드》에 작

---

* 러시아어로 '맙소사'라는 뜻.

게 부고도 낸다.

로랑제 출판사의
클레망스 발머와 전 사원은
소설가, 시인, 번역가이자 그들의 친구였던
빅토르 미젤이 영면했음을 알리며
깊은 애도를 표합니다.

발머는 AFP 통신사에 보낼 장문의 보도 자료를 작성하며 고인의 귀중한 번역 작업들, 평단의 호평을 받았던 책들을 상기시킨다. 그리고 매우 특별한 원고, 미젤이 치명적 시도를 하기 직전까지 마지막으로 매달렸던 글이 머지않아 책으로 나올 거라고 덧붙인다. 그녀는 『아노말리』에 나오는 문장들을 세 군데에서 발췌해 삽입한다. 그리고 술도 못하면서 손수 위스키를 잔 바닥에 조금 따라서 천천히 홀짝거린다. 빅토르가 좋아하던 스코틀랜드산(産) 싱글 몰트다.

다음 날 아침, '특별 위원회'가 열린다. 말 같지도 않은 명칭이다. 전 직원이 모이고 인턴 사원 두 명까지 참석했는데 뭐가 특별한가. 그녀는 확신에 차서 원고의 도입부를 낭독한다. 총서팀 팀장 두 명이 오케이를 내리고, 마케팅 팀장은 대놓고 고인 팔이 같은 말은 입에 올리지 못하지만 책이 최대한 빨리 나와야 한다고 강조한다. 평단과 대중은 작가가 허공으로 뛰어내리기 직전 송고했다는 사연이 담긴 이 책을 좋아할 것이다. 팀장의 머릿속에 생각나는 선례가 있다. 십삼 년 전인데, 그 작가 이름이 뭐였더라? 비극적 최후를 좀 더 연상시키는 방향으로 제목을 수정해야 하지 않을까요? 서점 홍보 책임자가 제안한다. 아니, 그럴 순 없어요, 클레망스 발머는 단칼에 자른다. 띠지나 표지 커버는요? 그것도 안 돼요. 검색 서비스에서의 편의상, 최소한 빅토르의 ø는 o로 표기하자는 의견이 나온다. 아뇨, 안 됩니다.

그 주 주말에 교정을 보고 월요일에 조판에 들어간다. 그 교정쇄 출력물을 바로 언론에 뿌린다. 다시 그 주 막바지에 찍기만 하면 되는 데이터가 인쇄소로 넘어가고, 미젤의 시신이 페르라셰즈 화장장에서 재가 된 그날부터 기사가 뜨기 시작한다. 그의 재가 뿌려지기도 전에 책이 유통사에 도착한다. 기록이다. 출판사가 이토록 신속하게 반응한 것은 다이애나 왕세자빈 전기 이후로 극히 드문 일이다. 5월의 첫 번째 수요일, 『아노말리』는 모든 서점에 입고된다. 발머는 책의 행운을 전적으로 믿는 의미로 초판 1만 부를 찍기로 했다. 띠지는 파란색으로 하고 간단하게 'MIESEL'이라고만 써넣었다.

성공은 즉각적이었다. 《리베라시옹》 문화면은 약속대로

두 면 전체를 할애해 주었다. 미젤의 전작들에 항상 침묵했던 《르 몽드》도 문학 증보판에 고인을 칭송하는 장문의 기사를 실어 속죄를 구했다. "미젤의 작품을 출간해 온 로랑제 출판사를 마땅히 칭찬해야 한다."면서. 문학 전문 TV 프로그램 〈라 그랑드 리브레리〉는 미젤이 출연한 영상이란 영상은 다 모아서 작가 특집 편을 만들었다. 프랑스 퀼튀르 라디오도 세 개 프로그램에서 미젤을 다뤘다. 미젤 사태의 시작이었다. 클레망스는 급히 『놓쳐 버린 실패』의 중쇄를 진행했다. 마지막 재고가 폐기 처분 위기에 놓였던 오 년 전 소설 『산이 우리를 찾으러 올 거야』의 중쇄도.

행사들이 잡히고, 발머는 그중 몇 자리에 참석하기로 한다. 배우들이 서점에서 작품의 발췌문을 낭독하고, 파리 시(詩) 문학의 집에서 열린 '미젤의 밤'에 『아노말리』를 읽고 "충격을 받았다."는 유명 배우가 자리를 가득 메운 청중 앞에서 멋진 저음으로 장장 네 시간에 걸쳐 책 전체를 낭독한다. 청중 속에서 일레나가 눈물짓는다. 5월 출간은 가을에 발표될 주요 문학상 수상에는 불리하지만 심사위원들 사이에서는 미젤이 '강력한 후보'라는 말이 떠돈다. 벌써 메디치상이 유력하다는 소문이 있다.

그 5월에 '빅토르 미젤의 친구들'이라는 단체가 발족한다. 잡다한 친구들과 숭배자들로 이루어졌다지만, 모두 그를 잘 알지 못하거나 그의 책을 읽지도 않은 사람들이다. 이제 빅토르 미젤은 '절친'이 많기도 하다. 늘 몸에 딱 달라붙는 검은 재킷을 입고 다니는 새된 목소리의 멋쟁이 T씨부터, 그와 '오랜 친구'라는 살레르노 — 실비오? 아니면 리비오였나? — 라는 사람까지. 하지만 클레망스는 미젤의 입에서 그런 이름을 들어 본 적이 없다. 이 단체는 '아비미'로 이름을 바꿨다가 나중에는 '아노말리스트들(les Anomalistes)'이 되었다. 일레나도 이 단체의 회원이다. 일레나 레스코프는 그리 영광스러울 것 없는 연애사를 멋지게 윤색해서 비극에도 의연한, 사별한 공식 연인의 위상을 차지한다.

클레망스 발머는 이 사태를 시종일관 초연하게 지켜보면서 어렴풋한 역겨움을 느낀다. 쉰 살에 성공하는 것은 디저트를 먹을 차례에 뒤늦게 겨자가 나온 격이다. 미젤이 사후에 거둔 명성 앞에서 클레망스는 그간 그가 부당하게도 눈에 띄지 못한 작가였다는 사실에 편집자로서 느꼈던 속상함 이상으로 친구로서 속상함을 느낀다. 빅토르가 뭐라고 썼더라? "모든 영예는 다 사기다. 달리기 경주에서라면 혹시 모를까. 그러나 나는 원통해하지 않을 만큼 영예에 개의치 않는 사람이 있다면 그냥 포기해야 했기 때문이 아닐까 생각한다."

슬림보이

프티 푸르*를 집으러 가는 라고스 주재 이탈리아 영사의 걸음걸이가 위태롭다. 나이지리아도, 술도 그와는 맞지 않는다. 우고 다르키니는 앞뒤 좌우로 비틀댄다. 샴페인이 그의 잔에서 튀어 올라 에코 애틀랜틱 호텔 초대형 리셉션 홀의 이국적인 마룻바닥에 떨어진다. 그는 술에 취해 쉰 목소리로 미안하다고 중얼거린다.

다르키니는 구명대를 붙잡으려는 조난자처럼 뷔페 근처 프랑스 영사에게 접근한다. 프랑스 영사의 레몬색 드레스가 그에게 최면을 거는 것 같다. 금빛 나선, 영화 「위비 왕」에서

---

* 식후에 커피와 함께 제공되는 작은 케이크.

본 불룩한 배의 나선무늬가 생각난다. 나이지리아의 파티에서 알록달록한 다시키와 전통 요루바식 아그바다*가 베르사체 양복과 아르마니 턱시도를 대신하게 된 후로, 투명 인간 취급을 받기 싫으면 열심을 내야 했다. 프랑스 영사와 대화 중이던 나이지리아인 세 명이 이탈리아 영사를 보자 그가 역병 환자라도 되는 듯 서둘러 자리를 피한다. 다르키니는 레몬색 드레스의 소용돌이무늬에 시선이 빨려 들어가면서 희미한 욕지기를 느낀다.

"부오나 세라,** 엘렌. 의상이 멋집니다, 타파피지크⋯⋯ 아니, 파타피지크***하네요. 미안해요, 두 잔밖에 안 마셨는데 왜 이런지."

"안녕하세요, 우고. 그러지 않아도 소식 궁금했어요. 이탈리아로 돌아가셨나 생각했죠, 그런 일이 일어났으니. 따님은 아내분과 함께 시에나로 돌아갔다면서요."

우고 다르키니는 찡그리듯 미소 짓는다. 아니, 엘렌 샤리에는 이해 못 한다. 마약에 취해 사는 납치범들에게서 열네

---

* 다시키는 아프리카의 민족 의상에서 영감을 받은, 칼라가 없는 반소매의 헐렁한 리조트 셔츠를 가리키며, 아그바다는 서아프리카 남성들이 입는 민속 의상으로 소매통이 넓은 긴 로브 형식의 옷이다.
** 오후나 저녁에 하는 이탈리아어 인사말.
*** pataphysique. 『위뷔 왕』의 저자 알프레드 자리가 만든 용어. 초(超)형이상학적, 엉뚱하고 이례적이라는 의미.

살 딸아이를 되찾기 위해 협상하는 나날들을. 엘렌은 감히 상상도 못 한다. 레나타가 어떤 일을 겪었는지. 그 미친놈들이 몸값 7만 달러를 빨리 받아 내려고 딸아이의 손가락이나 귀를 자를까 봐 얼마나 벌벌 떨었는지. 그는 '타이우'라는 '보안 컨설턴트'에게 몸값을 맡겼다. 몹시 석연찮은 사내였지만 ENI 원유 탐사 회사 부사장이 추천해 준 사람이었다. 타이우는 이 년 전 부사장 아들이 납치되었을 때도 중간 협상자 역할을 했다. '에어리어 보이(area boy)'들과의 협상은 칼라시니코프 권총을 양 옆구리에 장착한 채 아파파의 어느 골목에서 이루어졌다. 선거(船渠) 근처, '프레이 애즈 유 고'라는 간판이 깜박거리는 복음주의 교회 맞은편이었다. 그때만 해도 몸값이 5만 달러였다. 물가가 오르지 않은 분야가 없다.

그렇지만 아부자 주재 대사부터 영사관 전화 교환수까지 모두가 그에게 경고했었다. 영사님, 따님이 국제 고등학교에 갈 때는 특히 주의하세요, 여기 사람들은 하루 1달러로 살아요. 그래서 유괴는 그냥 여러 비즈니스 중 하나, 특히 수지맞는 비즈니스죠. 하지만 라고스는 그가 아테네에서 일이 년 근무하려면 꼭 거쳐야 하는 부임지였다. 마리아는 레나타가 아프리카를 경험하면 좋겠다면서 굳이 같이 오겠다고 했다. 하루, 딱 하루 딸내미가 무장 경호원 없이 사택 보안 구역 밖으로 나가고 싶다는데 안 된다고 말할 용기가 없었다. 정말 딱 하루였다.

"두 사람이 이탈리아로 돌아간 건 잘한 일이에요." 프랑스 영사가 한숨을 쉰다. "라고스 상황이 점점 더 나빠지는 건 확실하니까요. 전기는 삼십 분 들어오다 갑자기 끊기고, 정전이 몇 시간 동안 해결이 안 되고. 다들 냉장고 없이 어떻게 음식을 보관하는지 모르겠어요. 발전기가 없으면 영사관은 일도 못 하고 물탱크 없이는 물도 못 쓸 걸요. 전부 그런 식이죠, 우고. 투토.*"

그렇다, 전부 그런 식이다. 우고도 안다. 비행기 창문으로 내려다본 라고스의 첫 모습은 공해에 찌든 갈색 구름 아래 네모난 판잣집들이 수 킬로미터에 걸쳐 다닥다닥 붙어 있는 모습이었다. 녹슨 함석지붕, 무질서한 구획들, 그리고 엄청난 교통 정체. 감자잎벌레처럼 노란색과 검은색으로 칠한 밴들이 수천 대다. 교통수단으로는 너무 위험해서 금지하려고 해도 헛수고다. 그리고 매년 여름 폭우가 퍼붓고 거리가 악취 풍기는 늪으로 변할 때, 라고스가 포르투갈어로 '호수'라는 뜻임을 모두 상기하게 된다. 수십 년간 방치된 도시는 부패가 너무 심해 외국 건설사들이 시청 측과 공공 공사 계약

---

* 이탈리아어로 '전부'라는 뜻.

을 거부할 정도다. 국가도 포기했는지 지난 오 년 동안 라고스를 방문한 나이지리아 대통령은 아무도 없다.

우고는 비극적인 사연을 하루에 하나씩 듣는다. 한 소녀가 유일하게 식수를 얻을 수 있는 수돗가에 가려고 고속도로를 건너가다 차에 치였는데 그 위로 자동차 열 대가 멈추지도 않고 그냥 지나갔다는 이야기. 한 남자가 간질 발작으로 쓰러져서 ─ 이건 어제 일어난 일이다. 요리사 나루마가 자기 눈으로 봤단다. ─ 거품을 물고 경련하는데 행인들은 그냥 지나갔고 그 사람은 아마 죽었을 거라는 이야기. 오쇼디 빈민가에서 노인이 옷 세 벌을 구하려고 불도저 앞으로 뛰어들었는데 불도저는 멈추지도 않았다는 이야기.

스스로 강인하다고 생각하는 자, 라고스로 오라. 그러면 진실을 알게 될 테니.

프랑스 영사가 잔을 내려놓고 키 크고 몸집이 넉넉한 흑인 여자에게 손짓을 한다. 자주색 다시키를 입은 그 여자가 다가와 프랑스 영사와 열렬한 포옹을 나눈다.

"아, 엘렌! 라고스 패션 위크 총괄 감독을 찾는 중인데 어디 있는지 모르겠……."

"스와힐라, 우고 다르키니를 소개할게요. 이탈리아 영사님이에요. 영사님, 스와힐라 오디아카는 일 년 전부터 우리 영사관 문화 담당관으로 일하고 있어요."

흑인 여자가 미소를 지으면서 이탈리아 영사의 물렁한 손을 잡는다. 갑자기 홀 입구에서 카메라 플래시가 파바박 터지고 고함 소리가 들린다.

"오, 슬림보이예요!" 문화 담당관이 탄성을 지른다. "두 시간 후 빅토리아 아일랜드에서 콘서트가 있어요. 영사님, 슬림보이 아시죠? 당연히 아시겠지만."

아니, 엘렌은 모른다. 문화 담당관이 웃으면서 노래를 부른다.

"머니 낫 워스 잇 워스 잇 워스 잇……. 아니, 영사님은 유튜브도 안 보세요? 여기선 서너 달 전부터 유명했어요. 하지만 「야바 걸스」로 미친 듯이 떴죠. 몇 주도 안 되어 10억 뷰를 달성했어요. 십 년 전에 어떤 한국 가수가 그랬던 것처럼 미디어의 관심이 폭발했다고요, 뭔지 알죠? 세상에……. 이탈리아 영사님은 슬림보이 아세요?"

우고가 정중하게 모른다는 몸짓을 한다.

"문화 담당관님, 미안하지만 난 이름도 들어 본 적이 없습니다. 내게는 베르디나 푸치니가 더 잘 맞죠, 많이 가 봐야 파올로 콘테* 정도?"

이번에는 스와힐라가 살짝 복수하듯 그게 누구냐는 표정

---

* 이탈리아의 재즈 음악가이자 연주자.

을 한다.

"「야바 걸스」는 힙합 R&B 리듬이 강해요, 완전 아프로 팝 장르이죠. 야바의 패션 지구에서 옷가게를 하는 어머니께 바치는 곡이래요."

그녀가 그들에게 따라오라는 몸짓을 한다.

"자, 따라오세요. 우리도 저기에 가 봐요. 기자 회견을 한대요. 장관님이 저 친구의 파리 콘서트 개최에 도움을 줬어요, 지난 3월에요."

두 영사는 문화 담당관을 따라간다. 그녀는 점점 더 빽빽해지는 군중 사이를 신나게 헤치고 가수와 그의 여자 친구에게, 팬들과 파파라치들의 날카로운 환호성에 접근한다.

"슬림보이! 슬림보이! 포즈 좀 취해 주세요! 수오미에게 키스해요!"

아프리칸 팝의 황제는 사진 기자들의 요구에 따라 플래시 세례를 받으며 여배우인 여자 친구에게 키스한다. 새 여자 친구의 키가 많이 작아서 키가 큰 남자 가수는 무릎을 꿇다시피 한다. 그들은 고분고분 협조적으로 장시간 포즈를 취한다. 어쩌면 그런 게 행복인지도.

페미 아흐메드 카두나, 일명 슬림보이는 여전히 적응이 안 된다. 석 달 전만 해도 그의 이름은 런던 남쪽의 페컴, 즉 리틀 라고스*(정확히 말하면 휴스턴 근교의 웨스트체이스 같은 곳)에만 알려져 있었다. 펠라 쿠티 같은 컬트 음악을 커버하고 파리에서 콘서트를 하고 내친김에 뉴욕까지 찍고 왔는데도 성공은 요원하기만 했다.

파리-뉴욕 간 비행의 막바지에 그는 정말로 여기서 죽는구나 생각했고 엄청난 양의 구토용 비닐봉지를 썼다. 그때 「야바 걸스」의 아이디어가 떠올랐다. 어린 시절을 보낸 동네와 '바늘과 가위를 든' 여자들에 대한 애정을 단순한 말로 이야기하는 노래. 시장에서 목걸이를 팔고 하루도 빠짐없이 그를 위해 기도했던, 돌아가신 지 얼마 안 된 어머니에게 꼬마 페미가 고마움을 전하는 노래. 다정하고, 놀랍고, 멜로디가 귀에 잘 감기는 노래가 될 터였다.

라고스로 돌아가는 비행기 안에서 그는 이번 뮤직비디오에는 대형 오토바이나 모터보트 장면을 넣지 않기로 결심했다. 또한 이번에는 거의 벗은 몸으로 해변에서 춤추거나 호화 빌라의 침대에서 그와 함께 격렬한 몸짓을 하는 예술적인 몸매의 여자들을 볼 수 없으리라. 그 역시 금 사슬을 주렁주렁 걸치지 않을 것이며 씩 웃으면서 돈다발을 세지도 않을 것이다. 아무렴, 모두가 그렇게 하니 그는 다른 것을 해보고 싶었다. 보통 사람들의 존엄함을 보여 줄 것이다. 기진

---

* 런던 남부의 페컴이라는 구역은 나이지리아 공동체가 지역 인구의 상당 수를 차지해서 '리틀 라고스'로 불린다.

맥진한 여성 노동자들, 여성 점원들, 재봉사들, 열심히 다림질하는 사람들이 그늘도 기온이 45도에 달하는 날씨에 웃으면서 춤을 추는 거다. 그들이 두른 왁스 프린트 면 반다나가 색색의 점처럼 보일 것이다. 그리고 슬림보이는 더러운 거리에서 흰옷 차림으로 영어와 요루바어*로 노래할 것이다. 행복했던 시절, 그 어린 꼬마의 존경심을 담아 공손하게, 심지어 겸손하게 이 사람 저 사람을 향해 인사를 건넬 것이다. 아프로 랩의 흥을 살리는 전형적인 틀을 깨고 오토튠이니 리버브니 딜레이니 그 외에 닳아 빠지도록 써먹은 효과들을 집어치울 것이다. 주선율 위로 깔리는 색소폰의 대선율(對旋律)이 부드럽게 균형을 잡아 줄 것이다. 슬림보이는 연주자도 찾아냈다. 피골이 상접하고 머리칼이 별로 없는 백인 노인인데, 캐나다 래퍼 드레이크와 가끔 협연도 하는 색소폰 명인이었다. 그 백인 노인은 새로운 세계에 배턴을 넘겨주는 구세계의 상징이 될 것이다.

야바 거리에서 이틀에 걸쳐 찍은 뮤직비디오는 바로 인터넷에 올라왔고, 노래는 전 세계에 퍼졌다. 「야바 걸스」는 벌써 리믹스 버전이 네 개나 나왔는데, 그중 하나는 마이클 프랭스의 버전이다. 슬림보이는 코첼라 페스티벌**에 깜짝 게

---

* 요루바족이 쓰는 언어로, 나이지리아 공식어.
** 캘리포니아주 인디오에서 열리는 미국 최대의 음악 축제.

스트로 초대되었고, 비욘세와 나란히 노래를 불렀으며, 에미
넴과 듀오를 했고, 오프라 윈프리 쇼에 출연했다. 아무렴, 어
쩌면 그런 게 행복인지도.

5월에 영국 투어를 마치고 돌아온 슬럼보이는 노란색 람
보르기니와 에코 애틀랜틱 타워 꼭대기 층의 대형 아파트를
구입했다. 그 타워는 아직 시공에 들어가지도 않았지만 말
이다. 자연스러운 것을 무한정 추구할 수는 없다. 어쨌든 나
이지리아 젊은이들은 이런 것을 원한다. 그들에게 꿈을 팔
아 주기를, 레이싱 카에서 샴페인을 마시기를, 바다가 바라
다보이는 펜트하우스에 가 보기를 원한다. 부와 영예가 바
로 길모퉁이에 있으니, 매일 아침 폐타이어와 죽은 쥐가 널
브러져 있는 동네, 너절한 함석지붕 집에서 깨어나도 상관
없다고 말해 주기를 원한다. 그렇다, 맞다. 확률은 백만 분의
일이지만 무슨 상관이랴, 그들이 바로 그 백만 분의 일이 될
텐데.

두 영사와 문화 담당관은 슬럼보이가 서 있는 연단 앞까
지 진출했다. 질문은 듣지 못했지만 마이크를 잡고 선 가수
는 잠시 생각해 보고 대답하는 것 같다.

"에코 애틀랜틱이 라고스와 나이지리아에게 좋은 기회가
되었으면 합니다. 이 지역 주민 모두가 아프리카에서 가장
야심 찬 도시 건설의 수혜자가 되길 바랍니다."

프랑스 영사가 고개를 끄덕이더니 한숨 짓는다. 최상위층의 부가 서민층이나 빈민층에게까지 혜택을 끼친다는 말도 안 되는 이론이 아직도 이렇게 잘도 먹힌다니. 그녀가 다르키니에게 고개를 돌린다.

"말 좀 해 봐요, 우고. 빌딩만 죽어라 지어 대는데 우리는 옳다구나 하고 파티 음식이나 먹는 이 끔찍한 현실에 대해서요."

이탈리아 영사가 뿌루퉁한 얼굴을 한다. 그렇다, 에코 애틀랜틱이라는 이 인공 섬은 혐오의 극치다. 아직은 거대한 황무지에 지나지 않지만, 라고스의 슈퍼 리치 이십만 명이 이곳에 들어설 번쩍번쩍한 초고층 빌딩에 입주하기로 되어 있다. 대도시의 폭력은 무장 경비원이 지키는 교량을 넘어오지 못할 것이다. 그 성채 안에는 자체 발전소, 자체 정수 시설, 맛집과 특급 호텔, 그네들만의 수영장, 그네들만의 요트 계류장이 들어설 것이다……

"아프리카의 두바이가 될 거라고들 하지요." 엘렌 샤리에가 말을 잇는다. "심지어 해수면 상승에 대비해 건물을 몇 미터 높여서 짓는대요. 초호화 빌딩 꼭대기에서 라고스와 사천만 명의 주민이 물에 잠기는 모습을 내려다보려나요. 쿠라모 해변에서 마코코 빈민가까지 만천하에 드러난 하수도 꼴을……. 미안해요, 우고, 난 너무나 흉측한 일이라고 생각해요. 최악이 뭔지 알아요? 바로 그게 내일의 세상이라는 거죠. 우린 포기하고 각자도생을 꾀하지만 누구도 구제받지 못해요. 문명에서 멀어지고 있는 건 라고스가 아니라 우리죠. 우리 모두 라고스에 더 가까워지고 있어요."

"그건 과장이에요, 엘렌."

"나도 과장이면 좋겠어요, 우고."

갑자기 기자 회견장의 소음이 가라앉았다. 한 기자가 슬림보이에게 질문을 던진 것이다.

"《펀치》의 에즈 오네디카 기자입니다. 닥터 페이크와 콜라보로 신곡을 낼 거라는데 사실입니까? 동성애를 옹호하는 노래인가요? 당신도 동성애자입니까?"

벽돌처럼 단단한 침묵이 내려앉는다. 아프리카 전체가 동성애자들의 지옥이긴 하지만, 그중에서도 나이지리아는 가장 깊은 제9옥이다. 법에 따르면 동성애자는 징역 십사 년까지도 선고받을 수 있고, 경찰은 동성애자들을 잡아내어 돈을 갈취한다. 전 국민이 동성애라면 치를 떨고 혐오한다. 남부에서는 주교와 복음주의 목사 들이, 북부에서는 율법을 외치는 이슬람교도들이 동성애자들에 대한 악의적인 소문과 증오를 열심히 불어넣는다. 젊은 사람들이 살해되거나 폭행당하지 않고 지나가는 날은 하루도 없다. 가수, 배우, 운동선수가 자신은 게이가 아니라고 공포에 찬 목소리로 선언

하지 않고 지나가는 날이 하루도 없다. 그렇다, 그런데 석 달 전 멋쟁이 닥터 페이크가 대놓고 남자를 좋아한다고 말하진 않았지만 금기를 깨뜨렸다. 그의 히트송 「비 유어셀프」의 가사는 위험하지는 않지만 애매한 구석이 있다.

"질문이 많네요." 슬림보이가 대답한다. "네, 닥터 페이크와 콜라보합니다. 제목은 「진짜 남자는 진실을 말한다」입니다. 하지만 '동성애를 옹호하는 노래'라는 말은 의미가 없어요. 「나의 날리우드 걸」은 사랑에 대한 노래일 뿐 '이성애를 옹호하는 노래'가 아니죠. 차이를 아시겠습니까? 어쨌든 여러분에게 특종을 알려 드리죠. 조금 전에 엘튼 존과 런던에서 녹음을 하기로 결정됐습니다. 엘튼 존의 전용기가 내일모레 나를 데리러 온다네요."

기자는 굽히지 않는다.

"당신은 게이인가요, 슬림보이?"

"나랑 데이트하고 싶어서 그래요?"

기자들이 웃음을 터뜨리자 슬림보이가 쐐기를 박는다.

"왜 수오미에게는 그런 질문을 안 합니까?"

여배우가 삐딱하게 미소를 짓더니, 슬림보이의 입술을 삼켜 버릴 기세로 냅다 키스하면서 유쾌한 명연기를 펼친다. 기자들의 박수가 터지지만 키스는 오래가지 않는다. 슬림보이는 우아하게 몸을 빼내고 이렇게 덧붙인다.

"어느 마을 사람들이 열여섯 살밖에 안 된 두 소년을 돌로 쳐 죽였다는 기사를 봤습니다. 단지 그들이 키스를 했다는 이유로 마을 목사가 설교 시간에 그들을 공개적으로 비판했다더군요. 그 기사를 보고 이 나라도 바뀌어야 되지 않나 싶었습니다. 수오미와 나는 그 점에서 생각이 완전히 일치합니다. 자기 아닌 다른 사람으로 살라고 강요할 순 없는 겁니다. 우리에겐 관용이 필요합니다. 사랑이 필요합니다. 타인에게 해를 끼치면서 행복해질 수 있는 사람이 어디 있겠어요?"

기자 회견장이 웅성대고 질문이 더 나온다. 슬림보이가 돌아보자 매니저가 걱정스러운 기색으로 기자 회견을 마무리한다. 하지만 슬림보이가 자기 마음의 소리를 들었다면 톰 이야기를 입 밖에 냈을 것이다. 열다섯 살 시절 그의 첫사랑 톰은 산 채로 불에 타 죽었다. 그의 눈앞에서 성난 군중이 벌인 일이었다. 그날 밤 그는 맨발로, 피투성이 얼굴로, 너무 무서워 혼이 나간 채로 도망쳤다. 쫓아오는 무리에게 잡히지 않으려고 이바단을 죽기 살기로 달렸다. 그 후로는 위험하고 일시적인 만남들이 전부였다. 나이지리아, 아니, 아프리카 전체에서 게이들은 절망했다. 결국 그들은 그 땅에서 벗어나 외국으로 가서 두 번 다시 돌아오지 않았다. 차가운 백인들의 나라일지언정 숨을 쉴 권리는 있었으니까. 그는 닥터 페이크와 함께 「진짜 남자는 진실을 말한다」를 부를 테지만, 이런 아이러니, 이런 거짓말, 이런 배신이 어디 있는가! 라고스에서 살려면 다른 삶을 만들어 내야 한다는 것을 잘 알았기에 슬림보이는 수오미와 공모했다. 날리우드의 떠오르는 매력적인 여배우 수오미도 그가 남자를 사랑하는 만큼 여자를 사랑했으니까.

엘렌 샤리에는 문득 검은 정장 차림의 검은 머리 남자를 알아본다. 그 남자는 한쪽에 조심스럽게 서서 젊은 가수를 바라보고 있다. 엘렌이 이탈리아 영사에게 턱짓으로 남자를 가리켜 보인다.

"우고, 저기 휴대폰에 뭔가를 입력하면서 사진 찍는 남자 보여요? 영국 상공부 보좌관 존 그레이예요. 그게 본명인지는 모르겠지만 난 저 사람이 틀림없이 영국 첩보원이라고 생각해요. 저 사람 혼자가 아니에요. 영사관 보안 요원이 두 명도 보여요. 게다가 전에는 한 번도 본 적 없는 이상한 사람들이 대여섯 명 있네요. 영국의 비밀 정보국 MI6예요, 틀림없어요."

"매의 눈이군요, 엘렌. 혹시 당신도 프랑스 첩보원 아니에요?"

"아니거든요, 우고, 당연히 아니죠. 증거는 이거예요. 설사 내가 첩보원이라고 해도 그렇다고 말할 리가 없잖아요."

"그렇고말고요. 그나저나 엘렌, 미국 스파이가 소련에서 자수한 얘기 알아요? 아, 소련이라니 너무 옛날 사람 같네! 하여간 스파이가 루뱐카에 갔대요."

"루, 뭐요?"

"루뱐카……. 모스크바에 있는 KGB 본부요……. 하여간 그 사람이 '나는 스파이인데 귀순하고 싶습니다.'라고 말하니 접수대를 지키는 사람이 '어디 스파이입니까?' 하고 묻더래요. '미국 스파이입니다.'라고 대답하니까 '2번 방에 가서 말하세요.' 했대요. 미국 스파이가 2번 방에 가서 '미국 스파이인데 귀순하고 싶습니다.' 하니까 '총을 가지고 있습니까?'라고 묻더래요. '네, 총기를 소지하고 있습니다.'라고 대답하니 '3번 방으로 가 주시기 바랍니다.' 하더래요. 3번 방에 가서 '총기를 소지한 미국 스파이인데 귀순하고 싶습니다.'라고 말했대요. 그러니 '임무 중입니까?'라고 물어서 '네, 임무 중입니다.'라고 대답하면서 미국 스파이도 슬슬 짜증이 나기 시작했죠. '그럼 4번 방으로 가세요.' 4번 방까지 가서 '총기를 소지한 미국 스파이이고 임무 중인데 귀순하고 싶다고요!'라고 말했어요. 그랬더니 '진짜 임무 중입니까?'라고 묻더래요. '네.' '그럼 그 빌어먹을 임무나 마저 수행해요! 조용히 일하는 사람들 방해하지 말고!'"

우고는 자기 농담에 웃는다.

"정말 재미있네요." 이미 아는 이야기이지만 엘렌은 맞장구를 쳐 준다. 프랑스 대간첩 본부, 일명 '수영장'에도 한참 돌았던 우스갯소리다. 영사가 되어 라고스로 부임하기 전, 그녀는 케냐와 남아프리카 공화국에서 국토 안보 총지도부의 감시역이었다.

비밀 경찰들은 미동조차 하지 않고 슬림보이를 주시하고 있다.

"저 사람들이 여기서 뭘 하는지 모르겠네요. 언제부터 첩보부가 아프로 랩과 R&B에 관심이 있었담."

에이드리언과 메레디스

2021년 6월 24일 목요일

뉴저지, 프린스턴 대학교 파인 홀

프린스턴 대학교 수학과 건물, 이미 옛것이 된 모더니즘 양식의 유리와 붉은 벽돌 건물 밖, 대학생들이 간이 테이블과 흰색 대형 천막을 세워 놓고 바비큐 파티 중이다. 엄청난 양의 소시지 구이로 다니자키의 필즈상 수상을 축하하는 자리이다. 확률 연구자 에이드리언 밀러는 동료 연구자 메레디스 하퍼에게서 눈을 떼지 못한 채 경직된 미소와 얼빠진 감상 사이를 오가고 있다. 처음 메레디스를 봤을 때 에이드리언은 그녀가 정말 못생겼다고 생각했다. 그러나 그런 인상은 일시적이었다. 최고의 작가들이 그 점을 그에게 확인해 주리라. 위상학을 연구하는 그 영국 여자가 프린스턴에 온 지도 두 달. 너무 가는 다리와 너무 얌전한 갈색 머리, 너무

긴 코와 너무 까만 눈을 한, 언제나 냉담한 그녀는 이제 걷잡을 수 없을 정도로 에이드리언을 사로잡고 있다.

에이드리언은 그녀에게 다가갈 용기를 내기 위해 맥주를 한 병 마시고, 또 한 병 마신다. 취하지 않았을 때는 어렴풋한 환상을 품을 수 있었다. 한 번은 메레디스가 퉁명스럽지 않은 어조로 그가 "좀 못생기고 머리숱이 적은 라이언 고슬링처럼 생겼다."고 말했으니까. 하지만 지금 그는 그냥 취한 남자로 보일 뿐이다. 그가 점치는 성공률은 27퍼센트다. 이렇게 술에 떡이 되지 않았다면 성공률을 40퍼센트까지 볼 수도 있겠으나, 만취가 거절의 아픔을 60퍼센트 정도 경감해 준다는 면도 작용했다. 확률론자인 에이드리언은 실패율이 이렇게 높다면 취할 대로 취하기로 작정했다.

에이드리언은 확률 계산 그리고 때때로 바흐나 비치 보이스의 음악을 듣는 일로 거의 평생을 보냈다. 가정은 꾸리지 않았고, 난해한 수학적 정리도 자식 취급해 준다면 모를까, 그의 성을 물려받은 자식도 없다. 메레디스는 정말 오랜만에 그에게 사랑의 감정을 느끼게 한 여자, 지금 이 순간 다소 과장해서 말하자면 난생처음 찾아온 사랑이다. 커다란 아까시나무 아래, 그녀가 검은색 긴 면 드레스 차림으로 홀로 우아하게 서 있다. 그가 그녀를 향해 똑바로 걸어가려 애쓴다.

"나 술 마셨어요." 그가 다짜고짜 말한다.

"그래 보이네요." 실제로 메레디스는 에이드리언의 걸음이 휘청대는 것을 보았다.

"술 냄새가 진동하죠, 미안합니다."

"내가 무슨 말을 하겠어요, 에이드리언. 나도 마찬가지인데."

그녀가 빈 병을 흔들어 보이고는 매력적으로 모호한 자세로 몸을 숙이더니, 그의 코에 대고 홉 향이 풍기는 미지근한 숨결을 훅 내쉰다.

"들이마셔요, 에이드리언. 이건 짜증과 권태의 냄새예요."

그도 그럴 것이, 메레디스는 프린스턴이 지겹다. 그녀는 런던 사람이고, '늦게까지' 연다는 일식당이 저녁 9시 반밖에 안 됐는데 곧 문을 닫는다고 깜박이등을 켜는 이 시골 동네가 영 마음에 안 든다. 캠퍼스에는 19세기에 중세 흉내를 내서 지은 성탑과 망루가 있는 것이, 호그와트 마법 학교인가 싶다. 이곳 학생들에게도 적응이 안 된다. 안하무인에, 연 6만 달러의 학비를 내 주는 부모가 있다는 이유로 그로모프 조임 불가능성 정리에 대한 시답잖은 질문을 아무 때고 메일로 보내고 즉각적인 답변을 기대하는 학생들. 아니, 그건 그냥 위키피디아에서 해당 항목만 찾아봐도 알 수 있잖아, 거기에 얼마나 잘 설명되어 있는데. 그녀를 얕잡아보는 교수진들도 못 봐주겠다. 그들은 프린스턴에서 가르치고,

그녀의 출신 학부 세인트앤드루스는 확실히 프린스턴과 비교가 안 되니까. 증명 끝. 에이드리언은 그렇게 재수 없는 사람은 아니었고, 만약 그가 조금만 덜 서툴렀다면 얼마 전부터 그녀가 자기를 마음에 두고 있음을 알아차렸으리라. 에이드리언은 확률론자치고는 몽상에 잘 빠져든다. 게임 이론가처럼 머리를 길렀지만 초록색 눈은 정수론자처럼 보이고, 논리학자처럼 트로츠키 스타일의 작은 금속 테 안경을 썼지만 대수학자처럼 닳고 구멍 난 티셔츠를 입고 다닌다. 지금 그가 입은 티셔츠는 유독 너덜너덜하고 우스꽝스럽다. 그녀는 그가 명석한 인물이려니 짐작한다. 나쁜 사람이면 진즉에 금융 쪽으로 튀었겠지. 명석하지만 수줍음이 많은 사람. "메레디스, 당신에게 묻고 싶었는데…… 어…… 당신 작업은 아주 훌륭해요……. 그러니까 국소 대칭 공간에 대한 연구와……." 그가 우물쭈물 건네는 말을 그녀가 단칼에 끊는다.

"아뇨, 에이드리언, 전혀 그렇지 않아요. 지금 나는 의식적으로 술에 취하는 작업을 하는 중이죠. 다니자키와 스탠퍼드 출신의 남성 우월주의자 브레너가 위상수학 인터페이스 문제로 필즈상을 받는 걸 보니 무척 기뻐요. 그 분야에서 나는 그들의 거의 모든 논문에 공저자로 참여했거나 아예 내가 썼단 말이죠. 게다가 난 지금 트렌턴의 거지 같은 방갈로에서 사는데, 어떤 날은 찬물만 나오고 어떤 날은 미지근한 물만 나오죠. 내가 모는 도요타 하이브리드는 엿새 전부터 고장이고요. 아마 배터리 문제이지 싶어요, 내 인생의 남자하고는 ── 어쨌든 당시에 생각하기에는요. ── 일 년 전에 헤어졌고요. 그러니까 계산해 보면 섹스를 안 한 지 넉 달이 됐어요. 지금이 6월 말인가? 그럼 넉 달도 아니네요. 여섯 달이에요, 여섯 달……. 그렇게까지 끔찍하진 않았어요. 에이드리언, 당신은요? 집, 자동차, 성생활이 어떤가요?"

이제 겨우 대화가 오가기 시작했건만, 메레디스는 에이드리언을 정신 차릴 수 없게 몰아간다. 에이드리언는 최대한 똑바로 말해 보려 한다.

"어…… 내 차는 고장 나지 않았고요. 집에 온수도 잘 나옵니다. 난……."

"그런데 왜 밥그릇에 코를 박고 어쩔 줄 몰라 하는 코커스패니얼처럼 맨날 서러운 얼굴로 얼쩡거리고 있어요? 난 이 병을 비우고 한 병 더 마실 것 같네요."

"신속하게 혼수상태 수준으로 취하고 싶다면 튜링 룸 수납장에 테킬라가 있어요, 메레디스. 사인펜 있는 칸 뒤쪽에요."

"좋은 생각이에요."

메레디스는 자기 병을 내려놓고 잔디밭을 지그재그로 걸어가 건물 문을 어설프게 민다. 에이드리언이 조금 걱정스러운 기색으로 그녀를 따라간다, 그녀가 열심히 계단을 오르는 동안 실룩이는 엉덩이를 — 지나치게 — 보지 않으려고 애쓰면서. 그녀가 어느 문 앞에 멈춰 서서 벽에 등을 기댄다.

"난 영국인이에요, 에이드리언. 미리 알려 두는데, 당신이 날 범하려고 하면 난 당해 줄 거예요. 난 영국 여왕을 생각할 거예요."

"당신 취했어요, 메레디스."

"당신은 아직 못 취했네요."

메레디스가 문고리를 잡고 돌리고 빙빙 돌면서 안으로 들어가서는 똑바로 서 있지 못하고 어지러워서 의자에 앉는다. 그녀는 주위를 둘러본다.

"테킬라 어디 있어요?"

"이게 잘하는 짓인지 모르겠네요……"

"내 옆에 앉아요. 그리고 확률 추산 방법 같은 얘기는 하지 마요, 난 그딴 거 신경 안 쓴다는 거 안다면요."

에이드리언은 시키는 대로 하고는 어찌할 바를 몰라 하며 그녀를 바라본다.

"오, 맙소사, 키스해 줘요, 에이드리언. 당신도 하고 싶어 죽겠잖아요. 자, 지금 당장. 키스 실력이 형편없어도 괜찮아요."

"난…… 메레디스, 진심으로 말하는데…… 나도 당신이

좋지만, 이건……."

"그래요, 뭐 그리 로맨틱하진 않죠, 하지만 그게 어때서요? 나중엔 지금을 떠올리며 웃을 거예요, 우리 아이들과 함께요. 키스해 주지 않으면 나 울 거예요. 아니면 소리 지른다. 꺄악! 도와주세요!"

"메레디스, 제발요, 그런 농담은 하지 마요." 갑자기 에이드리언은 정말로 걱정이 된다.

"아! 난 당신이 좋아요. 그래도 뭐, 나는 농담도 못 하나요? 하지만 왜 남자들은 여자가 적극적으로 나오면 전부 쩔쩔매는 거죠?"

메레디스가 갑자기 그를 자기 쪽으로 끌어당기고 그에게 입술을 포갠다. 입술에서 딸기 맛이 난다. 그녀는 눈을 감았고, 두 사람은 본격적으로 키스할 엄두도 못 낸 채 한참 입술을 맞대고 있다. 그때 에이드리언의 재킷 안주머니에서 진동이 울리고 요란한 소리가 난다. 그는 자기 못지않게 얼떨떨해 있는 메레디스에게서 당장 몸을 떼고 회색 금속 휴대폰을 꺼내 어이없다는 듯 바라본다.

"부인인가요?" 메레디스가 곧장 묻는다. 정말 부인이라고 해도 그녀는 전혀 개의치 않았을 테지만.

"난 결혼 안 했는데요."

벨이 세 번 울리고 나서 휴대폰은 갑자기 조용해졌다. 그러더니 오 초 만에 다시 벨이 울리고 진동했다. 이번에는 벨이 한 번만 울리고 바로 끊겼다. 에이드리언은 휴대폰에서 눈을 떼지 못했다. 정말 지금이란 말인가?

"아내가 아니라면 굉장히 집요한 사람이네요."

"빌어먹을, 빌어먹을! 미안해요, 내가 지금 꼭…… 메레디스, 내가……."

그는 방에서 뛰쳐나가 복도를 내달렸다. 십 초 후 휴대폰이 다시 울렸다. 신호 세 번, 한 번, 다시 세 번. 미리 합의된 신호였다. 그가 전화를 받았다. 남자 목소리, 단호하고 감정을 드러내지 않는 군인의 말투다.

"에이드리언 밀러 교수님?"

"아…… 네." 그가 주저하며 대답한다.

"토토, 내 생각엔……."

목소리가 말을 잇지 않고 기다린다. 기다리기만 한다. 밀러가 무뚝뚝하게 대꾸한다.

"우리가 캔자스를 벗어난 것 같아."

'토토, 내 생각엔…… 우리가 캔자스를 벗어난 것 같아.' 진짜 아무 말이네. 에이드리언은 자기 탓을 할 수밖에 없다. 이십 년 전 학생 시절의 유머에서 조금도 발전하지 못한 자기를. 그 시절엔 『오즈의 마법사』에서 따온 이 대사를 신원확인용 암호로 쓰게 될 거라고는 상상도 못 했지만. 이십 년 전부터 그는 이런 식으로 휴대폰을 사용했다. 그들이 수시로 교체해 주는 이 휴대폰은 월 1000달러를 받는 대신 항상 켜 놓아야 하고, 어디를 가든 소지해야 하며, 어떤 상황에서도 ─ 지금 이 상황만 봐도 알 수 있듯이 ─ 신호가 오면 받아야 한다. 지금까지 정말로 신호가 온 적은 한 번도 없었지만 말이다.

"에이드리언!" 메레디스가 소리를 지른다. "아내 전화여도 돌아와서 키스 마저 해요!"

"준비하기 바랍니다, 밀러 교수님. 몇 분 후 경찰차가 파인 홀 앞에 도착할 겁니다. 그 차를 타고 접선 장소로 오면 됩니다."

"파인 홀 앞? 지금 내 위치를 아는 겁니까?"

"물론입니다, 밀러 교수님. 3미터 이내로 위치 추적이 되고 있어요. 일단 교수님이 출발하면 다시 전화를 드리고 중앙 통제 센터와 연결하겠습니다."

"에이드리언?" 튜링 룸에서 메레디스가 울부짖는다. "사람 엿 먹이는 것도 분수가 있지. 에이드리언, 당신이 날 이렇게 엿 먹여도 되는 거예요?"

에이드리언이 문으로 뛰어간다. 머리를 산발한 메레디스가 아까 그 의자에 그대로 앉은 채 씩씩대고 있다.

"미안해요, 메레디스. 아주 중요한 일이라서……. 나중에 설명할게요."

에이드리언은 계단을 몇 단씩 건너뛰며 내려간다. 메레디스는 피범벅이 된 확률론자와 그를 지옥으로 끌고 갈 여행에 대한 악담을 고래고래 퍼붓지만, 그는 이미 로비에 가 있다.

★

2021년 6월 24일 에이드리언 밀러가 흑회색 방탄 스마트폰에 속히 응답해야 했던 이유를 이해하려면 2001년 9월 10일로 돌아가야 한다. 그날, 로버트 포지 교수 확률론 연구팀의 최연소 박사 후 과정 학생이었던 그는 MIT에서 스무 번째 생일을 맞이했다. 바로 다음 날 일본에서는 광우병 사례가 보고되고, 알카에다 소속 튀니지인 두 명이 마수드 장군에 대한 자살 테러를 감행한 데 따른 정치 선언을 하고, 마이클 조던이 워싱턴 위저드로의 복귀를 선언할 것이다. 하지만 무엇보다 그날은 벤 슬라이니의 첫 출근일이다. 그는 FAA(미연방 항공국)의 국장이 되었다. 커피와 도넛으로 두 시간 남짓 환영식을 가진 후, 그는 비행기 4200대의 발을 땅에 묶어 놓게 된다. 전례 없는 단독 결정이다. 그럴 때가 있는 법이다.

9월 11일 오전 8시 14분, 보스턴 관제 센터 근무자가 아메리칸 에어라인 11의 교신이 끊긴 것을 확인하고 걱정에 빠진다. 육 분 후, 그 비행기에 탄 스튜어디스가 자신이 사용할 수 있는 회선, 즉 아메리칸 에어라인 전용 회선으로 전화를 건다. 그녀는 항공기 납치가 발생했고 기내에서 몇 명이 사망했다고 알린다. 그녀의 신원이 확인된 시각이 8시 25분, 보스턴의 총감독자가 항공 교통 관제소에 알린다. 벤슬라이니와 항공 교통 관제사들은 그때 AA11이 뉴욕 쪽으로 남하하고 있음을 초음파 레이더를 통해 확인한다. 비행기가 경로를 벗어날 경우, 규정상 민간 항공사 본부에 알려야 한다. 매뉴얼에는 이 경우 조종사가 칼에 찔리거나 말거나 코드 7500을 입력하게 되어 있지만, 그런 건 잊자. 그러면 본부의 '특수 경로 변경' 코디네이터가 국방부에 연락하고, 국방부는 국방부 장관실에 연락을 하고, 거기서 장관이 보고를 받고 내린 결정은 동일한 루트를 역방향으로 거쳐 내려간다. 그리하여 마침내 국군 중앙 사령부가 비행기를 되찾아오기 위해 추격기들을 띄운다. 냉전 종식 이후로 군용기를 띄울 수 있는 군 항공 기지가 26곳에서 7곳으로 줄었기 때문에, 이스트 코스트에는 보스턴 근처 오티스 기지, 워싱턴과 가깝고 CIA 본부가 있는 랭글리 기지밖에 남지 않았다.

이 모든 과정이 시간을 너무 소요했기 때문에 9·11 당시 보스턴 총감독자는 긴급 상황에서 오티스 기지로 바로 연락을 한다. 오티스 기지는 그가 그렇게 해서는 안 된다는 양자꾸 뉴욕주 로마에 위치한 국군 사령부 북동부 지부에 연락하라고 한다. 그래서 그쪽으로 연락을 하지만, 절차를 준수하지 않았다고 다시 한번 핀잔만 듣는다. 그래도 로버트 마르 대령은 긴급 상황임을 인지하고 그 자신 역시 국방부의 지시를 받아야 하는 입장임에도 오티스 기지에 당장 추격기를 보낼 준비를 하라고 명령한다.

9·11 조사 위원회가 공식 결론을 내기 전부터, 국방부는 그날 의사 결정 과정이 완전히 잘못됐다는 것을 알았다. 국방부는 위기 상황에 다른 방식의 대응 절차를 제안할 내부 팀을 만든다. 그리고 이 팀은 일정한 공식으로 만들 수 있는 것이라면 무엇이든 MIT 응용수학과에 하청을 맡긴다. 바로 이 지점에서 에이드리언 밀러의 이름이 나온다.

당시 에이드리언은 MIT '응용수학부' 부장 포지 팀에 소속된 젊은 확률론자였다. 그는 스무 살에 마르코프 사슬, 켄달 표기법에 관한 논문으로 박사 학위를 받았다……. 간략히 말하자면 그는 대기 행렬에 관심이 많다. 특히 리틀의 법칙, 즉 안정적인 시스템 내의 평균 객체 수는 시스템에 유입되는 객체의 양과 객체가 시스템 안에 머무는 시간을 곱한 값과 같다는 법칙을 좋아한다. 하지만 그냥 넘어가자.

연구실에선 다들 지독히 바쁘기 때문에 포지 교수는 국방부와의 계약을 매우 성가시게 생각한다. 그래서 신참인 에이드리언이 신고식 비슷하게, 의사 결정 과정의 장애를 모형화하고 단계 수와 지연 시간을 줄이는 방법을 모색하는 작업을 떠맡는다. 에이드리언은 포지의 지도로 박사 학위를 받은 티나 왕이라는 매우 똑똑한 여학생에게 도움을 청한다. 에이드리언이 취약한 그래프 이론 쪽을 티나가 맡기로 한다. 그들은 늦게까지 일하고, 부실한 식사를 허겁지겁 해치우고, 잠도 못 자고, 국방부에 대해 생각할 수 있는 온갖 나쁜 말을 한다. 그러다 정말 못 해먹겠다 싶을 때는 에이드리언의 낡은 혼다를 타고 연중무휴로 문을 여는 럭키 스트라이크 소셜 보스턴으로 한밤중에 볼링을 치러 간다. 어느 밤, 에르고드 가정과 정상 분포에 대해 한바탕 언쟁을 벌이고 나서 그들은 에로틱하다기보다는 성교 자체인 사고를 친다. 뭐, 그래도 좋은 추억이다.

에이드리언과 티나는 특히 항공 교통에 영향을 미칠 수 있는 모든 변수를 목록화하고 통계 값을 부여한다. 그들은 대형 재난을 일으킬 수 있는 요소들을 단순히 항공 흐름을 교란할 수 있는 요소까지 포함해 특정함으로써 국방부의 기대를 뛰어넘는다. 그들의 모형은 진정 모든 것을 고려한다. 사건의 연쇄, 통신 수단, 언어 장벽, 단위 차이(피트인가,

미터인가?), 조종 실수, 기계 고장, 기술적 문제, 기상, 고의적 파손, 경로 변경, 인터넷 해킹, 가짜 신호, 유지 관리 결함, 그 외의 오만 가지 요소들을⋯⋯. 두 연구자는 37개 기본 프로토콜을 확인하고 각 프로토콜에 적게는 7개에서 많게는 20개까지 우발적 경로를 설정한다. 그리하여 약 500개의 기본 상황과 그에 준하는 수의 대응책이 나온다. 2001년 12월에 리처드 레이드가 신발창에 폭발물을 숨긴 채 보안 검색대를 통과한 상황은 프로토콜 12A의 변이형이었다. 버밍엄-말라가 간 노선 항공기 조종실 앞 유리창 폭발 사고는 프로토콜 7K의 한 예다. 에어버스가 폭설로 인해 핼리팩스 공항 착륙로에서 이탈한 사고는 4F, 아이슬란드 화산 폭발로 항공 운항이 전면 중단된 사태는 13E, 우울증을 앓던 저먼윙스 조종사가 산을 들이받은 일은 25D다.

두 사람은 오 개월의 작업 끝에 '민간 항공 교통: 위기 진단, 의사 결정 과정의 최적화, 대응-안전 프로토콜'이라는 소박한 제목을 붙인 1500페이지 분량의 특급 기밀 제안서를 작성한다. 두 사람 나이를 합치면 마흔한 살밖에 안 됐지만, (어쩌면 바로 이런 이유로) 그들은 저자 난에 '매사추세츠 공과대학 응용수학부 그래프 이론과 및 확률론과 T. 왕, A. 밀러, 알리'라고 써넣는다. 알리는 연구실에서 키우는 햄스터의 이름이었다. 정말이지 어린애들이었다.

그들이 빼먹은 요소는 없다. 국방부가 앞면이 나올 경우와 뒷면이 나올 경우를 다 따져서 대응책을 제시하라고 했다면, 그들은 앞면, 뒷면만이 아니라 동전이 똑바로 설 희박한 경우까지 감안해 계산했을 것이다. 그러나 제안서를 제출하고 열흘 후인 2002년 4월, 국방부는 빨간 사인펜으로 다음과 같이 써서 문건을 돌려보낸다. '여기서 고려한 상황 중 어느 것에도 속하지 않을 경우는 어떻게 할 건지?'

티나가 하늘을 쳐다보면서 말한다. "동전을 던졌는데 허공에 멈춰 서 있는 경우를 가정하라는 건가."

그들은 닷새를 더 투자해 '여기서 고려한 상황 중 어느 것에도 속하지 않을 경우'에 대한 마지막 프로토콜을 만든다. 둘은 다른 상황들의 경우 군인이든 민간인이든 한 명이 프로토콜을 책임지고 감독할 것을 제안했다. 그러나 티나는 이 경우는 '특이한 프로토콜을 정당화할 만큼 비합리적인 상황이므로' 두 명의 학자에게 판단을 맡겨야 한다고 결정한다. 그리고 자신과 에이드리언 밀러의 이름을 적어 넣는다. 또한 그들에게 오로지 그 프로토콜 실행에 사용할 방탄 휴대폰을 지급하고 상시 켜 놓은 상태로 소지하게 할 것을 제안한다. 에이드리언 밀러는 더글러스 애덤스의 『은하수를 여행하는 히치하이커를 위한 안내서』의 광팬이고, 그 책에 나오는 역사상 두 번째로 강력한 컴퓨터 '깊은 생각(Deep

Thought)'이 '생, 우주, 그리고 모든 것에 대한 거대한 물음'에 대해 750만 년의 계산 끝에 '42'라는 단순한 답을 내놓았기 때문에 해당 프로토콜 번호는 42가 된다.

진지하게 보이고 싶었는지, 재미 때문인지, 아니면 진지한 일을 재미있게 하고 싶어서인지는 모르지만, 에이드리언은 초기화 설정 코드로 다음의 문장을 보탠다.

1. 오퍼레이터: 토토, 내 생각엔…….
2. 책임자: ……우리가 캔자스를 벗어난 것 같아.

에이드리언이 연구실에서 나오자, 소시지가 기분 좋게 익어 가는 바비큐 설비 바로 앞에 이미 경찰차가 서 있다. 에이드리언이 사성 장군이라도 되는 듯 경찰관이 경례를 붙이자 동료들의 시선이 죄다 에이드리언에게 쏠린다. 에이드리언은 어색한 태도로 경찰에게 대충 인사를 하고 뒷좌석에 오르다가 자동차 지붕에 머리를 부딪친다. 경찰차는 경광등을 켜고 사이렌을 울리며 출발한다. 에이드리언은 메레디스와의 섹스를 뒤로하고 미지의 것을 향해 나아간다.

누군가 은하계의 어딘가에서 던진 동전이 정말로 허공에서 멈춰 버린 것이다.

장난

미국, 이스트 코스트 공해

북위 41도 25분 27초 서경 65도 49분 23초

마클이 마이크를 확인하지만 이미 작동하지 않는다. 케네디 공항 측이 교신을 끊었다. 회선에서 지지직 하고 잡음이 일더니 한참 동안 아무 소리도 나지 않는다. 그러다 마침내 더 묵직한 새로운 음성이 들린다.

"에어 프랑스 006 메이데이, FAA 특별 작전 사령관 루서 데이비스입니다. 다시 확인 가능합니까? 무선 응답기에 1234 입력 바랍니다."

마클이 인상을 쓰고 지드가 얼른 코드를 입력한다. 날이면 날마다 FAA 특별 작전 사령관을 상대하는 건 아니다……. 교신이 또 끊겼다. 그러다 다시 아까 들은 목소리가 돌아온다.

"고맙습니다. FAA의 루서 데이비스입니다. 마클 기장의 생년월일과 출생지를 알려 주기 바랍니다."

마클이 한숨을 쉬고는 시키는 대로 한다.

"1973년 1월 12일, 일리노이주 피오리아 출생입니다."

"탑승 승무원 전원의 이름을 알려 줄 수 있습니까?"

"케네디, 아는지 모르지만 손상을 입은 787기가 비상 착륙을 시도하는 중⋯⋯."

다시 긴 침묵, 교신이 또 끊겼다가 이번에는 여자 목소리가 들려온다.

"에어 프랑스 006? 노라드의 캐슬린 블룸필드입니다, 들립니까?"

노라드(NORAD)? 진짜 북미 방공 사령부? 마클이 눈썹을 찌푸린다.

"에어 프랑스 006입니다. 우리가 그쪽을 위해 뭘 하면 되겠습니까?"

"보안상 기내 와이파이를 꺼 주기 바랍니다."

마클은 두말하지 않고 시키는 대로 한다. 여자 목소리가 이어서 말한다.

"고맙습니다, 이제 승객들이 휴대폰 및 전자 기기를 모두 끄게 하십시오."

"그건 진즉에 했습니다, 노라드. 우리는 난기류를 만

나……."

"좋습니다, 이제 파브로 부기장과 기내 승무원이 승객들의 전자 기기를 전부 거둬 오십시오. 전부라고 했습니다. 태블릿 PC, 스마트폰, 의료용 삐삐, 게임기, 노트북 등 외부와 통신할 수 있는 장비는 전부 다 수거하십시오. 증강 현실 안경과 스마트 워치도 빠뜨리면 안 됩니다. 예외는 없습니다. 마클 기장, 내비게이션 시스템을 노리는 외부 해킹 위험이 매우 높은 상황이므로 전자 기기가 정보를 중계하는 역할을 할 수도 있습니다……. 승객들의 협조를 얻기 위해 필요하다면 이러한 사실을 알려도 좋습니다."

"승객들이 심하게 동요할 텐데요……."

"할 수 없습니다. 한 시간 후 뉴욕에 착륙하면 모두 돌려준다고 분명히 말해 주십시오. 파브로 부기장님, 만약 승객들이 저항하면 비행기의 안전과 전파 방해 위험을 강조하십시오. 모든 전자 기기를 수거할 권한을 기장님에게 부여하겠습니다. 우리는 매우 특수한 프로토콜을 따르는 중입니다."

"하지만…… 그걸 다 거둬서…… 어디에 둡니까?" 갑자기 파브로는 걱정이 된다. "휴대폰들은 다 비슷비슷하게 생겼는데 어떻게 구분하죠?"

"구토용 비닐봉지에 넣고 사인펜으로 좌석 번호를 쓴다든가, 알아서 하십시오. 착륙하면 돌려준다고 승객들을 안심시키십시오."

부기장이 목소리가 안 나오는 듯 애매하게 "네."라고 말하고는 일어난다. 그가 승무원에게 지시를 내리는 동안 마클은 기내 방송으로 그 내용을 승객들에게 빠짐없이 전달한다. 승객들이 항의할 줄 알았지만 아까 겪은 공포의 난비행이나 전자 기기 해킹 위험 때문인지, 기장의 권위적인 음성 때문인지 대부분 순순히 요구에 응한다. 극소수가 저항하지만 주위 대다수 승객들의 압박에 스러진다. 민감할 수 있는 조치인데 놀랍게도 몇 분 만에 전자 기기 수거가 완수된다. 노라드 측은 통신 기기를 전부 조종실에 모아 들였는지 확인한 후 다시 지시한다.

"이 조치는 조종사들을 포함해 탑승 승무원 전원에게도 해당됩니다. 휴대폰과 노트북 말입니다. 마클 기장님은 비행기에 대한 모든 권한을 가집니다. 기장님이 내려야 할 지시는……."

"내가 기장입니다! 그러니 비행기에 대한 모든 권한은 당연히 나한테 있는데 왜 노라드가 이래라저래라……."

"마클 기장님, 이건 국가 안보의 문제입니다. 우리는 함께 프로토콜 42를 수행할 것입니다."

마클은 말문이 막힌다. 프로토콜 42라니, 들어 본 적도 없다.

"에어 프랑스 006, 새로운 목적지는 뉴저지 맥과이어 공군 기지입니다. 다시 한번 말합니다, 뉴저지 맥과이어 공군 기지입니다."

맥과이어 요새……. 1937년 독일 비행선 힌덴부르크가 계류탑에 착륙하려고 시도하던 중 불이 붙어 전소된 바로 그곳. 마클은 서서히 남서쪽으로 방향을 돌리고 어쩔 수 없이 안내 방송을 한다. "승객 여러분, 죄송하지만 기체에 심각한 이상이 있어서 뉴저지로 방향을 선회합니다."라고. 이번에는 항의가 만만치 않다. 몇몇은 야유를 퍼붓는다. 석양에 반짝이는 맨해튼의 고층 빌딩들이 그들을 약 올리는 것만 같다. 힌덴부르크 참사 이야기로 승객들의 기분 전환을 시도할 수도 있겠지만 마클은 본능적으로 그럴 때가 아니라는 것을 안다.

뉴욕이 다시 인터컴에 잡힌다.

"다시 케네디 어프로치다. 마클 기장을 국방부 미군 중앙 사령부와 연결한다."

마클이 대꾸할 겨를도 없이 새로운 남자의 목소리가 등장한다. 비음이 강하고 느릿하게 끄는 양키 말투, 뉴햄프셔 말투다.

"마클 기장님, 미군 중앙 사령부의 패트릭 실베리아 장군입니다. 국방부의 권한을 이임받아 지시하는 바입니다. 삼분 후 해군 추격기 두 대가 올 것입니다. 조금 전 해군 전함 해리 S. 트루먼호에서 이륙했고 귀하의 비행기를 공해까지 에스코트할 것입니다. 그들은 귀하가 탈주를 시도하거나 지시에 불응할 경우 귀하의 비행기를 폭파하라는 명령을 받았습니다."

이건 정도가 너무 심하다. 마클은 껄껄 웃어 버린다. 이제 알겠다.

"마클 기장님? NMCC의 실베리아 장군입니다. 듣고 있습니까?"

마클은 웃음을 멈출 수가 없다. 너무 웃어서 눈물이 난다. 이 스케일 큰 농담은 대체 뭔가. 제기랄, JFK 관제 센터에 어떤 머저리들이 모여 있는 거야? 이 염병할 관제사들, 하마터면 진짜로 믿을 뻔했네. 노라드, 프로토콜 42, 이제 국방부라니……. 마클이 다시 인터컴에 대고 말한다.

"안녕하세요, 자칭 실베리아 장군님! 이게 최선입니까? 솔직히 말해 처음엔 믿었네요. 하지만 비행기 격추라니 너무 갔어요. 폭풍을 만나 개고생을 했는데 지금 이럴 때입니까? 어쨌든 당신들이 착각한 것 같은데, 내 마지막 비행은 오늘이 아니라 내일모레라고요. 뭐, 인정합니다. 형편없는 당근 케이크보다는 기억에 남을 작별 선물이네요."

"에어 프랑스 006? 미 국방부의 실베리아 장군입니다. 항공모함 해리 S. 트루먼호와 연결하겠습니다."

"그러시든가. 기장입니다! 프랭키, 자넨가? 토 나오는 저 양키 말투는 또 뭐야……. 당신들 정말…… 당신들의 바보 같은 장난질에 정말로 승객들의 휴대폰을 전부 수거했다고. 우리가 승객들한테 맞아 죽기를 바라는 거야, 뭐야. 그게 당신들 계획이야?"

새로운 목소리가 인터컴에 울린다. 이번에는 좀 더 고음, 텍사스 말투다.

"에어 프랑스 006? 해군 전함 해리 S. 트루먼호의 존 버틀러 제독입니다."

마클의 입가에서 빈정대는 미소가 떠날 줄을 모른다.

"안녕하시오, 자칭 존 버틀러라는 양반. 그만 됐어, 프랭키. 성대모사 쇼 같은 건 집어치워. 이제 재미도 없거든?"

"마클 기장님? 버틀러 제독입니다. 현재 귀하의 비행기는 F/A 18 호넷기 두 대의 호위를 받고 있습니다. 한 대는 요격을 위해 귀하의 보잉 여객기 바로 뒤에 있고, 다른 한 대는…… 우현을 주시하십시오."

마클은 천장을 쳐다보면서도 그 방향으로 고개를 돌리긴 한다. 오른쪽 날개 말단에서 얼마 떨어지지 않은 지점에 공대공 미사일 10발을 장착한 호넷기가 날고 있다. 그쪽 조종사가 마클을 향해 손을 흔든다.

"이제 우리의 지시를 잘 따라 주십시오."

앙드레

2021년 6월 27일 일요일

인도, 뭄바이

"Fotografei você na minha Rolleiflex…….(롤라이플렉스
로 네 사진을 찍었지…….)" 뭄바이 그랜드 하야트의 널찍한
로비에 스탄 게츠, 조빙, 주앙 지우베르투의 끈적한 보사노
바 음악이 은은하게 깔린다. 지금 나오는 노래는 어깨를 축
늘어뜨린 채 헉헉대며 엘리베이터에서 내리는 남자와 나이
가 같다. 엘리베이터 안 거울에 노골적인 네온등 빛을 받은
예순 살 나이가 고스란히 비쳐 보이자 남자는 눈을 딴 데로
돌렸다.

앙드레 바니에는 잠을 자지 못했다. 극복하지 못한 시차,
슬픔, 암울하기 짝이 없는 생각 때문에. 방에서 나오기 전
그는 뤼시에게 장문의 이메일을 썼고, 전송해 버리고 싶은

마음을 겨우 억눌렀다. 그런 메일을 보내 봤자, 우스꽝스러운 메시지를 담은 병을 한 개 더 바다에 던지는 꼴밖에 되지 않을 것이다. 파리가 아직 한밤중인 시각에 그녀가 전화기 너머에서 지친 목소리로 말하지 않았나. 자신의 마음은 벌써 '다른 데로 옮겨 갔다.'고. 그는 메일을 썼다. 쓸데없는 일, 아니, 비생산적인 일인 줄을 알면서도. 하지만 리모컨 배터리가 다 닳았다는 걸 알면서도 더 세게 누르지 않는가. 그게 인간이다.

건축가는 국제적인 호텔 — 힘이 느껴지지 않는 비례, 멋대가리 없는 자재, 거만하고 숨 막히는 중량감 등 그가 혐오하는 모든 것을 갖춘 — 에서 나온다. 에어컨이 만들어 준 극지방을 떠나 불가마 같은 인도, 그 열대의 여름으로 진입한다. 갑자기 주위가 귀청이 따갑도록 소란해지고, 숨 막히는 공기는 공기라고 부르기도 뭐하다. 뭄바이는 타이어 타는 냄새, 바닥난 경유 냄새를 풍긴다. 혼잡한 파이프라인 로드에서 그는 지저분한 초록색 릭샤를 부른다. 삼륜차는 경적을 열 번이나 울리며 그의 앞에 와서 선다. 앙드레는 카마티푸라 현장 주소를 알려 주고 넉넉한 보수를 제안하며 길고 여전히 날씬한 몸을 세 부분으로 접어 비좁은 삼륜차에 오른다. 릭샤는 또다시 경적을 울리며 서둘러 출발하고, 자기만 아는 길을 따라 꽉 막힌 교통 상황 속으로 뛰어든다.

"왜 늘 릭샤를 타세요? 택시가 스트레스를 덜 받아요." 어제 닐센이 그에게 물었다.

그렇다, 하지만 그 닐센이라는 친구는 금발을 기르고 운동선수처럼 잘 만들어진 몸에 완전 무결한 후고 보스 정장을 입은, 사회생활 겨우 이 년 차의 청년이란 말이다. 학교를 졸업한 지 얼마 되지 않은 닐센 ─ "그랜드 미시시피 센터 프로젝트 이후로 바니에 & 에델만에서 일하는 것이 제 꿈이었습니다, 선생님." ─ 은 아직 모른다, 질식할 듯한 이 시간이야말로 앙드레 바니에가 누리는 사치라는 것을. 그가 푹 꺼진 삼륜차 뒷좌석에서 찾으려는 것, 이따금 찾기도 하는 것은 스리랑카에서 보낸 그의 스무 살이다. 스리랑카에서 만났던 나폴리 출신의 귀여운 또라이 아가씨의 이름은 바로 떠오르지 않지만, 그녀의 묵직한 가슴과 눈부신 미소는 기억난다. 줄리아였나? 그래, 맞다, 줄리아. 그 이름을 잊을 뻔했네.

릭샤는 시끄럽고 냄새나는 차량 행렬을 무지막지한 액셀 밟기와 귀 따가운 경적 울리기 신공으로 뚫으며 수랴 타워 현장으로 향한다. 앙드레는 그 차들이 긁힌 데가 없고 사이드 미러가 멀쩡히 붙어 있는 것이 신기하다. 이번 릭샤 운전사는 지칠 대로 지친 청년이 아니다. 이곳 젊은이들은 여럿이 돈을 모아 릭샤 한 대를 사서 돌아가며 모는데, 도로 교통법이고 뭐고 다 무시한 채 내비게이션 앱에 운명을 맡긴다. 아니, 이 남자는 키가 작지만 몸이 다부지고 비행기 조종사처럼 알이 큰 선글라스를 껴서 나이가 잘 가늠이 안 된다. 그는 트럭과 자동차 들 사이를 공격적이면서도 유연하게 빠져나가고, 과감하게 중앙선을 넘으면서도 반대편에서 돌진하는 차들을 두려워하지 않는다. 이 교통지옥에서 무사히 나아가고 있다는 게 기적이다. 핸들에 반투명 플라스틱 불상을 괜히 붙여 놓은 게 아닌가 보다.

수랴 타워는 바니에 & 에델만 건축 사무소에서 수주한 야심 찬 프로젝트로, 그들의 노하우와 심미안을 증명할 기회다. 80미터 높이의 타워 외장은 유리와 대나무이며, 결정적으로 중요한 부분들은 강철 막대로 보강한다. 북쪽 외벽으로 응결시킨 물을 흘려 보내 동향에 조성한 식물 벽에 물을 대고, 남서쪽 벽면에는 채광정(採光庭)과 태양광 패널이 번갈아 설치되어 있어서('수랴'는 태양을 뜻하므로) 건물 전체에 전력을 공급한다. 이 타워는 미술관들이 모여 있는 지구와 대학가 사이의 상징적 교량이 될 것이요, 좋은 이미지를 얻고 싶어 하는 스타트업 기업들의 둥지가 될 것이다. 이미 모든 층의 입주 계약이 성사됐다. 단순미를 해치는 장식은 일절 더하지 않을 것이다. 이 타워는 끝없이 덜어냄으로써 완벽해졌다. 중국 경쟁 업체들도 고개를 숙일 수밖에 없을 것이다.

하지만 인도 하청 업체가 기초 공사에 사용될 콘크리트 품질로 사기를 쳤고, 딱하게도 닐센이 그 사실을 너무 늦게 알아내서 공사가 두 주 지연되었다. 앙드레 바니에는 협박하고 협상하고 마무리를 짓기 위해 이틀간 출장을 왔다. 오늘은 일요일이고 오후에 바로 뉴욕행 비행기를 타고 링 현장으로 가야 하지만 어쩔 수 없다.

'다른 데로 옮겨 갔다.' 앙드레는 뤼시가 본능적 확신을 가지고 선택한 이 표현을 혐오한다. 과거는 죽어서 차갑게 식었다. '다른 데'가 이미 어떤 사람, 다른 남자로 구현된 건 아닐까 생각해 본다. 뤼시는 작정하고 잔인하게 굴었다. 그들 사이가 돌이킬 수 없는 것이 되기를 바라고, 그들이 함께했던 석 달을 별것 아닌 경험으로 치부하는 편이 낫기 때문에. 늙어 버린 피부와 요즘 아이들에게는 절대 붙이지 않는 촌스러운 이름에도 불구하고 아직 조금은 쓸 만한 늙은이와 자는 잠깐의 새로운 경험으로 말이다.

뤼시를 안 지는 삼 년 됐다. 블럼네 집에 저녁 식사 초대를 받은 날이었다. 심심하고 재미없어서 그만 가려고 하는데 웬 젊은 여자가 나타났다. 늦어서 미안해요, 장편 촬영에 밝기 보정을 하고 오느라. 뤼시는 영화 편집자였다. 앙드레는 신중하게 처신하려고 애쓰면서도 너무도 '자기 타입'인 그녀에게서 눈을 뗄 수 없었다. 그녀의 목소리에 깃든 힘이 그를 사로잡았다. 그녀는 언성을 높이는 법이 없었고, 한 마디 한 마디 차분하게 잘 생각해서 말로 옮겼다. 그녀가 집중적으로 사고를 전개할 때면 관자놀이의 미세한 핏줄이 펄떡거렸다. 그녀가 혼자 아들을 키우고 있다는 것을 그는 나중에 알았다. 이름은 루이, 스무 살 때 낳아서 지금까지 쭉 혼자 키워 왔다고 했다. 앙드레는 뤼시에게 경솔한 구석이 전혀 없는 이유가 싱글 맘으로서의 책임감 때문인가 하는 생각을 했다.

그렇다, 뤼시가 그를 흔들어 놓았다는 말로는 부족하다. 그가 스무 살만 젊었어도 그녀에게 아이를 만들자고 했을 텐데. 나이 차 때문에 다 어림없는 일이 되었다. 앙드레의 딸 잔이 조금 있으면 뤼시 나이가 될 판인데 무슨. 얼마 전 농담 삼아 어떤 여자에게 "내 과부가 되어 주겠소?"라고 청한 적이 있었다. 과부로 추정되는 그녀는 웃지 않았다. 요즘 그가 만나는 여자들은 왜 하나같이 어린가? 친구들은 그와 함께 늙어 갈 수 있지만, 그가 사랑하는 여자들은 그럴 수 없다. 그는 도망친다, 겁이 난다. 다가오는 죽음과 저녁 식사는 같이할 수 있지만 잠자리는 불가능하다.

꼬박 이 년을 그녀와 연락하고 지냈다. 보지 않고는 살 수 없었다. 어느 날 기적이 일어나 그녀가 그에게 키스했지만 그 기적은 몇 달밖에 가지 않았다.

건축가는 그녀의 어떤 면이 그를 차츰 파멸시켰는지 하나하나 적어 보았고, 결국 모든 것이 육체의 문제라는 결론을 내렸다. 죽음이 가시권에 들어왔을 때부터, 요컨대 오래전부터 그는 욕망을 그가 생각하는 사랑의 중심에 두었다. 그런데 뤼시는 누가 봐도 욕망을 주변에 두는 여자였다.

뤼시가 장시간 편집을 마치고 녹초가 되어 돌아오면 그는 그녀를 껴안으려고 환하게 웃으며 일어났다. 그럴 때 그녀의 몸짓 하나하나에는 거리낌이 묻어났다. 어쩌면 단순히 피곤해서 그랬는지도 모른다. 함께 침대에 누워서도 그는 자신의 섣부른 몸짓 하나에도 그녀가 도망가 버릴까 봐 두려웠다. 그는 그녀와 멀리 떨어진 곳에서 밤을 보냈다. 그녀가 이른바 자신의 '생활 공간' 안에 그가 들어오는 걸 원치 않아서였다. 그녀 세대 사람들에게는 그 단어가 나치의 레벤스라움*을 연상시키지 않음이 명백했다. 그녀가 잠들면 그는 벌써 그녀가 그리웠다. 그는 코를 골아 그녀를 불편하게 하진 않을까, 자다가 깬 그녀가 못난 늙은이가 냄새나는 입을 벌리고 자는 꼴을 보게 되지는 않을까 생각하면서 한없이 우울해졌다.

---

* Lebensraum. 생활, 생존을 위한 공간이라는 뜻으로, 나치의 범게르만주의적 영토 확장의 근거가 된 이념이자 정책.

뤼시는 아침에 알람이 울리자마자 일어났고 절대 그에게 키스하지 않았다. 어렴풋한 아침 햇살 속에, 그가 그토록 갈 망했던 육체가 침실을 떠나 바로 욕실로 가는 모습이 안경을 끼지 않은 그의 시야에 흐릿하게 들어왔다. 그는 한참 동안 물소리를 들으며 눈을 감고 뜨거운 물을 맞는 그녀, 그 벌거벗은 몸을 상상했다. 그의 가슴이 고통으로, 어쩌면 모욕감으로 조여들었다.

그가 서른 살이라면, 피부가 탄탄하다면(죽음도 주름도 겁내지 않는 불멸의 피부 말이다), 그의 머리가 새까맣고 숱이 많다면, 그렇게 잘난 남자가 옆에 누워 있었어도 뤼시가 아침마다 쌩하니 욕실로 달려갔을까? 가령 저 잘생긴 닐센이라면. 그래, 닐센, 안 될 것 없지. 그는 사랑스러운 뤼시의 몸에 올라탄 눈부신 닐센의 몸뚱이를 얼핏 떠올리고는 부르르 떤다. 그는 이미 답을 알고, 그 답이 그를 고통스럽게 한다.

그래도 때때로 뤼시는 그에게 손을 뻗어 그 육(肉)의 실린더가 단단한지 확인하고는 그 위에 올라탔다. 그는 그녀 안에 깊이 처박히고, 그 체위로는 키스를 할 수 없기 때문에 그녀를 자기 쪽으로 끌어당기려고 한다. 하지만 그녀는 즉시 허리를 세우고 신속하게 절정으로 치닫는다. 그 날씬한 몸이 땀에 젖었다면 이제 그도 빨리 절정을 맛봐야 한다는 신호다. 앙드레는 해방의 오르가슴에 도달하기 위해 그녀를 거칠게 취하려 든다. 하지만 섹스의 빈도도 그렇고, 속전속결의 리듬도 그렇고, 그와는 무엇 하나 맞지 않았다.

그는 갈망했고, 슬펐고, 불안했다. 그래서 차츰 조심성을 잃고 자꾸 눈치 없이 집요하게 굴었다. 하지만 눈치 있는 집요함도 있나? 존재를 부정당하고 육체적으로 좌절한 그는 어디서 새로운 무게 중심을 찾아야 할지 알지 못했다. 사내 구실을 할 시간이 앞으로 얼마나 남았을까? 나이가 그를 약하게 만들고 있었다. 앞자리가 6이 되니 끔찍했다. 현재 뤼시가 그를 원치 않는 것이 명백하다면, 앞으로 다가올 나날에 그가 더 매력적으로 보일 일은 절대 없으리라.

현장에 도착한 릭샤가 연달아 엔진 폭음을 내며 진창과 나무 패널 사이를 거침없이 지그재그로 나아가더니 V&A 간판이 붙은 거대한 모듈식 방갈로 앞에 멈춰 선다. 앙드레는 2층의 널찍한 사무실로 올라간다. 닐센이 벌써 와서 기다리고 있다. 뤼시와 닐센? 아니, 그런 상상은 이미 우습다.

"싱 선셋 건설의 엔지니어들이 왔습니다." 닐센은 이렇게만 말한다.

"잠깐 기다리라고 해. 나에게 몇 분만 시간을 주게나."

앙드레는 블랙커피를 한 잔 따르고 창을 마주 본 채 수라 타워 건설 현장을 눈에 담는다. 현재 시각 10시, 미팅 약속은 9시였다. 모든 것이 의도대로다. 마땅찮은 지각, 샌들, 빛바랜 청바지, 네루 칼라*의 흰색 면 셔츠, 캔버스 백팩까지도. 현장 방문은 오래전부터 계획된 일이지만, 그와 닐센은 인도 업체 쪽에 오로지 그들과의 미팅 때문에 오는 것처럼 말해 두었다.

싱 선셋 건설 엔지니어들이 사장 주위에 앉아 있다. 몸에 딱 맞는 검은색 정장 여섯, 넥타이 여섯, 긴장된 얼굴 여섯. 앙드레가 들어서자 전부 자리에서 일어난다. 건축가는 곧장 싱 사장에게로 간다. 전에 만난 적은 없지만 닐센이 사진을 보여 줘서 얼굴을 안다. 윤기 흐르는 잿빛 머리에 근육이 발달한 마른 몸과 생기 있는 눈을 가진 50대 남자다. 바니에는 상대에게 인도식 합장을 할 겨를을 주지 않고 덥석 손을 잡는다. 모리스 슈발리에** 같은 말투도 다 계산된 거다.

"굿 모닝, 미스터 싱."

"뵙게 되어 영광입니다, 미스터 바니에."

"미스터 싱, 두 시간 안에 이 문제를 해결해야 합니다. 난

---

* 스탠딩 칼라. 인도의 옛 총리 네루가 즐겨 입던 스타일이어서 네루 칼라라고도 불린다.
** 프랑스의 샹송 가수이자 1920년대와 1930년대에 할리우드에서 활동한 배우.

오늘 밤 바로 다시 뉴욕으로 날아가요. 이건 심각한 사안입니다, 아주 심각해요. 이해할 겁니다. 일단 함께 현장을 둘러봤으면 합니다."

"미스터 바니에, 우리 생각은……."

바니에는 듣지도 않고 몸을 돌려 밖으로 나간다. 모두 그의 뒤를 따른다. 바니에가 빠르게 걷고, 닐센이 바로 뒤에 붙고 엔지니어들은 그 뒤에서 한 줄로 걸어온다. 닐센이 바니에에게 소곤거리듯 말한다.

"오늘 아침에 마이크로파일에 쓰인 콘크리트 표본 검사 결과를 받았습니다. 압축 저항성 면에서 규정 수치 C100/115에 한참 못 미쳐요. 거의 C90, 심지어 그 이하입니다. 마이크로파일을 더 박아서 보완하고 기존 것들은 잊는 셈 치죠."

바니에가 고개를 끄덕인다. 인도에서 닐센은 그의 비밀 병기다. 이 젊은이는 뭄바이에 온 지 한 달 됐다. 한 달 동안 그는 유창하고 기술 용어까지 완벽한 영어로 매일 공급 업체들과 살벌한 현장 미팅을 했다. 맹한 오스트레일리아 서퍼처럼 생긴 그는 주위에서 힌디어로 주고받는 말들을 완벽하게 알아듣는다. 힌디어는 어린 시절에 살았던 인도양 고아의 바닷가 도시에서 터득했다. 그의 어머니는 아직도 그곳에서 게스트하우스를 운영한다. 힌디어 능력이 취업의 결정적

요소가 될 거라 그는 생각이나 했을까? V&A는 수랴 타워 수주를 따내고 이 주 후에 그를 채용했다.

건물 토대에 도착한 바니에는 가방을 열어 노트북, 셋톱 박스, 레이저 계측기를 꺼낸다. 와이어를 몇 군데에 연결하고, 데이터를 확인하고, 계측기를 다섯 번, 열 번 작동하며 다시 계산한다. 그가 이쪽, 또 저쪽 마이크로파일의 꼭대기를 향해 계측기의 방향을 바꾸는 동안 싱 사(社)의 엔지니어들은 햇볕 아래에서 땀을 줄줄 흘린다. 바니에는 필요 이상으로 시간을 끌다가 장비를 다시 꼼꼼히, 서두르지 않고 가방에 챙긴다. 모두 모듈식 사무소로 돌아간다.

바니에가 먼저 앉고는 그들에게도 앉으라고 손짓으로 권한다. 그는 몇 초 뜸을 들였다가 갑자기 악센트가 전혀 없는 영어로 말한다.

"미스터 싱, 과오는 명백하고 이미 그 결과가 드러나고 있습니다. 지금 바로잡아야지 나중엔 너무 늦어요. 건축 설계는 게임입니다. 정교한 지식으로 하는 게임이지만 어쨌든 게임이니 따질 것도 없죠. 그런데 시공은 게임이 아니라 실제로 함께 만드는 겁니다……. 알겠습니까? 함께……."

싱이 고개를 끄덕인다.

정오, 바니에는 여기 와서 얻으려 했던 것을 다 얻었다. 싱 선셋 건설은 새로운 공사 일정에 합의했고, V&A가 그들에게 물린 소정의 벌금은 전문가와 변호사 수수료 정도의 수준이다. 한창 냇물을 건너가는 말에게 총을 쏘아서는 안 되는 법. 당장 오늘 오후부터 새로 구덩이를 파고 기온이 서늘한 밤에 콘크리트를 고압 주입할 것이다. 바니에는 긴급 상황을 구실 삼아 C115 표준뿐만 아니라 X S2까지 요구했다. X S2는 염도 높은 물에 강하다. 날이 더우니 일주일이면 마를 테고 삼 주 후에는 건물을 올릴 수 있다.

싱 선셋의 엔지니어들이 새로운 일정을 두고 왈가왈부하는 동안 바니에는 인도식으로 인사를 하고 닐센과 함께 사무실을 나간다.

그들은 현장에서 떠나 노점에서 차갑게 냉각한 킹피셔 맥주 두 병을 사서 부두를 향해 걷는다. 비행기를 타려면 아직 세 시간 남았다. "앙드레, 그런데 뤼시는 어떻게 지내요? 폰 트로타 감독 영화는 잘 마쳤대요?" 닐센이 갑자기 관심을 보인다.

바니에가 미소 짓는다. 찡그린 것에 더 가깝지만. 그러고는 딴 얘기로 화제를 돌린다. 자신이 결별 사실을 숨기고 있음을 깨닫는다. 지금 결별을 인정하면 닐센이 빼도 박도 못하게 만들기라도 할 것처럼. 바니에는 굴욕감을 느낀다. 처음으로 자기가 정말 늙어 버린 기분이 들고 인생이 자기에게 행한 불의가 망신스럽다.

뤼시는 완전히 떠났다. 건축가는 '다른 데로 옮겨 갔다.'는 표현을 거듭 되뇐다. Sic transit(지나갈 것이다). 앙드레는 이미 알고 있다. 모든 점을 고려할 때, 바로 옆에 누워 있지만 몇 광년 너머에 있는 여자를 미적지근한 무관심의 그늘 속에서 끝없이 욕망하기보다는 아예 떠나 버린 여자를 매일 그리워하는 편이 낫다는 것을.

뉴욕행 유나이티드 항공기에서 그는 자신이 뤼시에게 주었던 작은 책을 다시 읽는다. 빅토르 미젤의 『아노말리』, 두 달 전까지는 이름도 몰랐던 작가다. 일을 하려고 하지만 머릿속으로는 그 절망의 이메일을 열 번째 다시 쓴다. 그는 땅으로 떨어졌다. 이토록 아찔한 추락은 예상하지 못했다.

그가 표현하고 드러낸 고통이 뤼시를 짜증 나게 하고 완전히 떠나가게 했건만, 그는 타협이 안 되는 사람이라는 점만 입증했다. 실연의 아픔 앞에서 그는 자책하고 자신의 성급함을 저주한다. 자신이 자상하고 뭘 좀 아는 남자라고 생각했다. 섹스로 그녀를 붙잡아 놓고 그녀에게 황홀한 쾌락의 동의어가 될 것을 꿈꾸었다. 그런데 어리석게도(사실 욕망보다 어리석은 것은 없다. 스피노자는 욕망이야말로 생의 본질이라고 믿었지만 말이다.) 그녀를 자꾸 침대로 끌고 가려고 했기 때문에 그녀가 질색하기에 이른 것이다.

"당신이 날 원하면 난 숨이 막혀요. 당신이 내 욕망을 죽였다고요." 뤼시는 이렇게 말하면서 '잠시' 시간을 갖자고 했다, 물론 절대로 잠시는 아니었지만.

미스 플라톤 대(對) 닥터 스피노자. 스피노자가 졌다. 참패했다.

앙드레는 이런 이야기는 전혀 쓰지 않는다. 아무렴, 그가 작성하는 이메일은 아무리 봐도 부조리하다. '당신과 함께 가능한 한 가장 먼 길을 걷고 싶었어. 아니, 가능한 여러 길 중에서 가장 먼 길이라도.' 그는 이 말을 가증스러워하면서도 여전히 쓰고 보낸다. 파리는 지금 몇 시지? 벌써 월요일이다. 그녀는 자고 있을 것이다.

잠시 후 멜라토닌이 효과를 발휘하고 결국 그는 꿈 없는 잠에 빠져든다. JFK 공항 세관을 통과할 때까지도 비몽사몽인데, 직원이 그의 여권을 스캔하고 얼굴을 유심히 보더니 잠시 기다리라고 한다. 몇 분 후, 남자 한 명과 여자 한 명이 온다. 둘 다 젊고 세련된 옷차림이다. 남자는 검은색 정장, 여자는 회색 정장을 입었는데, 누가 FBI 아니랄까 봐 딱 봐도 FBI처럼 생겼다. 그들이 파란색 카드와 금색 수사관 배지까지 보여 준다. 플레이모빌 같은 얼굴의 정의의 여신이 저울과 검을 들고 있는 모습이 새겨진 배지를.

"앙드레 바니에 씨?" 여자가 묻는다.

그가 고개를 끄덕이자 그녀는 휴대폰 화면에 뜬 사진을

보여 준다.

"이 사람을 아십니까?"

뤼시다. 작은 방의 노란 네온등 아래 그녀가 앉아 있다. 놀라고 겁먹은 얼굴이다. 그렇다, 그녀의 자세와 눈을 보면 알 수 있다. 사진을 보니 뭔가 잘못됐다.

"네, 압니다. 잘 알죠. 뤼시 보게르, 나하고 친합니다. 뤼시에게 무슨 일이 생겼나요? 지금 파리에 있지 않습니까?"

"우리는 선생님께 동행해 주십사 전하라는 지시만 받았습니다, 바니에 씨. 원래는 영사관 직원이 왔어야 하는데, 그쪽은 저희가 선생님을 데려가는 곳으로 바로 오기로 했습니다. 선생님은 동행을 거절할 권리가 있습니다만, 그 경우 저희가 구류 구역에서 함께 대기할 겁니다."

바니에는 고개를 끄덕인다. 거절할 생각은 없다.

그들은 공항을 나서서 검은색 리무진으로 향한다. 남자 한 명이 기다리고 있다. 그가 바니에의 가방을 받아서 트렁크에 싣는다. 그들은 뒷좌석에 탄다. 차에 오르기 무섭게 아까 그 남자가 운전석과 뒷좌석을 차단하는 선팅된 유리 칸막이를 똑똑 두드린다. 차가 출발하고, 그제야 앙드레는 차창이 완전히 불투명하다는 것을 알아차린다.

"휴대폰을 꺼서 저에게 주시기 바랍니다. 죄송하지만 절차가 그렇습니다." 여자가 말한다.

앙드레는 지시에 따른다. 그 역시 겁이 난다. 뤼시 때문에,
그 자신 때문에.

처음 몇 시간

기체 손상을 입은 보잉 787기는 2번 활주로 끝에 멈춰 섰다. 멀지 않은 곳에 블랙 호크 헬리콥터들과 미 공군 2기통 회색 프로펠러기들이 서 있다. 방탄 차량 세 대가 장거리 화물기 자리 옆에 대기 중이다. 바다 향 물씬 풍기는 따뜻한 어둠이 금작화와 세이지가 아무렇게나 자란 빈터 위로 내려앉는다.

화물 창고 옆으로 군용 트럭들이 무용수가 무대에 입장하듯 줄줄이 들어온다. 군기까지 발동한 긴급 사태에 수백 명의 군인들이 거대한 격납고 안에 뭔지 모를 것들을 설치하느라 바쁘다. 격납고에서 점검 중이던 위압적인 록히드 C-5 갤럭시 화물기는 방금 전 자리를 비워 줬다. 거대한 미

닫이문을 배경으로 드러나는 세 사람의 실루엣이 턱없이 작아 보인다. 여자는 카피하려다가 실패한 짝퉁 샤넬 재킷을 입었고 남자는 딱 '맨 인 블랙'이다. 첩보 기관 사람들이 분명하다. 나머지 한 사람은 특이하다. 긴 머리가 조금 떡졌고 둥근 금속 테 안경은 계속 콧등에서 미끄러졌고 구멍 난 티셔츠에는 'I ♡ zero, one, and Fibonacci.(나는 0, 1, 그리고 피보나치를 사랑해.)'라고 쓰여 있다. 그에게서 땀내가 조금 나고 맥주 냄새는 많이 난다.

생수를 두 병이나 들이켰지만 에이드리언 밀러는 여전히 머리가 어질어질하다. 경찰차에서 내리자마자 요원 두 명이 와서 소개를 했으나, 밀러는 CIA에서 나왔다는 남자와 여자 FBI 요원의 이름을 금세 잊었다. 밀러는 활력 있어 보이려는 시늉조차 하지 않고 축 처진 손을 내밀었다.

남자 CIA 요원은 수조 바닥에 가라앉은, 살짝 맛이 간 물고기의 끈적한 지느러미를 만지기라도 하듯 마지못해 어색하게 손가락 끝으로 그 손을 잡았다.

"솔직히 말씀 드려, 밀러 교수님이 이렇게…… 젊은 분인 줄 몰랐네요."

이목구비가 곱고 눈에 총기가 도는 30대의 라틴계 여자 요원이 수학자를 말없이 뜯어본다. 얼핏 봐서는 존 쿠색을 닮은 것 같군, 좀 빈티 나고 흐물흐물한 존 쿠색. 아니, 그녀는 생각을 바꾼다. 존 쿠색은 무슨. 그래도 놀라움과 존경심을 담아 이렇게 말한다.

"저희는 교수님의 보고서를 거의 외우고 있다시피 합니다. 정말 대단한 연구죠. 교수님의 경험에 많은 기대를 걸고 있습니다. 교수님과 브로이스터 왕 박사님은 예전에 프로토콜 42를 실무에서 맞닥뜨린 적이 있으시겠지요."

에이드리언 밀러가 들릴 듯 말 듯한 목소리로 "아니오."라고 중얼거린다. 티나 왕과는 연락이 끊긴 지 오래라 브로이스터라는 남자가 그녀의 인생에 등장한 것도 몰랐고, 프로토콜 42를 실무에서 다뤄 본 적도 없단 말이다. 그가 아는 한 프로토콜에서 '희박한 확률'로 예상한 사건들이 실제로 항공 교통을 교란한 예는 전혀 없었다. 외계인의 침입이 항공 교통에 방해가 된 적도 없었다. 그에 대해서만도 3개의 프로토콜이 있다. '미지와의 조우', '세계 전쟁'. '알 수 없는 의도'에는 각기 10여 개의 변이형이 있는데, 티나는 장난삼아 여기에 고질라까지 포함했다. 좀비나 뱀파이어의 공습도 없었다. 공기를 타고 빠르게 퍼지는 전염병, 가령 에볼라 같은 출혈성 열병이나 코로나 바이러스의 출현이 항공 교통을 교란한 적도 없었다. 이에 대해서는 5개 프로토콜이 고려되었다. 사악한 인공 지능이 항공 교통을 장악할 경우 인공 지능이 자율적으로 작동하면 프로토콜 29, 외부 세력이 원격 조종하는 경우는 프로토콜 30인데, 그러한 사태는 일어날 가능성이 점점 커지기는 할지언정 실제로 일어난 적은 없다.

그런데 프로토콜 42라니…… 일어날 수 없는 일이다. 프로토콜 42는 그런 것이다. 밀러가 물 한 모금을 마시고 입을 뗀다.

"저기, 죄송합니다만…… 성함이 뭐라고 하셨죠?"

"선임 요원 글로리아 로페즈예요. 이쪽은 CIA의 마커스 콕스고요."

"글로리아 로페즈 요원님, 전부 다 솔직히 말씀 드리자면 프로토콜 42는…… 어떻게 말을 해야 하나……."

에이드리언 밀러가 물 한 모금을 더 마신다. 말이 안 나온다. 아무려면 이 특수 요원들에게 공금으로 이미 50만 달러를 받아먹은 수학빠들의 고약한 장난이었다고 말할 순 없지 않나. 국가가 영원히 울릴 일 없는 방탄 휴대폰을 상시 휴대하는 조건으로 두 사람에게 이십 년간 지급한 돈만 해도 그 정도라고 말이다. 밀러는 풋라이트 조명을 받고 있는 거대한 알루미늄 매미 같은 보잉기를 바라본다.

"우리가 정확히 어떤 이유로 소집되었지요? 저 비행기에 특별한 점이 있습니까? 윈드실드에 우박 맞은 자국이 있고 앞코가 약간 부서진 것 말고는 모르겠는데요."

"레이돔이죠." CIA 특수 요원이 그의 말을 정정해 준다.

"비행기 앞코 부분을 레이돔이라고 해요."

여자 요원이 그들의 대화를 중단시킨다.

"우리도 자세히는 모릅니다, 밀러 교수님. 브로이스터 왕 교수님을 태운 헬리콥터가 거의 도착했네요. 저기 북쪽에 까만 점 보이죠."

"그리고 이 서류 아래쪽에 서명 부탁 드립니다." 콕스 요원이 봉투를 열면서 말한다. "비밀 유지 계약서입니다. 지금부터 교수님께 전달되는 모든 정보는 기밀입니다. 서명을 거부하실 경우, 국가 안보에 위해를 가한 혐의로 군사 재판을 받게 됩니다. 또한 서명 후 계약 내용을 위반하면 18 US 코드 섹션 79에 의거해 국가 반역죄로 간주됩니다. 협조 감사합니다."

아서 왕과 기사들의 시대 이래로, 적어도 그때 이후로 군 관계자들은 늘 원탁을 좋아했다. 실제 위계질서를 감추려는 노력을 하지 않아도 원은 평등을 표방하는 탓일까. 그래서 맥과이어 공군 기지에도 거대한 원탁이 하나 있다. 지하 사령관실, 불빛이 지나치게 환하고 벽은 대형 스크린들로 도배된 곳. 활주로에 서 있는 보잉기의 모습이 여러 화면에 비친다. 세팅된 카메라들이 그 기체를 모든 각도에서 촬영하고 있다.

티나와 에이드리언은 둘이 나란히 앉기로 한다. 십여 명의 군 장성, 상상할 수 있는 모든 정부 기관의 남녀 관계자들을 마주하는 자리 아닌가. 그들의 이름과 소속이 투명 아크릴 명패 아래 적혀 있다. FBI와 국방부 외에도 외무부, 미 공군, CIA, NSA, 노라드, FAA, 그 밖에도 밀러가 들어 본 적도 없는 약어(略語)들이 난무한다. 그와 티나의 명패도 있다. 직책, 성, 이름, 그리고 그 밑에는 현재 둘 중 누구의 소속도 아닌 '매사추세츠 공과 대학'이 떡 하니 적혀 있다.

티나 왕은 별로 변하지 않았다. 박사 과정 때 즐겨 입던 고스룩 스타일보다 훨씬 얌전한 옷차림이긴 하지만 말이다. 막간을 이용해 그녀가 에이드리언에게 이제 강단에 서지 않는다고, 그 사이 컬럼비아 대학교 카페테리아에서 만난 게오르그 브로이스터라는 물리학자와 결혼했다고 근황을 알렸다. 또한 가식적으로 웃으면서 에이드리언을 몰라보겠다고, 「장미의 이름」에 나온 크리스천 슬레이터와 똑 닮았던 남자는 어디 갔느냐고 했다. 그녀가 보기에 에이드리언은 이제 머리가 벗어지기 시작하는 키아누 리브스를 닮았지만, 그런 말은 하지 않는다.

박력 넘치는 남자의 목소리가 웅성거림을 몰아낸다. 키가 크고 마른 이 남자는 육군 사관 학교, 공군 사관 학교의 성적이나 홈스와 모가디슈에서의 공훈을 과시할 필요가 없다. 짧게 깎은 백발, 탄탄하고 고집 있어 보이는 외모, 목깃에 새겨진 세 개의 검은 별이 곧 그의 이력서다. 세련된 나무색 패널로 마감된 이 방에서 그의 회녹색 전투복은 위장 효과가 전혀 없다.

"여러분, 나는 국군 중앙 사령부 소속 패트릭 실베리아 장군입니다. 국방부 장관실의 권한을 위임받아 이 자리에 대표로 참석했습니다. 현 상황은 비밀로 유지되어야 하며, 대통령께서는 리우 방문 일정에 아무런 차질이 없기를 바라시지만 시시각각 보고를 받고 계십니다. 간략히 소개하지요. 내 왼쪽에 앉은 뷰캐넌 장군은 맥과이어 기지의 총지휘관으로, 며칠간 우리에게 이곳을 내어 주실 겁니다. 내 오른쪽에 앉은 밀러 교수와 브로이스터 왕 교수는 다들 초면일 겁니다. 두 분은 수학자로서 9·11 이후 우리가 따르고 있는 위기 대응 프로토콜을 설계했습니다."

두 사람이 어색하게 인사를 하고, 좌중은 알았다는 듯 수군거린다. 실베리아가 계속 말한다.

"밀러 교수는 프린스턴에서 강의를 하시고, 브로이스터 왕 교수는 NASA와 구글의 컨설팅을 하고 있습니다. 프로토콜 42는 전적으로 이 두 분의 재량에 따라 적용될 것이며

나는 그 작전의 조정자 역할만 맡습니다. CIA는 자국 영토 내에서 작전을 수행할 수 없다는 지적이 나오기 전에 미리 말씀 드리는데, 관련 정부 기관들이 모두 협력해야 한다고 프로토콜에 나와 있습니다.”

장교 한 명이 참석자들에게 태블릿 PC와 '기밀 정보' 라벨이 붙은 두툼한 서류를 하나씩 나눠 주는 동안, 실베리아는 FBI 선임 요원, CIA 특수 요원, 그 외의 다른 이들을 차례차례 소개한다. NSA(국가 안전 보장국) 디지털 감시 책임자(소셜 네트워크의 괴짜 창업자 같은 짜증 나는 얼굴의 30대 남자)가 와 있고, 마흔 살 정도밖에 안 된 것 같은데 짧게 친 머리가 눈처럼 새하얀, 다정하고 낭랑한 목소리의 키 작은 여자는 특수 작전 사령부 심리 작전단 소속 전문가 제이미 푸들롭스키라고 한다. 그들 모두 프로토콜 42의 원활한 운영에 나름대로 관련이 있다. 밀러도 기억이 난다. 당시에 관련 정부 기관들, 원탁 회의 참석자들의 계급, 심지어 회의 일정까지 명시해 두었다……. 티나 왕과 그가 제안서에 특정해 놓지 않은 것은 없었다.

“몇 시간 안에 우리 팀은 상당한 지원군을 맞이하게 될 겁니다. 지금도 사태 해결에 도움을 주고자 각지에서 이 기지로 오고 있습니다. 푸들롭스키 특수 요원, FBI 심리 작전단에서는 몇 명을 보냅니까?”

"백 명 이상입니다. 뉴욕 사무소 중 한 곳도 작전을 수행하고요."

"고맙습니다. 여러분 앞에 지금까지의 상황에 대해 우리가 파악한 사항들이 정리되어 있습니다. 오늘 우리는 활주로에 서 있는 저 보잉 787기 때문에 여기 모인 겁니다. 저 여객기는 정확히 오늘 6월 24일 19시 3분에 케네디 공항과 교신했습니다. 파리-뉴욕 노선을 비행 중이던 에어 프랑스 006으로 확인되었고요. 저 여객기는 기체에 중대한 손상이 있음을 알리고 몇 분 후 경로를 변경해 이 기지에 착륙했습니다. 기장은 데이비드 마클, 부기장은 지드 파브로로 확인되었고, 승무원 및 탑승객 전원의 명단도 여러분 앞에 있습니다. 다음은 NSA의 브라이언 미트닉에게 설명을 부탁하겠습니다. 태블릿 PC와 관련한 설명을 해 주시겠소, 브라이언?"

NSA에서 나온 남자가 자리에서 일어난다. 얇고 가벼운 검은색 태블릿 PC를 10대 소년처럼 신나게 조작하니 앉아 있을 때보다 더 어린애 같다.

"모두 안녕하십니까. 앞에 이런 태블릿 PC가 한 대씩 있지요? 여러분 앞에 있는 태블릿 PC는 개인용이고 잠겨 있지 않습니다. 첫 페이지에 보잉 787기 도면이 있습니다. 좌석을 하나씩 터치하면 팝업 창에 승객 이름이 뜹니다. 승무원까지 포함해 모든 탑승자를 좌석별로 확인할 수 있습니다. NSA는 탑승객에 관한 정보를 확인하는 대로 실시간 업데이트하고 있습니다. 파란색으로 표시된 이미지나 텍스트는 다른 페이지로 링크가 되어 있는 경우입니다. 터치하면 새로운 페이지가 뜨죠. 다시 돌아가고 싶으면 역방향 화살표를 터치하면 됩니다. 참 쉽죠. 자, 이제 디스플레이 화면을 봐 주십시오."

미트닉이 손가락으로 마클과 파브로, 이어서 승무원들의 사진을 끌어온다. 미트닉이 장난감을 가지고 노는 동안 실베리아가 다시 입을 연다.

"프로토콜 42가 발동한 이유는 다른 에어 프랑스 006이 당초의 예상 도착 시각인 16시 35분에 JFK 공항에 착륙을 했기 때문입니다. 네 시간도 더 전에 말입니다. 하지만 기종도 다르고 기장과 부기장도 다른 사람이었습니다. 그런데 희한한 것이, 저기 서 있는 비행기와 똑같은 에어 프랑스 006 보잉 787기가 똑같은 기체 손상을 입고, 동일한 기장과 부기장의 조종하에 동일한 승무원과 승객을 태운 일이 있습니다. 요컨대 여러분이 지금 보고 있는 여객기와 똑같은 비행기가 JFK 공항에 도착했는데, 그것이 지난 3월 10일 17시 17분의 일이었습니다. 정확히 백육 일 전이지요."

원탁에서 불협화음이 일어난다. CIA 요원이 손을 들어

소란을 잠재운다.

"무슨 말인지 모르겠습니다. 동일한 비행기가 두 번 착륙을 했다고요?"

"그렇습니다. 다시 한번 말하지만 같은 비행기입니다. 항공 정비 기술자가 확인도 해 줬습니다. 약 넉 달 전에 그 787기의 보수 작업을 맡았던 기술자입니다. 우박에 노출된 시간이 좀 짧았던 듯 손상도 덜하지만 윈드실드에 남은 흔적, 레이돔의 파손 위치 등이 완벽하게 일치한다고 했습니다. 기장을 직통으로 연결하겠습니다."

사령관실에 지잉 하는 잡음이 가볍게 울린다.

"안녕하시오, 마클 기장. 다시 패트릭 실베리아 장군입니다. 위기 대응 본부와 함께 있습니다. 한 번 더 신원을 밝혀 주기 바랍니다. 생년월일도 알려 주십시오."

마클의 목소리가 사령관실에 울려 퍼진다. 몹시 지친 음성이다.

"데이비드 마클, 1973년 1월 12일생입니다. 장군님, 승객들이 매우 불안해합니다. 비행기에서 내리고 싶어 해요."

"곧 기내에서 나올 수 있게 하겠습니다. 마지막으로 하나만 더 묻겠습니다. 오늘이 몇 월 며칠이고, 지금 시각은 어떻게 됩니까?"

"조종실 기기가 먹통입니다만 날짜는 3월 10일이고, 제시계 기준으로 20시 45분입니다."

실베리아가 교신을 끊는다. 벽에 걸린 전자 시계에 날짜 6월 24일, 시각은 22시 34분이라고 빛나고 있다. 갑자기 벽면 스크린의 가장 큰 화면에 튜브를 꽂고 병원 침대에 누워 있는 남자의 모습이 뜬다.

"십 분 전 FBI 요원이 마운트 시나이 병원 344호실에서 찍은 사진입니다. 이 남자의 이름도 데이비드 마클입니다. 지난 3월 10일 JFK 공항에 착륙한 에어 프랑스 006의 기장이지요. 이 남자는 한 달 전 진단받은 췌장암으로 죽어 가고 있습니다."

실베리아가 아무 말도 못 하고 있는 에이드리언과 티나 브로이스터 왕에게 고개를 돌린다.

"이제 왜 우리가 프로토콜 42를 발동했는지 아시겠지요? 자, 우리가 뭐부터 하면 될까요?"

2부

삶은 한낱 꿈이라고들 하네

(2021년 6월 24일 ~ 6월 26일)

실존은 존재에 앞선다, 그것도 꽤 한참.

• 빅토르 미젤, 『아노말리』

그 순간

2021년 6월 24일 목요일
뉴저지, 트렌턴, 맥과이어 공군 기지

　노란색 방역복을 입고 2열 종대로 늘어선 군인들 사이로 승객들이 한 줄로 격납고를 향해 간다. 그들은 방사능 탐지 장치와 항바이러스 감압실을 통과한 뒤 한 명씩 거대한 돔 안으로 들어간다. 줄 서 있던 군인들이 승객들의 성명과 좌석 번호를 적는다. 항의하는 사람은 거의 없다. 짜증과 분노가 피로와 불안에 밀려난 까닭이다. 격분한 여성 변호사 한 명만 기력이 아직 남아 있는지 사람들에게 명함을 돌린다.

　군인들이 격납고 안에 샤워기와 이동식 화장실과 백여 개의 텐트와 긴 테이블 들을 설치해 놓았다. 따뜻한 음식도 가져온다. 일부 승객은 텐트 안에 마련된 매트리스에 누워 휴식을 취한다. 하지만 소리란 소리는 죄다 강철 돔 지붕에 부딪혀 크게 울리고, 아이들은 빽빽 울고, 여기저기 싸우고 난리도 아니다. 군인 수십 명이 순찰을 돌며 통행을 감시한다. 의료 팀이 북쪽 구석에 무균실을 만들어 놓았고, 열 명 남짓한 간호사들은 승객 한 명 한 명의 타액 표본을 채취하느라 바쁘다. 동쪽의 모듈식 사무실에서는 심리 작전단에서 몰려온 사람들이 밀러와 왕이 급히 작성한 설문 양식대로 일대일 신문을 시작한다. 지난 몇 시간 동안 프로토콜 42에 살이 많이 붙었다.

서쪽에는 격납고 전체가 내려다보이는 지상 5미터 높이의 거대한 단이 있다. 대책 위원회 팀은 그 단 위의 사무실 하나에 자리 잡았다. 그곳에서 통유리창으로 내려다보는 광경은 혼란하고 부산스러운 개미 떼 그 자체다. 태블릿 PC에는 쉴 새 없이 새로운 데이터가 뜬다. NSA는 위치 추적을 통해 3월 10일 파리-뉴욕 노선 탑승객과 승무원 대부분을 찾아냈다. 생물학자들이 그들의 DNA를 격납고에 억류된 이들의 DNA와 비교했다. 결과는 완벽하게 일치했다. 맥과이어 기지에 서 있는 비행기는 약 넉 달 전 미국에 착륙했던 비행기의 완벽한 복사본이다.

NSA의 IT 괴짜 미트닉이 스크린에 기내 영상 두 개를 띄운다.

"둘 다 일등석에 있는 카메라에 찍힌 영상입니다. 왼쪽이

3월 10일 비행기의 영상이고, 오른쪽이 오늘 착륙한 비행기의 영상인데요. 멈춤을 누르고…… 영상의 타임코드를 보면 16시 26분 30초……. 두 영상이 일치합니다. 난기류를 통과하는 상황이었고요. 이후를 화면별로 비교해 보면…….”

16시 26분 34초 20부터 두 영상이 서로 달라지기 시작하면서 다른 그림 찾기 놀이가 된다. 왼쪽 화면에서는 어떤 여자의 안경이 날아가는데 오른쪽 화면에서는 안경이 얌전히 코 위에 걸쳐져 있고, 이쪽에선 좌석 위 짐칸이 열렸는데 저쪽은 아무렇지도 않다. 무엇보다 왼쪽 화면은 컴컴한데, 오른쪽 화면은 기내에 햇살이 가득하다. 첫 번째 비행기는 3월 10일에 끔찍한 폭풍을 어렵사리 헤치고 계속 나아갔지만, 두 번째 비행기는 6월 24일 18시 7분의 잠잠한 하늘에 난데없이 들어왔다.

주위가 어찌나 시끄러운지 미트닉이 한껏 목청을 높여 말한다.

“자, 보셨죠.” 그는 무척 신이 난 눈치다. “16시 26분 34초 20…… 그 순간 모든 일이 일어난 겁니다. 그리고 있을 수 없는 일이 계속돼요. 보잉 787 기내의 앞쪽, 중앙, 뒤쪽 이렇게 세 대의 카메라를 골라서 비교해 봤습니다. 카메라 사이의 간격은 10미터입니다. 비행기 속도가 시속 900킬로미터, 초당 250미터니까 10미터를 가려면 25분의 1초가 걸리죠. 그런데 기적적으로 이 카메라 영상이 일 초당 25컷이지 뭡니까! 여기까지 다들 이해하셨죠?"

반응이 없자 미트닉은 그냥 설명을 이어간다.

"화면을 세 개로 분할하겠습니다. 왼쪽이 1번 카메라, 중앙이 2번, 오른쪽이 3번입니다. 16시 26분 34초 20에 1번 카메라로 갑자기 햇살이 쫙 밀려들죠. 동일한 현상이 2번 카메라에서도 보이지만 이때의 시각은 16시 26분 34초 24입니다. 마지막 카메라에서 햇살은 34초 28에 등장하고요."

"그래서 그게 어떻다는 겁니까?" 실베리아가 묻는다.

미트닉이 의기양양하게 대답한다.

"각 카메라 사이에 25분의 1초의 시간 차가 있습니다. 마치 두 번째 비행기가 움직이지 않는 수직면을 통해 어디선가 불쑥 나타난 것처럼요. 폭풍에 시달리다가 그 수직면을 통과한 순간 파란 하늘이 펼쳐진 거예요. 위성 사진으로 미루어 볼 때 그 수직면은 3월 10일 북위 42도 8분 50초 서경 65도 25분 9초에 있었습니다. 하지만 오늘 비행기는 그보다 약간 남서쪽에서 나타났더군요. 약 60킬로미터 차이를 두고요."

"그래서 당신이 내린 결론은 뭐요, 미트닉?"

"아, 제 결론요? 모르죠. 제가 뭘 알겠습니까. 그저 프린스턴의 석학들이 처리해야 할 데이터가 하나 더 있다, 이거죠."

미트닉이 두 수학자에게로 고개를 돌린다.

"약간 복사기 같지 않아요? 어떤 장소를 스캔해서 다른 곳에서 출력한 것처럼요, 프린터에서 종이가 나오듯이 말이에요." 티나 왕이 묻는다.

미트닉은 대답을 망설인다. 그 역시 그런 생각을 하긴 했지만, 말이 너무 안 되는 것 같아서 입 밖에 내지 못했던 것이다.

다시 침묵이 깔린다. 아직 에어컨이 설치되지 않아서 무덥고 습하다. NSA 소속인 그의 휴대폰에 메시지가 도착했다는 진동음이 울린다. 미트닉은 메시지를 읽고는 한숨을 쉰다.

"대통령께서 3월 10일에 러시아나 중국의 선박이 대서양 연안에 접근하지 않았는지 NSA가 확인하라고 하시네요. 그들이 시간 여행 실험을 했을지도 모른다고……."

실베리아 장군은 짜증이 나고 허탈한 기색이다. 그가 창에 머리를 기대고 노골적인 불빛에 드러나 있는 격납고 안 상황을 내려다본다. 그가 한숨을 내쉬며 묻는다.

"하지만 저 비행기가 도대체 어디서 나온 거요? 당신한테는 설명 가능한 이론이 있습니까, 왕 교수? 이론 없는 교수는 벼룩 없는 개 아닌가요?"

"죄송하지만 현재 저한테는 벼룩이 없어서요."

"사십팔 시간 내에 탑승자 전원을 추적하려고 합니다. 3월 10일 이후 본국으로 돌아간 외국인 탑승자들까지 전부 포함해서. 그때까지 우리에게 내놓을 설명을 찾아봐요."

"과학자들을 더 보완해서 팀을 꾸려야 합니다. 양자 물리학, 천체 물리학, 분자 생물학……. 새벽까지는 팀이 구성되어야 해요." 에이드리언이 제안한다.

"삼십 분 후에 누구누구를 소환할지 명단을 드리지요. 철학자도 두세 명 포함해서요." 티나 왕이 덧붙인다.

"철학자도? 무슨 이유로요?" 실베리아가 묻는다.

"그럼 왜 과학자들만 아닌 밤중에 불려 나와야 하는데요?"

실베리아가 어깨를 으쓱한다.

"누구든 주저 말고 부르십시오. 나한테는 미국 영토 내에서 어떤 노벨상 수상자도 납치할 수 있는 권한이 있으니까. 정확한 표현은 '미 대통령의 긴급 요구에 협조를 요청할' 권한이지만."

"가설의 방도 하나 마련해 주십시오. 아주 큰 공동 작업실이 필요합니다. 개별 공간도 몇 칸 있고 책상, 의자, 소파, 흑판, 분필……."

"인터랙티브 화이트보드가 제공될 겁니다, 괜찮겠어요?" 실베리아가 털끝만큼도 놓치는 기색 없이 묻는다.

"그리고 각성제도 필요합니다."

"모다피닐*은 얼마든지 제공할 수 있어요, 수백 상자는 있으니……."

"그래프 이론, 공간의 연속성 문제가 전문 분야인 여성도 필요할 것 같습니다." 에이드리언이 말을 꺼내 본다.

"왜 꼭 '여성'이어야 하는지? 누구 생각하는 사람이라도 있습니까?"

에이드리언이 생각하는 사람이 있다.

"프린스턴의 하퍼 교수입니다, 메레디스 하퍼. 마침 몇 시간 전에도 그 교수와…… 기하학에서의 그로텐디크 위상에 대해 토론하던 중이었습니다."

"당장 하퍼 교수에게 군용차를 보내죠. 사람은…… 믿을 만합니까? 국가 안보라는 면에서 볼 때?"

"그렇고말고요. 그런데 그녀는 영국인입니다만. 그게 문제가 될까요?"

실베리아 장군이 미심쩍어하는 표정을 짓는다.

"그놈의 빌어먹을 비행기에도 영국인이 열세 명 있어요. 하퍼 교수가 러시아, 중국, 프랑스 국적이 아닌 것만도 다행이지. 어쨌든 영국 첩보부에는 협조를 부탁할 수 있어요."

---

* 기면증 치료제로 개발된 각성제.

"그리고 커피 머신도 한 대 부탁드립니다, 진짜 에스프레소 머신으로요." 에이드리언이 덧붙인다.

"불가능한 것을 요구하지 말아요." 장군이 인상을 찡그린다.

밤 11시가 조금 못 되어 격납고 북쪽 구석에서 회색 연기가 올라온다. 처음에는 가볍게 회오리 모양을 그리는가 싶더니, 금세 시커멓고 짙은 연기가 사방으로 퍼진다. "불이야!" 하는 남자 목소리에 군중은 공포에 사로잡힌다. 승객들은 굳게 닫힌 문으로 달려가 경비를 서는 군인들을 마구 밀친다. 보안 팀이 군인들을 지원하러 우르르 달려온다.

화재는 금세 진압되었지만 실베리아가 마이크를 잡고 방송을 내보낸다.

"패트릭 실베리아 장군입니다. 당황하지 마십시오, 여러분. 지금 곧 내려가겠습니다. 여러분은 마땅히 설명을 들으셔야 하니까요."

대책위 사람들이 웅성거린다.

"저 사람들에게 무슨 이야기를 하려고요?" 티나 왕이 단에서 내려가려고 하는 실베리아 장군에게 묻는다. "어딘가에 저들의 분신이 존재하고 저들은 지구에 있어야 할 이유가 없다, 뭐 그런 얘길 하실 거라면 그만두시죠."

"잘 둘러댈 겁니다. 어쨌든 우리 모두가 이 빌어먹을 행성에서 뭘 하고 있는지 누가 알겠어요?"

실베리아가 이백여 명의 승객 앞에서 마이크를 잡고 국가 안보, 해킹, 공공 보건 운운하며 거짓 해명을 늘어놓는 동안 군인들은 화재 피해를 살핀다. 최초 발화 지점은 어느 매트리스 밑이고 삽시간에 텐트 전체로 불이 번졌다. 고의 방화가 분명하다.

30미터 떨어진 곳에 밖으로 통하는 좁은 철문을 쇠 지렛대로 딴 흔적이 있다. 아까 정신이 없었을 때 그 문에 대한 경비가 흐트러졌다. 십 분 후, 공군 기지 울타리를 차로 들이받고 그대로 지나간 5미터 폭의 흔적이 발견된다. 페인트 흔적으로 미루어 보건대 회색 차량이다. 격납고에서 멀지 않은 주차장에서 훔친 차량일 텐데, 그 주차장에 있는 차는 300대도 넘는다.

탑승자 한 명이 탈주해 어둠 속으로 사라진 것이다.

자정에 다학제간 팀원들의 명단이 나왔다. 노벨상, 아벨상, 필즈상의 기존 수상자들과 유력 후보들. 삼십 분 후 FBI가 초인종을 눌러 대며 그들이 밤에 하고 있던 활동을 전면 중단시켰다. 대부분은 수면을 취하는 중이었다. '미 대통령의 긴급 요구에 대한 협조 요청'과 어둠을 가르는 회전 경보 등은 효과를 톡톡히 발휘했다. 새벽 1시가 채 안 되어 과학자들을 공군 기지로 데려오는 자동차와 헬리콥터와 제트기들의 춤이 시작되었다.

메레디스도 그중에 있었다. 보드카 향과 치약 냄새가 나는 것이 분명히 그녀다. 메레디스는 자다가 끌려온 게 틀림없었고, 에이드리언이 상황을 허둥지둥 설명했을 때는 이미 화가 풀린 지 오래다. 그녀는 눈살을 찌푸린 채 설명을 듣다가, 격납고에 갇혀 있는 사람들을 아무 말 없이 내려다본다. 에이드리언은 놀란다.

"나한테 묻고 싶은 것 없어요?"

"답할 수는 있고요?"

에이드리언은 당황해서 도리질을 하고는 모다피닐 한 알을 그녀에게 건넨다. 잠들면 안 되니까, 라고 설명하기도 전에 그녀가 군소리 없이 알약을 꿀떡 삼킨다.

"비밀 요원이라는 말을 했어야죠, 에이드리언."

"그게…… 엄밀히 말하면 그런 건 아니에요. 어…… 상황 통제실로 안내할게요."

"쯧쯧, 프린스턴의 수학자라니, 스파이의 위장 직업치고는 참……."

에이드리언이 문을 밀어 열자, 메레디스는 눈앞에 펼쳐진 광경을 보고 입이 떡 벌어진다.

"오, 에이드리언, 너무 좋아요, 「닥터 스트레인지러브」 속에 들어와 있는 것 같아요."

스크린에 새로 뜨는 데이터 하나하나가 가능하지 않은 일이 일어났음을 확실히 보여 준다. 활주로에 서 있는 비행기는 3월 10일 착륙한 비행기와 모든 면에서 일치한다. 물론 3월 10일에 착륙한 비행기는 수리되었다. 물론 3월 10일의 승객들은 그사이 늙었다. 오늘 저녁 시카고에서 생후 육 개월 축하 파티를 하는 아기는 격납고에서 응애응애 우는 생후 이 개월의 아기다. 두 비행기를 갈라 놓는 백육 일 사이, 이백삼십 명의 승객과 열세 명의 승무원 중 출산을 한 여성이 한 명, 사망한 남성이 두 명이다. 그러나 유전자로 따질 때 양측 탑승자들은 동일인이다. 실베리아는 특별 위원회와 함께 상황을 종합적으로 검토하고 수학자들에게는 전혀 신경 쓰지 않는다.

"신문은?"

"왕 교수와 밀러 교수가 작성한 질문지를 보완 중입니다." 심리 작전단의 제이미 푸들롭스키가 대답한다. "신원을 확증할 반응을 유도하기 위해 세부 정보에 함정을 집어넣고 있습니다. 처음에는 승객 이름도 비밀에 부쳐야 하고요."

NSA에서 나온 남자가 다시 태블릿 PC를 휘두른다.

"소셜 네트워크를 모니터링할 겁니다. '보잉'부터 '맥파이어'까지 몇 개 키워드로 알람 설정을 하죠. 위기가 발생하면 누가 정보를 게시했는지 파악해서 확산을 제한할 수 있습니다. 하지만 여긴 중국이나 이란이 아닙니다. 인터넷을 막을 순 없어요. 지금으로서는 1개 페이지만 파악됐는데, 이 기지 소속 군인이 해당 비행기에 대해 언급한 것으로 확인되었고 이미 삭제 조치했습니다. 신께 감사 드려야죠⋯⋯."

"신 얘기가 나와서 말인데⋯⋯." 푸들롭스키가 말한다.

신이라는 단어는 침묵을 자아내는 효과가 있다. FBI 여자 요원이 고개를 흔든다. 불빛 속에서 그녀의 가느다란 검은 머리채가 단정한 흰머리를 가로지른다.

"음⋯⋯ 신이 문제 그 자체일지도 모르죠. 우리나라도 그렇고 다른 나라들도 신의 중재 운운하잖아요. 악마의 개입이라고도 하고. 우리는 미신의 폭발적 확산, 광신자들의 경솔한 행동을 막을 수 없을 겁니다. 제가 주도해서 모든 종교의 지도자들을 위원회에 소집했습니다. 대통령실의 종교 자문은 전부 복음주의자들이니 우리 측은 그들로만 한정해도 뭐라 하진 않을 겁니다. 탑승자 중에는 기독교도, 이슬람교도, 불교도가 다 있습니다. 시간은 우리에게 불리합니다. 그리고 종교를 믿는 사람은 예측 불가능한 면이 있고요."

"당신 재량에 다 맡기겠어요. 제이미." 장군이 말했다. "90억 달러 예산으로 당신들이 틀림없이 뭐라도 해내겠지."

"프랑스인들과 그 외의 유럽인들, 중국인들과 다른 승객들은…… 어떻게 할까요? 대사관에 알려요?" 미트닉이 묻는다.

"그 나라 국민을 불법으로 억류하고 있다고 알리라고? 우린 아무것도 안 할 겁니다. 대통령의 결정을 기다릴 거예요. 할 말 더 있습니까?"

벽 쪽에서 에이드리언이 쭈뼛쭈뼛 손을 든다.

"3월에 착륙한 비행기 탑승자와 두 번째 비행기 탑승자를 구분하는 코드가 필요합니다. 1번과 2번? 알파와 베타? 아니면 색깔로 할까요? 파랑과 초록? 파랑과 빨강?"

"톰과 제리? 로렐과 하디?*" 메레디스가 말해 본다.

"멋진 아이디어지만 됐습니다." 실베리아가 딱 잘라 말한다. "단순하게 갑시다. 3월에 착륙한 비행기는 3월, 6월에 착륙한 비행기는 6월."

---

* 1930~1940년대에 할리우드에서 활동한 2인조 희극 배우.

★

시간이 중요하다. 블레이크는 그걸 안다. 격납고에서의 십오 분은 그가 보안의 허점을 찾아내어 빠져나오기에 충분했고, 칠 분 후에는 벌써 낡은 포드 F 픽업트럭을 몰고 뉴욕을 향해 달리고 있었다. 기지 주차장에서 '빌린' 그 차는 어디서나 눈에 잘 안 띈다. 짐은 늘 그렇듯 백팩 하나뿐이다. 그는 파리에서 구입한 대포폰을 당연히 승무원에게 제출하지 않았고, DNA 검사에도 당연히 걸리지 않았다. 새벽 2시, 뉴욕에 도착해 외유를 위해 사용한 호주 여권을 쓰레기통에 던지고, 컴컴한 거리에 픽업트럭을 버린다. 운전대와 좌석에서 흔적을 다 지우긴 했지만 좀 더 안전을 기하기 위해 불을 지른다.

확실히 여름밤인 것이, 밤인데도 무덥다. 신문에서 6월 24일이라는 날짜를 발견하고 블레이크는 기가 차지만 기온으로 볼 땐 맞는 것 같다. 그는 맨해튼의 이십사 시간 사이버 카페에서 최근 몇 달간의 뉴스를 훑어본다. 그리하여 프랭크 스톤이라는 자가 3월 21일 쿼그에서 암살당했다는 사실을 알게 된다. 누군가가 그의 청부 계약을 집행했다. 비밀 은행 계좌를 확인하고 싶은데 비밀번호가 바뀌어 있다. 파리에서 운영 중인 식당 페이스북, 아내의 페이스북에 들어

간다. 6월 20일에 플로라가 게시한 사진 속에 그와 꼭 닮은 남자가 이마에 붕대를 감은 모습으로 딸을 무릎에 앉힌 채 있다. 아내가 달아 놓은 글. '조랑말은 흉포한 야수였다.' 블레이크는 자기 이마를 만져 본다. 흉터도, 멍도 없다. 진부하고 부실한 설명이지만, 순간적으로 기억 상실증일까 생각해 봤다. 이제 그건 선택지가 아니다.

매번 그러듯 그는 실리를 좇는다. 자신의 기반을 되찾아야 한다. 택시를 타고 JFK 공항에 가서 새로운 신분으로 현금을 내고 유럽으로 가는 가장 빠른 비행기 표를 구입한다. 새벽 6시 15분에 이륙하는 브뤼셀행 비행기. 토요일 21시에 그는 다시 유럽 땅에 돌아가 있을 것이다. 이제 블레이크에게는 눈 붙일 시간, 이해는 못 할지언정 적어도 곰곰이 생각할 시간이 있다.

일곱 건의 인터뷰

데이비드 마클의 인터뷰 발췌

기밀성: 일급 비밀/프로토콜 번호: 42

인터뷰 진행: 특수 작전 사령부 심리 작전단 요원 찰스 우드워스

일시: 2021년 6월 25일 AM 00:12/장소: 미 공군 맥과이어 기지

성: 마클/이름: 데이비드 버나드/코드: 6월

생년월일: 1973년 1월 12일(48세)/국적: 미국

직위: 기장/좌석 번호: CP1

CW 요원: 제2일 0시 12분. 안녕하십니까, 마클 기장님, 미국군 특수 작전 사령부의 찰스 우드워스 요원입니다. 이름 데이비드 마클, 1973년 1월 12일 일리노이주 시카고 출생. 기장님의 동의하에 이 대화는 전부 녹음되며 NSA의 추적 조사를 거치게 됩니다.

DBM: 알았습니다. 그런데 내가 태어난 곳은 시카고가 아니라 피오리아입니다.

CW 요원: 제대로 알려 주셔서 감사합니다. 1997년 델타 항공에서 조종사 일을 시작하셨죠? 에어 프랑스에는 2003년 3월에 들어갔고요. 에어버스 A319, 320, 321을 조종하며 삼 년간 단거리 노선을 맡았고 A330, 340 장거리 화물기도 조종했습니다. 현재는 보잉 B787기를 조종하는 중이고요. 맞습니까?

DBM: 네.

CW 요원: 마클 기장님, 가장 최근의 비행에서 만난 적란 운에 관해 기술하고, 당시의 난기류 상황을 말씀해 주실 수 있습니까?

DBM: 뉴욕 시간으로 16시 20분쯤, 노바스코샤 남쪽에서 기상도에 표시되지 않은 적란운을 통과해야 했습니다. 넓게 분포한 기상 괴물, 상층부 높이가 해발 1만 5000미터가 넘는, 3월 날씨로는 이례적인 구름이었습니다. 비행기가 최소

25도는 기울어진 채, 제 느낌으로는 1000미터쯤 하강했던 것 같습니다. 우박의 벽에 부딪혔고, 그러다 다시 평형을 되찾았고, 오륙 분 지나서 갑자기 구름에서 벗어나 맑은 하늘로 나왔습니다.

CW 요원: 피오리아에 살 때 초등학교에 다녔습니까?

DBM: 네?

CW 요원: 대답해 주시면 감사하겠습니다, 마클 기장님. 그 초등학교 이름을 기억하십니까?

DBM: 켈러 초등학교입니다. 계속 태블릿만 들여다보실 겁니까?

CW 요원: 프로토콜이 그렇습니다. 의도가 있어서 개인적 질문을 하는 겁니다. 기장님의 답변은 실시간 검증을 거칩니다. 담임 선생님 이름을 기억하십니까?

DBM: 사십 년도 더 된 일인데요. 아, 기억납니다……. 프랫쳇 선생님입니다.

CW 요원: 고맙습니다, 기장님. (……) 여가 시간에 그림을 그리거나 악기를 연주하십니까?

DBM: 아니오.

CW 요원: 구름에서 벗어날 때 어지러움이나 불편함을 느꼈습니까?

DBM: 아니오.

CW 요원: 귀에서 지속적이고 기분 좋은, 선율 같은 소리가 계속 들리진 않던가요?

DBM: 아니오.

CW 요원: 머리가 아프거나 편두통이 일지는 않았나요?

DBM: 아니오.

CW 요원: 눈이나 콧구멍 깊은 곳이 따갑거나 불편하진 않았습니까?

DBM: 가끔 그렇습니다. 그런데 질문들이 뭐 이래요?

CW 요원: 마클 기장님, 나는 단지 프로토콜을 따르는 겁니다. 얼굴에 가려운 곳이나 화상을 입은 곳이 있습니까?

DBM: 아니오.

CW 요원: 지금 사진을 한 장 받아서 기장님 앞 화면에 띄웠습니다. 이 여자분을 알아보시겠습니까?

DBM: 알 것 같습니다.

CW 요원: 이름도 아십니까?

DBM: 프랫쳇 선생님 같은데요.

CW 요원: 프랫쳇이 아니라 파멜라 프릿쳇입니다. 오십 년 전에 찍은 사진이죠. 지금은 여든네 살이고 여전히 피오리아에 거주 중입니다.

DBM: 높은 사람을 불러오세요. 그리고 내 아내에게 연락해 주기 바랍니다. 지금 굉장히 걱정하고 있을 겁니다.

CW 요원: 곧 할 겁니다. 마클 기장님, 최근에 건강 검진을 받은 적 있습니까? (……)

인터뷰 종료: 2021년 6월 25일 00:43

앙드레 바니에의 인터뷰 발췌

기밀성: 일급 비밀/프로토콜 번호: 42

인터뷰 진행: 특수 작전 사령부 심리 작전단 중위 테리 클라인

일시: 2021년 6월 25일 AM 07:10/장소: 미 공군 맥과이어 기지

성: 바니에/이름: 앙드레 프레데리크/코드: 6월

생년월일: 1958년 4월 13일(63세)/국적: 프랑스

승객 위치: 2번 객실 이코노미 클래스/좌석 번호: K02

TK 요원: 제2일 7시 10분. 안녕하십니까, 미 국군 특수 작전 사령부 요원 테리 클라인입니다. 1958년 4월 13일 파리에서 출생한 앙드레 바니에 씨 맞으시죠?

AFV: 그렇습니다.

TK 요원: 바니에 씨, 보안상의 이유로 우리의 대화는 전부 녹음됩니다.

AFV: 내 변호사에게 연락하고 싶은데요. 뉴욕에 시공 중인 건설 현장이 있습니다. 내가 여기 억류되어 있다는 걸 알려야 합니다.

TK 요원: 지금으로서는 제가 아무것도 해 드릴 수 없습니다, 바니에 씨.

AFV: 좋습니다. 그럼 당신들이 케도르세에 연락하기를 요구하는 바입니다.

TK 요원: 케, 뭐라고요?

AFV: 프랑스 외무부 말입니다. 그리고 특수 작전 사령부 수장에게 물어보시오. 아르망 멜루아라고 하면 분명히 알 겁니다.

TK 요원: 그렇게 전하겠습니다. 이제 이번 비행에 대해, 특히 난기류를 통과할 때의 이야기를 좀 해 주시겠습니까?
(……)

인터뷰 종료: 2021년 6월 25일 07:25

★

소피아 클레프먼의 인터뷰 발췌

기밀성: 일급 비밀/프로토콜 번호: 42

인터뷰 진행: 특수 작전 사령부 심리 작전단 중위 메리 테이머스

일시: 2021년 6월 25일 AM 08:45/장소: 미 공군 맥과이어 기지

성: 클레프먼 /이름: 소피아 테일러/코드: 6월

생년월일: 2014년 5월 13일(7세)/국적: 미국

승객 위치: 1번 객실 이코노미 클래스/좌석 번호: F3

MT 요원: 제2일 오전 9시 십오 분 전. 안녕, 소피아, 내 이름은 메리이고 보안군 요원이란다. 오늘 기분은 괜찮니?

STK: 네, 요원님.

MT 요원: 그냥 메리라고 부르면 돼, 괜찮아. 잠은 좀 잤니? 아침은 먹었고?

STK: 네.

MT 요원: 잘 먹어야 해. 어제 비행기 타느라 굉장히 피곤했잖아. 내가 너한테 몇 가지 물어볼 거고, 네 대답은 전부

내 앞에 있는 태블릿 PC에 기록될 거야. 그리고 우리가 나누는 대화는 전부 녹음돼. 괜찮지, 소피아?

STK: 제가 뭘 잘못했나요?

MT 요원: 그런 거 아니야, 소피아, 걱정하지 마. 나중에 나랑 같이 어젯밤에 설치한 놀이 공간을 보러 가자. 너도 알겠지만 여기 있는 애들만 30명은 되거든. 만화 영화도 볼 수 있어. 괜찮지?

STK: 네. 아이패드 가지고 놀아도 돼요? 제 아이패드가 있는데 비행기에서 내라고 해서 냈어요.

MT 요원: 금방 돌려줄 거야. 너 몇 살이지, 소피아?

STK: 여섯 살이에요, 두 달만 있으면 일곱 살이 돼요.

MT 요원: 어머, 좋겠구나. 생일이 정확히 언제야?

STK: 5월 13일요.

MT 요원: 5월 13일이면 두 달 남은 거야?

STK: 네.

MT 요원: 생일 선물로 뭘 받고 싶어?

STK: 개구리를 한 마리 더 갖고 싶어요. 베티가 외롭지 않게요.

MT 요원: 베티가 누구야?

STK: 제가 기르는 개구리요. 집에서 절 기다리고 있어요.

MT 요원: 너희 엄마가 찍은 사진을 한 장 보여 줄게. 이게 너희 집 맞니?

STK: 네…….

MT 요원: 사진 속에 있는 사람들이 누구인지 말해 볼래?

STK: 네, 학교 친구들이에요. 얘는 제니고요, 쟤는 앤드루, 새라…….

MT 요원: 그래, 소피아, 나는 네가 하는 말을 전부 기록하고 있어. 네 말이 아주 중요해. 이건 생일 파티 사진이지? 케이크에 초가 몇 개 꽂혔는지 세어 볼래?

STK: 네…… 일곱 개요.

MT 요원: 잘 말해 줘서 고맙구나, 소피아. 혹시 비행기에서 구역질이 나거나 하진 않았니?

STK: 아, 맞아요, 비행기가 엄청 흔들렸거든요.

MT 요원: 가끔 음악 소리가 들리고 그렇진 않아?

STK: 아뇨, 요원님.

MT 요원: 그냥 메리라고 불러도 된다니까, 소피아. 가끔 머리가 아프니?

STK: 아뇨, 그런 건 없어요.

MT 요원: 눈이 시린 적은?

STK: 없어요.

MT 요원: 그래, 다행이구나. 얼굴, 그러니까 뺨이나 이마가 가렵거나 하진 않고?

STK: 네.

MT 요원: 너는 엄마 그리고 동생 리엄하고 비행기를 탔지?

STK: 동생이 아니고 오빠인데요.

MT 요원: 아, 미안, 내가 착각했구나. 아빠는 너희랑 같이 안 탔어?

STK: 네, 아빠는 유럽에 남고 우리만 탔어요.

MT 요원: 유럽에서 여행 재미있게 했니?

STK: 네. 제가 잘못한 거 없는 거 맞죠?

MT 요원: 물론이지, 소피아, 그런 거 전혀 없어. 아빠가 군인이시지?

STK: 네. 우리 아빠도 잘못한 거 없죠?

MT 요원: 그렇고말고, 소피아. 어머, 울지 마. 여기 손수건 받아. 네가 걱정할 건 하나도 없단다. 정말이야. 엄마 오시라고 해서 같이 이야기할까?

STK: 아뇨.

MT 요원: 봐, 내가 사인펜하고 종이를 가져왔어. 그림 그리는 거 좋아하지, 소피아? 나한테 그림 한 장만 그려 줄래?

STK: 뭘 그려야 하는데요?

MT 요원: 네가 그리고 싶은 걸 그리면 돼, 소피아.

MT 요원: 고마워, 소피아, 정말 멋진 그림이네. 전부 까만색으로만 그렸구나. 색 사인펜도 있었는데, 알지?

STK: 네.

MT 요원: 이 키 큰 남자는 누구야?

STK: 우리 아빠요.

MT 요원: 그 옆에 있는 사람은?

STK: 저요.

MT 요원: 너를 아무렇게나 대충 그렸네. 왜 그랬어?

STK: (침묵)

MT 요원: 여기 이건 네 입이야?

STK: (고개를 끄덕인다.)

MT 요원: 엄마는? 엄마는 그림 속에 없어?

STK: 네.

MT 요원: 그림 얘기를 좀 더 해 줄 수 있겠니, 소피아? 괜찮다면 내가 다른 여자분을 이곳으로 불러서 네 이야기를 함께 들어야 할 것 같아. 괜찮겠니, 소피아?

STK: 네. (……)

조애나 우즈의 인터뷰 발췌

기밀성: 일급 비밀/프로토콜 번호: 42

인터뷰 진행: 특수 작전 사령부 심리 작전단 중위 데이미언 헵스타인

일시: 2021년 6월 25일 AM 07:23/장소: 미 공군 맥과이어 기지

성: 우즈/이름: 조애나 새라/코드: 6월

생년월일: 1987년 6월 4일(34세)/국적: 미국

승객 위치: 일등석/좌석 번호: D2

DH 요원: 제2일 7시 23분. 좋은 아침입니다, 우즈 씨. 국 군 특수 작전 사령부의 데이미언 헵스타인 중위라고 합니다. 우즈 씨의 동의하에 이 대화는 녹음됩니다.

JSW: 그런데 난 동의하지 않습니다.

DH 요원: 국가 안보와 관련된 협조를 거부하는 것은 의 심할 만한 행동으로 간주됩니다. 1987년 6월 4일 볼티모어

에서 태어난 조애나 우즈 맞습니까?

JSW: 헵스타인 중위님, 수정 헌법·제4조에 의거해 나는 모든 임의적 억류에서 보호받을 권리가 있습니다. 우리 사무실에 전화를 하고 싶습니다.

DH 요원: 분명히 말씀 드리는데, 현 상황에서 귀하의 운신을 제한하는 조치는 정당합니다.

JSW: 헵스타인 중위님, 판사가 구속 영장을 발부했나요? 그렇다면 영장을 보여 주시죠. 우릴 이런 식으로 잡아 둘 순 없습니다. 위법한 신체 구속에 대한 인신 보호 영장을 청구하겠어요.

DH 요원: 이해합니다, 우즈 씨. 하지만 곧 설명을 드릴 겁니다.

JSW: 현재 연방법, 나아가 국제법 위반에 따른 집단 소송 자료를 수집 중입니다. 이미 승객 47명이 우리 법률 회사를 대리인으로 세우는 데 동의했……

DH 요원: 그건 당신의 권리죠. 몇 가지 질문해도 되겠습니까, 우즈 씨?

JSW: 아뇨, 안 될 것 같습니다. 중위님의 상관과 이야기하고 싶어요. (……)

인터뷰 종료: 2021년 6월 25일 07:27

★

뤼시 보게르의 인터뷰 발췌

기밀성: 일급 비밀/프로토콜 번호: 42

인터뷰 진행: 특수 작전 사령부 심리 작전단 중위 프란체스카 카로

일시: 2021년 6월 25일 AM 07:52/장소: 미 공군 맥과이어 기지

성: 보게르/이름: 뤼시/코드: 6월

생년월일: 1989년 1월 22일(32세)/국적: 프랑스

승객 위치: 2번 객실 이코노미 클래스/좌석 번호: K03

FC 요원: 제2일 7시 52분. 안녕하세요, 미 국군 특수 작전 사령부 프란체스카 카로 요원입니다. 통역이 필요할까요, 보게르 씨?

LB: 아니오.

FC 요원: 보게르 씨, 이 대화는 보안상의 이유로 녹음됩니다. 알아들으셨습니까?

LB: 영어를 한다고 방금 말했잖아요.

FC 요원: 성명 뤼시 보게르, 1989년 1월 22일 리옹 출생

맞습니까?

LB: 어디라고요? 아뇨, 출생지는 리옹이 아니라 몽트뢰유입니다.

FC 요원: 정정해 주셔서 감사합니다. 미국 여행 목적은 무엇입니까, 보게르 씨?

LB: 개인적 이유예요……. 저에겐 열 살짜리 아들이 있습니다. 그 아이에게 꼭 전화를 해야 해요. 비행기에서 휴대폰을 수거하고 지금껏 돌려주지 않고 있어요.

FC 요원: 죄송합니다, 조금 있으면 아드님과 연락하실 수 있을 겁니다.

LB: 연락은 어제 해야 했거든요? 애가 무척 걱정할 거예요. 선생님도 아이가 있나요?

FC 요원: 화내지 마세요, 보게르 씨.

LB: 뭐라도 설명해 주는 사람이 있기나 했나요. 우리를 이렇게 오래 잡아 두고…….

FC 요원: 부득이하게 제가 몇 가지 질문을 드려야 합니다.

LB: 내 아들에게 바로 연락한다고 약속하세요. 번호는 여기 있습니다.

FC 요원: 알았습니다, 보게르 씨. 이제 비행 이야기를 해 주십시오. 당시의 난비행 상황을 설명해 주실까요? (……)

인터뷰 종료: 2021년 6월 25일 07:59

빅토르 미젤의 인터뷰 발췌

기밀성: 일급 비밀/프로토콜 번호: 42

인터뷰 진행: 특수 작전 사령부 심리 작전단 요원 프리더릭 케네스 화이트

일시: 2021년 6월 25일 AM 08:20/장소: 미 공군 맥과이어 기지

성: 미젤/이름: 빅토르 세르주/코드: 6월

생년월일: 1977년 6월 3일(44세)/국적: 프랑스

승객 위치: 2번 객실 이코노미 클래스/좌석 번호: L08

FKW 요원: 제2일 8시 20분. 미젤 씨, 미 국군 특수 작전 사령부 프리더릭 케네스 화이트 요원입니다. 보안상의 이유로 귀하의 동의를 받아 이 대화를 녹음하겠습니다. 성명은 빅토르 세르주 미젤, 1977년 6월 3일 프랑스 로리앙에서 태어나셨지요?

VSM: 로리앙이 아니라 릴입니다.

FKW 요원: 정정해 주셔서 감사합니다, 미젤 씨.

VSM: 지금 무슨 일이 일어나고 있는 건지 설명해 주실 수 있습니까?

FKW 요원: 죄송합니다. 미국에는 무슨 이유로 오셨습니까?

VSM: 소설 번역으로 상을 받게 되어 왔습니다.

FKW 요원: 번역가이십니까? 직업은 작가로 되어 있군요.

VSM: 그게⋯⋯ 소설도 씁니다, 단편도 쓰고. 어쨌든 번역도 작품이고 번역가도 작가죠. 그건 그렇고⋯⋯ 이런 질문은 왜 하는 겁니까?

FKW 요원: 비행에 대해, 특히 난기류를 만났을 때의 상황을 묘사해 주시겠습니까?

VSM: 비행기가 곤두박질하고 심하게 흔들렸습니다. 소리가 진짜 소름 끼쳤어요. 다들 이제 죽는구나 생각했는데 갑자기 그 상황이 종료됐습니다. 그게 다예요.

FKW 요원: 현재 집필 중인 책이 있습니까?

VSM: 지금은⋯⋯ 미국 작가의 판타지 소설을 번역하고 있습니다, 뱀파이어 틴에이저들이 나오는⋯⋯.

FKW 요원: 좀 더 개인적인 책을 쓰고 있지 않나요? 『아노말리』라는 제목으로.

VSM: 『아노말리』? 아뇨. 왜 그런 질문을?

FKW 요원: 미젤 씨는 그림을 그리거나 악기 연주를 하십니까?

VSM: 아뇨.

FKW 요원: 지속적이고 기분 좋은, 선율 비슷한 것이 들리는 것 같지 않습니까?

VSM: 아닌데요.

FKW 요원: 두통 혹은 편두통이 있습니까?

VSM: 아뇨.

FKW 요원: 눈이나 콧구멍 속이 따갑습니까?

VSM: 아니…… 사람 놀리지 말아요! 지금 「미지와의 조우」라도 찍어요?

FKW 요원: 무슨 말인지 모르겠습니다, 미젤 씨.

VSM: 내가 스필버그 감독의 그 영화를 스무 번이나 봐서 달달 외우거든요? 당신이 지금 하는 질문은 프랑수아 트뤼포가 리처드 드레이퓨스에게 했던 질문과 토씨만 다르고 똑같습니다. 대체 어떤 멍청이가 이딴 질문을 뽑았소?

FKW 요원: 무슨 말씀을 하시는지 모르겠습니다. 이건 상황 유형별로 국방부가 따르게 되어 있는 프로토콜입니다.

VSM: 어떤 상황 유형 말입니까? 내가 외계인이라도 만났다고 생각해요? 그럼 다음 질문은 가려운 데가 없느냐, 이마나 뺨에 일광 화상을 입지 않았느냐, 이겁니까?

FKW 요원: 어…… 맞습니다……. 얼굴에 가려움증이나 화상이 있는지요? (……)

인터뷰 종료: 2021년 6월 25일 08:53

★

페미 아흐메드 카두나, 일명 슬림보이의 인터뷰 발췌

기밀성: 일급 비밀/프로토콜 번호: 42

인터뷰 진행: 특수 작전 사령부 심리 작전단 요원 찰스 우드워스

일시: 2021년 6월 25일 AM 09:08/장소: 미 공군 맥과이어 기지

성: 카두나/이름: 페미 아흐메드/코드: 6월

생년월일: 1995년 11월 19일(25세)/국적: 나이지리아

승객 위치: 2번 객실 이코노미 클래스/좌석 번호: N04

CW 요원: 제2일 9시 8분. 미 특수 작전 사령부 소속 찰스 우드워스 요원입니다. 페미 아흐메드 카두나 씨 맞으시죠. 1995년 11월 19일 나이지리아 이바단 출생이고요.

FAK: 출생지는 라고스입니다, 이바단이 아니라.

CW 요원: 미국에는 어떤 목적으로 방문하신 겁니까, 카두나 씨?

FAK: 다들 나를 슬림보이라고 부릅니다. 그룹의 리더예요. 다른 멤버들은 어제 도착했습니다. 내일 뉴욕에서 콘서트가 있어요. 그러니 내가 여기 이렇게 붙들려 있으면 안 됩니다.

CW 요원: 이해합니다, 카두나 씨.

FAK: 슬림보이라고요…….

CW 요원: 콘서트가 언제라고요, 슬림보이?

FAK: 내일이라고 방금 말했잖아요. 밤 10시 머큐리 라운지에서 합니다.

CW 요원: 그래서 날짜가 몇 월 며칠이라고요?

FAK: 3월 12일요…….

CW 요원: 노래를 한 곡 들려 드리겠습니다. 「야바 걸스」라는 노래죠. 헤드폰을 써 주시기 바랍니다.

인터뷰 중단: 2021년 6월 25일 09:15

인터뷰 재개: 2021년 6월 25일 09:19

CW 요원: 이 노래 아십니까?

FAK: 아뇨, 곡 괜찮은데요? 「야바 걸스」? 야바는 라고스에 있는 동네 이름이에요. 나이지리아 그룹의 노래인가요? 희한하네, 그럼 내가 모를 리가 없는데.

CW 요원: 카두나 씨, 지속적이고 기분 좋은, 선율 같은 것이 들리곤 합니까?

FAK: 당연하죠, 난 음악 하는 사람인데. (······)

인터뷰 종료: 2021년 6월 25일 10:07

데카르트 2.0

2021년 6월 25일 금요일
맥과이어 공군 기지, 가설의 방

피곤한 자들은 논쟁적이다. 소진된 자들은 훨씬 덜 논쟁적이다. 에이드리언, 티나, 그 외 먼저 도착한 스무 명의 전문가들이 본부실에 모인 것은 아침 6시다. 맥과이어 기지에 헬리콥터들이 도착하는 속도에 따라 7시에는 마흔 명이 되었다. 소파와 인터랙티브 보드는 이미 설치되었고, 군인 한 명이 에스프레소 머신의 전원을 연결 중이다.

상황 전달은 일 분으로 충분하다. 이후 질문이 십 분간 이어졌고, 티나와 에이드리언은 있을 수 없는 일이라는 말만 되풀이한다. 이 격납고 안에 있는 사람들은 이미 백육 일 전에 동일한 비행기로 미국 땅을 밟은 이들과 동일인이다. 에이드리언 밀러와 리카르도 베르토니 ― 암흑 물질에 대한 연구로 2021년 노벨 물리학상을 수상할 것으로 점처지는 인물 — 사이의 대화는 이때의 분위기를 간략히 보여 준다.

"우릴 엿 먹이는 겁니까, 밀러 교수님?"

"그런 거면 저도 좋겠네요."

오전 9시, 티나 브로이스터 왕은 가설의 방에서 다학제간 회의를 계속 진행하고, 에이드리언은 대책위에 간다. 메레디스도 함께 가고, 덥수룩한 회색 머리에 강청색 눈을 한 키 크고 마른 사내도 함께 간다. 실베리아 장군이 낯익은 얼굴들이 떠 있는 화상 회의 화면을 가리킨다.

"밀러 교수님, 리우에 계신 대통령님과 실시간으로 연결되었습니다. 외무부 장관, 국방부 장관도 회의에 들어오셨습니다."

"현 상황은 불가사의합니다, 대통령님." 에이드리언이 운을 띄우고는 목청을 고른다. "하지만 아서 C. 클라크가 말했듯이 충분히 발달한 과학은 마법과 구별되지 않습니다. 현재 10개의 가설이 나왔는데 그중 7개는 헛소리 수준이고, 3개는 우리가 주목할 만하며, 그중에서도 하나는 우리 전문가들 대부분의 지지를 얻고 있습니다. 가장 간단한 것부터 말씀 드리죠."

"그렇게 해 주십시오." 실베리아가 말한다.

"첫째는 '웜홀' 가설입니다. 위상학자 메레디스 하퍼 교수에게 설명을 부탁하겠습니다."

메레디스가 테이블에서 검은색 연필을 집더니 종이 한 장을 반으로 접는다. 저예산 SF영화에서 교실 장면을 연기하는 기분이 노골적으로 들지만 그러면 또 어떤가.

"고마워요, 에이드리언. 우주가 이 종이처럼 접힐 수 있다고 상상해 보시죠……. 단, 우리가 접근할 수 없는 차원, 즉 삼차원이 아닌 다른 차원에서요. 우리 우주가 정말로 끈 이론에 부합한다면 초(超)공간은 10차원, 11차원, 혹은 26차원일 수 있습니다. 이 모형에서 각 소립자는 여타의 소립자들과 다르게 진동하는 일종의 미세한 끈이고, 소립자의 차원들은 안으로 말려 있습니다. 여기까지 이해하셨습니까?"

멍하니 입을 벌린 대통령의 모습이 마치 커다란 농어에 금발 가발을 씌워 놓은 것 같다.

"그러니까, 일단 공간이 접히면 '구멍'을 내고……."

메레디스 하퍼가 연필심으로 종이를 뚫고 손가락을 집어넣어 구멍을 후벼 판다.

"……삼차원 공간의 어느 한 점에서 다른 점으로 아주 쉽게 넘어갈 수 있습니다. 이것이 이른바 아인슈타인-로젠 다리, 음(陰)의 질량을 지닌 로런츠 웜홀입니다……."

"알겠어요." 대통령이 찡그린 얼굴로 대꾸한다.

"이러한 생각은 고전 물리학의 법칙을 존중합니다. 아인

슈타인의 공간에서는 빛의 속도라는 한계를 넘지 않아요. 하지만 초공간에 소용돌이를 내면 찰나의 순간에도 다른 은하로 옮겨 갈 수 있겠지요."

"소설에서 흔히 써먹는 아이디어입니다." 메레디스의 설명이 너무 추상적이라고 생각한 에이드리언이 말을 보탠다. "프랭크 허버트의 『듄』이나 그 외 여러 작품에 나옵니다. 크리스토퍼 놀런 감독의 「인터스텔라」에도 쓰였죠. 아니면 「스타트렉」의 USS 엔터프라이즈호라든가……"

"「스타트렉」! 그건 나도 봤습니다, 그래요." 갑자기 대통령이 외친다.

메레디스가 설명을 계속한다. "보통 — 그러니까 말하자면 그렇다는 겁니다. — 우리는 시간과 공간을 동시에 통과합니다. 하나가 둘이 되어야 할 이유가 없어요. 하지만 지금처럼 동일한 비행기가 두 대 있다는 건……"

"USS 엔터프라이즈호가 우주의 두 지점에 나타난 것과 마찬가지죠. 커크 선장도 둘, 스팍도 둘……" 밀러가 흥분해서 거든다.

"고맙습니다, 밀러 교수님." 실베리아가 말한다. "대략 이해했습니다……. 그럼 둘째 가설은요?"

"우린 이걸 '복사기' 가설이라고 부르기로 했습니다. NSA의 브라이언 미트닉과 함께 고안했죠."

미트닉은 자기 이름이 언급된 것이 달갑지 않은 우등생처럼 입을 삐죽거리고는 고개를 끄덕인다.

"여러분도 아시다시피, 바이오프린팅 혁명은 이미 시작됐······." 밀러가 설명한다.

"뭐라고요? 명쾌하게 말해 보시오!" 실베리아가 대통령의 짜증을 감지하고는 자기가 못 알아들은 척 발연기를 한다.

"3D 프린팅으로 생체 물질을 만드는 겁니다. 지금은 한 시간이면 마우스 크기의 사람 심장을 만들 수 있지요. 십 년 사이에 해상도가 두 배로 좋아졌고, 프린팅 속도나 복제 대상의 크기 면에서도 큰 발전이 있었습니다. 각 분야가 이렇게 계속 기하급수적으로 성장한다면, 보수적으로 보더라도······."

"난 보수파요." 대통령이 뜬금없이 이렇게 말해서 밀러는 한순간 농담인지 아닌지 헷갈린다.

"따라서 앞으로 두 세기 안에 이 비행기 같은 물체도 눈 깜짝할 사이에 스캔해서 원자 수준의 해상도로 프린트할 수 있을 겁니다. 하지만 두 가지 문제가 있습니다. 첫째, 프린터가 어디에 있었을까? 둘째, 비행기와 탑승자를 만들어 낸 원자재는 어디서 났을까?"

"그런데 핵심은······." 메레디스가 끼어든다. "이 '복사기' 가설은 원본과 사본을 전제로 한다는 거죠. 그리고 우리 사무실 복사기에선 항상 사본이 먼저 나온다고요."

"알았습니다." 실베리아가 생각나는 대로 말해 본다. "그러니까 '사본' 비행기가 3월 10일에 착륙했겠군요. 어제 착륙한 비행기가 '원본'이고. 그렇다면 양측 탑승자들을 차별적으로 대할 이유가 없겠군요, 비행기가 먼저 도착했다는 이유로는……"

"……'복사기'에서 '먼저' 나왔다는 이유로요." 메레디스가 그의 말을 정정한다.

"마지막 가설도 말씀 드리겠습니다. 다수의 지지를 얻었지만 가장 충격적인 가설이기도 합니다." 밀러가 말한다.

화면 속에서 대통령이 고개를 흔들더니 몹시 집중한 듯 눈썹에 잔뜩 힘을 주고 묻는다.

"신께서 하신 일이다, 뭐 그런 건가요?"

"아, 아닙니다, 대통령님……. 그런 가설을 제기한 사람은 아무도 없었습니다." 에이드리언이 놀라면서 대답한다.

실베리아가 이마의 땀을 훔친다.

"셋째 가설을 말해 봐요, 밀러."

"이건 '보스트롬 가설'인데요. 옥스퍼드 강단에 서는 철학자 닉 보스트롬을 말하는 겁니다. 닉 보스트롬은 세기 초에……"

"너무 옛날이잖아." 대통령이 한숨을 쉰다.

"금세기 초인데요. 정확히 말하면 2002년입니다. 컬럼비아 대학교의 아치 웨슬리에게 설명을 넘기겠습니다. 논리학을 연구하는 분입니다."

미친 사람처럼 머리카락이 뻗친 장신의 사내가 보드에 다가가 방정식을 하나 쓴다.

$$f_{sim} = (f_p f_i N_i) / ((f_p f_i N_i) + 1)$$

…… 그러고는 상당히 신이 나서 환한 웃음과 함께 화면을 향해 고개를 돌린다.

"안녕하십니까, 대통령님. 이 방정식을 설명하기 전에 먼저 '현실'에 대해서 말해 보려고 합니다. 모든 현실은 구성된 것, 나아가 재구성된 것이죠. 우리의 뇌는 어둡고 적막한 두개골에 봉인된 채 눈, 귀, 코, 피부의 감각 수용체를 통해서만 세상을 접합니다. 우리가 보고 느끼는 모든 것은 일종의 전선인 시냅스…… 신경 세포를 통해 전달됩니다, 대통령님."

"그건 이해했습니다, 고마워요."

"물론 그러시겠죠. 그리고 뇌는 현실을 재구성합니다. 수적으로 풍부한 시냅스를 바탕으로 초당 1경 회나 연산을 수행하지요. 컴퓨터에는 못 미치지만 상호 접속은 더 많이 일어나요. 하지만 몇 년 지나면 인간의 뇌를 시뮬레이션할 수 있게 될 테고, 그 프로그램은 의식(意識)의 수준에 웬만큼 이를 겁니다. 나노 기술 전문가 에릭 드렉슬러는 각설탕 한 개만 한 시스템으로 인간의 뇌 10만 개를 만들어 낼 수 있을 거라 보았습니다."

"1경이니 10만이니 명시할 필요 없습니다, 어차피 전혀 안 와 닿으니까. 여기 내 각료들도 마찬가지일 겁니다. 설명이나 계속하십시오." 대통령이 말한다.

"알았습니다, 대통령님. 이제 우리보다 지적으로 훨씬 우월한 존재를 상상해 보십시오. 그 존재의 지능과 우리의 지능을 비교하는 것이 인간과 지렁이의 지능을 비교하는 것과 마찬가지일 정도의……. 어쩌면 우리의 후손이 그런 존재일지도 모르죠. 그들에게 '조상들'의 가상 세계를 정밀하게 구현할 강력한 컴퓨터가 있다고, 그들이 조상들의 각기 다른 운명이 전개되는 양상을 지켜본다고 상상해 보세요. 작은 위성 크기의 컴퓨터 한 대면 호모 사피엔스의 출현에서부터 인류사 전체를 10억 번 시뮬레이션할 수 있습니다. 이것이 바로 컴퓨터 시뮬레이션 가설입니다."

"영화 「매트릭스」 같은 건가요?" 대통령이 잘 모르겠다는 말투로 묻는다.

"아뇨, 대통령님. 「매트릭스」에서는 기계가 진짜 인간의 신체 에너지를 뽑아서 쓰죠. 진짜 살과 뼈로 이루어진 노예들을 가둬 놓잖아요. 그런 다음 기계가 그들을 가상 세계에서 살게 하는 겁니다. 우리 가설에서는 그 반대죠. 우리는 진짜로 살아 있는 존재가 아닙니다. 스스로 인간인 줄 아는데 실은 프로그램인 거예요. 고도로 발달한 프로그램이긴 하지만 그래 봤자 프로그램이죠. 「매트릭스」의 스미스 요원하고 비슷합니다, 대통령님. 단, 스미스 요원은 자기가 프로그램이라는 걸 알죠."

"그럼 지금 내가 테이블 앞에 앉아 커피를 마시고 있지 않다는 겁니까?" 실베리아가 묻는다. "우리가 지각하고, 냄새 맡고, 눈으로 보는 것이…… 전부 시뮬레이션이라고? 전부 가짜라고?"

"장군님, 그렇다고 장군님이 이 테이블에서 커피를 마시고 있다는 사실 자체는 달라지지 않습니다." 웨슬리가 다시 설명한다. "단지 커피와 테이블이 무엇으로 만들어졌느냐가 달라질 뿐이지요. 그렇게 어렵지도 않습니다. 인간의 감각 대역은 최대치가 그리 넓지 않아요. 소리, 이미지, 촉감, 냄새를 전부 다 시뮬레이션하는 비용은 크지 않습니다. 우리 환경 자체를 위조하는 일도 그렇게 어렵지 않아요, 디테일에 따라 달라지겠지만. '시뮬레이션된 인간'은 자기가 사는 가상 환경에서 이상(異常, anomaly)을 알아차리지 못할 겁니다. 그 안에 자기 집, 자기 차, 자기가 키우는 개, 자기 컴퓨터가 다 있으니까요."

"영국 드라마 「블랙 미러」처럼요, 대통령님." 에이드리언 밀러가 속삭인다.

대통령은 눈살을 찌푸린다. 웨슬리가 다시 입을 연다.

"게다가 우주에 대한 우리의 지식이 발전할수록 이 가설은 수학적 법칙에 근거하는 것처럼 보입니다."

"미안합니다만, 교수님." 실베리아가 끼어든다. "교수님이 그냥 아무 말이나 떠드는 거라고 실험으로 입증할 순 없습니까?"

"안타깝게도 그럴 순 없을 것 같네요." 웨슬리가 재미있어한다. "우리를 시뮬레이션하는 인공 지능이 '시뮬레이션된 인간'이 세계를 현미경 수준으로 볼 수 있다고 설정했다면, 그 인간에게 그렇게 시뮬레이션된 '디테일'을 충분히 제공하면 되는 겁니다. 그리고 오류가 있을 경우에는, 그 이상을 감지했을 가능성이 있는 '가상 뇌'들을 리프로그래밍하기만 하면 돼요. 아니면 일종의 '실행 취소' 기능으로 시뮬레이션을 몇 초 앞으로 돌려도 모든 문제를 피할 수 있겠죠……."

"교수님 이야기는 웃기지도 않아요." 대통령의 성질이 폭발한다. "내가 무슨 슈퍼마리오라도 된단 말입니까? 그리고 절대로 우리 국민에게 그들이 가상 세계의 프로그램일 뿐이라고 설명하진 않을 겁니다."

"이해합니다, 대통령님. 하지만 달리 생각해 보면 난데없이 나타난 비행기가 다른 비행기의 사본이라는 것도 말이 안 됩니다. 탑승자 전원에, 바닥에 흘린 케첩 자국까지 완벽하게 똑같은 사본이라니요. 이제 아까 쓴 방정식을 설명해도 되겠습니까?"

"해 보시죠." 대통령이 노기등등해서 내뱉는다. "하지만 빨리 하시오."

"대략적인 개념만 알려 드리죠. 우리가 시뮬레이션된 의식일 확률이 상당히 높다는 점을 보여 드리고 싶습니다. 기술 문명이 갈 수 있는 길은 세 갈래뿐입니다. 그러한 문명은 기술의 성숙에 도달하기 전에 멸망하지요. 공해, 기후 온난화, 여섯 번째 대멸종 등등으로 우리가 이미 화려하게 증명하고 있잖습니까. 저 개인적으로는, 시뮬레이션이든 진짜든 우리는 멸종할 거라고 생각합니다."

대통령이 어깨를 으쓱하거나 말거나 웨슬리는 계속해서 말한다.

"하지만 그건 지금 우리가 검토할 문제가 아니죠. 어쨌거나 스스로 멸망하지 않는 문명이 1000개 중 하나는 있다고 쳐 보죠. 그 문명은 기술 이후(post-technological) 단계에 이르러 상상 불가의 연산 능력을 갖게 될 겁니다. 다시 그렇게 살아남은 문명이 1000개 있고 그중 하나가 '조상' 혹은 조상의 '경쟁자'를 가상으로 만들어 보고 싶은 욕구를 느낀 다고 쳐 보죠. 이렇게 100만 분의 1로 존재하는 기술 문명이 하나만 있어도 그 하나가 '가상 문명'을 얼마든지, 한 10억 개쯤 시뮬레이션할 수 있습니다. 그리고 지금 말하는 '가상 문명' 하나하나는 수백 번의 가상 밀레니엄과, 그 안에서 수백만 번 교체되었을 가상 세대와, 그 사이에 태어난 가상의 생각하는 존재 수천 억을 포함하는 의미입니다. 예를 들어, 오만 년이라는 시간 동안 지구 땅을 밟은 호모 사피엔스는 1000억 명이 안 됩니다. 호모 사피엔스, 즉 우리를 시뮬레이션하는 건 그저 연산 능력의 문제일 뿐이고요. 여기까지 이해하셨습니까?"

대통령은 천장을 쳐다보지만, 웨슬리는 화면을 보지도 않고 자기 할 말을 계속한다.

"핵심은 이겁니다. 초기술 문명이 '가짜 문명'을 시뮬레이션할 확률이 '진짜' 문명이 존재할 확률보다 1000배 더 높아요. 이 말인즉슨, 우리가 무작위로 '생각하는 뇌', 나의 뇌나 여러분의 뇌를 선택했을 때 그 뇌가 가상의 것일 확률이 99.9퍼센트, 진짜 뇌일 확률은 0.1퍼센트라는 겁니다. 달리 말하자면, 데카르트가 『방법서설』에서 펼친 논증 '나는 생각한다, 그러므로 나는 존재한다.'는 한물갔습니다. 오히려 '나는 생각한다, 그러므로 나는 프로그램일 것이 거의 확실하다.'라고 해야죠. 팀 내 위상학자의 표현을 빌리자면 데카르트 2.0입니다. 이해가 되십니까, 대통령님?"

대통령은 대꾸하지 않는다. 웨슬리는 여전히 완고하고 노기등등한 대통령의 표정을 살피고는 결론을 내린다.

"보셨죠, 대통령님. 저도 이 가설을 알고 있긴 했습니다만, 지금까지는 우리 존재가 하드 디스크의 프로그램일 확률은 10분의 1이라고 보았습니다. 그런데 이 '이상(anomaly)'을 보니 거의 확신이 드네요. 게다가 이렇게 되면 페르미 역설*도 설명이 되거든요. 우리가 외계인을 만난 적이 없는 이유는 우리 시뮬레이션에 외계인의 존재가 프로그래밍되어 있지 않기 때문입니다. 저는 우리가 일종의 시험에 직면했다고 생각합니다. 더 깊이 들어가자면, 이제 우리 자신이 프로그램일 가능성을 검토할 수 있게 되었기 때문에 시뮬레이션이 이런 시험을 던져 주는 것 같습니다. 이 시험을 잘 돌파해야 할 겁니다, 아니면 적어도 재미있게 치르기라도 하든가요."

"왜 그래야 합니까?" 실베리아가 묻는다.

---

* 외계인의 존재를 논할 때 주로 언급되는 이론. 이탈리아 물리학자 엔리코 페르미(Enrico Fermi, 1901~1954)는 우주에 100만 개의 문명이 존재한다는 가설을 도출했는데, 이 경우 외계 문명이 그렇게 많이 존재한다면 왜 외계인을 본 인간이 없을까 하는 의문이 남게 된다.

"우리가 실패하면 그들이 시뮬레이션을 꺼 버릴 수도 있으니까요."

14번 테이블

진짜 「미지와의 조우」인가? 인터뷰를 하고 온 빅토르는 화를 내야 할지 미친놈처럼 웃어야 할지 알 수 없었다. 내일을 알 수 없는 작가는 이 격납고에서 일어나는 일을 냉정하고도 상세하게 목록화하고 싶어진다. '격납고(hangar)'는 희한한 단어다. '얼빠진(hagard)'과 비슷하고 '우연(hasard)'과도 닮았다. 그는 수첩과 볼펜을 꺼내고 비명과 소음에서 벗어나려 애쓰면서 기록을 시작한다. 있을 법하지 않은 어떤 장소를 고갈시키려는 시도. 아니, 이게 아니다. 왜 페렉의 그림자에서 못 벗어나나? 어째서 정신적 지주들의 영향력에서 결코 벗어나지 못하나? 어째서 늘 사기꾼처럼 보일까 봐 겁을 내거나 서임받고 싶어 하는 애송이처럼 굴거나, 둘 중 하나인가?

그는 차분하게 비행기 모드라고 쓴다.

날짜: 2021년 3월 11일.

이 격납고에는 많은 것이 있다. 이를테면 100여 개의 황갈색 텐트, 야전 병원, 죽 늘어선 긴 테이블들, 급조된 농구장, 수십 개의 조립식 건물, 공중화장실, 두 줄로 세워 놓은 금속 울타리들, 정보를 줄 사람이 아무도 없는 '정보' 센터, 푯말에 6개 국어로 표시된 '세계 교회 공간', 식수대 네 개, 그리고 그 밖에도 아주 많은 것.

날씨. 계절이 무색하게 너무 덥고 습하다.

확실하게 눈에 띄는 것들만 간략히 적어 보기. 일단 알파벳 문자들, A부터 E까지는 격납고 한쪽 벽에 붙어 있고, 대문자 H는 '병원'이다. (승무원들의 파우치에 붙은) 'Air France', 승객들이 입은 옷의 브랜드명. 바닥에 'US Air Force', 퓨즈 상자에 'Danger', 'High Voltage'. 벽에는 슬로건이 붙어 있다. 'Aim High, Fly-Fight-Win(목표는 높게, 날아가 싸우고 승리하라)', 'Mors Ab Alto(높은 곳으로부터의 죽음)'*, 미 공군의 모토 'Do something

---

* 미 공군, 그중에서도 제7폭격기 부대의 모토.

amazing(놀라운 일을 하라)'까지.

빅토르는 서두르지 않고 기계적으로 써 내려간다. 숱하게 읽고, 숱하게 번역하고, 번지르르한 말 이면의 개소리를 숱하게 보아 온 그가 생각할 때, 어리석은 말 한마디를 세상에 더 보태는 것은 온당치 않다. '종이 위에서 펜을 옮길 뿐인데' 화려하게 작렬하는 문장, 그런 것에는 관심 없다. 그는 자신이 '문장 앞에서 전능하다.'고 믿지 않는다. '눈을 뜨고 있기 위해 눈꺼풀을 닫는' 사람이고 싶지도 않다. 이 영혼 없는 장소에서 '세상으로부터 물러나 내면의 방황을 아로새길' 마음도 전혀 없다. 게다가 그는 은유를 믿지 않는다. 트로이 전쟁도 틀림없이 그렇게 시작됐을 테지. 그럼에도 자신이 쓰는 문장 중 하나만 그 자신보다 더 이지적인 형태로 튀어나와도 그 기적이 그를 작가로 만들기에는 충분하다는 것을 안다.

빅토르는 이 서로 다른 존재들을, 격납고 ─ 이 얼마나 터무니없는 단어인가. ─ 라는 거대한 배양 접시 안에서 펄떡대는 불안들을 관찰하지만, 어디에 집중해야 할지 알 수가 없다. 그는 자기 것이 아닌 인생들의 매혹에 굴복한다. 어느 하나를 선택해서 그 인생을 적확한 말로 풀어내고, 너무 가까워져서 절대로 곡해할 수 없다고 믿기에 이르면 좋겠다.

그런 다음 다른 인생으로 넘어가는 거다. 그다음엔 또 다른 인생으로. 인물 수는 셋, 일곱, 스물? 동시에 펼쳐지는 이야기를 독자들은 몇 개까지 받아들일까?

그와 같은 14번 테이블에는 다른 승객 몇 명과 기장이 있다. 빅토르는 기장을 보고 자기 아버지를 떠올린다. 아버지와 똑같은 녹회색 눈동자, 똑같은 매부리코, 깊이 파인 관자놀이, 그 끝에 난 덥수룩한 회색 머리카락 하며 건장한 상체까지 똑 닮았다. 작가는 본능적으로 주머니에 손을 넣어 빨간 레고 브릭의 매끈한 표면을 만져 본다. 빅토르는 지갑에 사진도 가지고 다닌다. 사진첩에서 꺼낸, 돌아가신 아버지의 사진. 사진첩이라는 것이 존재하던 시절, 아직은 너무 많은 사진이 사진을 죽이지 않은 시절의. 사진 속 남자는 스무살, 자신만만한 미소를 띤 채 정면을 바라보고 있다. 하루는 그가 웃으면서 아들에게 말했다. "이땐 나도 젊었지. 언제부터 모든 것이 엇나가기 시작했는지 모르겠구나." 그렇다, 새벽빛을 받고 있는 마클 기장은 빅토르가 별로 닮지 않은 아버지와 참 많이 닮았다.

어제만 해도 그의 제복은 가장 불안해하는 자들을 자석처럼 끌어당겼다. 에어 프랑스의 파란색이 그들을 안심시켰다. 혹은 책임을 추궁하려는 자들이 기장에게 접근했다. 그러나 이제 그는 적의의 대상이 아니다. 기장도 똑같이 격분하는 걸 보고 다들 그가 딱히 좋은 대우를 받거나 특별한 정보를 접하는 것은 아니라는 사실을 인정하게 되었다. 그 점을 증명하고 싶었는지 아니면 단순히 편의를 위해서인지, 기장은 평상복으로 갈아입은 모습이다. 땅에 내려온 데이비드 마클은 더 이상 신 다음의 유일한 지도자가 아니다. 이제는 안됐다는 마음마저 불러일으키는 싹싹하고 소박한 사내다. 병사들에게 버림받은 뒤무리에 장군*의 호감형 버전이랄까. 오늘 아침, 기장은 다른 승객 십여 명과 함께 아무 설명도 듣지 못한 채 일련의 건강 검진을 받아야 했다.

14번 테이블에는 키가 크고 우수에 찬 깊은 눈이 아름다운 흑인 남자가 있다. 짧게 깎은 곱슬머리가 그리는 기하학적 패턴이 알람브라 궁전의 모자이크 장식을 방불케 한다. 그는 'journey'를 '자니'로, 'you are'을 '유와'로, 'vision'을 '비숀'으로 발음한다. 나이지리아인. 기타를 치고 노래도 한다. 내일 저녁 브루클린 어디서 콘서트를 하기로 했다지만 소용없다. 세계 나가 봤자 소용없다는 걸 그는 알았고, 이제 항의고 뭐고 하지 않는다. 그래도 객실 짐칸에 처박혀 있던 12현 테일러 기타를 돌려받긴 했다. 그는 기타를 치면서 느긋한 리듬의 노래를 만든다.

---

* 프랑스 혁명 전쟁에서 활약했으나 혁명군에게 버림받고 나폴레옹 황제 치세에서 왕당파가 된 인물.

I remember your eyes of yesterday

The way you smiled in a dazzling way

어제의 당신 눈을 기억해

당신이 눈부시게 미소 짓던 것도

기타는 풍부하고 둥근 소리를 내며, 목소리는 허스키하면서 따뜻하다. 슬림보이, 날씬한 청년이라는 예명이 그에게 잘 어울린다. 그가 빅토르를 향해 미소 짓는다.

"오랜만에 이펙트 없이 어쿠스틱으로 불러 보는 거예요."

그가 코드를 잡고 노래를 이어 나간다.

But beautiful men in uniform forbid you…….

그러나 제복을 입은 아름다운 남자들이 당신에게 금지하네…….

"제복을 입은 아름다운 남자들?" 빅토르가 문을 지키는 군인들을 가리키며 묻는다.

"네, 제 타이틀 곡이 될 겁니다."

그는 속삭이다시피 하는 목소리로 노래를 이어 나간다.

The way to the light way to the light way to the light.

테이블 끄트머리에서 중얼거림이 들린다. "당신의 이름만
이 나의 적이군요." 빅토르는 곧바로 셰익스피어를 떠올린
다. "당신은 몬터규가 아니에요, 당신 자신일 뿐."

여기서 줄리엣 캐퓰릿은 젊은 아가씨다. 그녀가 대사를
친다. "몬터규가 뭔가요? 손도 아니고 발도 아니고 팔도 아니
고 얼굴도 아니죠. 사람에게 속한 그 어떤 부분도 아니잖아
요⋯⋯. 오, 다른 이름이 되어 주세요! 이름에 도대체 뭐가
있나요? 우리가 장미라고 부르는 꽃은 다른 이름으로 불러
도 여전히 향기로울 거예요. 그러니 로미오는 더 이상 로미
오라는 이름이 아니어도 그 소중한 완벽함을 여전히 간직할
테지요⋯⋯."

그녀는 머뭇거림조차 강렬하다. 필요하다면 자신이 눈물
을 흘릴 수도 있다는 걸 안다. 오디션이 다음 주라고 그녀가
빅토르에게 말한다. 검사가 다 끝나면 보내줄 겁니다. 저 사
람들, 우릴 검사하려고 잡아 두는 거잖아요? 사람을 이런
식으로 붙잡아 두면 안 되죠, 여긴 자유 국가잖아요. 어쨌
든 법이 존재하니까요.

"그래요, 법이 존재하죠." 이목구비가 섬세하고 머리칼을
뒤로 넘겨 은색 헤어 클립으로 고정한 젊은 흑인 여성이 말

한다. 변호사라는 이 여성은 이미 임의 체포, 독단적 구금, 불법 압수, 사십팔 시간 이상의 법적 자문 차단 등 대여섯 개 항목에 걸친 집단 소송에 대해 오십 명의 서명을 받았다. 회사와 접촉이 차단된 상태로 흐른 시간에 대해 그녀가 일 분당 얼마를 청구할까? 걱정하다 못해 거의 돌아 버렸을 에 이비의 목소리를 듣지 못하는 그녀 자신의 고통은 얼마로 환산할까? 구금에 의한 피해와 보상을 1인당 하루 2000달 러로만 친다면 미국 정부와 공군에게 기막히게 좋은 일을 해 주는 셈 아닌가?

그 우스갯소리의 내용이 뭐더라? 아, 그래. 악마가 한 변 호사에게 가서 말했다. "안녕, 난 악마야. 너한테 거래를 제 안하러 왔어." "말해 봐." "너를 세상에서 가장 돈 많은 변호 사로 만들어 줄게. 그 대신 너는 나에게 네 영혼, 네 부모의 영혼, 네 아이의 영혼, 너와 제일 친한 친구 다섯 명의 영혼 을 넘겨주면 돼." 변호사가 깜짝 놀라면서 말했다. "좋아, 그 런데 대체 무슨 속셈이야? 조건이 왜 이리 후해?"

젊은 여자는 인상을 찌푸린다. 아니다, 정말이지 그녀는 우스갯소리 속에 나오는 비열한 변호사가 아니다. 하지만 이 런 세상에서는 지갑을 공격해야만 상대도 알아듣는다. 그녀 가 어떤 여자아이에게서 종이와 사인펜을 빌려 다시 편지를 작성한다. 아이의 엄마인 금발 여자가 망설이며 말한다.

"남편이 군에 있어요. 남편에게 적을 만들고 싶진 않습니다."

"오히려 그 반대죠, 부인. 남편분이 전쟁 영웅이라면서요. 전투에서 부상했다고 하지 않았어요? 그러면 남편분은 아무도 못 건드립니다. 게다가 부인이 이 집단 소송 문건에 서명하면 군은 남편분을 협박하거나 위협할 수 없게 돼요. 정의를 방해하는 행위가 되거든요. 우리가 힘을 합치면 더 강해집니다. 더는 이렇게 갇혀 있을 수 없다고요. 아이 둘을 데리고 타셨죠? 심리적 피해가 상당할 겁니다, 특히 아이들은요."

"심리적 피해요?"

그녀는 더 이상 태블릿을 달라고 조르지 않고 테이블 한쪽에 엎드려 자는 아들과 검은 선을 죽죽 그어 팔다리가 길쭉하고 시커멓고 이상한 모습의 소름 끼치는 사람들을 그려 대는 딸을 바라본다.

한편 빅토르는 14번 테이블에서 그녀를, 바로 그 여자를 보았다. 30대, 갈색 머리, 갈대처럼 늘씬한 그녀. 즉각 빅토르는 진부한 이 표현이 마음에 안 든다. 그녀를 보면 몇 년 전 번역 컨퍼런스에서 마주쳤던 여인, 그에게 내상을 입히고는 자취를 감춰 버린 여인이 생각난다. 노스탤지어는 흉악범이다. 생에 의미가 있다고 믿게 하니까. 빅토르는 자석에 끌리듯 그 여자 옆에 앉는다. 매력 혹은 인력(引力)의 속성은 언제나 거리를 좁히려 하는 것이기에.

그녀와 대화를 나눠 보려고 한다. 아니, 그녀도 다른 탑승자들과 마찬가지로 아무것도 모른다. 그녀가 지겹다는 듯 부루퉁한 얼굴로 다시 책을 들여다본다. 그녀에겐 동행이 있다. 예순 살 남짓한 그 우아한 남자가 그녀의 아버지 같지는 않다. 살갑게 비위를 맞추는 태도, 그녀에게 말을 걸 때의 눈빛을 보고 그렇게 짐작했다. 그 남자는 희미한 동물적 불안을 감추지 못했다. 그들은 통성명을 한다. 나이 든 남자는 건축가다. 빅토르도 그 이름을 들어 봤지만 그가 어떤 작업을 했는지는 모른다. 콘크리트와 유리의 세계가 그에겐 따분하다. 번역을 할 때 이따금 기술 용어들 — 평방(平枋), 지붕널 — 이 튀어나오면 검색을 하고 금방 잊어버린다. 빅토르는 남자를 관찰한다. 용모가 못나진 않았지만 이미 고운 피부의 손과 주름진 이마를 뚫고 나오는 노쇠가 보인다. 그는 단지 그 여자가 부여하는 만큼 나이를 먹은 남자다. 그녀는 이 남자를 어떻게 보고 있을까? 한 여자가 한 남자에게 느끼는 욕망을 다른 사람이 알 수 있을까?

남자가 일어나 여자에게 커피를 마시겠느냐고 묻는다. 군인들이 커피 자판기는 설치해 놓았으니까. 여자가 고개를 가로젓고 남자는 천천히 커피를 가지러 간다. 빅토르는 그가 섬세하게 배려할 줄 안다고, 여자의 숨통을 잠시 틔워 주는 거라고 짐작한다. 모든 문이 닫혀 있는 이곳은 그가 집요하게 옆에 달라붙어 있지 않아도 충분히 숨 막히는 공간이다.

어라, 그녀가 읽고 있는 책의 저자가 존 쿳시다. 빅토르는 읽지 않은 책이지만.

재미있어요? 빅토르가 물어본다. 네? 그 쿳시 책 말이에요. 네, 괜찮은데『추락』만은 못해요, 라고 그녀가 대답한다. 나도 그렇게 생각합니다.『추락』최고죠? 여자는 걸작이죠, 라고만 대꾸하고 바로 고개를 돌린다. 빅토르는 그녀가 따분해한다는 걸 알아차리고 더는 말을 걸지 않는다. 수첩을 다시 들고, 자조하는 기색 없이 '추락'이라고 쓴다.*

---

* 한국에『추락』으로 소개된 존 쿳시의『*Disgrace*』는 직역하면 '망신', '망신스러운 사람'이다. 이 상황에 비추어 작가가 농담으로 언급한 것이다.

에 푸르, 시 무오베*

2021년 6월 26일 토요일, 9시 30분
워싱턴, 백악관 위기 대책실

제이미 푸들롭스키 팀은 신의 가호로 참된 종교 안에서 태어났노라 확신하는 남자들 십여 명을 백악관 지하 위기 대책실에 불러 놓았다. 추기경 두 명, 랍비 두 명 — 정통파와 자유파에서 각 한 명 —, 정교회 사제 한 명, 루터교 목사 한 명, 침례교 목사 한 명, 모르몬교 사도 한 명, 이슬람 학자 세 명(수니파, 살라프파, 시아파에서 각 한 명씩), 금강승 승려 한 명, 대승 불교 승려 한 명이었다. 그리고 테이블에는 커피가 잔뜩 놓여 있다. 비록 제이미 푸들롭스키는 헬리콥터를 타고 오는 사십 분 동안에도 숙면을 취하는 신공

---

* E pur, si muove. '그래도 그것(지구)은 움직인다.'는 갈릴레이의 유명한 말.

을 발휘했지만 말이다.

심리 작전단의 수장은 걱정이 많다. 곧은 길은 구멍이 파이길 원치 않는 법이요, 어둠은 설명되지 않는 것을 질색한다. 요지부동의 율법은 우주의 춤과 지식의 진보에 막무가내로 충돌한다. 모세 5경, 신약 성서, 코란, 그 밖의 경전에서 알쏭달쏭하거나 난해한 구절을 찾아내, 석 달 전 착륙한 것과 완전히 동일한 비행기가 파란 하늘에 떡하니 나타나리라는 것이 이미 예언되었다는 둥 당연한 일인 양 떠들어 댈지 알 게 뭔가?

아메리카 원주민들이 큰 희생을 치르고 크리스토퍼 콜럼버스를 알게 되었을 때, 그리고 그가 예고한 콘키스타도르 무리를 접했을 때, 가톨릭교회는 그들의 존재를 설명할 성경 말씀을 찾아야 했다. 물론 사도 바울로의 말대로라면 복음은 "땅끝까지 전파되었다". 그런데 무슨 조화로 노아의 세 아들 — 셈, 함, 야벳 — 이 온 땅에 번성했으며, 어디로 넘어갔기에 서인도 제도까지 인구가 바글바글할 정도로 새끼를 치고 살 수 있었나? 이 새로운 인간들은 테르툴리아누스가 언급한 묵시서 외경 「에스드라 4서」에 나오는 이스라엘의 잃어버린 지파들인가? 결국 「요한의 복음서」에서 사태에 부합하는 말씀을 찾아냈다. 예수께서는 "이 우리에 들지 않은 다른 양들도 있다."*는 말씀을 말이다.

제이미 푸들롭스키는 가톨릭 신자 아버지와 유대인 어머니 사이에서 태어났다. 1960년 1월, 박사 학위를 소지한 보스턴의 아시케나지** 여성은 볼티모어의 비(非)유대인 경찰관과 불같은 사랑에 빠졌고, 그 후로 무엇 하나 순탄하지 않았다. 어린 제이미는 서로 좋게 말할 일이라고는 손톱만큼도 없는 외가 조부모와 친가 조부모 사이에서 자랐다. 외가는 유대인에 독일계였고 친가는 가톨릭에 폴란드 출신이었다. 두 집안의 거듭된 불화가 제이미를 질문 많은 아이로 만들었다. 의심하는 태도는 회의적인 태도가 되었고, 결국 그녀는 어떤 형태의 종교적 신념에도 굽히지 않게 되었다. 친가 쪽 조부모가 — 비밀리에 — 세례는 받게 했으나 제이미는 첫영성체를 거부했고, 이듬해에는 바르 미츠바(유대교의 성년식)를 거부했다. 그녀는 정치적 신념도 딱히 두드러지지 않는 사람이었으나 투표는 민주당에 했다.

심리 작전단에 들어오기 위해 면접을 볼 때 인사 책임자가 종교에 대해 묻자 제이미는 이렇게 대답했다. "종교는 없습니다." 그러자 질문한 여자는 상상의 설문지에 뭔가 표시하는 것처럼 볼펜을 까딱거리며 굳이 이렇게 말했다. "그럼 무신론자군요." 제이미 푸들롭스키는 어깨를 으쓱했다. "그

---

* 「요한의 복음서」 10장 16절.
** 동유럽 출신 유대인들을 중심으로 하는 신앙 공동체.

런 것엔 관심 없습니다. 저에게 신은 브리지 게임 같은 것이죠. 아예 생각할 일이 없다고요. 제가 브리지에 관심이 없다는 사실은 저를 정의하지 못합니다. 브리지에 관심이 없다는 사실을 따지고 논하는 사람들과 같은 부류로 묶일 이유도 없고요." 이 대답이 적시타가 되었다. 육 년 후, 제이미는 마흔도 안 되어 FBI 심리 작전단의 한 부서를 이끌게 되었고, 이후에는 특수 작전 사령부로 소속을 옮겼다.

제이미 푸들롭스키는 종교적 사안을 전문으로 해 왔고, 오늘 이곳에 와 있는 남자들을 전부 알고 있다. 회의에 참석한 유일한 여성인 그녀가 짐짓 "신사 숙녀 여러분⋯⋯."으로 말문을 연다. 비꼬는 기색을 누군가 한 명은 알아차렸으면 싶지만 당연히 그럴 리 없다. 그래서 제이미는 대형 스크린을 가리킨다. 스크린에 어제처럼 대통령의 모습이 비치는데, 이번에는 그의 영적 조언자들과 동석해 있다.

"대통령님, 하고 싶은 말씀이 있으시면 중간에 언제든 하셔도 됩니다. 다들 참석해 주셔서 감사합니다. 미 국군 특수 작전 사령부 선임 요원 제이미 푸들롭스키입니다. 여러분은 미 국토 내에서 다수를 차지하는 종교들을 대표해 이 자리에 오셨습니다."

푸들롭스키가 종교인들을 한 명 한 명 소개한다. 새벽에 깨서 백악관으로, 이 위기 대책실로 끌려온 이들이 불만을 제기할 여지는 일절 주지 않는다.

"지금부터 여러분 모두에게 어떤 상황을 설명하고 간단한 질문을 몇 가지 할 겁니다. 윤리적 답변이 아니라 신학적 답변을 해 주시기 바랍니다. 무슨 뜻인지는 자세히 알려 드리지요. 현재 일부 연구소에서는 3D 프린터로 유기물을 만들 수 있고, 줄기세포를 바탕으로 이식 거부 반응이 없는 인공 심장, 인공 근육 등 생물의 일부 구조를 생산할 수 있는데요……"

정통파 랍비가 제이미의 말을 끊고 나선다.

"그렇죠, 이미 만장일치로 합의했잖아요. 가톨릭과 이슬람 친구들까지 포함해서."

추기경이 고개를 끄덕이고 살라프파 이맘도 인정한다.

"이슬람법 해석 위원회는 생명을 구한다는 조건으로 유전 공학을 허용합니다."

"네, 고맙습니다, 이제 사람을 온전히 복제할 수 있다고 상상해 보시기 바랍니다."

"'온전히'가 구체적으로 어떤 뜻인가요?" 루터교 목사가 질문한다.

"극도로 미세한 수준까지 똑같다는 뜻입니다. 원래의 인간과 유전자 코드가 일치하는 수준을 넘어설 만큼요."

"완벽한 판박이 같은 겁니까?" 모르몬교 사도가 묻는다.

"네, 일종의 판박이죠." 푸들롭스키가 미소 짓는다.

"가정을 해 보라는 겁니까?" 불교 쪽 지도자 한 사람이 뻔하다 싶은 동양적 온화함을 풍기며 질문한다.

심리 작전단의 책임자는 한참 뜸을 들인다. 그녀는 서두르지 않고 시간을 충분히 가지길 원한다.

"아뇨, 저는 이론적인 질문을 하는 게 아닙니다. 우리가 어떤 인물을 심문했는데 이 인물과 구별이 불가능한 다른 사람이 있어요. 그 다른 인물은 자기가 그 사람이라고 주장하고 있고요. 대질도 이루어졌습니다. 충격적인 일이에요."

"쌍둥이 아닙니까?"

"아닙니다……. 그들은 동일한 인격과 동일한 기억을 가지고 있고, 서로 자기가 진짜임을 믿어 의심치 않습니다. 두뇌도 화학적으로나 전기 신호 수준에서나 원자 단위까지 동일하게 구성되어 있고요."

대책실이 소란스러워진다. 신성 모독이니 스캔들이니 하는 말이 튀어나온다. 그 밖에도 신학적인 말보다는 분뇨를 들먹이는 말이 더 많이 들린다.

"누가 그런 비열한 짓을 한 겁니까?" 침례교 목사가 묻는다.

"우리도 모릅니다. 저는 여러분에게 윤리적 의견을 구하는 게 아닙니다. 그들은 엄연히 존재하니까요." 푸들롭스키가 대답한다.

"구글의 소행 아닙니까? 구글이……." 추기경이 흥분해서 말한다.

"아뇨, 추기경 예하, 구글은 아닙니다."

"하지만 요원님." 추기경이 받아친다. "구글이 이스라엘 3D 프린팅 회사의 지분을 매입했고……."

"아니라니까요, 그들이 한 일이 아닙니다. 저의 첫 번째 질문은 이겁니다. 신법(神法)에 따르면, 이…… 존재 또한 신의 피조물일까요?"

푸들롭스키의 머릿속에 마땅한 단어가 생각나지 않았던 건 아니다. 토론에 자극을 주려고 일부러 한 박자 망설였을 뿐. 다들 혼란스러워한다. 살라프파가 맨 먼저 마이크를 향해 고개를 숙인다.

"알라는 인간과 동물에게 후손을 낳을 능력을 주셨습니다. 또한 알라는 인간에게 이성을 주시어 사물을 만들게 하셨습니다. 그러나 예언자가 ── 알라의 평화와 축복이 그에게 있기를. ── 순례 중에 이런 말씀을 하셨습니다. '오, 인류여! 너희에게 비유로 말하니 들어라. 너희가 알라 외에 부르짖는 것들은, 설령 그것들이 모두 힘을 합친다 해도, 파리 한 마리 만들어 내지 못한다.' 이 비유는 인간이 생명을 창조할 수 없음을 말해 줍니다. 파리 한 마리도 어림없어요."

"알아들었습니다. 하지만 우리의 사안은 이미 파리 한 마리를 훌쩍 뛰어넘었는데요." 푸들롭스키가 정정한다.

수니파 사람이 일어나 발언한다.

"사히 알 부크하리 하디스에서 아부 사이드 알 쿠드리가 — 알라께서 그를 흡족히 여기시기를. — 전하는바, 예언자께서 — 알라의 평화와 축복이 그에게 있기를. — 이런 말씀을 하셨습니다. '알라가 창조한 것 외에는 창조된 것이 없다.' 이것이 중요합니다."

"그렇다면 그 존재들도 신의 피조물이라고 보시는군요."

"파리의 비유를 되풀이하진 않겠습니다." 살라프파가 말한다. "알라께서 그것들이 만들어지기를 원치 않으셨다면 존재하게끔 허락하지도 않으셨겠지요."

"알았습니다, 알았어요……." 푸들롭스키가 말한다.

그녀는 침묵을 지킨 채 가톨릭이나 개신교에서도 무슨 말이 나오기를 기다리지만 소용없다. 정통파 랍비가 한참을 망설이다 입을 연다.

"탈무드에는 여러 가지 창조 신화가 있습니다. 산헤드린 문서에는 라바가 — 축복이 있기를. — 마법의 힘으로 인간을 만들었다고 되어 있지요. 그 저작은……."

"실례지만 라바가 누굽니까?" 푸들롭스키가 질문한다.

"제4세대 랍비인데요……. 어쨌든 라바가 자기가 만든 인간을 랍비 제라에게 보냈는데, 랍비 제라는 그 인간이 자기 질문에 답하지 못하는 걸 보고 신의 피조물이 아니라 골렘이라는 걸 알지요. 그래서 그에게 다시 흙으로 돌아가라고 명합니다."

"다른 버전들도 있습니다." 자유파 랍비가 보충 설명을 한다. "라바가 만든 인간은 말은 할 수 있으나 후사를 보지 못합니다. 산헤드린 문서 뒤쪽에 가면 라브 하니나와 라브 오샤야가 양을 만들어 잡아먹었다는 내용도 있죠……. 그런데 전부 모호하게 쓰여 있어서…… 비유로 봐야 합니다. 인간의 허망함과 신의 전능함을 보여 주는 비유."

시아파 사람이 한숨을 쉰다.

"어쨌거나 코란으로 돌아갑시다. 코란에서 '창조하다'에 해당하는 아랍어 'khalaqa'는 '무에서 유를 만들다.'라는 의미입니다. 우리 모두 동의하는바, 이것은 알라만이 하실 수 있습니다. 당신들의 라바도 인간을 만들 때 흙을 쓰지 않았습니까? 그런데 지금 요원님이 말하는 그…… 존재는 무에서 만들어진 건 아니죠?"

"아마 아닐 겁니다." 특수 작전 사령부의 여자 요원이 대답한다. "하지만…… 어떤 방법으로 만들어졌는지는…… 전혀 몰라요."

잠시 침묵이 내려앉은 틈을 타 자유파 랍비가 의견을 낸다.

"마이모니데스*의 가르침을 기억해야 합니다. 신은 자신의 혼(nephesh)을 인간에게 주셨습니다. 그러나 신이 인간에게 법과 계율을 주신 건 인간에게 자유 의지가 있고 선한 성향과 악한 성향이 있기 때문입니다."

"자유 의지가 지금 이 사안과 무슨 관계가 있습니까." 정통파 랍비가 짜증을 낸다. "신학적 입장을 표명해 달라는데 왜 당신은 항상 논점을 벗어납니까. 왜 허구한 날 우리한테 마이모니데스 타령이에요!"

"뭐라고요! 내가 무슨 마이모니데스 타령을 해요!"

"그만들 하세요." 푸들롭스키가 그들을 진정시킨다. "이해해 주십시오. 제가 여러분께 창조에 대한 견해를 여쭤본 이유는 무엇보다 그 사람이 사탄의 피조물이라는 말이 나오기를 원치 않아서입니다."

"사탄은 창조를 하지 못합니다!" 살라프파 현자가 격분한다.

"못하다마다요!" 정통파 랍비도 맞장구를 치고, 개신교 쪽 두 사람도 도리질을 한다.

"하느님께서 사탄을 만드셨지요." 추기경 한 명이 말하며 성호를 긋는다. "인간을 유혹하기 위해 사탄을 만드셨고, 사

---

* 스페인 출신의 의사이자 유대교 사상가(1135~1204).

탄은 에덴동산에서 하느님이 지으신 것 중 가장 간교한 뱀의 형상으로 나타났습니다. 그러나 사탄이 창조를 하진 못할 겁니다."

"아." 푸들롭스키가 순진하게 놀란다. "하지만 아까 벌써 '사탄의 피조물'이라는 말을 들은 것 같은데요."

"관용적인 표현일 뿐이죠, 흔히들 하는 말 아닙니까." 살라프파가 이렇게 말하며 웃지만, 끝에 앉아 있던 시아파는 못 들어 주겠다는 듯 킬킬대더니 발끈한다.

"흔히들 하는 말? 내가 기억하기로 당신네 신학자 무함마드 알 무나지드는 미키 마우스도 '사탄의 피조물'이라고 하지 않았소?"

"미키 마우스가?" 지금껏 한 마디도 없던 대통령도 발끈한다.

"알 무나지드가 '우리' 신학자라고 하셨는데 그렇지 않아요." 살라프파가 한숨을 쉰다. "그 사람은 그냥 존경받는 학자일 뿐입니다. 그리고 정확한 표현은 '사탄의 군사'였어요. 불신자와 배교자 들이 자꾸 그의 발언을 왜곡해서 이슬람을 조롱하는 겁니다."

"어쨌든 그 사람이 미키 마우스에게 파트와*를 적용하지

---

* 이슬람교의 법적 해석.

않았습니까." 시아파 사람이 계속 빈정댄다. "더욱이 알 무나지드는 노예 제도에도, 노예와의 성관계에도 전혀 이의가 없는 사람이죠."

"그건 이지마*잖아요." 살라프파가 성질을 낸다. "무함마드 알 무나지드는 이슬람 학자들의 견해를 그대로 따랐을 뿐이고……."

"하! 동성애자들을 불태워 죽이는 것도요?" 루터교 목사가 묻는다.

자유파 랍비는 천장을 쳐다본다.

"흠. 루터가 동성애자들에 대해 뭐라고 했는지 내가 얘기해야 합니까?"

"여러분, 그만요, 여러분." 푸들롭스키가 권위 있게 나선다. "주제에서 너무 벗어났습니다. 첫 번째 질문의 답을 얻은 걸로 하겠습니다. 그 남자는 사탄의 피조물이 아니다, 동의하십니까?"

"그는 신의 피조물일 수밖에 없습니다. 우리 모두 동의합니다." 정통파 랍비가 차분해진 말투로 대답한다.

줄곧 침묵을 지켜 온 불교 측에서 한 명이 마뜩잖은 기색으로 입을 연다.

---

* '합의'라는 뜻. 경전에 언급되지는 않지만 금지되지도 않은 것에 대해 무슬림 공동체가 임의로 합의한 사항.

"여러분은 자꾸 '신의 피조물'을 들먹이는데…… 당신들이 하도 싸워서 보고만 있었지만, 세계의 기원은 언제나 상대적인 겁니다. 우주는 여러 상태 사이에서 끝없이 유동합니다. 창조의 시기에는 브라흐마가 흥하고, 안정기에는 비슈누가 지배하며, 시바가 모든 것을 파괴하는 시기도 있습니다. 느리게든 빠르게든 말이지요. 그리고 이때 모든 것이 다시 시작될 수 있지요. 우리에게 당신들의 질문은 어떤 종류의 의미도 없습니다. 감각을 느끼는 모든 존재 안에 부처가 있고, 그 존재는 깨달음에 이를 수 있습니다. 불교도들이 '사탄의 피조물'에게 역정 낼 일은 없는 거지요. 우리는 이 새로운 존재를 반갑게 받아들입니다. 그리고 언제나 그랬듯 평화의 메시지를 보냅니다."

"참으로 아름다운 평화의 메시지라고 말하지 않을 수 없군요." 수니파가 받아친다. "당신네 신자들이 미얀마에서 위라투라는 광신자에게 동조해 우리 형제 로힝가족을 학살하고 있는 마당에 말입니다."

"하지만…… 그건 우리 불교가 아닙니다……. 그보다 바미안에서 누가 석불과 불상을 파괴했는데요? 대답해 보시죠. 그리고 스리랑카에서……."

푸들롭스키가 부드럽게 만류하고 나선다.

"그만들 하시죠. 다들 좋은 의도로 말씀하시는 건 압니다만, 안타깝게도 이 방에서 지구에 산적한 문제들을 해결할 순 없겠죠. 요컨대 신의 피조물 혹은 부처의 현존을 느낄 수 있는 존재로 갑시다. 그건 우리가 확실하게 정립할 수 있죠. 이제 다른 요청이 있습니다. 영혼의 개념을 정립해 주시죠."

"영혼?" 수니파가 되묻는다.

"네, 제가 정의할 순 없습니다만 그게 기본 원리 아닌가요?"

"기본이지만 어렵죠. 좀 상세하게 얘기해도 됩니까?" 수니파 사람이 묻는다.

"저야 시간이 많습니다만……." 푸들롭스키가 한숨을 쉰다.

회의는 두 시간이 지나도록 아무것도 해결하지 못했고, 지칠 대로 지친 제이미 푸들롭스키는 거기서 끝을 낸다. 일주일, 아니, 한 달 동안 회의를 해도 결판은 나지 않을 것이다.

"여러분, 제발요. 우리가 어떤 공통 입장에 도달할 수 있을까요? 최대한 합의하에 공동 선언문이라도 작성하면 어때요? 적어도 일시적으로라도, 경전을 오독하는 자들이 이 사람에게 범죄 행위를 저지르지 않도록 보호해야 하지 않겠어요?"

"그게 최선이죠." 불교도 한 명이 호응한다.

"그렇고말고요. 네 이웃을 네 몸처럼 사랑하라는 「레위기」19장 18절의 아름다운 말씀을 인용할 수 있겠습니다."
자유파 랍비가 말한다.

"아니면 예수께서 너희가 서로 사랑하라 말씀하시는 「요
한의 복음서」 13장 34절도 좋겠죠." 루터교 목사가 말한다.

살라프파 사람이 고개를 숙이며 결론조로 말한다.

"예언자께서 ─ 알라의 평화와 축복이 그에게 있기를. ─
'선을 행하라, 알라는 착하게 사는 이들을 사랑하신다.'라고
하셨습니다. 그 존재들을 괴롭히지 않고 환대하는 것은 악
행이 아닙니다."

"좋습니다. 여러분, 모두 감사합니다. 간과할 수 없는 정보
하나를 추가로 알려 드립니다. 우리가 지금 다루는 '복제된'
존재는 하나가 아니라 여럿입니다. 정확히 이백사십삼 명이
죠."

"이백사십삼 명?"

푸들롭스키는 반응할 틈을 주지 않고 바로 말한다.

"여러분, 내일 아침에 다시 모이겠습니다. 자세한 정보는
그때 다 알려 드리지요. 어쨌든 토론의 기조는 바뀌지 않으
리라 봅니다. 제가 오늘 회의 내용을 정리해서 개별 종교를
초월한 보편적 결의문을 나눠 드리겠습니다."

푸들롭스키는 시간을 들여 참석자 한 사람 한 사람에게
감사를 표하고 자리를 뜬다. 기지로 돌아가는 헬리콥터에

타자마자 그녀는 에이드리언 밀러에게 전화를 건다.

"그래서," 수학자가 묻는다. "일은 잘됐습니까?"

"잘됐죠." 푸들롭스키가 한숨을 내쉰다. "아주 잘됐어요."

휴대폰이 진동한다. 미합중국 대통령의 문자다.

'수고 많았소!' 대통령은 이렇게 써 보냈다.

격납고

2021년 6월 26일 토요일

맥과이어 공군 기지, B 격납고

"아니?! 춤을 추네!" 실베리아가 단 위에서 내려다보며 외친다.

북쪽, 테이블들을 밀어 내어 확보한 공간에서, 그렇다, 승객들이 춤을 추고 있다. 어린이와 청소년. 하지만 그들만 에드 시런의 신곡에 맞춰 몸을 흔드는 건 아니다. 나로 사는 데 지쳤어(So Tired of Being Me), R&B와 댄스 뮤직의 중간쯤 되는 노래지만 실베리아는 그쪽 방면에 조예라고는 없고 그 옆에 서 있는 푸들롭스키나 미트닉도 도움은 안 된다.

그는 춤을 추지 않은 지 오래다. 이 년 전 딸아이의 결혼식에서 그 애와 짝을 이루어 무도회를 여는 춤을 추었던가? 그랬던 것 같다. 그날 실베리아 부녀는 루이 암스트롱의 노래에 맞춰 춤을 추었다. 그는 몸에 꼭 맞는 정장, 딸은 화려하게 펼쳐지는 웨딩드레스 차림이었다. 실베리아가 아프가니스탄에서 막 돌아온 때였다. 그가 웃으면서 지나와 함께 빙글빙글 돌았고, 지나도 웃으면서 아버지 품에 안겨 빙글빙글 돌았고, 그의 머릿속에서는 전쟁의 구역질 나는 장면들도 함께 빙글빙글 돌았다. 눈을 감아도, 맥주를 석 잔이나 마셔도, 딸이 쓰는 과일 향 향수에 달콤하게 싸여 있는데도, 실베리아의 세상은 점점 더 '원더풀 월드'에서 멀어졌다. 그래도 그는 딸과 왈츠를 추면서 피와 화약과 사막을 멀리 쫓아내고 지옥의 모든 악마의 낯짝에 침을 뱉었다.

"누가 음악을 틀어도 된다고 했습니까?" 실베리아가 역정을 낸다.

"오히려 잘한 일 같은데요." 제이미 푸들롭스키가 말한다. "아이들에게 영화를 보여 주고 있어요. 보드게임, 체스 판, 카드도 나눠 줄 겁니다. 긴장을 낮추는 데 도움이 될 거예요."

"그럼 춤도 추라고 해요."

장군이 벽시계를 바라본다. 오후 2시인데 벌써 밤이 된 것처럼 노곤하다. 그가 서 있는 단 위에서 내려다본 격납고는 위장용 모래색 텐트와 하얀 조립식 건물로 이루어진 작은 마을, 산패한 기름과 소독약 냄새가 진동하는 임시 정착

촌이다. 군대가 나름 최선을 다해 보급을 해 이 제멋대로인 민간인들의 비위를 맞춰 주고 있다. 군인들에게는 아무 말도 하지 않는 게 나을 것 같아서 최소한으로만 알려 줬고, 날짜를 절대 노출하지 말라고 신신당부했다. 대부분 문을 철통같이 지키고 있지만 몇몇은 아이들 돌보는 일을 맡았다. 실베리아는 인력을 세 배로 증원했고, 군인들의 신경이 날카로운 것을 알고는 권총 대신 테이저 건을 들게 했다.

그렇다, 패트릭 실베리아는 지쳤다. 그러나 드물게 느끼는 충만감 속에 들떠 있다. 난생처음으로 그는 자신이 왜 지금의 그, 공군 십자 훈장과 퍼플 하트 훈장과 공로 훈장을 받은 실베리아 장군이 되었는가 하는 질문 말고 다른 질문들을 던져 본다. 어렸을 때 그는 죽어 가는 어머니를 돌보기 위해 의사가 되고 싶었다. 좀 더 커서는 배우가 되려고 했지만 이론 물리학 공부를 시작했다. 그러나 인생은 늘 녹록지 않았다. 그는 로런스 대학교의 장학금을 받지 못했고, 아버지는 백혈병으로 돌아가셨으며, 아리따운 마이라는 그와 헤어지고 서른다섯 살이나 먹은 남자와 결혼했다. 그래서 반발하듯 사관 학교 시험을 봤다가 붙었고, 동기 중 군에 연줄이 없는 집안 출신으로는 유일하게 진급도 했다. 그때부터 운명이라는 것에 대한 의문은 끊이지 않았다. 만약 열여덟 살 때 브로드웨이 경찰 드라마에서 조역을 따냈더라면, 해

나가 그렇게 빨리 임신을 하지 않았더라면, 2003년 4월 공격 상황에서 그 망할 놈의 미그 25기를 모술로 내려보내지 못했더라면 어떻게 됐을까? 이제 그는 답을 알았다. 그 우연의 길은 단지 어느 날 록히드 갤럭시 격납고의 강철 단 위에서 노벨상 수상자들에게 둘러싸여 녹 방지 페인트로 칠한 난간에 두 손을 얹은 채 어디서 튀어나왔는지 모를 저 사람들을 내려다보기 위해 존재했던 것이다.

"내가 직접 사자 굴에 내려가겠어요." 실베리아가 결심한다.

"조금 전에도 거의 폭동이 일어나다시피 했습니다. 아마 장군님을 찢어 죽이려 들 걸요……." 푸들롭스키가 말한다.

"내가 그걸 바라는지도 모르지."

"깜박 잊을 뻔했네요." 미트닉이 말한다. "승객 중에 변호사가 있습니다……. 조애나 우즈라고요. 저는 법조인이 아니지만, 그 여자가 작성한 문건은 진지해 보였습니다……. 알록달록하긴 해도요."

"알록달록?" 실베리아가 놀라서 묻는다.

"아이들에게 나눠 준 스케치북과 색 사인펜으로 탄원서를 작성했더군요."

장군이 한숨을 쉰다. 변호사와 진드기의 차이점이라는 멋진 유머를 비롯해 변호사와 관련된 우스갯소리가 열 개는 떠오르지만 입 밖에 내지는 않는다. 그런 얘기 해 봤자 분위기가 좋아질 리 없으니.

"우즈 씨와 협상을 해 볼 생각이시면, 맨 앞줄의 14번 테이블로 가십시오, 기장과 같은 테이블입니다."

어이없어하는 실베리아에게 미트닉은 마저 말한다.

"장군님, 태블릿을 잘 보시면 저 아래 벽에 고해상도 카메라가 100대쯤 있고 지향성 마이크도 그만큼 설치되어 있다는 걸 아실 겁니다. 인터페이스에 안면 인식 시스템, 모든 나라말에 대한 언어 분석과 동시통역도 마련되어 있습니다. 승객 이름을 클릭하면 실시간으로 글이 뜨죠. 테이블 위의 드라이플라워 장식도 전자 공학의 눈부신 집결체입니다. 텐트도 물론 도청 중이고요."

"브라보. 화장실엔 아무것도 없겠죠? 거긴 당신들도 드나드는 곳이니."

"논의는 있었습니다만 거긴 손대지 않기로 했습니다."

미트닉의 표정에는 전혀 변화가 없다. 실베리아는 이 사내가 시치미 뚝 떼고 농담을 하는 건지 진지한 건지 알 수가 없다.

"이렇게 유능한 사람이니, 미트닉, 도망친 승객의 정체도 알아냈으리라 믿지만⋯⋯."

"아뇨, 카메라와 마이크는 어제 아침에야 설치됐습니다. 그자가 도망친 후죠. 파리에서 미카엘 웨버라는 이름으로 탑승했다는 것만 압니다. 당연히 위조된 신분이고, 여권은 호주 것이었습니다. 그 나라는 아직 생체 정보 인증을 하지 않거든요. 호주에는 미카엘 웨버가 수십 명이나 있지만 그중 골드코스트에 거주하는 사람은 스쿨버스 운전사로 일하는 한 명뿐이고, 그 사람은 자기가 사는 곳을 떠난 적이 없습니다. 보잉기 내부에 남은 지문을 검출하려 했지만 좌석이 천으로 되어 있어서 지문이 남지 않았습니다. 그래서 식판과 식기를 수거했습니다. 다른 승객들의 DNA를 모두 제거해도 식사를 준비한 스태프의 DNA가 남습니다. 그래도 그자의 DNA를 찾을 수 있을 겁니다. 그러면 그자의 피부색, 눈동자 색, 모질, 연령대, 생김새의 특징을 알아내고 유전자 몽타주를 작성해 소셜 네트워크를 수색할 수 있습니다. 멀거니 앉아서 기적을 기다릴 순 없죠."

"기내 영상은?"

"그자의 좌석은 30E로 카메라 사각지대입니다. 탑승 영상에도 얼굴이 드러난 컷이 없습니다. 옆자리 승객들에게도 물어봤지만 딱히 그를 주시한 사람은 없었습니다. 몽타주를 작성하긴 했습니다. 두꺼운 안경, 긴 머리, 콧수염. 시선을 끌지만 진짜 중요한 특징을 못 보게 하는 디테일이죠. 게다가 그는 비행 내내 후드를 뒤집어쓰고 있었습니다."

"샤를 드골 공항에서 찍힌 건 없나요?"

"3월이었잖습니까. 그새 대부분 삭제됐죠. 약간 남은 영상에서도 건진 건 없습니다. 본인을 숨기는 기술로 보건대 틀림없이 프로입니다."

"격납고에서 탈주한 것도?"

"불이 났다고 잠깐 다들 정신이 없을 때를 틈타 문을 땄습니다. 불도 틀림없이 그자가 냈겠죠. 문고리와 그가 사용한 쇠막대에서도 지문이 나오지 않았습니다. 도난당한 픽업트럭이 정오에 뉴욕에서 발견되었는데 역시 불을 지르고 버렸더군요. 프로가 분명하다니까요."

"계속 찾아 봐요. 개미 한 마리라도 흔적은 남는 법이니."

"날 수 있는 개미는 별로 그렇지도 않습니다." 미트닉이 인상을 쓴다.

메레디스의 의문들

2021년 6월 26일 토요일, 7시 30분
맥과이어 공군 기지

"내가 프로그램이라니, 그런 건 사절이에요, 에이드리언."
메레디스가 투덜거린다. "만약 그 가설이 맞는다면 우리는
동굴의 우화 속에서, 그것도 난이도가 극악인 버전에서 사
는 거잖아요. 참을 수가 없네요. 우리가 진정한 인식에 도달
하지 못하고 실재의 표면적인 모습만 볼 수 있다는 건 그렇
다 쳐요. 하지만 그 표면조차 착각이라니, 그냥 확 죽어 버
려야겠네요."

"'확 죽어 버리기'가 프로그램에게 가능한 건지 잘 모르겠
네요." 에이드리언이 모닝커피를 석 잔째 내밀며 그녀를 진
정시킨다.

하지만 메레디스는 분해서 제정신이 아니다. 이 또한 잠

을 쫓기 위해 여섯 시간마다 삼킨 모다피닐의 부작용이겠지만. 에이드리언은 메레디스가 답을 바라지도 않고 파도처럼 쏟아 내는 의문들을 마주한다. 그녀는 무엇 하나 빠뜨리지 않는다.

내가 커피를 좋아하지 않는다는 사실도 프로그램으로 정해져 있을까요? 어제 내가 테킬라를 스펀지처럼 빨아들이고 맛이 완전히 간 것도 시뮬레이션인가요? 프로그램이 욕망하고 사랑하고 괴로워한다면 어떤 알고리즘으로 그렇게 되는 건가요? 나 자신이 프로그램이라는 걸 알고 길길이 날뛰는 것도 프로그래밍되어 있나요? 그래도 나에게 자유 의지가 있어요? 아니면 전부 예정되어 있고, 프로그래밍되어 있고, 불가피한 거예요? 이 시뮬레이션에는 혼돈이 얼마만큼 포함되어 있죠? 적어도 혼돈이 있긴 하겠죠? 휴, 다행이다, 우리는 시뮬레이션 속에 있는 게 아니다, 라고 증명할 방법은 없을까요?

에이드리언은 이렇게 대답할 것이다. 이 가설을 반증할 실험을 모색하긴 어렵죠. 시뮬레이션이 우리보다 영리하니까 우리가 바라는 결론과 반대되는 결과를 제공할 겁니다. 하지만 그들은 이미 서른 시간째 그런 실험을 끈질기게 상상하는 중이다. 특히 천체물리학자들은 초고(超高) 에너지 우주 광선의 움직임을 관찰하려고 한다. 그들은 물리학의 '현실적' 법칙을 적용할 때 우주 광선의 100퍼센트 시뮬레이션은 불가능하다고 믿는다. 우주 광선에서의 이상(異常, anomaly)은 현실이 현실적이지 않다는 증거가 될 수 있을 터였다. 현재로서는 아무 성과도 없지만.

에이드리언은 시뮬레이션 가설을 혐오한다. 칼 포퍼를 그의 인식론 연구의 등대로 여겨 온 에이드리언이 아닌가. 저 선량한 포퍼는 반박 가능성이 없는 이론은 과학도 아니라고 했건만⋯⋯. 그러나 이 문제는 이렇게 보고 저렇게 봐도 풀리지 않는다. 모든 조건이 동일하다면, 가장 단순한 설명이 답일 확률이 높다. 가장 단순하지만 가장 마음 불편한 설명. 이 비행기의 출현이 시뮬레이션의 작동 오류일 리는 없다. 앞으로 약간 돌려 '삭제'하면 될 것을 굳이 이렇게 할 리가. 그렇다, 이건 테스트가 틀림없다. 수십억의 가상 존재들이 자기가 가상임을 알게 되면 어떻게 반응할까?

하지만 에이드리언이 자신의 논증을 피력할 틈은 없다. 메레디스의 의문들이 끝나지 않았으므로.

우리의 시간이 착각에 불과하다면, 우리의 한 세기도 거대한 컴퓨터 프로세서에게는 찰나에 불과할까요? 그러면 죽음은 뭐죠? 그냥 한 줄 코드상의 '엔드(end)'?

히틀러도 쇼아도 우리 시뮬레이션에만 존재하나요? 아니면 다른 시뮬레이션에도 있을까요? 600만 유대인 프로그램이 100만 나치 프로그램에게 학살당한 건가요? 강간은 남성 프로그램이 여성 프로그램을 범한 건가요? 그럼 편집증 환자 프로그램은 다른 프로그램들보다 약간 더 통찰력이 있다고 봐야겠네요? 이 미친 가설은 상상할 수 있는 최대 스케일의 작당에서 비롯된 아주 정교한 음모론이 아닐까요?

얼마나 변태 같으면 이토록 아둔한 존재들을 시뮬레이션하고, 그들과 속 편하게 살기에는 너무 똑똑해서 고달픈 존재들까지 시뮬레이션할 수 있죠? 어떤 프로그램은 음악가를 시뮬레이션하고 또 어떤 프로그램은 미술가를 시뮬레이션하고. 작가의 경우 다른 프로그램이 읽을 책을 쓰는 작가 시뮬레이션 프로그램이 따로 있는 거예요? 아무도 읽지 않는 책을 쓰는 프로그램도? 모세, 호메로스, 모차르트, 아인슈타인 프로그램은 누가 만들었을까요? 그리고 인생이라는 전자 활동 기간에 시뮬레이션의 복잡성에 기여하지 못하거나 기여한 표도 나지 않는 프로그램이 왜 이렇게 많은데요?

메레디스는 더욱더 격분한다. 그게 아니면 우리는 네안데르탈인이 설계한 크로마뇽인 세계의 시뮬레이션이 아닐까요? 사피엔스의 한 종족인 네안데르탈인이, 우리가 아는 바와 달리 사실은 오만 년 전에 성공한 거예요. 극도로 공격적인 그 아프리카 영장류가 자기들이 멸종하지 않는다면 성취

할 수 있었을 모든 것을 보고 싶어 했던 거죠. 네, 그래서 성공했어요. 그들은 이제 알죠. 크로마뇽인은 못 말리는 똥멍청이라서 자기네들의 가상 환경을 파괴하고, 숲을 없애고, 바다를 오염시키고, 주체할 수 없을 정도로 인구를 늘리고, 화석 에너지를 다 써 버린다는 것을. 가상 시간으로 오십 년 후면 거의 모든 종이 무더위와 바보짓 때문에 죽는다는 것을. 아니면, 잠깐만요, 도긴개긴인 생각이긴 한데, 운석이 공룡을 멸종시키지 않았고, 우리는 공룡의 후손들이 설계한 시뮬레이션 속에 있다면요? 그들이 포유류가 지배하는 세상을 재미있게 구경하고 있을지도 모르죠. 혹은 우리가 DNA 이중 나선을 중심으로 구성된 탄소 중심 생물이라는 설정 속에 있고, 이렇게 설정한 장본인은 삼중 나선과 황 원자를 중심으로 구성된 외계 생명체가 아닐까요? 나아가 어쩌면, 어쩌면 우리를 시뮬레이션하는 존재들 역시 더 큰 시뮬레이션 속에 있을 수도? 시뮬레이션된 우주들이 겹쳐 놓을 수 있는 테이블들처럼 착착 쌓여 있는지도?

우리의 외모라는 것도 알 게 뭐죠? 프로그램에서 나는 젊은 백인 여성, 갈색 머리, 매우 마른 체형, 긴 머리, 검은 눈이에요. 하지만 시뮬레이션이 재미로 상대에 따라 얼굴이나 몸이 바뀌게 했을지 알 게 뭐예요?

이봐요, 에이드리언 ── 이제 메레디스는 화가 머리끝까지

나서 숨도 제대로 쉬지 못한다. ──, 이런 생각도 아주 엉터리는 아닌 것 같아요. 우리의 가짜 삶 후에는 가짜 내세가 있을까요? 솔직히 **그토록** 우월하고 **그토록** 천재적인 존재들이 시뮬레이션에 천국이라는 조잡한 설정 하나 더 넣는 게 힘들겠어요? 각 종교의 일방적 결정에 복종하는 고분고분한 프로그램들에게 보상을 해 줄 만하지 않아요? 할랄 음식만 먹고 하루에 다섯 번 메카를 향해 경건하게 기도를 바치는 착한 이슬람교도 프로그램들에게 천국을 설정해 주는 게 타당하지 않겠어요? 일요일마다 고해를 하러 미사에 참례하는 가톨릭교도 프로그램들에게 천국을 설정해 줘야 하지 않겠어요? 아즈텍의 물의 신 틀라로크를 섬기는 프로그램들, 피라미드 꼭대기에서 제물로 바쳐졌다가 나비로 변신해 대지로 돌아오는 그 희생된 프로그램들에게 천국을 설정해 줘야 하지 않겠느냐고요?

그리고 저 부끄러운 배교자, 불신자, 자유사상가들에게는 천 개의 지옥이 있다고 하면 어때요? 해방된 정신들을 가차 없이 불태우는 천 개의 게헤나가 있는 거예요. 그들은 영원한 가상의 고통 속에서 붉은 악마들에게 시달리고 괴물의 흉측한 아가리에 잡아먹히죠. 아니, 이게 더 괜찮겠다, 그 천재적 존재들은 장난꾸러기라서 모든 종교인 프로그램이 엉뚱한 신을 섬기도록 설정해 놓은 거예요. 그래서 죽고 나면,

짠, 서프라이즈입니다, 너 침례교였지? 불교였지? 유대교였지? 이슬람교였지? 땡! 모르몬교를 믿었어야지! 자, 모두 지옥으로 가 주세요! 이렇게 되는 거죠.

어쨌거나, 아즈텍의 신들은 세상을 여러 번 창조하고 여러 번 파괴했어요. 오셀로토나티우는 인간을 재규어 밥으로 주었고, 에카토나티우는 인간을 원숭이로 만들었고, 키아우토나티우는 인간을 불바다에 묻어 버렸고, 아토나티우는 인간을 수장해 물고기로 만들어 버렸죠.

이상이 메레디스가 제기한 의문들, 혹은 그녀의 프로그램이 세계와 아즈텍 신들에 대한 네트워크 패킷을 끄집어낸 결과다. 게다가, 일신론을 깎아내릴 의도는 없지만, 세계의 오작동은 여러 신들이 빚어내는 끊임없는 갈등으로 더 그럴싸하게 설명될 것이다.

불현듯 메레디스는 평소 좋아하지도 않는 커피가 당긴다. 그녀는 말을 듣지 않는 커피 머신을 붙잡고 끙끙대다가 — 나쁜 새끼들, 시뮬레이션에 기계 고장까지 프로그래밍하다냐. — 마침내 거품과 함께 검은 액체가 주르르 나오기 시작하자 말없이 에이드리언을 돌아본다.

그녀를 바라보는 그의 심장은 주홍빛 마법에 빠졌다. 정말이지 그녀의 모든 것이 좋다. 열을 내며 말할 때 불그스름해지는 뺨, 콧잔등에 맺히는 땀방울, 깡마른 몸에 셔츠를 헐렁하게 입는 스타일마저도. 어쩌면 이 불타는 마음도 프로그래밍된 걸까? 그러면 또 어떤가. 어쩌면 삶은 우리에게 삶이 없음을 깨닫는 그 순간부터 시작되는지도.

어차피 그들에게 달라질 것이 있나? 시뮬레이션된 것이든 아니든, 우리는 모두 살고, 느끼고, 사랑하고, 괴로워하고, 창조하고, 죽는다. 저마다 미미한 흔적을 시뮬레이션에 남기면서. 앎이 무슨 소용이 있나? 과학보다는 미스터리를 귀히 여겨야 한다. 무지는 좋은 길동무지만 진리는 결코 행복을 낳지 않는다. 시뮬레이션된 행복한 자로 사는 편이 좋다.

메레디스는 쌉쌀한 커피를 한 모금 마신 뒤 미소 짓는다.

"여기 있게 해 줘서 고마워요, 에이드리언. 나의 분노는 우리가 상황을 헤쳐 나가는 치열함에 비례하죠. 내가 당신과 함께 이 배에 탔다는 게 미치도록 행복해요."

영국인 위상학자가 까르르 웃음을 터뜨린다. 그 순간 그녀는 자기가 시뮬레이션됐어도 상관없고 그 행복감이 모다피닐의 부작용이어도 상관없다고 생각한다. 메레디스가 「난 만족할 수 없어(I Can't Get No Satisfaction)」의 곡조를 가사를 바꿔 흥얼거리기 시작한다.

I can be no no no no simulation

No no no

And I cry and I cry and I cry!

I can be no no no

내가 시뮬레이션일 리 없어

아냐, 아냐, 아니야

난 울고 울고 운단 말이야!

난 아냐, 아냐, 아니야

그녀가 롤링스톤스의 선율에 맞춰 춤을 추며 빙글빙글 돈다. 가슴이 벅차오른 에이드리언이 아무 말 없이 멀뚱하게 서 있는데, 그녀가 그의 손을 잡고 끌어당긴다.

"이리 와요, 에이드리언, 꿔다 놓은 보릿자루처럼 서 있지 말고! 내가 시뮬레이션일 리 없어!"

근사해, 내가 이 여자를 사랑한다니, 정말 근사해. 에이드리언은 생각한다.

그는 애정과 욕망 때문에 정신이 나가 그대로 그녀를 끌어당겨 품에 꼭 안는다. 그가 키스하려는 순간, 실베리아 장군이 방에 들어온다.

"밀러 교수님." 장군은 민망해하는 기색도 없다. "활주로에 헬리콥터가 대기 중입니다. 지금 바로 백악관으로 출발하십시오. 대통령께서 기다리고 계십니다."

대통령들

대통령이 당장이라도 폭발할 듯한 화산처럼 흥분해서는, 도톰한 흰색 카펫 위에 떨어진 햇살에 시선을 고정한 채 집무실 안을 왔다 갔다 한다. 윈스턴 처칠 흉상의 무심한 눈길 아래에서 시계 반대 방향으로 방을 완전히 한 바퀴 돈다. 벽난로 위에 걸린 워싱턴 전경도 그에게 딱히 더 주의를 기울이는 것 같지는 않다.

의자에 앉아 대기 중인 사람은 넷이다. 대통령 특별 자문, 국무부 장관, 과학 기술 자문, 마지막으로 결단의 책상*에 새겨진 위풍당당한 독수리의 모습에 정신이 나간 에이드

---

* 백악관 웨스트 윙에 위치한 대통령 집무실에 있는 대통령 전용 책상.

리언 밀러가 있다. 프로토콜 총책은 에이드리언이 도착하자마자 깨끗하고 좋은 냄새가 나는 흰 셔츠로 갈아입게 했다. 이참에 티셔츠를 빨리 세탁해서 돌려드리겠습니다, 밀러 교수님.

"프랑스 대통령한테는 전화하기 싫은데." 대통령이 돌아와 자리에 앉으며 투덜거린다.

"우리가 붙잡아 두고 있는 프랑스 국적자가 육십칠 명입니다." 특별 자문이 말한다. "게다가 에어 프랑스 항공입니다. 알리지 않을 수 없습니다, 대통……."

"싫어, 싫다고. 일단 시진핑에게 먼저 걸겠소. 중국인은 몇 명이오?"

"스무 명쯤 됩니다, 대통령님. 하지만 그다음엔 바로 프랑스 대통령에게 거셔야 합니다."

"알았네, 생각해 보자고. 제니퍼, 중국과 연결하게. 그리고 밀러 교수님, 잠시 후 시진핑을 바꿔 줄 테니 통화하십시오, 알았습니까?"

대통령은 에이드리언 밀러 쪽을 돌아보고, 그가 「포레스트 검프」에 나온 배우를 좀 닮았다고 생각한다. 그 배우 이름이 뭐더라? 좀 더 어린애 같긴 하지만 어딘가 닮았다.

에이드리언은 대답하지 않는다. 잠을 너무 못 자서 제정신이 아니다. 그는 멍한 상태로 생각한다. 미쳤네, 미쳤어, 내가 대통령 집무실에 대통령과 함께 있다니. 이제 곧 중국 국가 주석을 상대해야 한다니. 그리고 내가 하얀 셔츠를 입다니.

"뮬러 교수, 듣고 있습니까?"

그래, 맞아, 톰 행크스. 대통령은 생각한다. 이 사람을 보니 톰 행크스가 생각난다.

"네, 대통령님." 밀러가 대답한다. "밀러입니다, 대통령님."

"곧 시진핑을 바꿔 주겠다고 말했어요. 당신이 그에게 설명하시오."

"질문이 들어오는 대로 밀러 교수가 전부 답변합니까? 예외적으로 답변을 유보하는 사항 없이?" 특별 자문이 묻는다.

대통령이 답해 보라는 듯 국무부 장관을 향해 눈썹을 치켜올린다. 장관이 고개를 끄덕인다.

"교수님이 하고 싶은 대로 하세요. 어차피 우리가 아는 것도 별로 없잖습니까."

"대통령님, 중국과 연결됐습니다." 여자 목소리가 나온다.

1만 1000킬로미터 떨어진 중난하이의 서루대원 회의실에서 어떤 손이 수화기를 든다.

"안녕하십니까, 시 주석님. 늦은 시각에 미안합니다."

"자고 있진 않았습니다, 대통령님."

"다행이네요, 잘됐습니다. 아주 중요한 일로 연락했습니다. 우리가 전례 없는 상황에 직면했습니다. 전 세계가 직면

한 상황이기 때문에 시 주석님께 제일 먼저 연락하는 겁니다. 지금 우리 과학 기술 자문들이 같이 있습니다. 이들은 여기서 항시 나를 지원할 겁니다. 상황은 이렇습니다. 이틀 전에 우리 영토에 에어 프랑스 항공기가 착륙했습니다. 그런데 그 비행기가 이미 석 달 전에 착륙한 비행기입니다."

"네? 비행기는 당연히 여러 번 착륙하지요. 특히 정기 노선은……." 중국 국가 주석이 웃음을 참으며 대꾸한다.

"그렇게 간단하지가 않습니다. 우리의 명석한 과학 기술 자문이자 프린스턴 대학교 교수인 에이드리언 밀러 씨를 바꿔 드리겠습니다."

에이드리언이 자리에서 일어나 대통령이 건넨 수화기를 잡고는 쭈뼛쭈뼛 입을 뗀다. "에이드리언 밀러 교수입니다, 주석님……." 그러고는 명쾌하고 간결하면서도 무엇 하나 빠뜨리지 않고 말해 보려 애쓴다. 수화기 너머 중국 주석은 이해가 안 간다는 반응이다. "비행기가 두 번 착륙했다고요?" 중국 국가 주석이 반문한다. "두 번?" 통화가 길어지고, 에이드리언은 적란운, 탑승자들의 DNA 검사, 억류 환경 등에 대한 질문에 답변한다. 브리핑을 마친 뒤에는 몇 가지 가설을 제기하면서 설명할 수 없는 것을 설명해 본다. 상대가 너무 어이없어서 에이드리언은 했던 말을 몇 번이나 반복해야 한다. 기나긴 십오 분이 지나고, 중국 주석은 맥과이어 기지에 억류된 중국 국적자 명단을 요구한다.

"저들은 벌써 명단을 확보했을 걸요." 과학 기술 자문이 목소리를 죽여 속닥거린다. "국민 한 사람 한 사람을 매 순간 감시하는 나라인데, 3월에 파리-뉴욕 노선에 탑승한 자들에 대해 모르겠습니까……."

"사소한 문제들은 우리 요원들에게 해결하라고 하겠습니다." 중국 주석이 말한다. "미국 대통령께 인사 전하고, 금방 다시 전화하겠다 말해 주십시오."

중국의 일인자는 이렇게 말하고 전화를 끊는다. 에이드리언도 수화기를 내려놓고 자리에 돌아와 앉는다. 미국 대통령은 정신이 없는지 꼼짝도 하지 않는다. 수학자는 단순하기 짝이 없는 그 사내를 관찰한다. 그러고는 개별적인 어둠들을 쌓아서 집단의 빛에 도달하기란 참으로 어려운 일이라는 절망적 견해를 다시 확인한다.

"저쪽은 이미 중국 국적 탑승자들의 '분신'을 체포하고 있을 겁니다." 국무부 장관이 자기 생각을 말한다.

"마크롱 대통령에게 연락했습니다, 대통령님. 일 분 후 연결됩니다." 특별 자문이 말한다.

"난 프랑스인들, 특히 그 녀석이 불편하단 말이야. 뭐, 좋아, 제니퍼. 그 건방진 애송이를 바꿔 봐."

전화기가 진동하자 대통령은 물 한 잔을 마시고 전화를

받으면서 억지 미소를 짓는다.

"친애하는 에마뉘엘, 이렇게 이야기를 나누게 되니 참 반갑습니다. 에마뉘엘도, 매력적인 아내분도 잘 지내셨길 바랍니다. 매우 중요한 일이 있어서 연락을 했습니다……."

1만 1000킬로미터 떨어진 곳에서 시진핑은 새로운 자금성의 중앙에 위치한 호수에 평화로이 내려앉는 어둠을 잠시 바라본다. 그가 경치를 감상하며 명상을 할 수 있도록 은행나무 수백 그루를 둑에 심어 놓았다. 그는 늘 이 태고의 나무에 매혹되었다. 은행나무는 수백만 년 전, 공룡이 출현하기 전부터 있었고 인류가 멸망한 후에도 살아남으리라. 메멘토 모리*의 식물 버전. 이윽고 시진핑은 돌아서서 회의실 테이블 앞에 앉는다. 테이블에 둘러앉은 군인과 민간인 십여 명은 아무 말이 없다. 그들은 밀러의 설명을 들었고, 드물게는 몇 자 적어 보려고도 했다. 이보다 더 검을 수 없는 '블랙 스완', 이 개연성 없는 전대미문의 사건이 불러일으킬 결과는 끝이 보이지 않았다.

회의실 벽 화면에, 새로 쏘아 올린 위성 야오간 30호 6조가 지구 주위를 돌면서 찍은 영상이 뜬다. 해상도가 끝내준다. 에어 프랑스 보잉기의 등록 번호가 또렷하게 보이고, 비

---

* '죽음을 기억하라'라는 뜻의 라틴어.

행기와 격납고 사이의 긴 행렬, 그리고 쉴 새 없이 기지로 날아드는 헬리콥터들까지 다 보인다. 탑승자 한 명 한 명의 얼굴이 지나간다. 지난 이틀간 중국 공안은 NSA에 결코 밀리지 않는 실력을 발휘해 탑승자들에 대해 얻을 수 있는 정보를 모두 수집했다.

"과연 그렇군." 시진핑이 정리를 한다. "1월에 착륙한 베이징-선전 노선 비행기가 4월에 또 나타나 우리가 당했던 봉변을 저들도 똑같이 당한 거요. 이스트 코스트에 있는 기지에 이백사십삼 명을 억류하고 있다는데…… 우리 에어버스는 몇 명이었지?"

"삼백이십 명입니다, 주석 동지. 대부분은 휘양 공군 기지에 그대로 억류 중입니다." 장군 한 명이 말한다.

"우리도 이 항공기에 대해 미국에 알려 줘야 할까요?" 평복 차림의 여자가 묻는다.

"당장은 그럴 필요 없소. 어쩌면 영원히 필요 없을지도. 저쪽에서 미국 국적 탑승자 열다섯 명에 대해 아무것도 묻지 않잖소. 그들을 찾는 사람은 아무도 없소."

"그렇다면 미국도……" 다른 사성 장군이 입을 연다. "그 시뮬레이션 가설이 가장 개연성이 있고……"

"그렇소, 그들도 그렇게 생각하는 거요." 주석이 장군의 말을 자른다.

14억 1515만 2689개 프로그램들을 통치하는 국가 주석이.

에이드리언이 백악관을 나서는데, 프로토콜 총책이 복도에서 그를 붙잡는다. 총책은 성조기가 그려진 검은 캔버스 가방을 건넨다.

"안에 교수님의 셔츠가 있습니다. 세탁을 한 뒤 실례를 무릅쓰고…… 구멍을 꿰맸습니다. 굳이 말씀드리자면 'I ♡ zero, one, and Fibonacci'가 무슨 말인가 해서 '피보나치'를 검색까지 해 봤네요. 뭐, 아주 재미있습디다, 제 생각을 말하자면요. 착용하신 셔츠는 당연히 가지셔도 됩니다. 가방 안에 백악관 로고가 있는 스웨트 셔츠도 한 장 들었습니다. 대통령께서 굳이 사인해서 주고 싶다고 하셔서요."

프로토콜 총책은 에이드리언이 뭐라고 대꾸할 틈도 주지 않고 태연한 얼굴로 덧붙인다.

"걱정하지 마세요, 교수님. 대통령께 수성펜을 드렸으니 한 번 빨면 지워질 겁니다."

'사람들의 알 권리'

2021년 6월 27일 일요일 자
《뉴욕 타임스》기사

눈 가리고 아웅하기
미 공군, 맥과이어 기지의 프랑스 항공기 및 탑승자 억류를 부인하다

목요일 이른 저녁, 에어 프랑스 보잉 787기가 뉴저지에 위치한 맥과이어 공군 기지에 비상 착륙했다. 승객과 승무원 들은 수용 시설을 임시로 구비한 대형 건물에 비밀리에 억류 중인 것으로 보인다. 우리의 거듭된 요청에도 군과 항공사는 이 사태에 대해 어떤 설명도 내놓지 않고 있다.

6월 26일 맥과이어 기지. 은퇴한 부부인 65세 존 매더릭과 66세 주디스 매더릭은 그들의 눈을 믿을 수 없었다. 목요일 저녁,

그들 부부가 쿡스타운(뉴저지) 자택 정원에서 식사를 하고 있을 때 여객기 한 대가 공군 추격기 두 대의 호송하에 그곳에서 1마일 거리에 있는 맥과이어 공군 기지에 착륙했다. 존과 주디스 부부는 슈퍼 허큘리스나 공중 조기 경보 통제기(AWACS)의 왕래에 익숙했지만, 그 집에 삼십 년 동안 살면서 민간 항공기가 기지에 착륙하는 경우는 한 번도 본 적이 없었다. 군 관계자를 비롯한 또 다른 목격자들도 문제의 항공기가 에어 프랑스 로고를 단 보잉 787기임을 확인해 주었다.

공군 대변인 앤드루 와일리는 어떤 정보도 가지고 있지 않다고 말했으나, 현재 맥과이어 기지가 완전히 봉쇄되었으며 군의 감시하에 있음을 확인해 주었다. 군인들은 보병 86여단 소속으로, 24일 목요일에서 25일 금요일로 넘어가는 밤에 현장에 도착했다. 허가를 받지 않은 방문은 모두 금지되었다. 방탄 차량들이 원래의 7개 출입구 중 폐쇄되지 않은 2개 출입구를 지키며 이 기지 소속 군인 사천여 명의 왕래를 엄격히 통제하고 있다. 출입 차량을 일일이 확인하기 때문에 인근 도로에 정체가 일어나고 있다.

케네디 공항 항공 관제 센터에서 일하는 한 취재원에 따르면, 기체 손상을 입은 보잉 787기가 미국 공역(空域)에 들어와 에어 프랑스 파리-뉴욕 간 코드를 잘못 제시했다고 한다. 해당 항공기는 노라드의 지시에 따라 즉각 이스트 코스트 군 기지 쪽으로 우회했다. 맥과이어 기지에서 일하는 민간인들도 이백 명이 넘는 승객 및 승무원이 비행기에서 내려 설비를 급조한 격납고로 이동했다고 익명 유지 조건으로 진술했다. 의미심장한 움직임이 포착된 것은 그때부터다. 곧이어 보잉기는 다른 격납고로 옮겨졌으나, 조치 이전에 여러 각도에서 촬영한 사진들이 있어 해당 항공기가 보잉 787-8 모델임을 알 수 있다. 일부 사진들이 소셜 네트워크에도 게재되었으나 금세 차단 조치되었다.

에어 프랑스 항공사 홍보 팀장 프랑수아 베르트랑은 행방불명된 항공기는 없다고 발표했다. 에어 프랑스에서는 KLM 이름으로 운항하는 노선을 포함해 약 6개 노선을 운항하는 자사 보잉기 23대의 리스트를 공개했다. 참고로 보잉 사가 제조하고 전 세계에서 운항 중인 787-8 모델은 모두 387대이고, 에어 프랑스는 유럽에서 두 번째로 큰 보잉 사 고객이다. 보잉은 자사 제조 항공기의 보수 관리도 맡고 있는데, 현재 소재가 파악되지 않는 항공기는 없다고 밝혔다. 또한 이스트 코스트에 소재한 공항 중에서 상업용 항공기 관련 보고를 올린 곳은 아무 데도 없다.

이 787기를 찍은 사진 중 일부에서 식별이 가능한 등록 번호는 파리-뉴욕 노선에 해당하는 것으로 확인되었다. 에어 프랑스도 동일한 등록 번호의 자사 보잉기 1대가 운항 중단 상태에 있다고 인정했다. 토요일 아침 미 당국은 '보안상의 이유'로 이 항공기를 케네디 공항에 격리했으며, 그곳에서 여러 검사를 시행할 예정이다. 지난 3월 '십 년간 최악의 폭풍' 속 난비행 상황에서 기체 손상이 있었다고 한다. 당시의 악천후로 항공기와 선박 여러 대가 심각한 피해를 입은 바 있다.

그렇지만 맥과이어 기지에 비상 착륙한 항공기의 정체는 아직 미스터리다. 이백 명 넘는 탑승자들이 지금도 기지 내 거대한 격납고에 억류되어 있을까? 군 당국과 가까운 관계의 취재원들은 그렇다고 말한다. 그런데 민간 항공기에 대한 국제법은 심의를 거치지 않은 민간인 억류를 법으로 정해 놓은 일부 상황에 한정하고 있다. 테러도 그 한 예이지만 특히 질병의 사전 예방 차원에서 승객과 승무원에게 검역을 강제할 수 있다. 그렇지만 이러한 절차는 CDC(질병 통제 예방 센터)의 권고를 거쳐 대통령령에 의해서만 발동한다. CDC 국장 케네스 로건은 이에 대한 질문에, 현재 미국에서 전염병과 관련된 문제는 파악된 바가 없다고 답했다.

더욱 놀라운 사실은 항공기가 나포된 일도, 탑승자들의 억류도 이틀째 아무 반응도 불러일으키지 않고 있다는 것이다. 백악관은 새로 임명된 공보 국장 제나 화이트를 통해 임의로 억류 중인 자국민이나 외국인은 없다고 했다. 한편 파리발 뉴욕행 에어 프랑스 승객의 3분의 1 이상은 프랑스인인데, 프랑스 대사관 측은 본인의 의사와 무관하게 맥과이어 기지에 억류된 프랑스인은 없다면서 더 이상의 언급을 거부했다.

★

실베리아 장군이 《뉴욕 타임스》 기사를 스크린에 띄운 채 리모컨을 내려놓는다.

"기사는 한 시간 뒤 인터넷에 올라갈 겁니다. NSA가 어떻게 알아냈는지는 묻지 마시오, 어쨌든 그들이 맨 처음 우리에게 알렸으니까. 자, 고작 이틀밖에 안 됐습니다. 저 거대한 보잉기와 이백 명도 넘는 사람들이 언제까지나 들키지 않길 바랄 순 없어요."

"소문이 빠르게 인터넷에 돌고 있습니다. 이미 500여 건인데 수치가 가파르게 올라가고 있어요." 브라이언 미트닉이 지적한다. "에어 프랑스의 협조하에 예약 시스템에서 3월 10일 탑승자들의 원 파일을 전부 삭제하고 허구의 명단으로 대체했습니다. 현재 주요 항공권 가격 비교 사이트들에도 개입해 운항 흔적을 지우는 중입니다. 승객들과 관련된 정보는 아직 나돌지 않고 있습니다만 체포에 대한 언급이 전국적으로 퍼지고 있습니다."

"엄밀히 따지면 체포는 아니죠. '국가 안보와 관련된 요청'

이라고 해야죠." 실베리아가 정정한다.

"그 사람들을 다 어디로 데려갑니까?" 에이드리언이 묻는다.

"FBI와 NSA가 검은색 밴에 태워 눈에 띄지 않게 이리로 데려올 겁니다." 장군이 성가시다는 듯 내뱉는다. "이렇게 말하긴 좀 그렇지만, 미트닉, 제이미, 그쪽 기관들이 일을 그리 영리하게 하는 것 같진 않군요."

"저도 이런 말씀 드리긴 그렇지만, 장군님." NSA 요원이 쏘아붙인다. "이 사람들을 전부 H홀에 모아 놓은 것도 영리한 일 처리는 아니죠. 일부 승객이 다른 승객을 알아봤어요……. 이제 저들 모두 3월에 같은 에어 프랑스 항공기에 탑승했다는 걸 알고 있죠……. 다들 최악의 사태, 이를테면 바이러스 감염이나 테러리스트의 탑승을 상상하고 있습니다."

"FBI가 대질에 대비해 심리학자들을 파견했습니다……. 저들은 자신의…… 분신을 만날 채비를 해야 합니다." 제이미가 말한다.

"물론이에요." 실베리아가 한숨을 쉰다. "격납고에 잡아 둔 이백사십삼 명을 총으로 쏴 죽일 수도 없고……. 유감스러운 일이지, 동의해요, 미트닉. 상황이 그렇잖습니까."

NSA 요원이 인상을 찡그리고는 다시 이렇게 말한다.

"CNN, CBS, 폭스가 위성 중계 트럭, 샌드위치, 뜨거운 커피와 함께 기자들 한 무리를 보냈습니다. CBS 저녁 뉴스의 일레인 쿼재노가 랍비 한 명과 목사 한 명을 초대 손님으로 불렀다는 것도 말씀 드립니다. 그들은 백악관이 주요 종교 지도자들을 불러 모아 '영혼의 본성'을 논의하는 자리를 만들었고 곧 중대 선언이 있을 거라고 밝혔습니다."

"틀림없이 자유파 랍비가 입을 털었을 거예요." 제이미가 얼굴을 찌푸리면서 말한다. "자기 입을 단속할 수가 없었겠죠, 워낙 방송 출연을 좋아하는 사람이니. 그게 다가 아닙니다. NBC가 조금 전 명성 높은 과학자 여러 명이 연락 두절 상태이고 그중 일부가 여기에 모여 있다고……."

"기자들에게는 두 가지 적이 있지요, 검열과 정보라는. 이건 시작일 뿐입니다……." 미트닉이 뻐기듯 말한다.

"시작이 아니라 끝입니다." 실베리아가 말한다. "3월 탑승자와 6월 탑승자의 대질을 가능한 한 빨리 시작하십시오. 내일, 그러니까 일요일 저녁, 아무리 늦어도 월요일 아침에는 군이 이 어여쁜 이들을 FBI에 일임할 겁니다. 문제 있습니까, 제이미?"

"전혀 없습니다, 장군님. 답이 없는데 문제가 있겠습니까."

3부

무(無)의 노래

(2021년 6월 26일 이후)

어떤 작가도 독자의 책을 쓰지 않고,

어떤 독자도 작가의 책을 읽지 않는다.

마지막에 찍히는 마침표 정도가 그들에게 공통된 것이랄까.

• 빅토르 미젤, 『아노말리』

제2종과의 조우

2021년 6월 27일 일요일
파리, 라파예트 거리

볼을 꼬집힌 블레이크가 깨어난다. 차가운 철제 의자, 벌거벗은 채 손이 뒤로 묶여 있고 입에는 재갈이 물려 있다. 프로의 솜씨다. 피가 안 통할 만큼 졸라매지도 않았는데 손가락 마디 하나 정도도 꿈쩍할 수가 없다. 어둡고 기능성에 충실한 인테리어가 눈에 들어온다. 라파예트 거리에 있는 그의 집 안이다. 결박용 끈도 알아보겠다. 그가 지난 4월에 구입한 초강력 산업용 접착테이프다. 이 집에 들어서자마자 목덜미를 쿡 찌르는 느낌이 나고 그대로 쓰러졌던 기억이 막 난다.

그가 있는 곳은 방이다. 작은 침대가 하나 있고, 에나멜 욕조를 갖춘 욕실로 연결되는 침실. 실용적인 목적이 최우

선이 아니었다면 디자인을 부각시킬 수도 있었을 텐데. 그는 고개를 돌릴 수 없지만, 굳이 그러지 않아도 방 안에 온통 투명 비닐을 덧대 놓았다는 것을 알 수 있다. 3월 블레이크(그를 이렇게 부르기로 하자)는 이것이 무엇을 예고하는지 아주 잘 알 것 같다. 그의 오른쪽에 놓인 번쩍거리는 각종 메스, 랜싯, 해부용 칼, 전기톱, 가위, 줄 등 30개가량의 외과 수술 도구가 「덱스터」시리즈 세트장이라고 해도 믿을 만한 이 방의 인테리어를 완성한다. 그에겐 그 도구들이 낯익다. 두개골을 열 때 쓰는 저 드릴은 연골에 시험해 봤지만 실제로 써 보지는 않았다. 그는 겁이 나지 않는다. 하지만 그건 상대가 주사한 미다졸람의 이완 효과 때문일 것이다.

작업복 차림에 고글을 쓰고 앞에 서서 그가 깨어나는 모습을 바라보고 있던 남자를 알아보기까지 길고 긴 몇 초가 흐른다. 그는 경악해서 눈이 튀어나올 것 같다. 경악이라는 말로는 부족하다.

두 남자는 서로 한참을 바라본다. 6월 블레이크가 자신의 포로를 본다. 사흘 동안 숙고하고 머리를 굴렸지만 답을 찾지 못했다. 그러나 상황이 말이 안 된다고 그의 실용적인 감각이 죽을 리 있나. 그는 함정을 놓았다. 다른 방법은 없었다. 파리가 거미와 만날 약속을 잡지는 않는 법이다.

3월 블레이크가 갑자기 몸부림을 치고, 투덜거리고, 끙끙

대고, 재갈이 물린 입으로 뭐라고 중얼댄다. 그러나 6월 블레이크는 재갈을 풀어 주지 않고 목소리를 낮춰 귓속말을 한다.

"긴말 안 할 거야. 넌 이게 무슨 일인지 모르고, 그건 나도 마찬가지야. 중요한 건 네가 나고 내가 너라는 거지. 너무 많아. 한 사람이 둘일 수는 없지. 그건 너도 이해할 거야."

6월 블레이크가 연필과 메모지를 집어 든다. 그러고는 전원이 켜진 컴퓨터 앞에 앉는다.

"내 은행 계좌 비밀번호들이 다 바뀌었더라고. 당연히 네가 바꿨겠지. 원래 내가 삼 개월에 한 번씩 바꾸거든. 그 비밀번호들을 어떻게 기억하는지는 너도 알 거야……. 맞으면 고개를 끄덕여."

3월 블레이크가 시키는 대로 한다. 머릿속에서 오만 가지 생각이 부딪친다. 혹시 이게 꿈인가, 소름 돋도록 현실감 넘치는 꿈을 꾸는 건가, 하는 생각마저 든다.

"네 앞에서 은행 계좌에 접속해 숫자와 문자를 불러 줄 테니 맞으면 고개를 끄덕여. 한 번 틀리면 손톱을 뽑고, 한 번 더 틀리면 손가락 첫째 마디뼈를 으스러뜨릴 거야. 난 너를 모르지만 네가 나와 똑같은 기억을 가지고 있다는 건 알아. 이 년 전 아미앵스 계약 기억나? 기억나면 고개를 끄덕여."

3월이 고개를 끄덕인다. 기억하다마다……. 알바니아인들에겐 전형적인 일이지만 고객이 커넥션이 없었거나 그들이 너무 겁을 준 모양이다. 그 건은 너무 잔인해서 받아들이지 않을 뻔했다. 무릎을 터뜨리고, 팔꿈치를 빼개고, 손가락을 자르고, 혀와 성기를 절단하고, 고막을 뚫고, 화룡점정으로 눈알에 산(酸)을 부었다. 7만 유로 중 나머지 절반을 받기 위해 그 상태에서 숨통은 끊지 않아야 했다.

6월이 말한다.

"네가 나였어도 똑같이 했겠지. 네가 나인 게 맞으니까."

3월이 눈을 가늘게 뜨고 상대를 관찰한다. 6월 블레이크의 미소는 잔인하지 않다. 오히려 민망해하는 것 같다. 그는 아미앵스 건이 마음에 들지 않았다. 과해도 너무 과했다.

"내가 착오 없이 모든 계좌를 정상화하고 나면 앞날에 대해, 너와 내가 무엇을 협상할 수 있을지 이야기해 보자. 알아들었지?"

3월이 고개를 끄덕이고, 6월은 알 카포네가 남긴 말을 다시 생각한다. 총을 들고 정중하게 행동하면 그냥 정중하기만 할 때보다 훨씬 많은 것을 얻을 수 있다.

"좋아, 그럼 시작해 볼까. 첫째 계좌는 퍼스트 캐리비언 인베스트먼트 트러스트."

3월이 고개를 끄덕인다. 눈을 감고 정신을 모아 알프스 위를 날아가는 홍학 대여섯 마리를 떠올린다.

"첫 번째는 문자? 오케이. 소문자? 대문자군. L보다 앞이야? 아니야? T보다 앞이야? 알았어. L M N O P Q R······ R인가? 좋았어."

블레이크가 R을 입력한다.

"그다음. 문자? 아니야? 숫자군. 알았어. 1, 2, 3, 4, 5, 6."

고개를 끄덕인다.

"6. 맞아?"

또다시 고개를 끄덕인다. 블레이크는 R 다음에 6을 입력한다.

십오 분 후, 6월 블레이크는 모든 계좌를 정상화하고 늘 사용하는 방법으로 새로운 비밀번호를 설정했다. 세 개의 계좌에 각기 하나씩, 바꿔 쓰기 좋은 문장을 정해 놓는다. 퍼스트 캐리비언 인베스트먼트 트러스트는 "장밋빛 새 여섯 마리를 봐!(Regarde six oiseaux de couleur rose!)"다. 별뜻 없는 말이지만, 'R6odcr!'로 쓰니까 홍학 여섯 마리만 기억하면 된다. 라트비아 인터내셔널 뱅크는 "그들은 검은 하늘을 가로질러 베네치아에서 파리로 간다.(Ils traversent un ciel noir de Venise à Paris.)" It1cndVaP. 기타 등등.

그는 다크 웹 사이트의 새로운 아이디와 비밀번호도 알아냈고, 그사이 바뀐 휴대폰 잠금 번호까지 입수한다. 그동안 온 메시지를 쭉 읽고, 일정 관리에서 그가 '조'로서 티모

테라는 사람과 몇 번 저녁을 먹었다는 사실을 접한다. 생판 모르는 사람이다. 그러나 3월의 입을 막은 테이프를 떼어 줄 만큼 호기심이 동하지는 않는다. 3월이 구해 달라고 소리 지를까 봐 두려운 건 아니다. 둘 다 알다시피, 이 방은 네 벽은 물론 바닥과 천장까지 방음 처리되어 있다. 하지만 조그만 의혹이라도 자기 안에 스며들게 하고 싶지 않다. 아무것도 망설이고 싶지 않다.

3월은 6월이 일어나는 것을 본다. 그에게 설명은 필요치 않다. 자기도 똑같이 했을 테니까. 3월은 눈을 감고 빨리 끝나기만 바란다. 6월이 그의 뒤로 와서 서두르지 않고 목에 프로포폴 주사기를 찔러 잠재운다. 불필요한 고통은 면해 줄 것. 블레이크는 그렇게까지 자기를 혐오하는 사람이 아니다. 일 분 후, 쿠라레 주사가 3월의 심장을 정지시킨다. 죽음과 잠은 쌍둥이 형제, 이미 호메로스가 그렇게 말하지 않았던가.

블레이크는 ─ 이제 긴가민가할 것도 없으므로 ─ 초강력 접착테이프를 자르고 시체를 바닥에 눕힌다. 옷은 진즉에 벗겨서 잘 개켜 두었다. 어쨌든 그의 사이즈, 그의 옷이니까. 시체를 머리는 바닥에 놓이고 다리는 허공에 들린 자세로 욕조에 넣는다. 샤워기를 틀고 목을 따서 피를 뺀다. 손가락은 산에 넣어 지문을 없앤다. 그런 다음에는 전기톱으로 시체를 절단한다. 손이나 발 같은 사람의 신체 부위가 바로 식별되지 않게끔 공을 들이면서. 경험이 조금 부족하다. 등 — 그의 등 — 에서 그도 몰랐던 불규칙한 모양의 점을 발견한다. 지켜봐야 할 것 같은 점. 성기 — 그의 성기 — 를 자르면서 혐오감에 몸서리가 쳐지는 건 어쩔 수 없다. 세 시간에 걸쳐 백여 개의 냉동용 밀폐 비닐봉지를 채운다. 이제 머리만 남았다.

제기랄. 반창고가 있었지.

딸내미를 조랑말에 태워 주다가 입은 상처를 깜박할 뻔했다. 3월의 이마에서 네모난 반창고를 떼어 낸다. 상처는 이미 웬만큼 아물었다. 6월은 나중에 그럴듯한 흉터가 남게끔 메스로 자기 이마를 살짝 긁고 소독을 한 후 반창고를 붙인다. 그런 다음 3월의 머리통을 대야에 준비해 놓은 강산(強酸) 용액에 담근다. 살갗이 녹아내리면서 질산 연기가 확 피어난다.

저녁 7시다. 블레이크는 내일에나 이 일을 마칠 것이다. 욕조를 청소하고, 피가 별로 튀지 않은 투명 비닐을 걷어 내어 잘 개킨다. 불필요한 조심성이다. 언젠가 이 집에서 혈흔이 발견된다 해도 어차피 그의 피일 테니까. 냉동용 비닐봉지들을 욕조 안에 쌓는다. 생각했던 것보다는 부피가 작다. 소형 캐리어 여덟 개에 담아 네 번 이동하면 될 듯.

그는 대포폰으로 정체 모를 수신자에게 메시지를 보낸다. "통나무 여덟 개, 전부 클리냥쿠르로." 답신이 바로 온다. "오케이. 수요일 오후 3시." 날짜에서 2를 빼고 시간에서도 2를 뺀다. 프랑시스는 내일 월요일 오후 1시에 사륜구동 차를 몰고 포르트 드 클리냥쿠르 역으로 올 것이다.

그 후 블레이크는 밖으로 나가 문을 잠근다. 집에 가면 캉탱과 마틸드가 조금 더 자라 있을 거라는 걸 그는 안다. 사후에도 삶이 있다. 특히 타인들의 삶이.

2021년 6월 28일 월요일, 21시 55분
파리, 엘리제궁

"준비 끝났습니다, 에마뉘엘. 오 분 남았고요. 뉴스 채널, 페이스북 라이브, 유튜브 라이브로 생중계됩니다. 유사시에는 현장과 중계방송 사이에 일 분 정도 시차를 둘 겁니다."

"워싱턴 사정은 어때? 그 작자가 만인의 시선을 독차지하는 꼴은 못 봐줘."

"미국 대통령은 우리보다 늦을 겁니다. 아직 연설 연습 중이래요."

"그 작자가 연설을 연습한다고? 나한테는 자기 하고 싶은 대로 말하는 것처럼 굴더니. 푸틴은 어떻게 하고 있어? 시진핑은?"

"모릅니다."

"대통령님?" 어떤 남자가 묻는다.

국가 원수가 대간첩국 부국장 그리말에게 고개를 돌린다. 그 키 작은 대머리 남자는 아직도 심란하게 자기 휴대폰을 들여다보고 있다.

"멜루아가 연락했습니까? 미국에서 언제 돌아온답니까?"

"멜루아가 아닙니다, 대통령님. 장관 전용기가 이제 막 맥과이어 기지에서 출발했습니다. 그보다 보고해야 할 정보가 있습니다."

"빨리 말해 보시오, 그리말."

"에어버스 유지 보수 팀이 열흘 전 수상한 정황을 포착했습니다. 두바이에서 중화 항공의 다른 에어버스를 점검하던 중 베이징-선전 노선 국내선 비행기와 등록 번호가 똑같은 날개를 발견했다고 합니다. 그런데 그건 있을 수 없는 일입니다. 처음에 제조사 측은 무단 복제를 의심했습니다. 그런데 4월에 바로 그 베이징-선전 노선의 이상 운항이 우리 위성 중 하나에 찍혔습니다. 정체불명의 항공기 한 대가 휘양 군사 기지로 항로를 변경하더군요. 첩보부에 따르면 중국에도, 음, 뭐라고 말해야 하나, 복제된 비행기가 출현했다고…… 중국 측은 그 비행기를 일일이 분해해서 부품을 재활용했다고 합니다."

"승객들은? 승무원들은?"

"우리가 아는 건 거기까지입니다."

"미국인들이 우리에게 알리진 않았습니까?"

"그들이 뭔가 아는 기색은 없습니다만."

두 사람이 아무 말도 못 하고 있는데 공보 국장이 다가왔다.

"에마뉘엘? 이십 초 남았습니다."

대통령이 자리에 앉고, 분장사는 그의 번들거리는 이마를 분첩으로 한 번 더 눌러 준다.

"십 초……."

공보 국장이 소리 없이 카운트다운을 한다. 대통령이 카메라를 똑바로 바라보자 스크립트 화면이 올라간다.

"친애하는 프랑스 국민 여러분, 밤늦게 중대 발표를 하게 되었습니다. 지금 이 시각 미국 대통령은 워싱턴에서, 독일 총리는 베를린에서, 러시아 대통령은 모스크바에서, 그 밖의 전 세계 국가 원수들이 동시에 발표를 할 것입니다.

지난 목요일에 이례적인 사건이 일어났습니다. 언론과 소셜 네트워크에 떠도는 소문 중 일부는 사실입니다. 실상은 이렇습니다. 목요일 미국 이스트 코스트 상공에 비행기 한 대가 홀연히 나타났는데……."

프랑스 대통령은 내리 오 분을 말하고 나서 이례적으로 과학 특별 자문에게 마이크를 넘긴다. 그 수학자는 불가해성에 엉뚱함까지 더하지 않기 위해 매드 사이언티스트 같은 면모를 자제해 넓적하고 정신 사나운 진홍색 나비넥타이 대신 베이지색 실크 스카프를 얌전하게 둘렀으나 재킷 깃에 늘 꽂고 다니는 은색 거미*까지 단념하지는 못했다. 그는 이해를 돕기 위한 애니메이션까지 동원해 가며 가설들을 제시하고, 엘리제궁 공식 홈페이지에서 더 자세한 설명을 찾아볼 수 있으며 실시간 채팅창도 있다고 안내한다.

프랑스 전역의 여느 집과 마찬가지로, 블레이크네 집에도 무거운 침묵이 내려앉는다. 플로라가 미쳤네, 완전히 미쳤어, 라고 내뱉는다.

조는 내내 말이 없지만 플로라도 무슨 반응을 기대하고 한 말은 아니었다. 대통령은 과학 특별 자문에게 고맙다고 하고 마이크를 넘겨받는다.

"친애하는 국민 여러분, 1945년 8월 히로시마 피폭으로 세계가 핵의 시대와 멸망의 공포를 접하게 되었을 때 알베르

---

* 거미 브로치는 필즈상을 수상한 프랑스 수학자이자 에마뉘엘 마크롱 체제에서 정계에 진출한 세드릭 빌라니의 시그니처 장신구다.

카뮈는 이렇게 썼습니다. '새로운 불안의 근원이 우리에게 제시되었고 그것이 최종적인 것이 될 확률은 상당히 높다. 인류에게는 아마도 마지막 기회가 주어졌을 것이다. 그리고 어쩌면 특별판을 발간하기에 좋은 구실을 얻었을지도. 하지만 도리어 몇 가지 성찰과 상당한 침묵이 합당한 주제일 것이다.' 우리는 이 아름다운 글에서 영감을 얻어야 합니다.

바로 이러한 이유로, 국민 여러분, 앞으로 다가올 날들은 작년의 비극적인 팬데믹 상황에서의 이동 제한과 마찬가지로 사유의 시간일 뿐 아니라 평화를 찾는 시간이 되어야 합니다. 과학자들은 해석하고 싶어 하고, 이해하고 싶어 하고, 설명하고 싶어 할 겁니다. 그것이 과학자들의 소임입니다. 그러나 답은 저마다 자기 안에, 오직 자기 안에만 있을 겁니다.

지금까지 들어 주셔서 감사합니다. 공화국 만세, 프랑스 만세."

"미쳤네." 플로라가 아까 한 말을 또 한다. "조, 당신은 상상할 수 있어? 당신이 둘이라는 걸?"

한 남자가 한 여자를 바라보네

2021년 6월 28일 월요일

맥과이어 공군 기지, B 격납고

"바니에 씨?" 제이미 푸들롭스키가 건축가에게 다시 말을 붙인다. 건축가는 상황 통제실의 반투명창 앞에 서 있다. 그들 앞쪽 플랫폼에는 10여 개의 컨테이너 블록이 줄지어 있다. 철제 직육면체에 선팅한 유리문 하나만 달린 형태다. 발밑 몇 미터 아래, 격납고에 억류된 무리는 시끌벅적하고 부산스럽다.

"바니에 씨, 상황을 이해하셨습니까?"

"네, 이해 가능한 선에서는요."

"양쪽 비행기의 기내 카메라에 찍힌 영상도 보셨나요? 분기 시점에 대해서는요? NSA가 만든, 가설들을 설명하는 단편 애니메이션이 있는데 그것도 보셨어요? 격납고에 또 다른 '당신'이 있다는 얘기도 들으셨어요? 정확히 말하면 이백 사십이 명의 다른 '분신들'과 함께요."

앙드레 바니에는 대답 대신 난간에 손을 얹고 군중을 내려다본다. 그 무리 속에서 '자기'를 금방 찾을 수 있을 줄 알았는데 자기 실루엣을 아무리 찾아봐도 보이지 않는다. 자기를 보고도 알아보지 못한 건 아닌지 두렵기까지 하다.

"따라오세요." 제이미 푸들롭스키가 이렇게 말하고 그를 컨테이너 블록 중 하나로 데리고 들어간다. 내부는 단출하다. 타원형 테이블과 의자 네 개, 카메라 한 대, 벽면의 스크린 하나가 전부다. 사실상 감옥의 큰 독방 같지만 투명 패널 창 그리고 황갈색과 자주색으로 칠한 벽 덕분에 감옥 느낌은 한결 덜하다. 푸들롭스키는 바니에와 함께 앉아 차분하게 태블릿을 조작한다.

"바니에 & 에델만 건축 설계 사무소가 워싱턴에 새로 들어설 FBI 본청 설계 공모에 지원했다고 들었습니다. 그런데 아쉽게도 그 프로젝트는 재정 문제로 취소되었어요."

"우리의 설계 제안은 훌륭했지요. 그건 사실입니다. 말 안 해도 다 아시겠지만."

"다 알긴요, 그렇지 않습니다. 가령 우리는 바니에 씨가 프랑스 대간첩 국장과 아는 사이라는 것도 몰랐습니다. 그런 친구가 있다는 걸 안다면 본청 설계를 절대 안 맡길 걸요……. 프랑스는 동맹국이지만 아무리 조심해도 지나칠 건 없으니까요."

"중요한 건 가담 여부죠." 바니에가 한숨을 쉰다. "나는 멜루아와 같은 그랑제콜을 다녔습니다. 졸업 후 나는 건축계로 진출했고 그는 외교 쪽으로 갔지요."

푸들롭스키가 손가락을 움직이자 그 방의 전경이 벽면 스크린에 뜬다.

"불법 촬영입니다만 워낙 특별한 상황이라서요." 요원이 변명한다.

바니에는 방 중앙에 고정된 카메라를 보고 처음부터 다 찍히고 있었음을 알아차린다. 푸들롭스키가 민망한 듯 고개를 끄덕이고는 말을 잇는다.

"고해상 카메라, 지향성 마이크예요. NSA가 설치했죠……. 꽤 많이요. 승무원이나 승객이 일어나 이동해도 괜찮습니다, 카메라가 자동으로 따라가면서 찍으니까."

그녀가 잠깐 자판을 두드리자 또 다른 앙드레, 6월 앙드레의 모습이 뜬다. 다시 조작하니 화면이 분할되고 나머지 반쪽에 뤼시의 모습이 뜬다.

앙드레는 매혹된다. 뭔가를 아는 것과 그것을 실제로 살아 내는 것은 별개의 일이다.

뤼시와 '그'가 같은 테이블에 앉아 느긋하게 이야기를 나눈다. 푸들롭스키가 마지막으로 한 번 더 태블릿을 건드리자, 그들의 대화가 들리고 동시통역으로 영어 자막까지 뜬다. "아메리카노?" 6월 앙드레가 인상을 찡그리면서 말한다. 어이없게도 '즐거운 자동차 아니야?(A merry car, no?)'라는 자막이 뜬다. 기계 번역 시스템이 갈 길은 아직 멀구나, 하고 생각하니 3월 앙드레는 마음이 놓인다……

"잠시 혼자 계실 시간을 드리지요, 바니에 씨." 여자 FBI 요원이 스크린 앞에 앙드레만 남겨 두고 자리에서 일어난다.

그는 매혹 반 두려움 반으로 또 한 명의 앙드레를 바라본다. 그의 주름살, 우윳빛 섞인 사파이어 같은 회색 눈, 여윈 뺨과 그 언저리에서 시작되는 하얀 턱수염 그리고 듬성듬성한 머리를. 앙드레는 매일 아침 거울을 들여다보며 면도를 하지만, 그와 거울 속 그는 서로 길들이기에 이르렀다. 이곳의 카메라는 강직하다. 고해상도의 화질은 무자비하고, 카메라 앵글은 예의고 뭐고 차리지 않는다. 그가 바라보고 있는 것은 늙은 사내다. 닳고 닳은, 매력 없고 지친 사내. 때때로 구현된다고 생각해 온 변치 않는 젊음의 인장(印章)을 그 얼굴에서 찾아보지만 그런 건 보이지 않는다. 노년이 오욕의 굴레처럼 구석구석을 차지했다. 그는 퉁퉁 붓고 살찐 자신을 발견한다. 다이어트를 해야겠다. 정말이지 나이가 든다는 것은 단순히 롤링스톤스에 열광했는데 비틀스가 더 좋아지는 것이 아니다.

그 사내 옆에 천사가 앉아 있다. 빛이 그녀를 찬양한다. 그녀는 아직 3월 초의 뤼시, 긴 머리를 자르지 않은 뤼시, 아직은 정다운 눈빛의 뤼시다. 아직은 그의 여자인, 그에게서 달아나지 않은 뤼시다. 또 다른 앙드레가 뤼시의 손을 잡을 때, 그는 전혀 질투를 느끼지 않는다. 매혹이 모든 것을 압도하는 까닭이다. 과거의 자신인 앙드레가 일어나 커피를 가지러 갈 때 등이 굽고 걸음이 느린 것을 보고, 그는 본능적으로 척추를 곧추세우고 주먹을 아플 정도로 꽉 쥔다.

NSA와 실시간으로 연결된 블록 안에서 감시당하고 있는데도 그는 전혀 신경 쓰지 않는다. 뤼시와 또 다른 자기만 생각하고, 현실적인 문제들은 안중에도 없다. 바니에 & 에델만은 일순간도 생각하지 않는다. 회사가 곧 바니에가 될 순 없다. 딸을 생각하지도 않는다. 잔은 이제 아버지가 둘이고, 그 아이에겐 둘도 너무 많을 테지만 그것도 나름대로 장점이 있으리라. 그는 또 다른 자기와 함께 써야 할 파리의 아파트도, 드롬의 단독 주택도 생각하지 않는다…….

아니, 그런 건 아직 전혀 안중에 없다. 그는 보란 듯이 화면에 펼쳐진 재앙에 빠져든다. 눈을 돌리고 싶지만 아찔한 회오리에서 벗어날 수가 없다. 그 작은 방 안에서 그의 가슴은 무지막지한 무게에 짓눌리고 숨이 안 쉬어진다. 그들은 커플이 아니다. 당치도 않다. 무심한 젊은 여인 앞에서 애정을 주체 못 하고 불안해하는 자상한 늙은이가 있을 뿐. 저기 저 앙드레는 연애 초기의 경이감에 사로잡혀 뤼시의 소극적인 태도를 신중함으로 해석하고, 미적지근한 반응을 얌전해서 그러려니 한다. 그러나 3월 앙드레는 이제 똑똑히 알았다. 그녀가, 늙다리 까마귀와 나란히 날기로 한 이 어여쁜 제비가 놀라서 달아날까 봐, 도망갈까 봐 자신이 줄곧 걱정해 왔다는 것을. 제기랄, 참된 사랑이 어떻게 가슴속에 응어리진 불안일 수가 있나. 그는 한 번도 마음 편한 적이 없었고, 그 불안은 이미 그들의 실패를 안에 품고 있었다.

격납고의 앙드레가 커피 두 잔을 들고 오면서 미소 짓는다. 구차한 자의 미소이고, 뤼시는 읽고 있던 책에서 눈을 떼지 않는다. 화면으로 보니 그녀의 무관심, 정신이 딴 데가 있는 것을 너무 잘 알겠다. 제기랄, 사람을 좀 봐, 빌어먹을 플레야드판 로맹 가리 따위는 집어치우고 그 예쁜 눈으로 저 키 큰 옛날 사람을 잠시 봐 주라고, 그를 조금만 곰살맞게 대해 주라고. 하지만 웬걸, 그런 건 없다. 자신의 몰락을 멀리서 구경할 기회가 누구에게나 있는 건 아니다. 자신을 가엾게 여기면서도 자기 연민에 푹 빠지지는 않을 기회 말이다.

그의 입술이 고통으로 일그러진다. 속으로는 어제의 저

앙드레가 안쓰럽다. 저이가 앞으로 겪을 일, 그 치욕과 좌절을 아는 까닭이다. 나이는 아무 상관 없다. 그냥 자기를 그다지 사랑하지 않는 상대는 사랑하지 않는 게 답이다. 그게 왜 그렇게 어려웠을까?

화면 앞에 앉은 3월 앙드레는 낙엽이 나무에서 떨어지듯, 아니, 죽은 잎을 나무에서 떨구듯 뤼시에게서 멀어진다. 잔인한 상세 관찰 십 분의 가치는 상실감으로 끙끙 앓는 몇 달과 맞먹는다. 플랫폼 위 상황실에서 앙드레는 아직도 그녀를 사랑하는 자신을 혐오하면서도 이미 그녀를 덜 사랑한다는 사실이 기쁘다.

군중 속에서 움직임이 일어났다. 평복 차림의 요원 몇 명이 격납고로 내려갔다. 다들 요원들에게 달려가 질문을 퍼붓는다. 요원 한 명이 바니에에게 다가가 뭐라고 말을 건넨다. 바니에는 영문을 모르겠다는 얼굴로 요원을 본다. 그가 뤼시의 손을 잡자 그녀가 미소 짓는다. 바니에는 하는 수 없이 요원을 따라간다.

유리창이 달린 방 안에서, 환상에서 깨어난 앙드레는 지친 앙드레가 걸어가는 모습을 지켜본다. 그때 테이블 끝에 작고 마른 갈색 머리 남자가 앉아 있는 것이 보인다. 딱히 호감 가는 외모는 아닌 그 40대 남자는 검은색 수첩에 글씨를 빽빽하게 쓰면서 슬금슬금 뤼시를 곁눈질한다. 3월 앙드레는 그 시선에서 단박에 특수한 종류의 주의 산만을 알아본다. 그런 일은 오직 매혹이 균형을 깨뜨리는 순간에만 일어난다. 뤼시가 아무 의도 없이 짠 그물에 나비 한 마리가 또 걸려들었다. 그 남자가 누구인지 알아보고 갑자기 앙드레는 어안이 벙벙해졌다. 빅토르 미젤. 하지만 그 사람은 죽었다고 했는데? 그럼 그 사람도 같은 비행기에 탔었나?

저 사람이 뭐라고 썼더라? 희망은 행복의 층계참이고 행복의 실현은 불행의 대기실이라고 했나, 뭐 대충 그런 글이었던 것 같다. 그러니까 지금 빅토르 미젤은 뤼시의 관심을 끌어 보겠다는 희망으로 층계참에 서 있는 셈이다. 어쩌면 그 문장도 뤼시를 생각하면서 썼을까? 그 남자도 일어나 커피 자판기 쪽으로 걸어가지만(아니, 다들 구역질 나는 믹스커피를 왜 저렇게 좋아하는 거야?) 뤼시는 그에게 눈길 한번 주지 않는다. 앙드레는 안도하는 자기 자신에게 화가 난다. 그러나 화가 난다는 건 이미 균열이 생기기 시작했음을 뜻한다.

"바니에 씨?"

앙드레가 소스라치며 뒤를 돌아본다. 제이미 푸들롭스키가 문에 기대고 서 있다. 언제부터 보고 있었지? 그녀 옆에는 키가 크고 구부정한 50대 남자가 지나치게 큰 몸집이 거추장스러운 사람들이 으레 그렇듯 어색하게 서 있다. 그 남자가 다가와 약간 멀리서 손을 내민다.

"영사관의 자크 리에뱅입니다. 상무관입니다."

억양 없는 목소리, 주저하는 몸짓. 남자가 땀 흘리듯 두려움을 흘리는 모습을 보니 앙드레는 웃음이 나온다. 이 사람이 손가락으로 십자 모양을 만들거나 마늘 목걸이를 걸고올 법도 하지. 건축가는 리에뱅이 방금 다른 앙드레와 이야기를 나누고 왔을 테니 자기를 괴물처럼 볼 수밖에 없음을 이해한다.

"뭐 이런 일이 다 있답니까, 상무관 양반? 당신 생각에는 내가 원본입니까, 사본입니까?" 앙드레가 농담을 건넨다.

"아…… 조금 전 프랑스 군용기가 맥과이어 기지에 도착했습니다……. 요원을 스무 명쯤 보내왔어요. 대간첩국의 멜루아 국장님도 직접 오셨습니다. 국장님이 프랑스 국적의 탑승자들을 모두 본국으로 데려갈 겁니다. 바니에 씨께 미리 인사 전해 달라고 하시더군요."

"우리에게, 그러니까 나와 나에게 인사를 전하는 겁니까?"

그 상황이 전혀 재미있지 않은 푸들롭스키가 끼어든다. "준비되셨습니까, 바니에 씨? '분신'과 대화 나눌 수 있게 해 드릴게요."

"둘이서만 얘기하게 해 주시오. 비록 나와 나의 대화라고는 하지만 엄연히 사적인……."

"그게…… 바니에 씨…… 그러니까 또 다른 바니에 씨도 똑같은 부탁을 하셨습니다. 하지만 선생님이 처음으로…… 분신과 대면하는 프랑스인이기도 하고, 프랑스 외무부도 저에게 동석하라는 지시를 내렸습니다. 제가 보고서를 올려야 해서……." 리에뱅이 유감을 표한다.

"우리의 관계에 관계된 보고서, 뭐 그런 거요?" 바니에가 비웃는다.

건축가가 손가락으로 카메라를 가리킨다. FBI 요원이 손짓을 하자 카메라의 초록불이 전부 꺼진다. 적어도 표시등은 꺼 주는군, 앙드레가 생각한다. 그는 영사관 상무관이 왼쪽에 서 있는 누군가에게 몰래 시선을 고정하고 있다는 것을 알아차린다. 통유리 너머에 또 다른 앙드레가 서 있다. 황망한 앙드레가 불쑥 문을 열고 안으로 들어온다.

그들은 말 한마디 없이 한참을 마주 보기만 한다. 그러면서도 서로 시선을 피한다. 이렇게 심란할 수가. 어느 쪽도 거울 속의 앙드레는 아니다. 무엇 하나 친숙한 것이 없다. 좌우 반전된 이목구비는 낯설고 적대적이다. 한쪽이 말을 꺼내려는데, 다른 쪽이 잠깐만 기다려 달라는 몸짓을 한다. 3월 앙드레가 어쩔 줄 몰라 하는 리에뱅과 푸들롭스키를 돌아본다. 푸들롭스키가 고개를 끄덕인다. 리에뱅은 눈에 띄게 안도하면서 방에서 나간다. 문이 닫히고, 그들은 서로를 관찰한다. 독특한 패션 감각은 앙드레가 추구하는 것이 아니다. 그래서 그들은 장거리 비행기를 탈 때 애용하는 똑같은 청바지에(마모도가 살짝 다를 뿐) 익숙하고 안심되는 똑같은 회색 후드티, 똑같은 검은색의 튼튼한 워킹화 차림이다. 아, 아니, 6월 앙드레가 보니 다 똑같지는 않다. 두 앙드레는 여전히 말이 없다. 하지만 이 상태로 더 버틸 수도 없다. 인도 속담에 소리 없이 구걸하는 자는 소리 없이 굶어 죽는다고 하지 않았나.

"신발 샀어?"

"보름 됐어."

목소리를 듣고 둘 다 소스라치게 놀란다. 생각했던 것만큼 저음이 아니고 그렇게 상냥하지도 않은 목소리다. 앙드레는 항상 '안에서' 울리는 자기 목소리만 들었으니까. 강연이나 인터뷰에서는 말을 천천히 하고 발음에 신경 쓰고 목소리를 약간 깔아서 내기 때문에 몰랐다. 비로소 자신의 진짜 목소리를 듣는다.

"잔은?" 6월 앙드레가 잠시 사이를 두었다가 묻는다.

"잘 있어. 걔는 아직 몰라, 당연하지만."

"뤼시는? 뤼시와 나는?"

"헤어졌어."

3월 앙드레는 이렇게 대답하고 나서 다시 말을 잇는다. 언제든 자기 자신에게 거짓말을 할 수는 있지만 자기를 속여서 좋을 게 뭐가 있나? 그가 다시 입을 연다.

"뤼시는 나를 떠났어. 그쪽은 욕망이 별로 없었고 이쪽은 좌절이 너무 컸지. 어쩌면 이쪽이 기대는 너무 큰데 인내가 부족했는지도 몰라. 예감은 하지 않았어?"

"주의를 받았으니 두 배로 잘할 수 있어."

한순간, 정말 한순간이지만 3월 앙드레는 어제의 뤼시를 다시 자기 것으로 만들면 어떨까 생각한다. 아직 그를 밀어내지 않은 지난 3월의 뤼시를. 하지만 인상을 찡그렸다가 바로 미소를 짓는다. 그는 그녀를 쫓아다니는 다른 남자들만큼 젊고 잘생기지 않았는데도 그녀의 환심을 사는 데 성공했지만, 그 비결이 도대체 무엇이었는지는 영영 알 수 없을 것이다. 자기 자신을 연적으로 삼으면 신선하긴 하겠다. 그리고…… 앙드레가 한 명일 때도 나이 차가 서른 살인데 둘이면 양로원이 따로 없지. 뤼시가 도망갈 것은 불 보듯 훤하다. 6월 앙드레에게 행운을 빌어 주는 편이 낫지. 그는 다음과 같이 덧붙인다.

"하나만 조언할게. 다정하게 배려하되 약간 무관심한 척도 해야 해. 그리고 너무 절박하게 그녀를 원하지 마. 너도 이미 알면서 못 받아들이는 거야. 내가 기억한다고."

자기 자신을 코치하는 기회는 참으로 드물다.

6월 앙드레는 이 조언을 가볍게 여기고 싶지만 마음속에 무거운 응어리가 생긴 기분이다. 한 시간 후에 뤼시를 만나서 그들의 운명은 이미 정해졌다는 것을 어떻게 털어놓나? 혹은 어떻게 감추나?

"사무소는?" 불편한 화제를 피하려고 6월 앙드레가 묻는다.

"수랴 타워 콘크리트에 문제가 있었는데 해결됐어. 그리고 기억하고 있겠지만, 몇 달 전에 앞으로 파트타임으로 일하거나 아예 은퇴를 하면 어떨까 생각해 봤어. 알다시피, 이제 좀 지겨워."

3월 앙드레가 유리창 밖에 서 있는 상무관에게 손짓을 한다. 금속제 바닥만 내려다보는 척하던 상무관이 단박에 신호를 알아차리고 들어온다.

"상무관님, 프랑스에서 신원을 하나 더 만들어 준다고 했지요?"

"네, 두 분 중 어느 쪽에 만들어 드릴까요?"

"나에게 만들어 주시오." 3월 앙드레가 대답한다. 그런 다음 6월에게 말한다. "네가 회사로 돌아가. 그게 낫겠어. 나는 뤼시와 함께했던 석 달을 위해 그 삶을 산 거야. 그런데 그녀를 기다리는 일로 시간을 보내다가는 내가 돌아 버릴걸. 너도 곧 알게 되겠지만 뤼시는 일을 정말 많이 해. 너도 바쁘게 살아야 해. 현장들의 최근 상황에 대해서는 다시 알려 줄게. 난 드룸의 집으로 갈 거야. 거기가 좋아. 실은……."

3월이 눈살을 찌푸리더니 상무관에게 말한다.

"현실적인 얘기 좀 합시다. 정부는 금전적 문제에 어떻게 대응할 건가요? 내가 듣기로는 프랑스 국적자가 칠십 명쯤 된다던데? 그들이 한 집을 나눠 쓰고 저금을 나눠 가질 리는 없잖습니까. 이 경우는 일종의…… 자연재해로 간주할 수 있겠지요? 보험금도…… 나오고요? 가상 재해라는 개념이 새로운 용어로 등장할 수도 있겠네요. 그리고 내가 은퇴를 하면 어떻게 됩니까? 내…… 분신의 퇴직 연금을 타서 쓰는 게 되나요? 상호 부조 연금제의 너그러움을 감안할 때, 둘 다 연금을 받을 수 있으리라는 생각이 드는데요! 그게 아니면 정부의 특별 명령으로라도 해 줘야지요."

영사관 사람에게는 능력 밖의 일인 듯하다. 그가 날아온 구명대를 붙잡듯 자기 휴대폰을 바라본다.

"멜루아 국장님이 곧 이리로 오신다는 연락이 지금 막 들어왔습니다."

"그 친구가 딱 좋아할 만한 문제지." 6월 앙드레가 웃는다.

"사실은 다른 집을 봐 뒀어. 몽주에 있는 오래된 여관인데 아직 안 팔렸더라고." 3월 앙드레가 말한다. "'가상 재난' 개념이 작동하든 안 하든, 그 집을 살 거야. 우리는 10킬로미터 거리를 두고 각자의 집을 갖게 될 거야. 휴가 때 놀러 오는 친구들도 두 집에서 나눠 맞이하면 돼. 우리 중 누가 더 호감을 사는지 보자고."

소피아들의 세계

이제 막 FBI 요원 양성소에서 나온, 키가 크고 깡마른 몸에 금발과 푸른 눈을 한 청년이 돛대처럼 뻣뻣하게 서 있다. 그 앞에 앉아 있는 마흔다섯 살의 흑인은 탈모에 무릎을 꿇긴 했으나 운동선수처럼 건장하다. 특수 요원 워커는 후보생 조너선 웨인에게 거의 눈길도 주지 않는다.

"웨인 후보생, 연수는 어떻게 되어 가고 있지? 대답할 필요는 없어. 파일을 보니 자네는 알래스카 출신이더군."

"주노* 출신입니다, 워커 특수 요원님. 태평양 연안의 작은 도시인데……"

---

* 알래스카의 주도(州都).

"콴티코*를 나왔고."

"네, 그렇습니다, 워커 특수 요원님."

"말끝마다 워커 특수 요원님이라고 부르는 거 그만두게. 그냥 줄리어스라고 불러."

"알았습니다, 줄리어스."

"아니, 이건 아닌 듯. 앞으로도 워커 요원으로 불러 주게."

"네, 워커 요……."

"부친과 함께 그리즐리 곰을 사냥했다고 쓰여 있더군. 야생 동물을 많이 상대해 봤나? 현장 경험이 있어?"

"아닙니다, 워커 특수 요원님."

줄리어스 워커는 근심 어린 얼굴로 손에 든 파일을 내려놓는다. 그가 자기 옆에 커피 잔을 들고 서 있던 글로리아 로페즈 선임 요원을 쳐다본다.

"글로리아, 이 일을 이 친구에게 맡기는 건 너무 무모해." 그가 한숨을 내쉰다.

"줄리어스, 현장 능력을 시험해 볼 기회예요. 그리고 애나 스타인벡 후보생이 파트너로 같이 갈 거예요. 스타인벡 후보생은 한 달 전부터 현장을 뛰면서 만족스러운 모습을 보여 주고 있어요."

---

* FBI 요원 양성소.

"후보생 둘을 한꺼번에? 임무 위험도가 4단계인데?"

"우리도 일에 깔려 죽을 판이에요."

특수 요원 줄리어스 워커가 후보생에게 돌아서서 검은색 파일을 건넨다.

"웨인 후보생, 자네의 임무는 이 야생 동물을 생포해 오는 것이다. 다치게 해선 안 돼……."

장신의 금발 청년은 파일을 열어 보고는 눈이 튀어나올 듯 놀란다.

"아니…… 개구리예요?"

"두꺼비야. 이름은 베티라네. 이름이야 누구한테나 있으니까. 베티를 비바리움째로 우리한테 가져오게."

"저는……."

"명령 떨어지자마자 출발해야지, 웨인 후보생."

"마지막으로 하나 더." 글로리아 로페즈가 덧붙인다. "만약 베티가 위험에 처하면 그 두꺼비를 위해 죽는 것이 자네의 의무야."

두 시간 후, FBI 요원 후보생 웨인과 스타인벡은 임무를 완수했다. 베티가 왔다. 오는 길에 급브레이크를 밟는 바람에 비바리움 뚜껑이 들렸을 때 두꺼비는 탈출을 시도했고, 가장 손 닿기 어려운 곳, 운전석 아래 깊은 곳에 숨었다. 애나 스타인벡은 미친 듯이 깔깔대며 비상 차선에 차를 세웠고, 웨인은 몸을 반의 반으로 접다시피 해 두꺼비를 끌어냈다. 그는 F로 시작하는 욕을 들입다 퍼부으면서도 두꺼비가 다칠까 봐 손가락에 힘도 주지 못했다.

인지 과학 전문가들은 방 하나에 부드럽고 편안하면서 알록달록한 공간을 조성하고, 복제된 아이들이 그곳에서 '놀이를 통해' 서로 만나게 했다.

3월 소피아와 6월 소피아가 바닥에 누워서 함께 논다. 인지 과학자들의 말에 따르면, 그 연령대에는 새로운 것을 겁내지 않고 타자(他者)를 적으로 보지 않는다고 했다. 두 소피아 사이에서 베티는 일개 양서류가 아니라 이행 대상*, 그것도 때맞춰 개굴개굴 울어 주는 대상이다. 게다가 비바리움 안의 에펠탑에는 고성능 마이크가 숨겨져 있다. 정신과 의사 두 명은 이 간식 시간에 정체를 드러내지 않는다. 그냥 테이블 앞에 앉아 초콜릿 머핀을 뜯어 먹거나 오렌지 주스를 마실 뿐, 쌍둥이처럼 똑같은 두 소녀에게 신경 쓰지 않는 척한다. 소피아들은 기억, 취향, 앎, 모든 것을 서로 비교해 본다. 너도 노마 생일 기억나? 너는 무슨 맛 아이스크림

---

* transitional object. 도널드 위니콧이 처음 제안한 개념으로, 아이가 자아를 인식하고 부모와 분리되는 과정에서 과도기적으로 애착을 형성하는 대상.

이 제일 좋아? 너 아낙시루스 데빌리스*가 뭔지 알아?

처음에는 어느 쪽도 상대의 결점을 찾지 못한다. 하지만 얼마 안 가 3월 소피아가 최근 두세 달 동안 일어난 일은 자기만 안다는 것을 깨닫는다. 그 아이는 상대의 약점을 알고 의기양양하다. 아, 넌 내 생일 날 리엄 오빠가 뭐라고 했는지 모르는구나? 엄마가 무슨 선물을 줬는지도 모르고?

3월은 희희낙락하고 6월은 기가 팍 죽는다. 그러다 갑자기 6월도 반격에 나선다. 아이는 목소리를 낮추어, 그렇지만 도전하듯 묻는다.

"너한테도 아빠가 맹세하라고 했어? 뭔가를 아무한테도 말하면 안 된다고? 특히 엄마한테는 절대 말하면 안 된다고?"

6월 소피아가 3월의 귀에 대고 뭐라고 소곤거린다.

두 명의 소아 정신과 의사가 기다렸던 순간이다. 두 여자는 그 자리에서 굳어 버리고 아이들을 노골적으로 보지 않으려 애쓴다. 거의 들리지도 않았던 소곤거림이 곧바로 코드 변환되어 그들의 태블릿 화면에 자막으로 뜬다. 아이가 한 말이지만 해석에는 애매한 구석이 전혀 없다.

3월 소피아가 도리질을 하며 벌떡 일어나 소리친다.

"그건 말하면 안 돼!"

---

* Anaxyrus debilis. 두꺼비의 한 종류. '웨스턴 그린 토드'의 학명이다.

"아니, 난 할 수 있어."

"아니야, 사실이 아니라고!"

"뭐가 사실이 아니라는 거니, 소피아?" 의사 한 명이 다정한 목소리로 차분하고 자연스럽게 묻는다. 당연히 두 여자아이는 자기 이름을 듣고 동시에 그녀를 쳐다본다.

3월 소피아가 화를 내면서 컵을 전부 뒤엎고 다른 소피아에게 고함을 지른다.

"말하지 마! 말하면 안 돼! 아빠가 아무 말도 하지 말라고 했어. 비밀이란 말이야."

다른 소피아가 겁을 먹고 움츠러들어 바닥만 내려다본다. 놀이는 끝났다. 베티도 개굴개굴 하던 울음을 멈췄다.

"자, 얘들아, 우리 산책이나 하러 가자." 정신과 의사 한 명이 6월 소피아의 손을 잡아 준다. "엄마도 우리랑 같이 가실 건지 물어볼까?"

비밀은 파리다. 파리에서 소피아는 즐겁지 않았다.

처음에는 집에 두고 온 베티가 비바리움에 넣어 준 가엾은 구더기 몇 마리로 열흘을 버틸 생각에 걱정이 많았다. 그다음에는 리엄이 센강 유람선을 타러 간다고 했을 때 아빠가 소피아는 틀림없이 '멀미'를 할 테니 그냥 호텔에 남으라고 해서 싫었다. 엄마가 오빠를 데리고 에펠탑 2층까지 올라간다고 했을 때도 아빠는 소피아가 '피곤할' 테고 어차피 '우리나라에 그 탑보다 높은 빌딩이 수루룩하다.'는 이유로 못 가게 했다. 그때마다 아빠는 소피아를 욕실에 데려가 따뜻한 물에 들어가라고 했다. 소피아는 옷을 다 벗고 역시 옷을 다 벗은 아빠와 욕조에 들어가는 것이 싫었다. 아빠는 소피아의 몸에 천천히, 구석구석 비누칠을 해 주었다. 나 깨끗해요, 아빠, 이제 됐어요. 그래, 알았어, 이제 너도 아빠에게 비누칠을 해 줘야 해, 엄마한테는 말하지 마라, 이건 우리 사이의 비밀이야. 하지만 소피아의 시선은 아빠의 몸에서 도망가려 했고 소피아의 손은 익혀야만 하는 것을 잊으려 했다. 소피아의 시선은 크롬 수건걸이, 마르세유 액체 비누 병, 금빛 수도꼭지 등 눈을 둘 수 있는 곳이라면 아무 데나 달라붙었다.

그러다 나중에, 5월에 아빠가 이라크에서 돌아왔을 때, 3월 소피아는 자기 집 욕실조차 싫어하게 됐다. 하워드 비치에서 소피아는 욕실 천장의 페인트가 갈라진 흔적, 형광등의 깜박거림, 하늘색 타일이 어그러진 위치들을 손바닥 들여다보듯 자세히 알게 됐다. 소피아는 비누 냄새, 샴푸 냄새, 그 모든 냄새가 싫다. 하지만 그건 비밀이다.

슬림보이들

2021년 6월 28일 월요일

런던, 켄싱턴 스트랫퍼드 로드

"김초밥 하나 들어요, 카두나 씨." MI6의 사내가 초밥 접시를 3월 슬림보이에게 내민다. "켄싱턴에서 제일 괜찮은 일식 전문점 것입니다. 빅토리아 아일랜드의 이시미보다 나아요."

그러나 뮤지션은 화가 풀리지 않는다. 그가 라고스에서 전용기에 오른 이유, 12현 테일러 기타와 깁슨 허밍버드를 챙겨 온 이유는 팝 음악의 살아 있는 전설과 듀오를 결성할 가능성이 눈앞에 어른거렸기 때문이다. 하지만 일단 영국 땅을 밟고 홀랜드 파크에서 멀지 않은 이 빅토리아식 건물에 들어올 때까지 옥스퍼드 악센트의 이 키 큰 흑인 남자는 알아들을 수 없는 소리를 내내 오래도 해 댔다. "아주 드문 순간", "말이 안 되는 현상" 운운하면서도 엘튼 존 이야기는 일절 없었다. 그래도 희망이 아주 없지는 않다. 거실 한가운 데에 저 유명한 빨간 스타인웨이 그랜드 피아노가 있는 걸로 봐서.

"런던까지 데려와서는 엘튼 존은 만나게 해 주지도 않습니까? 오는 동안 계속 연습도 했는데요."

그건 사실이다. 슬림보이는 비행 다섯 시간을 꼬박 「유어송」 연습으로 보냈다. 빌리 폴에서 레이디 가가까지, 가수 인생에서 누구나 한번은 커버해 보는 그 히트송 말이다. 원곡 악보는 건반용이지만 슬림보이는 로드 스튜어트의 기타 버전을 골랐다. 거만하게, 건방진 느낌으로 깁슨을 연주하기 시작했고 그 단순하기 그지없는 가사를 흥얼거렸다. "모두에게 이건 네 노래라고 말해도 돼……." 얼마 안 가, 금세, 그는 이 백인의 사랑 노래가 오십 년 된 곡, 심지까지 닳고 닳은 옛날 노래라는 것을 잊고 노랫말에 사로잡혀 어린애처럼 감성이 폭발한다. 그가 기억하기로, 이 노랫말을 썼을 때 버니 토핀은 겨우 열여덟 살이었다. 그는 이 곡이 단어 하나하나까지 자기 이야기임을 깨달았다. 사랑할 권리도, 사랑을 노래할 권리도 갖지 못한 슬림보이, 그 자신의 이야기였다. 팔콘기가 히스로 공항을 향해 고도를 낮추는 동안, 슬림보이는 그 곡을 연습하면서 눈시울이 붉어지는 것을 어쩔 수 없었다.

"이 건물은 철저하게 보안되어 있습니다. 걱정 마세요. 조금 있으면 엘튼 존 경이 올 겁니다." 정보부 요원이 한숨을 쉰다. "여기 그 증거가 있습니다. 믿어 주세요, 원래 정보부가 사용하는 건물에는 피아노가 없다고요."

"내가 타고 온 비행기가 엘튼 존 전용기는 맞습니까?"

"당연하죠. 무슨 말이냐 하면 시트가 분홍색 가죽이었잖아요. 그런데…… 제가 아까 설명한 내용은 이해하셨습니까? 대면할 준비가 되셨어요, 카두나 씨?"

"마지막으로 한 번만 더 말하는데, 카두나 씨라고 부르지 마세요." 슬림보이가 짜증을 낸다. "당신은요, 존 그레이가 당신의 진짜 이름인가요?"

"존이라도 불러도 됩니다." 남자는 이렇게 대꾸한 뒤 문을 지키고 있던 요원에게 손짓을 한다.

또 다른 슬림보이가 등장한 순간, 방 안의 슬림보이는 뒤로 움찔 물러나고 들어오던 슬림보이는 그 자리에 굳어 버린다. 두 남자는 서로 오랫동안 뜯어보고 탐색한다. 프로이트가 말한 '낯선 두려움(unheimlich)', 나르시시스트적 분신, 내면의 거울. 이 중 어느 것도 딱 들어맞지는 않는다. 그들은 낯섦에 불안해하지 않는다. 자기의 분신에 매혹되지 않는다. 너무 말랐고, 너무 크고, 너무 어리기까지 하다. 둘 다 자기

타입의 남자는 아니구나, 생각한다. 마침내 6월 슬림보이가 안으로 들어와 에드워즈 광장의 오래된 떡갈나무들이 보이는 창가로 걸어가서는, 자기 분신에게서 눈을 떼지 않은 채 김초밥 하나를 덥석 집어 입에 넣는다.

3월 슬림보이도 앉아서 김초밥을 하나 집는다. 한입 크기의 초밥들이 하나둘 없어진다. MI6 요원은 이런 전개를 예상하지 않았다. 서로 의심하고, 질문을 던지고, 허술한 점이 없는지 찾고, 속임수가 아닌지 확인하려 들 줄 알았는데, 웬걸, 그게 아니다. 그들은 기이함에 당황하지 않는다. 있을 수 없는 일 앞에서 불안해하지도 않는다. 오히려 배고픔을 느낄 뿐.

초밥이 곧 바닥날 판이다. 6월 슬림보이가 말없이 손목의 밝은색 흉터를 가리킨다. 그가 눈으로 묻는다.

"톰." 3월은 이렇게만 대꾸하고 소매를 걷어 번들거리는 똑같은 흉터를 보여 준다. 그가 다시 한번 말한다.

"톰. 알잖아."

그렇다, 6월 슬림보이는 안다. 오직 그만 아는 일이다. 톰이 죽고 나서 그는 살고 싶지 않아서 손목을 그었다. 어머니가 그를 살렸다. 그가 지리적 상세 정보로 그들의 협약에 도장을 찍는다.

"이바단에서였지."

두 남자는 서로 서글프게 미소 짓는다. 애정 어린 공모의 미소, 형제의 미소를. 이제 거짓말하지 않아도 된다. 아무것도 숨길 필요가 없고, 부끄러워할 것도 없다. 세상은 바뀌지 않았지만 둘은 훨씬 강해진 기분이다. 3월 슬림보이가 일어나 기타 두 대를 가져와서는 12현 기타를 6월에게 내민다.

"「야바 걸스」…… 들어 봤어. 정말 좋더라. 그리고…… 정말 내가 드레이크와 한 무대에 섰어? 아니, 네가 말이야……."

"드레이크, 에미넴, 비욘세하고도 한 무대에 섰어. 5월에는 여기 런던에서 아프로리퍼블릭 페스티벌에 참가했고. 이 주 후에는 날리우드 로맨틱 코미디 영화 「라고스 웨딩」의 주연으로 촬영에 들어가. 소니 뮤직하고 새로 계약했고, 코카콜라가 스폰서로 붙었고, 리얼슬림 엔테테인먼트라는 새 레이블도 설립했어. 그래, 그렇게 됐어."

6월 슬림보이가 미소 짓는다. 우스갯소리가 생각난다. 미국이 화성에 착륙한 날에…… 그들은 화성에서 계약서에 서명 중인 라고스 남자 두 명을 발견할지도 모른다는.

"그리고 이걸 봐." 3월 슬림보이가 또 말한다.

그가 후드 지퍼를 내리자 가슴팍의 '100% human and valid(100퍼센트 인간적이고 정당한)'라는 글자가 드러난다. 렉스 영 티셔츠, LGBT 커뮤니티와 감히 그들을 지지하는 소수의 이성애자들을 결집하게 하는 은밀한 표지다.

두 남자가 무람없이 웃음을 터뜨린다. 이게 다 「야바 걸스」 덕분이다……. 6월 슬림보이는 이 성공을 시기하지 않는다. 시기심이 없다는 게 놀랍지도 않다. 그는 행복하다. 하늘에서 유산이 뚝 떨어진 것 같다. MI6 요원도 이런 건 예상하지 않았다.

"나도 곡을 하나 썼어. 우리가 붙들려 있던 격납고에서. 「제복을 입은 아름다운 남자들」, 이게 제목이야."

"아름다운 남자들? 너도 게이라는 말은 하지 마라."

6월이 기타를 치며 장조로 노래를 부르자, 3월이 즉석에서 화음을 맞춰 이중창을 만든다. 두 가수는 서로 합을 맞추고 곡을 풍성하게 만들되 튀려고 하지는 않는다. 그들은 함께 음악적 펀치 라인을 만든다. 3월이 갑자기 눈을 빛내면서 말한다.

"잠깐만! 우리가 쌍둥이라고 하면 되잖아. 그러면 간단해. 우리는 요루바족*이니까."

요루바족, 물론이다. 그건 확실한 사실이다. 아칸족은 쌍둥이라면 벌벌 떤다. 만딩고족은 더하다. 쌍둥이는 남들이 보지 못하는 것을 보고 사람의 생각을 읽는다나. 은뎀부족,

---

* 나이지리아의 주요 종족.

반투족, 레레족은 쌍둥이를 동물 취급한다. 폴로나족은 쌍둥이가 태어나면 추장과 마법사에게 해가 미치지 않도록 하루 낮밤 동안 마을에서 먼 곳에 유기하는 풍습이 있다. 루바족은 쌍둥이가 불행을 불러온다고 믿기 때문에 한 명은 죽이고 한 명만 키운다. 아프리카 전역에서 쌍둥이는 물신(物神)이 만들어 낸 아이들, 하늘이 내리는 표지로 여겨지고, 언제나 백안시된다. 그렇지만 요루바족만은 한 세기 전부터 그 천둥 신의 아이들, 공포를 불러일으키는 아이들을 죽이지 않는다. 세월과 더불어 저주는 공경으로, 숭배로 변했다. 특이하게도 요루바족의 쌍둥이 출산 비율은 신생아 스무 명 중 한 명꼴로 높은 편이다. 세계 쌍둥이들의 수도를 자처하는 이그보 오라라는 마을도 있고, 타이우(첫째)와 케힌데(둘째)라는 이름이 매우 흔할 정도다. 그렇다, 그러니 슬림보이에게 쌍둥이 형제가 있다고 한들 어떤가? 잃었던 형제를 다시 찾았다고 하면? 아무도 이상하게 생각하지 않을 것이다.

"가짜 신원이 필요할 텐데." 6월이 말해 본다.

"돈만 있으면 될걸." 3월이 대꾸한다.

MI6 요원이 피자 주문을 받듯 아무렇지 않게 받아 적는다.

"새로운 신원은 어느 분에게 만들어 드릴까요?"

"당연히 저죠." 6월 슬림보이가 대답한다.

"저희가 해결해 드리죠. 살아온 이력도 만들어 드리고, 디지털 ID도 만들어 드릴 겁니다. 그런 일은 우리가 전문입니다." 존 그레이가 말한다.

"함께 콘서트도 하고 곡도 쓸 수 있을 거야. 쌍둥이로……대박을 터뜨리자. 슬림보이스, 그럴싸한데?" 슬림보이 하나가 웃으면서 말한다.

다른 슬림보이가 대꾸를 하려는데 기다란 캔디 핑크색 리무진이 밖에 도착했다. 병아리색 실크 정장에 연두색 펠트모자, 알이 아주 크고 큐빅이 박힌 안경을 쓴 작달막한 남자가 차에서 내린다.

★

2021년 7월 2일 금요일 자
《더 가디언》 라고스판

슬림보이에서 슬림멘으로

슬림보이에게 쌍둥이 형제가 있다! 지난 1월, 세계적인 히트곡 「야바 걸스」의 작곡가는 돌아가신 어머니가 남긴 편지를 통해 형제의 존재를 알게 됐다. 두 아이를 다 키우기에는 너무 가난했던 어머니는 한 아이를 고아원에 맡겼는데 그 후 다시 찾지 못했다. 여동생만 셋 있는 슬림보이는 라고스에서 실종자 수색을 전문으로 하는 탐정 아다웰레 셰후에게 그 형제를 찾아 달라고 의뢰했다. 탐정이 우리에게 한 말은 이렇다. "쉽지 않은 일이었죠. 거의 넉 달이나 걸려서 그 미지의 형제를 찾았습니다. 솔직히 고객이 나이지리아에서 얼굴을 모르는 사람이 없을 만큼 유명해지는 바람에 일이 수월해졌습니다. 많이 닮은 사람을 수소문하기만 하면 됐거든요."

그렇게 페미 아흐메드 카두나는 그의 형제 샘을 찾았다. 샘 역시 배달 일을 하면서 틈틈이 라고스의 파티장에서 연주를 하는 음악인이다. 그 잃어버린 형제는 라고스에서 그리 멀지 않은 오조두에 거주 중이다. 형제의 감동적인 재회는 완전히 은밀하게 이루어졌다. 그 후 이 쌍둥이는(우리가 촬영한 사진에서 알 수 있듯이, 둘은 헷갈릴 정도로 똑같이 생겼다!) 슬림멘(SlimMen)이라는 이름으로 공동 콘서트 투어에 나서기로 했다.

이 그룹에 두 배의 행운이 깃들기를 빈다.

'같은 선수가 또 죽다'

2021년 6월 28일 월요일
뉴욕, 마운트 시나이 병원

약학은 정밀과학이 되고 싶어 한다. 펌프가 팔 분마다 가벼운 삐 소리와 함께 모르핀 2밀리그램을 혈관에 주입한다. 이 혈장 농축액은 최소치이면서도 효과가 좋아서 데이비드 마클은 통증을 느끼지 않는다. 그는 완화 치료 병실에서 기진한 채 잠들어 있다. 그 몸뚱이의 생명은 간당간당하다. 그가 깨어난다면 그건 마지막 숨을 거두기 위해서일 것이다.

조디는 쉬러 집에 갔다. 내일 그레이스와 벤저민이 학교에 간다. 하지만 폴 마클이 호출을 받고 와 있다. FBI는 '예외적인 상황'이라는 표현을 썼다. 폴이 마운트 시나이 병원에 도착하자, FBI에서 나왔다는 여자 요원이 그를 맞이하면서 설명을 했다. 폴은 고개를 젓고 눈살을 찌푸렸다. 내면의 모든 것이 '상황' 이해를 거부했다. FBI는 그를 병원 위층의 한 구역으로 데려갔다. 그곳은 군사 감시 구역으로 지정되어, 비밀 유지 서약을 한 간호사 한 명을 빼고는 전부 철수한 상태였다. 폴은 기다리면서 프로토콜 42 의료 팀이 전해 준 파일을 살펴본다. 또 다른 데이비드 마클이 새로 찍은 X선 진단 사진과 MRI 사진 들을.

폴은 기다린다. 그러나 두 요원과 함께 병실 문을 밀고 들어오는 남자를 본 순간, 욕도 안 나올뿐더러 다리에 힘이 풀려서 주저앉을 수밖에 없다.

데이비드는 그의 형 폴을, 이어서 침대에서 죽어 가는 또 다른 데이비드를 바라본다. 펌프에서 나는 삐 소리에도 그들의 침묵은 깨지지 않는다.

"부인께도 말씀 드렸습니다." FBI 남자 요원이 데이비드에게 넌지시 말한다. "우리 쪽에서 모시러 갔습니다. 부인도 준비가 되셔야……."

"집사람을 깨우지 마세요. 그게 좋겠습니다." 데이비드가 말한다.

이 목소리. 동생의 목소리를 다시 들은 폴이 동요한다. 그가 일어나 다 큰 동생에게 다가가 꽉 끌어안는다. 이 냄새, 병석에 눕기 전의 동생 냄새, 억세고 건장하고 기운찬 몸뚱이도 그대로다. 폴은 동생을 껴안았다가 뒤로 물러나 다시 빤히 바라본다. 그러고는 바보 같은 말을 한다.

"너구나. 진짜 너야."

"진짜 나야. 자, 나가자." 비행기 조종사가 대구한다.

심리학자들이 따라갈까 말까 망설이지만, 데이비드가 그들만 있게 해 달라고 손짓한다. 형제는 죽어 가는 데이비드의 병실을 떠나 병원의 회색 인조 가죽 소파에 자리 잡는다. 그 소파가 들려줄 이야기들 중에는 기적의 사연보다 비극이 더 많다. 데이비드는 눈을 감는다. 머리가 어지럽다.

"나한테…… 무슨 일이 일어난 거야, 형? 췌장암이라는 말은 들었어. 5월에…… 진단을 받았다며?"

폴이 의사로서 정신을 차리고 동생의 팔을 잡는다.

"데이비드…… 지난 토요일에 했던 검사 기억나지? 격납고에 있을 때. 그 결과가 조금 전에 나한테 왔어."

데이비드는 바로 안다. 죽음이 언제 오는지 알면 더욱 참기 힘들다. 가만히 앉아 있을 수가 없다. 자리에서 일어나 살짝 열린 문으로 다가가, 침상에 누운 육신, 너무 여위고 너무 약해진 그 몸을 바라본다. 이윽고 눈을 돌리고 묘석 같은 색깔의 소파에 돌아와 앉는다. 누가 들을까 두려운 듯 조그맣게 속삭인다.

"형 생각에는, 나도 얼마 안 남은 것 같아?"

"화학 요법과 방사선 치료를 5월 30일이 아니라 3월 12일,

혹은 13일에 시작하는 거잖아." 폴이 파일을 들여다보면서 안심하라는 듯 말한다. "굉장히 공격적인 암이라서, 한 달이 아니라 넉 달 동안 치료할 수 있는 것만도 정말 잘된 거야."

폴은 전부 다시 설명한다. 종양의 위치가 좋지 않다, 간에 전이됐다, 소장에도 침투했다, 두 달 전과 마찬가지로 수술은 불가능하다. 6월 데이비드는 같은 질문을 하고 같은 추론을 한다. 폴은 같은 어휘를 써서 같은 대답을 한다. 때때로 '이미 말했듯이'라는 말이 자기도 모르게 튀어나온다. 이 데이비드에게는 아직 아무 말도 한 적이 없다는 사실을 폴은 정말로 받아들이지 못하고 있다.

"얼마나 남았어?" 데이비드가 다시 묻는다. "적어도 석 달은 살 수 있겠지. 그 이상일까?"

"다른 치료법을 써 볼 거야. 너 자신이라는 실험 대상이 있었기 때문에, 적어도 어떤 치료법이 너에게 잘 안 받는지는 알고 있어."

폴이 슬프게 미소 짓는다. 의학과 치료 방법에 대한 믿음이 그 자신에 대한 믿음보다 강하다. 그것이 그가 제정신으로는 못 할 이 직업을 선택하고 잘 해내는 이유다. 실은 이 직업이 자기를 선택했다는 생각이 들 때도 있다. 폴은 결코 희망을 놓지 않는다. 자기 자신도 정말 잘 속이기 때문에 환자들을 능숙하게 안심시킬 수 있다. 하지만 또다시 숨이 잘 안 쉬어진다. 한 남자가 옆에서 죽어 가고, 그 남자는 그의 동생 데이비드다. 울고 싶기도 하고 웃고 싶기도 하다. 막막하다.

"조디는?" 데이비드가 다시 묻는다.

"진이 다 빠졌지. 제수씨가 얼마나 고생했는지 넌 상상도 못 해."

데이비드가 맞이할 일을 생각하면 계제에 맞지 않는 말이지만 어쩌겠는가. 폴의 휴대폰이 진동한다. 폴은 휴대폰을 흘끗 보고는 목소리를 죽여 전화를 받는다.

"제수씨?"

아주 작은 일본식 정원이다. 검은 대나무 울타리를 둘러 영국식 정원의 느릅나무와 자작나무와 격리한 공간. 작은 폭포에서 떨어진 냇물이 밝은색 돌 사이로 흘러 잉어들이 헤엄치는 잔잔한 연못으로 들어간다. 자갈길을 따라 작은 나무다리를 건너면 석재 벤치 두 개 들어갈 공간밖에 안 되는 작은 섬이 나온다. 이 정원을 설계한 이들은 그곳이 평온하게 생명을 들이마시는 공간이 되길 바랐겠지만, 이 계산된 지복(至福)의 공간은 마지막 산책의 장소가 되기에 적합

했다. 그 정원은 호화로운 호스피스 병동 한가운데에 위치해 있다. 빵빵한 보험이 있고 '젠[禪]' 스타일의 죽음은 완전히 죽는 게 아니라고 믿고 싶은 자들의 특권이다.

대나무 사이로 조디가 폴과 FBI 요원과 함께 나타났을 때, 데이비드는 그녀가 보이지도 들리지도 않는 벼락을 맞은 듯 굳어지는 것을 본다. 몸이 긴장하고, 뒤로 물러나지 않으려고 버티는 게 보인다. 얼굴이 여위었고, 바싹 말랐고, 굳어 있다. 눈이 벌겋고 짙은 다크서클이 생긴 것이, 이목구비에 피로가 깊이 배어 있다. 마침내 그녀가 폴의 부축을 받아 천천히 다가온다. 허깨비를 향해 걷는다. 다리를 넘어, 다른 벤치에 앉아 그를 한참 바라보더니, 시선을 떨어뜨린다. 폴은 동생을 향해 진정하라는 몸짓을 하고 자리를 피한다.

그들은 말없이, 아주 오랫동안, 마주 보기만 한다. 이윽고 데이비드가 입을 연다.

"내 생각 같아서는 차라리 애들이 고래고래 소리 지르는 광장이 낫겠어. 이 형편없는 곳만 아니면 다 괜찮을 것 같아. 심리학자들이 여기가 좋겠다고 생각했나 봐. 그런데 솔직히 말해서 난······."

"입 다물어."

조디가 나지막하게 말한다. 데이비드는 시키는 대로 입을 다물고 폭포 물이 졸졸 흐르는 소리, 집참새가 짹짹거리는 소리를 듣는다. 문득 눈앞에서 잉어 한 마리가 힘차게 튀어 오르면서 초록색 물을 휘젓는다. 어쩌면 이 정원이 재회 장소로 그렇게 형편없지는 않은지도 모르겠다.

조디가 갑자기 입을 연다. 목소리가 떨린다.

"당신이 삽관을 하고 모르핀 때문에 의식이 없어진 후부터 애들을 병원에 못 오게 했어. 애들한테는 당신이 서서히 회복하는 중이었다고 말할게."

그녀는 멀쩡히 살아 있는 그와 죽음을 앞둔 또 하나의 그를 구분하지 않고 '당신'이라고 부른다. 하나의 현실을 부정하고 새로운 현실을 받아들이는 그녀 나름의 방식이다. 앞으로 심리학자들은 그들이 관찰하는 모든 이에게서 이런 반응을 보게 된다.

데이비드는 고개를 끄덕인다. 아내를 안아 주고 싶지만 그녀가 아직 준비되지 않았다는 걸 안다. 공포, 그리고 반감이 읽힌다. 조디에게는 폭포 소리도, 새 소리도 들리지 않는다. 그녀의 눈은 하얀 자갈들에 고정되어 있다. 그를 도저히 바라볼 수 없기 때문이다.

"미안해. 안아 주고 싶은데 못할 것 같아." 그녀가 말한다.

충격이 일단 가라앉은 뒤, 누구나 불가피하게 떠올릴 법한 질문들부터 던진 뒤 조디가 폴에게 맨 먼저 한 말은 이것이었다. 그래서 암은요? 폴이 솔직하게 털어놓았을 때, 그래서 어디서 튀어나왔는지 모를 예전의 데이비드도 아마 죽게될 거라는 걸 알았을 때, 조디는 온몸의 피가 다 빠져나가는 것 같았다. 자책을 하면서도 이런 생각마저 든다. 이럴 거면 왜 돌아왔어, 데이비드? 왜? 그게 다 리허설에 불과했어? 더 끔찍한 일을 당해 보라고, 더 울고 무력한 분노에 치를 떨어 보라고 한 달 동안 고통스럽게 연습시켰어? 그녀는 하늘이 한 번 더 기회를 줬다고 믿고 싶었다. 그런데 아니었다. 한 번 더 고통이 있을 뿐이리라. 그녀는 분노와 혐오 외에는 아무것도 느낄 수 없다.

그녀가 다시 한번 말한다. 목소리가 차갑다.

"애들한테는, 당신 병세가 나아지는 중이었다고 할게. 응, 그게 나아."

다음의 말은 덧붙이지 않는다. 애들이 아버지 장례를 두번 치르게 하고 싶진 않아.

"낫도록 노력할게, 조디. 그레이스를 위해, 벤저민을 위해, 당신을 위해."

"그래."

"그리고 나를 위해서도. 사실이 그렇잖아."

그녀가 눈을 든다. 그는 아내를 미소 짓게 하고 싶지만, 그녀는 무엇 하나 감당할 기력이 없다. 그녀는 그의 눈에서 진짜 그를 찾으려 한다, 결코 떨칠 수 없는 절망을 쫓아내기

위해. 그가 그녀에게 손을 내밀고, 그녀가 그 손을 받아들인
다. 그가 손을 꼭 잡는 순간, 그녀는 남편의 온기를, 엄지손
가락으로 그녀의 손을 다정하게 쓰다듬는 남편만의 버릇을
발견한다.

"진짜 당신이야?" 마침내 그녀가 묻는다.

그건 질문이 아니다. 사실 의심한 적도 없다. 데이비드는
대답하지 않고 굶주린 듯 탐욕스러운 애정을 담아 그녀를
바라본다. 벌써 그녀의 전부를 기억하려는 것처럼, 남은 날
들의 카운트다운이 벌써 시작된 것처럼.

그들은 폴이 정원 입구에 서 있는 것을 보지 못한다. 방
금 전 간호사가 무슨 말을 전하고 가자 폴의 눈이 슬픔으로
흐려졌다. 그들은 FBI 요원이 내리는 지시도 듣지 못한다.

시간이 흐른다. 시간이 고통을 무장 해제한다.

잉어가 물 밖으로 튀어나왔다가 떨어지는 소리에 그들은
소스라친다.

우즈 vs. 워서먼

2021년 6월 28일 월요일

브루클린, 캐롤 스트리트

몸뚱이 하나에 어떻게 이토록 많은 눈물이 있지? 두 조애 나는 눈물을 흘리면서 동시에 똑같은 생각을 한다. 사람 몸 에 눈물이 이렇게 많을 줄이야.

크로키와 구아슈 그림 천지인 에이비 워서먼의 커다란 작 업실에는 도합 다섯 명이 있다. 높은 간이 의자에 어색하게 앉은 FBI 심리학자 두 명, 안락의자와 낡은 소파에 각기 자 리를 잡은 두 명의 조애나, 그리고 혼이 빠져 아무 말도 하 지 못하는 에이비 워서먼까지. 만화가는 생각 없이 '그의' 조 애나 옆에 앉았다가, 다른 조애나에게서 비탄 어린 눈빛을 읽는다. 그녀 역시 석 달 전 파리-뉴욕 노선 비행기에서 내 렸을 때 그가 뜨겁게 끌어안았던 여자다. 그녀를 안아 주고 위로해야 할 것이다. 하지만 아니다. 에이비는 돌이 되었다.

　오랫동안 그들은 꿈쩍하지 않고 말도 없다.

　"나가야겠어요." 한쪽 조애나가 갑자기 말하고, 두 여자가 동시에 일어나 프랑스식 창을 열고 거리가 내려다보이는 넓은 발코니로 나간다. 에이비도 그들을 따라 나간다.

　두 여자가 햇살 아래에서 눈시울이 벌게져서는 숨을 고른다. 조애나는 늘 바깥바람의 효과를 믿었다. 황새가 아기를 물어 오듯 바람, 하늘, 구름이 답을 안겨 준다고 믿어 의심치 않았다. 어린 시절, 세상이 그녀에게 뻗댈 때면 그녀는 웨스트와 프로비던스가 만나는 모퉁이의 공원으로 마음을 다스리러 갔다. 숨이 차게, 폐가 터지기 직전까지 아스팔트 길을 달리다가, 바짝 깎은 잔디밭에 두 팔을 펴고 드러누우면 심장이 미친 듯이 뛰었다. 들숨을 쉴 때마다 세상이 그녀 안에 들어와 차츰 다시 그녀의 것이 되었다. 그러나 오늘, 캐롤 스트리트의 반짝이는 단풍나무들은 그녀에게 단순한 답을 주지 않았다. 한쪽 조애나가 코를 풀고 호흡을 천천히 다스리며 마음을 진정하려 애쓴다. 또 다른 조애나는 눈가를 닦는다.

　"네 인생을 훔치고 싶지 않아." 한쪽 조애나가 콧물을 훌쩍인다.

　"나도 그래."

"내 인생도 잃고 싶지 않아."

한쪽 조애나가 만화가에게 말을 건다.

"에이비, 무슨 말이든 해 봐."

에이비가 흠칫한다. 그의 눈이 이 조애나와 저 조애나 사이에서 쉴 새 없이 방황한다. 부풀어 오른 배를 봐야만 겨우 두 여자를 구분할 수 있다.

"미안해, 나도 감당할 수가 없어서…… 무슨…… 말을 해야 할지 모르겠어."

그는 자기 팔목의 문신을 내려다본다. 모래 언덕 위의 종려나무 두 그루. 그의 할아버지에게, 할아버지의 인생사에 바치는 경의. 어린 시절 에이비는 할아버지의 팔목에서 OASIS라는 글자를 보고는 왜 이 단어를 문신으로 새겼는지 물었다. 할아버지는 이렇게 대답했다. 내 손자 에이비, 오아시스는 사막 한가운데에서 샘솟는 물, 평화와 나눔의 장소란다, 그래서 할아비가 스무 살 때 이 문신을 했지. 전쟁 후 여기서 새 삶을 꾸리면서 품었던 희망의 상징, 복을 불러오는 부적으로 말이야. 아인 글뤽스브링어(ein Glücksbringer), 알겠지, 에이비. 글뤽스브링어, 어린 에이비는 그 단어를 되뇌었다. 지금도 그 단어는 독일어라고는 '글뤽(행복, 행운)'밖에 모르는 만화가를 사로잡는다. 어쩌면 불행은 그저 얄궂게도 운이 모자라는 것일지도 모른다. 에이비가 열두 살이 되던 날, 할아버지는 알려 주었다. 아니, 이건 OASIS가 아니란다, 네가 거꾸로 봐서 그래. 그 문신은 51540, 할아버지의 아우슈비츠 수용소 수감 번호였다. 할아버지가 돌아가신 다음 날 에이비는 자기 팔목 같은 자리에 이 오아시스 문신을 했다. 힘들 때마다 그는 오직 그 혼자만 비밀을 아는 오아시스에서 기운을 얻었다. 하지만 두 여자가 자기만 바라보는 지금, 이 오아시스도 피난처가 되어 주지는 못한다.

"그럼 우리 결혼했어? 여기서 살고 있어? 우리 결혼식은 어땠어?" 6월 조애나가 묻는다.

'우리'라는 표현은 미리 생각해서 나온 게 아니다. 그러나 그 표현은 언어에 파고들어 조애나 우즈와 에이비의 아이를 가진 조애나 워서먼 사이에 일종의 균형을 만들어 낸다. 이 여자는 사악한 침입자가 아니다. 잊힌, 불행한 내부인이다.

여름 미풍에 은빛 잎사귀들이 흔들린다, 자동차 소음이 아까처럼 크게 들리지 않는다. "바람이 분다면 그건 필경 어딘가에서 온 바람이거늘." 왜 이 시가 생각나는지 조애나는 알 수가 없다.

"어떻게 해야 할지 모르겠어. 법적으로……." 한쪽 조애나가 말한다.

판례 같은 건 없어, 다른 쪽이 대꾸할 뻔하다가 얼른 입을 다문다. 젠장, 진짜 나야, 무슨 일이 생기면 법부터 생각하는 게 딱 나쁘아. 16세기 프랑스에서 열렸던 마르탱 게르 재판이 생각난다. 마르탱 게르의 고향 마을에 와서 그를 사칭한 자가 있었다. 진짜 이름은 아르노 뒤 틸인 그 남자는 마르탱 게르 행세를 하면서 마르탱 게르의 부인과 살았고, 그가 마르탱 게르라고 믿고 싶었던 모든 이를 그렇게 믿도록 설득했다. 하지만 기막힌 반전이 있었으니, 진짜 마르탱 게르가 돌아왔고 사칭범은 교수형을 당했다. 이런 얘기는 할 필요도 없어, 조애나는 생각한다. 어차피 저쪽 조애나도 이 이야기를 그녀와 동시에 떠올렸을 테니까. 그녀가 중얼거린다.

"경우가 완전히 달라."

침묵이 깔린다. 프랑스식 창유리를 조심스럽게 노크하는 소리에 셋 다 FBI 사람들 쪽으로 고개를 돌린다. 몸을 사리는 건지 기가 눌린 건지, 그 사람들은 감히 발코니로 나오지 못한다.

"커피 좀 드시죠." 그들이 끼어들지 못하게 하려고 에이비가 말한다.

"엘렌은 어때? 병세는?" 6월 조애나가 묻는다.

"괜찮아, 오늘도 치료가 있어. 그리고…… 나 덴턴 & 로벨에 들어갔어. 발데오 사의 헵타클로르 소송 건을 맡았어."

"설마! 프라이어, 그 쓰레기 같은 인간의 변호를 맡는다고? 너…… 내가?"

"프라이어는 쓰레기가 아니야. 진부하고 상투적인 억만장자일 뿐이지."

6월 조애나도 안다. 부조리하지만 자명한 사실이다. 자기라도 당연히 그렇게 했을 것이다. 치료비 때문이기도 하지만 어쨌든 덴턴 & 로벨인데…… 그녀는 무심코 에이비에게 손을 내밀고 에이비도 별생각 없이 그 손을 잡는다. 또 다른 조애나는 그 모습을 보고 숨이 멎는다. 가슴이 너무 아파 빠개질 것 같다. 여동생은 언제까지나 그녀의 여동생이겠지만 에이비는 그녀에게 단 한 사람이다. 다른 이들과 나눠도 괜찮은 사랑이 있는가 하면, 결코 나눌 수 없는 사랑이 있다.

"이건 너무 끔찍해." 에이비가 다른 조애나의 손도 잡으면서 말한다. "둘 다 사랑할 순 없어. 내가 사랑하는 여자는 하나뿐이고 그 여자의 이름은 조애나야."

그는 더 이상 말을 잇지 못한다. 그의 눈에서 반짝이던 눈물이 기어이 주체할 수 없을 정도로 흘러내린다. 눈물이 이토록 많을 줄이야.

한 아이, 두 엄마

2021년 6월 29일 화요일
파리, 무리요 거리

이틀 뒤, FBI 심리 작전단은 동맹국 정보기관들에 다섯 단계의 프로토콜을 만들어 알렸다. 준비, 정보 전달, 대면, 추적, 보호라는 다섯 단계. 하지만 그런 형식은 아무것도 해결해 주지 않는다. 파리에 있는 눈에 띄지 않는 저택, SDECE(대외 정보·방첩국)가 명칭이 바뀌면서도 내처 보유해 온 이 집, 망사 커튼을 걷으면 몽소 공원이 바라다보이는 방 안에서 두 명의 뤼시 보게르는 십오 분 전 첫 대면을 하고 단박에 서로 날을 세웠다.

전면전. 6월 뤼시는 프랑스에 돌아오자마자 이 전쟁을 피할 수 없다는 것을 알았다. 3월 뤼시도 단단히 작정을 했다. 그녀의 아들, '그녀들의' 아들, 집, 편집 중인 영화들, 옷가지까지 걸린 문제다. 생사가 걸린 투쟁, 무의미한 싸움.

심리학자들은 이 사태를 대비했다. 뤼시와 루이는 십 년 동안 오직 둘만의 세상에서 사랑과 애정으로 살아왔다. 이 젊은 엄마는 아이 아빠와 나눠서 양육한다는 생각조차 해 보지 않았다. 그 남자는 너무 어렸고 아버지가 되기를 원치 않았다. 아들을 키울 마음이 전혀 없었고, 아들에게 다소나 마 관심을 주기로 하는 것도 몇 년 전에야 마지못해 동의했 다. 그런데 이제 와서 또 다른 자기와 합의를 봐야 한다? 참 기 힘든 분리를 순순히 받아들여야 한다? 둘 중 어느 쪽도 아이의 '정서적 안정'이라는 신성한 제단에 제물이 될 준비 가 되어 있지 않다. 아동 심리학자들이 말끝마다 그 안정을 들먹이긴 하지만 그들이 뭘 알겠는가. 어머니의 사랑이란 가 장 지독한 이기심과 가장 눈부신 너그러움이 치열하게 치고 받는 싸움터이니 말이다.

"루이가 아직 준비가 안 됐어." 3월 뤼시는 이 말을 되풀 이한다.

"내 아들이야. 네 아들이기도 하고." 6월 뤼시가 대꾸한다.

3월 뤼시는 고집스럽게 바닥만 내려다본다. 그녀는 고개 를 들지 않은 채 이렇게 응수한다.

"아이의 안정을 생각해야 해. 안 될 일이야."

안 될 일? 뭐가 '안 될' 일이라는 건가? 무슨 권리로 엄마가 아들을 못 만나게 하는데? 이쪽도 똑같은 엄마라는 걸 모르나? 법적으로 똑같이 정당한 입장인 걸 몰라? 6월 뤼시는 너무 분해서 이성적으로 생각을 할 수가 없다. 3월 뤼시도 똑같은 분노로 뺨이 해쓱해졌다. 똑같은 분노 때문에 그녀의 음성이 떨린다.

"더는 호텔에서 하루도 지내지 않을 거야." 6월 뤼시가 소리를 지른다. "내 집이 있는데 왜 그래야 해? 내 심정이 어떨지 조금이라도 생각해 봤어?"

6월 뤼시는 숨을 크게 들이마시고 말을 잇는다.

"내 집에 네가 사는 건 아니지."

심리학자 한 명이 한숨이 나오려는 것을 자제한다. 차라리 부부 상담, 이혼 문제 전문가가 올 걸 그랬다. 심리학자가 중간에 나서려는데, 6월 뤼시가 마지못해 이 말을 덧붙인다.

"너만 계속 그 집에 살 순 없다고."

"상황이…… 전례 없긴 해요, 보게르 씨." 내무부에서 나온 젊은 남자가 말해 본다. ENA(국립 행정 학교)를 갓 졸업하고 한나 아렌트 특채로 위기 대책 팀에 들어온 그는 농업부로 갈 걸 그랬다고 뼈저리게 후회하는 중이다. 그가 더듬거리며 말한다.

"우리가 함께 해결책을 도모해야……."

"나는 내 집에서 내 아들과 함께 사는 이 여자와 비교해

서 '잉여'인 사람이 아닙니다. 당신들, 닷새째 내 아들하고 말
도 못 하게 했다는 거 알아요?"

그러나 루이가 이 격분의 유일한 이유는 아니다. 그녀는
화를 낼 때 바들거리는 상대의 턱이, 살짝 비틀리는 입가가
꼴 보기 싫다. 불같은 성질을 초연한 척 감추려는 고집도, 코
를 찡긋해서 안경을 추어올리는 버릇도 밉상이다. 두 얼굴
모두에서 똑같은 신호들이 읽힌다. 눈앞의 예쁜 여자에게
쇼크를 받은 것도 있다. 어차피 자기가 그 여자지만 말이다.
선이 곱고 가냘픈 몸, 남자들에게 그악스러운 보호 본능과
소유욕을 불러일으키지 않기에는 너무도 섬세한 몸에 말이
다. 분개하면서 3월 뤼시를 관찰하는 동안 6월 뤼시는 라파
엘을 생각한다.

뤼시는 일 년 전 어느 촬영장에서 그를 만났다. 그는 촬영
기사다. 땅딸막하고 권투 선수처럼 코가 뭉툭하긴 하지만
매력이 있다. 그녀는 라파엘이 자기에게 마음이 있다는 걸
알았다. 가끔 그에게 전화를 한다. 그가 시간이 있다고 하면
그녀가 집으로 찾아가 키스도 하는 둥 마는 둥 하고는 옷을
벗고 침대에 엎드려 그에게 뒤에서 해 달라고 한다. 항상 그
체위, 그가 그녀의 머리채를 잡아당기면서 엉덩이를 잡고
들어오는 자세로. 절정에 도달하면 그녀는 그를 자기 밖으
로 쫓아낸다. 그의 성기를 잡고 격렬하게 흔들다가, 사정을

하면 바로 놓고 잠깐 샤워만 하고 나간다. 그녀는 그 이상은 원치 않는다. 그것은 비밀의 화원이 아니라 그냥 빈터다. 라파엘 전에도 그런 남자가 몇 명 있었다. 사랑하지 않으면 훨씬 쉽고 깔끔하다.

앙드레와 뉴욕 여행을 떠나기 며칠 전에도 그에게 갔다.

그날도 평소처럼 외투부터 벗고, 시계를 풀고, 앙드레가 선물한 백금 사파이어 반지도 빼고, 이 말을 내뱉었다. 시간이 삼십 분밖에 없어, 그것도 최대치야. 그는 삽입을 한 뒤 그녀의 절박함을 감지했고, 당황한 탓에 그녀가 원하는 만큼 빨리 만족시키지 못했다. 그는 그녀의 다리 사이에 무릎을 꿇고 혀로 부드럽게 핥고 싶었지만, 그때마다 그녀가 밀어냈다. 아니야, 그만해, 그건 하지 마. 그녀는 그를 자기 머리칼, 등, 엉덩이밖에 볼 수 없는 후배위로 돌려 놓았다. 잠시 후, 이미 샤워를 하러 욕실에 들어갔는데 라파엘이 이렇게 말했다. 있잖아, 뤼시, 당신 일정이 잠깐 빌 때 말고 다른 때도 만나면 좋겠어. 같이 식사도 하러 가고, 극장에도 가자. 뤼시는 말없이 그를 바라보며 몸의 물기를 닦고, 팬티를 입고, 양말을 신었다. 아니면 며칠 시간을 내서 브뤼헤든 베네치아든, 당신 좋은 데면 어디로든 단둘이 여행을 가자, 라고 라파엘이 덧붙였다. 옷을 다 입은 뤼시가 별안간 냉랭하게 쏘아붙였다. 단둘이? 우리 둘 말이야? 뭐야, 나한테 당신 물

건이 서니까 날 사랑하는 거라고 생각해? 섹스해 줘, 날 가져, 더 세게, 라고 말하니까 내가 당신을 사랑하는 것 같아? 이봐, 라파엘, 우린 사귀는 게 아니야. 이건 사랑이 아니야, 이건 아무것도 아니야. 진짜 아무것도 아니라고. 그냥 화학 작용이고 사기야. 이게 사기라는 걸 왜 몰라!

라파엘이 잠시 어리둥절했다가 화가 나서 꺼져, 어서 꺼지라고, 하며 소리 지르기 시작했다. 뤼시는 어깨를 으쓱한 뒤, 시계를 차고, 약지에 반지를 끼고 그 집을 나왔다. 라파엘은 문을 닫고 창가로 가 뤼시가 거리에 세워 둔 스쿠터를 타고 사라지는 모습을 내려다보았다. 그는 한동안 창가에 서서 자기가 가졌으나 한 번도 자기 것이었던 적이 없는 그녀 때문에 아파하고 수치스러워했다. 그는 일주일 후면, 한 달후면 그녀가 아무 일 없었던 것처럼, 진짜 아무 일도 일어난 적이 없는 것처럼 전화할 거라 믿어 의심치 않았다. 그러면 그는 문을 열어 주면서 당신이 이제 안 올 줄 알았어, 라고 말할 것이다. 그녀는 놀라서 눈을 동그랗게 뜰 것이다. 그런 다음 옷을 벗을 것이다.

6월 뤼시는 자기가 그런 촌극을 부끄러워하지 않는다고 생각했다. 라파엘의 생각은 중요치 않다. 그 이전 남자들의 생각도 마찬가지다. 하지만 파충류의 눈을 한 이 여자, 자신이 생각해 내고 쾌감을 얻은 비열한 지배의 장면들까지 전부 다 아는 이 여자 앞에서 6월 뤼시는 문득 혐오감으로 얼어붙는다. 포르노그래피 같은, 벌거벗은 추잡한 여자. 이제 그건 빈터도 아니고 쓰레기 매립지일 뿐이다.

그녀는 몸서리를 치면서 지금 이 순간 3월 뤼시도 라파엘을 생각할까, 계속 그를 만났을까 궁금해한다. 그게 뭐가 중요한데? 3월 뤼시가 말한다.

"난 루이가, 뭐라고 해야 하지, 두 명의 엄마를 만날 준비가 되었는지도 잘 모르겠어……."

"루이는 매우 똑똑하고 성숙한 아이입니다." 심리학자가 끼어든다. "그 아이의 반응은 이 상황을 마주할 수 있음을 보여 줍니다. 그리고 결정은 루이 자신이 해야 돼요."

그 이유는 루이도 이미 알고 있기 때문이다. 정보기관에서는 3월 뤼시에게 루이도 데려오라고 요청했고, 루이가 옆방에서 여자 아동 심리학자와 이야기를 나눈 지 한 시간이 넘었다. 그 아이는 이해했다. 엄마가 둘 있는 게 아니라 자기 엄마가 둘이 됐다는 것을. 아동 심리학자는 아이가 준비가 됐다 싶었을 때 화면을 켜고 두 엄마의 만남을 음 소거 상태로 보여 주었다. 아이는 눈이 휘둥그레져서는 이렇게만 말했다.

"되게 이상해요."

아동 심리학자가 웃으면서 동의했다. 맞아, 되게 이상하지. 그런 다음 아이에게 이건 비밀이다, 아무한테도 말하면 안 돼, 위험할 수 있거든, 이라고 거듭 당부했다. 하지만 루이의 걱정은 따로 있다.

"둘 중 한 엄마를 선택해야 돼요? 엄마 아빠 들은 헤어지면서 아이한테 누구하고 살 거냐, 엄마랑 살래, 아빠랑 살래, 물어보잖아요. 하지만 이건 그거랑 다른데요."

루이 말이 옳다. 이건 그것과 다르다. 아동 심리학자는 동의한다. 그렇지만 아이를 위해서는 모종의 협약을, 더 좋게 말하면 동맹을 맺어야 할 것이다. 어느 쪽도 희생시키지 않는 합의를 봐야 할 것이다.

루이는 정식으로 말하지 못할 테고 인정하지도 않겠지만 석 달 전의 엄마를 더 좋아한다. 매일 저녁 앙드레 아저씨와 장시간 통화를 하고 일주일에 한두 번은 할머니 집에 자기를 맡기던 엄마를. 루이는 엄마의 삶에서 필수 요소였기 때문에, 키 크고 보폭이 넓고 장난기도 있는 그 백발 아저씨의 등장에 되레 숨통이 트였다. 판에 박힌 일상이 깨졌고, 평온함, 웃음, 때때로 꿈을 꾸는 듯한 엄마의 시선이 마음에 들었다. 엄마와 늘 붙어 있지 않으니 나름 좋은 점이 있었는데, 엄마가 아저씨와 헤어지고 나니 그가 다시 중심을 차지했다. 노부부 같은 습관적 일상으로 돌아오니 루이는 재미가 없었다.

루이는 앙드레를 삼 년이나 보아 왔다. 아이의 시간 감각으로는 늘 보던 사이다. 앙드레는 매년 여름 남부의 자택으로 그들을 초대했다. 어느 저녁에는 그 집 다락방에서 오래된 궤짝을 꺼내 던전 앤드 드래곤 게임을 가르쳐 주었다. 세계를 만들고, 성을 디자인하고, 캐릭터를 고르고, 오크와 몬스터를 상대로 싸우는 법을. 다면체 주사위 게임 세트를 선물해 주었고 주사위를 던질 때의 확률 계산법, 좋은 무기를 고르는 법, 최고의 전술을 알려 주었다. 몇 판 만에 루이는 3단계 엘프 마법사가 되고 엄마는 난쟁이 궁수가 되었다. 앙드레는 수수께끼도 가르쳐 주었다.

"수수께끼 하나 낼게요." 루이가 말한다.

"해 봐." 아동 심리학자가 미소 띤 얼굴로 대답한다.

"가난한 사람은 있고, 부자는 필요하고, 먹으면 죽는 것은 뭐게요?"

심리학자는 모르겠다며 포기한다.

"아무것도 안."

"뭐?"

"'아무것도 안'이라고요. 가난한 사람은 '아무것도 안' 있고요. 부자는 '아무것도 안' 필요하고요, '아무것도 안' 먹으면 죽어요."

"괜찮은데? 나도 기억해 놔야겠다."

"어느 엄마랑 같이 살지 주사위를 던져서 정할 수도 있겠어요." 루이가 난데없이 제안한다.

처음에 심리학자는 웃었다. 말라르메의 말이 틀리지 않았다. 이 상황에서는 주사위 한 번 던져 난장판을 없애지는 못한다고 해야겠지만.* 심리학자는 루크 라인하트의 1970년대 컬트 소설 『다이스맨』을 정말 좋아했다. 소설 속 권태와 불만족에 찌든 정신의학자는 인생의 모든 결정을 주사위에 맡기기로 결심한다. 그녀는 무엇보다 루이가 영특하게도 과도한 긴장을 피하는 전략을 선택한 데 대해 감탄한다. 이런 자발적인 아이러니는 아이의 성숙함을 보여 준다. 그러다 문득 심리학자는 자명한 사실을 깨닫고 충격을 받는다. 루이가 옳다. 아이는 자기 삶을 계속 주도하되 결정의 무게를 떠안아선 안 된다.

"그래, 아주 좋은 아이디어야, 루이." 아동 심리학자가 맞장구친다.

그녀는 아이가 구체적인 규칙을 정했으면 한다.

"어떻게 하면 될 것 같아?"

"매주 초에 주사위를 일곱 번 던지는 거예요. 한 번이 하루인 거죠. 월요일에 짝수가 나오면 이 엄마, 홀수가 나오면

---

* 말라르메의 시 「주사위 던지기」 중 "주사위 한 번 던져 우연을 없애지는 못한다."라는 구절에 빗대 한 말이다.

저 엄마, 이렇게요."

"그렇게 해 볼까?"

머릿속으로 재빨리 계산해 보니 한쪽 엄마가 일주일 내내 아들을 못 볼 확률은 1퍼센트가 안 되고 열흘 내리 못 볼 확률은 0.1퍼센트도 안 된다. 어느 쪽도 일방적으로 희생될 리 없고 주사위의 결정에 반발할 것 같지도 않다. 두 뤼시는 따를 수 있을 것이다.

"그럼 이제 만나러 갈까?" 아동 심리학자가 묻는다.

루이가 고개를 끄덕이고, 두 사람은 뤼시들이 기다리는 방으로 들어간다. 루이는 문간에 서서 한쪽 뤼시를 보고, 다른 쪽 뤼시를 보고, 웃으면서 또 말한다. 되게 이상해요. 아이는 두 뤼시를 공평하게 마주 보는 중간 자리에 앉아 자기 생각을 차분하게 이야기한다.

두 여자는 속이 부글부글 끓지만 애써 참는다. 그들은 루이를 향해 미소 짓고 서로 아들의 미소를 끌어내려 한다. 만약 루이가 개이고 한쪽 뤼시에게 뼈다귀가 있었다면 그 뤼시는 손안에 뼈다귀를 몰래 감추고 루이를 꼬드겼을 것이다. 하지만 두 여자는 아들을 눈여겨보고, 아들이 하는 말에 귀 기울이고, 신통방통한 아들을 보며 속으로 탄복한다.

루이의 말이 끝나자 침묵이 길어지다 못해 불편해진다. 그 침묵도 루이가 깨뜨린다.

"던전 앤드 드래곤에서 아이디어를 얻었어요."

그걸로 설명이 다 됐다는 듯 아이가 뿌듯한 미소를 짓는다. 바로 그 순간, 두 여자도 체념하고 고개를 끄덕인다. 때로는 최악의 해결책이 그나마 제일 낫다.

"수수께끼 하나 낼게요. 우리는 같은 엄마한테서 한날한시에 태어났어요. 그런데 우리는 쌍둥이가 아니에요. 어떻게 된 걸까요?"

두 뤼시는 난처한 기색으로 고개를 젓는다.

"세쌍둥이거든요!" 루이가 웃는다.

돌아온 빅토르 미젤의 초상

2021년 6월 29일 화요일

노르망디, 이포르 절벽

여기다. 금작화가 서풍을 맞아 휘고 알바트로스가 영국 해협의 회색 하늘을 가르는 곳. 바다에서 일어나는 물안개가 저 아래 이포르에 있는 하얀 집들의 윤곽선을 흐린다. 빅토르는 무성하게 자란 키 큰 풀숲에 누워 구름을 쳐다본다. 갈매기 한 마리가 옆에 내려앉았고 빅토르는 그 새가 손에 날개가 닿을 만큼 가까이 와 줬으면, 그 원초적인 생명이 의심에 불과한 자기 존재에 더해졌으면 싶다. 빅토르는 일어나 절벽으로 올라간다. 아찔한 벼랑 끝에 앉아 빗물에 수백 번 씻긴 하얀 초석을 손가락으로 쓸어 본다.

그렇다, 여기다. 4월 말 또 다른 빅토르 미젤의 재를 뿌린 자리. 그의 첫 소설 『산이 우리를 찾으러 올 거야』의 주인공

은 자진해서 생을 마감하려고 이곳으로 온다. 클레망스 발
머는 기억하고 있기 때문에 이 장소를 택했다. 그녀는 여기
서 다윗의 아들 코헬렛(전도자)의 말을 낭독했다.

> 헛되고 헛되다, 코헬렛이 말한다.
> 하벨 하발림
> 하벨, 코헬렛이 가로되, 모든 것이 헛되도다.
> 모든 강은 바다로 흐르나
> 바다를 채우지 못하며,
> 강은 어디로 흐르든
> 다시 그곳으로 흐른다.
> 이미 있던 것이 장차 있을 것이요,
> 이미 이루어졌던 일이 장차 이루어지리니
> 해 아래 새것은 없다.

그러고 나서 클레망스는 이 의례의 중요성에 대해, 산 자
들이 받아들이기 힘든 일을 견디기 위해 고안한 장치에 대
해 간결하고 진심 어린 연설을 했다. 비가 내리기 시작했고,
그녀는 자기도 기대하지 않았던, 눈물을 가려 주는 그 선량
한 비가 좋았다. "죽음은 절대로 일어나 마땅한 일이 아닙니
다, 빅토르. 죽음은 언제나 고독하지요. 그러나 우리는 마지

막 작별의 시간이 적어도 남은 자들에게 도움이 되기를 바랍니다. 스토아주의자들의 말이 옳다면, 사람들 사이에 사랑이나 정이나 우애 따위는 없고 육체가 전부라면, 우리의 모든 감정이 우리 안에서 태어나고 뿌리내리는 거라면, 그렇다면 빅토르, 이 마지막 말도 쓸모가 없지는 않을 겁니다."

클레망스는 벼랑 꼭대기를 위태위태하게 걸어가는 유령에게 이 말을 그대로 다시 들려줄 수도 있을 것이다. 그녀는 낭떠러지에 너무 가까이 가지 않으려고 바람 소리를 뚫고 그에게 소리 지른다. 빅토르가 고개를 돌렸다가 그녀를 보고 손을 흔들고는 미소 띤 얼굴로 클레망스에게 다가온다.

"친구가 죽었다는 소식을 듣고 그래도 우린 아직 살아 있네, 라고 생각할 수 있으니 얼마나 좋아요!"

클레망스는 혼란스럽다. 그의 빅토르가 정말로 돌아왔다. 몹시도 이른 아침, 빅토르를 비롯해 006에 탔던 프랑스 국적자들이 군대에서 대절한 에어버스로 에브뢰포빌 군 기지에 도착했다. 그들은 몇 시간 동안 설명을 들었다. 빅토르 미젤이 맨 먼저 풀려났다. 다른 미젤과의 대면이 잡히지 않아서였다. 일이 반으로 줄고 심리 전문가도 반만 필요했지만, '정보기관'이 그에게 배정한 여성 심리학자는 잠시도 그에게서 눈을 떼지 않았다. 상황이 어떤 매뉴얼에도 해당하지 않는 만큼, 조제핀 미칼레프는 알아서 할 수밖에 없다.

"추도하러 이곳부터 온 건 잘하셨어요."

"추도하러 온 게 아닙니다, 요원님. 난 나를 애도하지 않아
요. 이 절벽에 오면 좀 이해할 수 있지 않을까 잠시 생각했더
랬지요. 하지만 전혀 그렇지 않네요. 단지 나흘간 억류됐고
추울 때 떠나서 더울 때 돌아온 느낌밖에 없습니다. 시내에
식사나 하러 갑시다. 난 앙두예트를 먹어야겠습니다. 오메독
포도주도 한잔 해야 하고요. 어쩌면 여러 잔."

그들은 검은색 푀조를 타고 천천히 에트르타로 간다. 고
위 관계자 및 유명 인사 밀착 경호 팀에서 나온 남자 요원이
운전대를 잡았다. 심리학자가 조수석에 탔고, 빅토르와 클
레망스는 뒷좌석에 앉았다. 차 안은 조용하고, 심리학자가
끊임없이 타다닥 자판 두드리는 소리밖에 들리지 않는다.
빅토르는 풀과 초석 천지를 하염없이 바라보지만, 클레망스
는 작가에게서 눈을 떼지 못한다. 다시는 못 보리라 생각한
사람이 이렇게 나타나니, 이 혼란스러운 심정을 어찌해야 하
나. 최근 빅토르의 모든 책을 다시 읽어 봤기에 어느 때보다
그가 가깝게 느껴진다. 그의 부재는 그녀에게 크나큰 공허
함을 불러일으켰다.

식당에서 빅토르는 원탁에 다 같이 둘러앉아 식사하자고
한다. 규정상 그래선 안 되는 경호원까지 포함해서. 그는 앙두
예트와 샤토 라파예트 2016년산 포도주 한 병을 주문한다.

"그거 알아요?" 빅토르가 웃으면서 클레망스에게 말한다. "우린 지난주에도 같이 식사했잖아요. 3월 초에 말이야. 날 보니 반갑지 않아요?"

그녀는 꿈꾸듯 그를 바라보지만, 그녀의 시선은 그의 어깨 너머 먼 곳에 가 있다. 빗속의 진창길, 손에 들린 유골함. 하얀 재의 회오리, 바람 소리, 전도자의 말. "이미 있던 것이 장차 있을 것이요, 이미 이루어졌던 일이 장차 이루어지리니 해 아래 새것은 없다." 빅토르가 그녀를 상념에서 끌어낸다.

"클레망스? 날 다시 봐서 기뻐요?"

"네, 빅토르, 정말 기뻐요. 미안. 지난 두 달은 나에게 너무 잔인하고 기이했어요. 그리고 지금 이 일까지. 이런 사정을……."

클레망스는 알맞은 표현을 찾는다. 어떤 유대교 농담이 떠오른다. 신도 자신이 창조한 세상에서 일어나는 일을 이해하기 위해 때때로 토라를 다시 읽는다나.

"왜 내게 알렸는데요? 왜 나한테만?" 그녀가 묻는다.

"누구보다 당신을 제일 믿으니까요. 당신이 입이 무겁다는 것도 알고. 혹시 누구한테 말했어요? 아니잖아. 이제 이해가 돼요?"

"어차피 시간문제예요. 당신이 그 비행기에 탔다는 걸 모두 알게 될 텐데."

"꼭 그렇진 않습니다." 미칼레프가 끼어든다. "탑승자 명단은 영원히 비밀에 부쳐질 겁니다. 정보기관에서 그건 보장해 드리지요."

"나는 자취를 감출 수도 있었어요. 새로운 신원으로 새 삶을 살 수도 있었다고. 정부가 나에게 선택을 제안했어요." 빅토르가 말한다.

"일단, 그러고 싶지 않았겠죠. 그리고 당신한테 그건 불가능할 거예요." 클레망스가 태블릿을 켜고 출판사 웹사이트에 접속한다. '신간'으로 들어가 『아노말리』의 '언론 서평'을 클릭한다.

"기사와 방송 노출만 100건이 넘어요. 얼굴이 사방에 알려졌다고요. 이번 달《리르》특집 기사도 당신에 관한 거예요. 6개 언어로 이미 번역이 진행 중이고, 이제 저들이 알면…… 얼마나 개떼같이 몰려들지 상상해 봐요……. 무슨 수로 자취를 감춰요……. 성형수술이라도 감행하면 모를까……."

빅토르는 그날 아침 에브뢰 군 기지에서 『아노말리』를 읽었다. 그의 문체가 맞긴 했지만, 그 작품 속에는 그 자신이 없었다. 그는 그런 유의 잠언 문학을 높이 사지 않고 아포리즘에도 취미가 없다. 그 책이 왜 그토록 사람들의 열광을 불러일으켰는지 이해가 되지 않는다.

"LSD를 빤 장켈레비치 같던데요." 빅토르가 웃는다. "다른 내가 쓴 거예요. 뉴욕으로 떠나기 전에 난 그 책의 단 한 줄도 쓴 적이 없어요."

"당신의 어떤 면이 보이던데요. 난 좋더라고요. 그렇게 느끼지 않았다면 책으로 내지 않았을 거예요. 당신이 익숙해져야 해요. 이미 20만 부 넘게 나갔어요……."

"진즉에 LSD를 해 볼 걸 그랬네요……."

클레망스가 태블릿을 덮고 결연한 몸짓으로 자기 잔에 포도주를 따른다.

"당신의 '부활'을 알려야 해요. 리비오가 기뻐 날뛰겠군요."

"누구? 살레르노요?"

"당신 사후에 그 사람이 당신 친구들의 모임을 주도하고 있어요."

"친구라고 부를 만한 사이는 아닌데……. 그냥 친한 사람들이 서로 겹치는 정도?"

"당신이…… 그렇게 되기 전에 서로 자주 본 것 같던데요. 어쨌든 그 사람이 화장장에서 멋진 추도 연설을 했어요. 이탈리아 악센트로 당신 책의 문장을 줄줄 인용해 가면서요."

"리비오는 원래 장례식을 좋아했어요. 추도 연설은 그를 위한 마침맞은 자리죠. 자신의 겸허함과 넉넉한 도량을 한껏 펼치는 자리."

"내가 보기에도 물 만난 고기 같더라고요. 그리고 일레나 그 여자는……."

"일레나? 여섯 달 전에 헤어졌는데. 아니, 아홉 달이라고
해야 하나……."

"당신들 화해했었대요…… 몇 달 전에. 심지어 일레나 말
로는 다시 사귀었다고 하던데요."

"기절하겠네."

그와 헤어지던 날 아침, 그러니까 지난가을 웨플레르 카
페에서 일레나는 '뜨거운 물은 많이 붓고 크림은 너무 많이
넣지 않은 더블 디카페인 크림 커피'를 변함없이 홀짝거리면
서 그동안 따로 만나는 남자가 있다고, '그이는 센스가 보통
이 아니'라고 말했다. 빅토르는 너무 놀라서 다시 한번 말해
보라고 했고, 그녀는 씩씩대면서 좀 더 또렷한 발음으로 "그
이는 섹스가 보통이 아니야."라고 다시 말했다. 빅토르는 어
깨를 으쓱하고 실소를 터뜨리며 내뱉었다. "뭐야, 일레나, 아
무 말이나 막 하기야!" 그녀가 일어나면서 이렇게 덧붙였다.
"당신이 불쌍해." 얼마 안 되는 구경꾼들에게 똑똑히 알리려
는 듯 그녀는 불, 쌍, 해, 라고 힘주어 말했다. 그러고는 뒤도
돌아보지 않고 떠났다. 그 전에 그곳에 있는 누구라도 그 불
쌍한 사내의 비천함을 믿어 의심치 않게끔 거만한 눈빛으로
그를 쏘아보긴 했지만 말이다. 그는 결연하게 성큼성큼 걸어
가는 그녀를 바라보았고, 차츰 그 상황이 재미있어서 웃음

이 나왔다.

그런데 그들이 화해를 했다고? 그래, 기절할 노릇이다.

"내가 죽기를 잘했네요." 미젤이 한숨을 쉰다. "기본적으로 당신 말이 맞아요. 날 보면 모두 기뻐하겠어요."

"난 정말 기뻐요." 클레망스가 소리 내어 웃는다. "내무부 사람들이 출판사에 와서 상황을 설명하고 날 여기로 데려왔을 때는 정말 무서웠어요. 내가 무슨…… 외계인을 만나게 되는 건가 했거든요. 영화 「바디 스내처스」에 나오는 동태 눈깔에 차가운 목소리의 남자를 상상했다고요."

"미안, 클레망스, 난 그냥 나예요. 게다가 두 가지 문제가 있어요. 현실적인 문제. 새 휴대폰이 필요할 것 같아요. 기존의 내 휴대폰은 SIM 카드 활성화가 안 돼요. 세상과 단절된 기분이에요. 나와 '사별한 여인'에게 얼른 전화하고 싶은데……. 그녀가 얼마나 기뻐할지 듣고 싶어요."

"그런 건 다 마련해 드릴 겁니다, 미젤 씨." 경호팀 요원이 끼어든다. "다만 통화할 대상에 대해서는 신중을 기해 주십시오."

"집에도 가고 싶습니다."

"오늘은 라발루아에 방을 마련해 두었습니다, 미젤 씨. DGSI(국내 안보 총국) 산하 대간첩국 부지 내에요. 보안상의 이유입니다. 내일 파리에 호텔을 잡아 드리겠습니다."

"그리고 말인데요……." 클레망스가 운을 뗀다.

하지만 무슨 얘기부터 하면 좋을지 모르겠다. 먼 친척들이 그의 세간을 다 나눠 갖고 '자살 사건이 일어난 집이라 제값은 못 받겠지만' 집을 매물로 내놨다는 이야기? 극성스럽기 짝이 없는 친구들 모임 이야기……. 빅토르는 화를 내지 않고 별말 하지도 않는다. 클레망스가 말을 잇는다.

"당신이 소장하고 있던 책들은 당신 집에서 모임이 열렸을 때 너나 할 것 없이 가져갔어요. 그래도 박스에 남아 있는 책이 꽤 돼요. 알프레드 자리, 도스토옙스키……. 요즘은 아무도 읽지 않는 책들이죠. 플레아드 전집은 당신 사촌들이 가져갔어요. 그 전집은 장식용이죠. 요즘 이베이에서 잘 팔려요."

"정부는 미첼 씨의 사유재산을 되찾아 드리기 위해 최선을 다할 겁니다." 요원이 말한다.

클레망스의 머릿속에서 떠나지 않는 질문이 있다. 하지만 심리학자가 선수를 친다.

"빅토르, 비행기에서도 이야기 나눴지만…… '다른' 빅토르가 자기 목숨을 끊은 이유는 뭘까요?"

작가는 재미있다는 표정을 짓는다.

"아무도 자기 목숨을 끊지 않습니다. 그런 건 안 가르쳐 줍니까? 고통에 시달리던 영혼이 거기서 벗어나기 위해 자기를 고문하는 이를 죽이는 것뿐입니다."

"혹시…… 일레나 레스코프 때문은 아닐까요?" 조제핀 미칼레프가 말해 본다. "책 제목 '아노말리(L'anomalie)'는 이탈리아어 'Amo Ilena L.(나는 일레나 L을 사랑한다.)'의 애너그램이잖아요."

미젤이 배를 잡고 웃는다.

"뭐라고요? 정말이에요? 그런 걸 누가 다 찾아냈대요?"

"일레나 본인이 인터뷰에서 은근히 암시했어요."

"라틴어에 'amo'가 있어서 천만다행이었군요. 좋은 언어는 죽은 언어라는 셰리단 장군 말이 맞아요. 농담은 그만두고, 왜 자살을 했는지는 나도 전혀 몰라요. 나는 자살 성향이 있는 사람이 아니에요. 기억해 둬요, 만약 내가 자살하겠다고 한다면 이미 그러기엔 너무 늦은 때일 거예요."

"아!" 클레망스가 탄성을 지른다. 그녀는 얼른 태블릿을 열고 손가락을 부리나케 움직이더니, 빅토르에게 『아노말리』의 한 문장을 의기양양하게 보여 준다.

"방금 당신이 빅토르 미젤의 글을 인용했어요."

그녀는 r를 굴리고 ø를 장난치듯 일부러 길게 끌어 '빅퇴르'에 가깝게 발음한다.

"오메, 오메독 포도주를 마셔서 그런가. 그것 말고는 설명이 안 돼요, 클레망스."

바보 같은 아재 개그에 클레망스는 미소 짓는다. 그녀는 가방을 열고 봉투 하나를 빅토르에게 건넨다.

"받아요, 투신했을 때 몸에 지니고 있던 거예요."

빅토르가 봉투를 뜯어본다. 휴대폰, 열쇠, 빨간색 레고 브릭이 들어 있다. 그는 주머니에서 똑같은 레고 브릭을 꺼내어 옆에 나란히 놓는다. 두 개의 브릭을 흥미롭게 관찰하고 끼워 맞춘다. 기억과 추억이 완벽하게 맞물려 들어간다.

★

2021년 6월 30일 수요일
파리, 뤼테티아 호텔 살롱

클레망스 발머가 '빅토르 미젤의 이중생활'이라는 제목으로 기자 회견을 소집했다. 기자들에게 보내는 메일 첫머리에 『아노말리』에 나오는 다음의 문장을 인용했다. "장차 내 전기를 쓸 작가의 무능에 너무 큰 기대를 걸게 될까 두렵다."

사람들이 많이 왔다. 빅토르는 출판사 직원들과 함께 옆에 딸린 방에서 대기한다. 멍석을 깔아 놓으니 겁이 난다. 높은 연단, 테이블, 클레망스와 그가 앉을 자리, 그리고 그 맞은편에 백여 개 의자가 꽉 찼다. 그 뒤쪽에는 족히 열 대는 되는 카메라가 서 있다.

"국제적인 언론사들도 왔어요. 다음 주면 세계 거의 전역에서 당신 책이 나올 거예요……. 총알 번역으로……. 더러는 정확도가 떨어질 수도 있어요."

"아무리 그래도 그렇지, 내가 조지 클루니도 아니고."

"조지 클루니보다 낫죠. 당신은 로맹 가리와 예수 그리스도의 중간쯤 돼요. 자살과 부활 사이."

빅토르가 어깨를 으쓱한다. 클레망스가 그의 회색 재킷의 먼지를 자상하게 털어 준다. 빅토르는 문틈으로 기자 회견실을 엿본다.

"나의 친애하는 일레나는 안 왔죠? 나와 사별한 여인은 센스가 보통이 아니라 자기 집에 있어야 해요."

"뭐라고요?" 클레망스가 눈썹을 찡그리면서 묻는다.

"아무것도 아니에요, 나만 알면 되는 말이에요."

편집자가 손목시계를 본다. 오후 6시다.

"이제 시작해야겠어요. 보안 검문 입장 때문에 좀 늦어졌어요. 다들 8시 저녁 뉴스를 당신 소식으로 열고 싶어 해요."

"저녁 뉴스? 그런 교중 미사가 아직도 있어요? 이십사 시간 뉴스 채널과 인터넷의 등장으로 다 죽지 않았나?"

"저녁 뉴스 시청자가 천만 명이에요. 자, 가요, 렉소밀을 반 알 먹었으니 긴장이 풀릴 거예요. 너무 많이 풀려서 문제일지도. 그리고 괜히 웃기려고 하지 마요, 부탁이에요."

"가슴에 손을 얹고 약속하죠." 빅토르가 대꾸한다.

그들은 무대 뒤에서 나와 연단에 오른다. 파바박 카메라 플래시가 터진다. 의자에 앉는데 하품이 나올 뻔한다. 정말로 긴장이 풀렸다.

"여러분, 안녕하세요." 클레망스 발머가 마이크를 들었다. "질문이 많을 것 같으니 저는 짧게 말씀 드리고 물러나겠습니다⋯⋯."

백여 명의 기자 중 빅토르가 아는 얼굴은 하나도 없다. 언론사들은 평론가가 아니라 취재 기자를 보냈으므로 문학을 논할 확률은 희박하다. 저들 중 한 명이라도 『아노말리』를 읽었다면 그건 직업상의 의무 때문이었을 것이다. 클레망스가 할 말을 끝내자 기자들이 일제히 손을 든다. 그녀는 침착하게 혼란을 진정시키고 맨 앞에 앉은 키 큰 남자에게 발언권을 준다.

"미젤 씨,《르 몽드》의 장 리갈입니다. 미젤 씨는 3월에 파리에서 비행기를 탄 게 일주일 전이라고 생각하시겠지요. 최근 넉 달 사이에 많은 일이 일어났습니다. 특히 미젤 씨는 책을 한 권 쓰셨고, 이렇게 말할 수밖에 없어서 좀 그렇지만, 사망하셨습니다. 이 믿기지 않는 상황을 어떻게 겪고 계시는지요?"

"할 수 있는 한에서 적응 중입니다. '내' 책은 읽어 봤습니다. 여러 지면에 실린 부고 기사도 봤고요. 그것만 봐도 죽고 싶더군요."

"『아노말리』가 당신 책이라고 생각합니까?"

"'당신'을 정의해 주시죠."

빅토르는 클레망스가 속으로 탄식하고 있지 않을까 생각하면서 말을 잇는다.

"얼렁뚱땅 넘어가는 것 같다면 용서해 주시죠. 당연히 어떤 표현들은 꼭 내가 쓴 것 같다는 느낌이 들었습니다. 그러나 내가, 여러분 앞에서 말하고 있는 내가 그 책을 썼다고 할 수는 없습니다. 그런데 저작권은 나한테 있습니다. 그게 중요하죠."

'웃기려고 하지 않는다면서요……' 클레망스의 한숨에 담긴 뜻은 분명하다. 그녀는 괜히 항불안제를 먹으라고 한 건 아닌지 후회가 된다.

"선생님은 비행기에서 일어난 일의 단서가 그 책 속에 있다고 생각하십니까?"

"그런 단서를 찾는 이들은 널리고 널렸습니다. 만약 그런 게 있다면 그들이 나보다 먼저 찾았겠지요. 게다가, 다들 아시겠지만, 망치를 들고 있으면 별의별 것이 다 못으로 보이는 법이지요."

"선생님은 우리 모두가 시뮬레이션 안에 있다고 생각하십니까?"

"난 아무것도 모릅니다. 우디 앨런이 한 말을 약간 비틀어서, 만약 그게 사실이라면 프로그래머들한테 그럴싸한 핑계라도 있길 바랍니다. 그들이 창조한 세상이 어쨌든 개판이니까요. 그렇지만, 내가 이해한 바로는, 개판을 만든 장본인은 우리입니다."

"미첼 씨, 아마 알고 계시겠지만 거의 모든 탑승자가 신원 밝히기를 거부했습니다. 그런데 선생님은 무슨 이유로 정체를 밝히고 살기로 하셨는지요?"

"내가 무슨 위협을 느낄 상황은 아니라고 생각합니다. 나는 경찰의 보호를 받고 있습니다. 심리적 지원도 있고요. 전부 깊이 생각하고 결정한 일입니다."

"더러는 '분기'라고 부르고, 이제 더러는 '아노말리'라고도 부르는 그 순간을 감지하셨습니까?"

"물론입니다. 그 비행기에 탄 사람들은 다 그랬어요. 난비행이 끝나고 햇살이 다시 기내에 비치기 시작했습니다. 방금 한 말은 프로작*의 정의도 되겠네요."

---

* 항우울제의 한 종류.

기자 회견장이 웃음바다가 된다. 빅토르도 웃는다. 그는 약간 붕 떠 있다. 클레망스는 보도가 어떻게 나갈지 암담하다.

"선생님의 '분신'이 자살한 이유를 아십니까?"

"아마 죽고 싶어서 그랬겠지요. 그게 자살의 주요한 이유 아닙니까."

"일레나 레스코프하고는 정확히 어떤 관계입니까?"

"현재로서는, 존재하지 않는 관계죠. 기껏해야 살아생전의 관계라고 해 두겠습니다."

이제 빅토르는 아예 활개를 친다. 브로마제팜계 약물*의 살아 있는 광고가 따로 없다.

"《타임스 리터러리 매거진》의 안 바쇠르입니다. 새로운 책을 쓰고 계신가요, 미젤 씨?"

빅토르가 살짝 허스키한 여자 목소리가 들린 맨 뒷줄을 본다. 그의 얼굴이 환해진다. 아를에서 열린 번역 컨퍼런스에서 만난 그녀, 곤차로프의 유머에 관심을 보였던 그녀다.

"네, 현재 쓰고 있는 책이 있습니다."

클레망스가 어이가 없어서 그를 쳐다본다.

"고전적인 주제의 책입니다. 한 남자의 인생에서 영원히 사라진 줄 알았던 여자가 그 남자 앞에 다시 나타나지요.

---

* 항불안제 렉소밀의 주 성분.

제목은 '애스콧, 혹은 크렘 앙글레즈의 귀환'이 될 겁니다."

"굉장히 희한한 제목이네요." 여자가 미소 짓는다.

"마지막 질문 하나만 받고 끝내겠습니다." 작가가 기자 회견을 잘 끝낼 생각 말고 엉뚱한 속셈이 있음을 알아차린 클레망스 발머가 말한다.

《프랑크푸르터 알게마이네 차이퉁》의 안드레아 힐펑어입니다. 어제저녁 미국에서 일어난 사건을 어떻게 정의하시겠습니까?"

"어떻게 정의하긴요? 나는 이제 미합중국은 하나의 이름에 불과하다고 생각합니다. 언제나 두 개의 미국이 있는데, 그 둘은 서로를 이해 못 해요. 나 역시 그 둘 중 한쪽에 더 가깝다고 생각합니다. 다른 쪽 미국은 도통 알 수가 없어요."

나이트쇼

〈더 레이트 쇼 위드 스티븐 콜베어〉의 수석 분장사가 자기 작품을 황홀한 듯 바라본다.

"예뻐요, 애드리아나. 머리를 다르게 하길 잘했네."

"스티븐의 도입 멘트가 끝났어요." 스튜디오 조연출이 그들 사이에 끼어든다. "따라오세요, 제가 어깨를 살짝 건드리면 그때 입장하시면 돼요, 알았죠?"

조연출은 대답을 기다리지 않고 분장실에서 나간다. 분장사와 애드리아나는 복도를 따라 빛나는 무대 쪽으로 이동하고, 밴드 스테이 휴먼이 노래를 마칠 때까지 검은 장막 뒤에서 대기한다.

스티븐 콜베어는 방청객을 마주 보는 자기 자리에 앉아

스크립트가 적힌 카드를 들여다보고 있다. 카메라가 다시 자기에게 돌아오자 CBS의 스타 진행자는 눈살을 찌푸린다.

"오늘 저녁, 아주 어린 여배우를 여러분에게 소개합니다. 그녀의 인지도는 나이에 비례합니다. (실망 어린 야유) 품위 없게 굴지들 마세요, 제가 창피하잖아요? (웃음) 자, 신사 숙녀 여러분, 애드리아나 베커를 박수로 맞이해 주십시오."

스티븐이 몸짓을 하자 '박수'라고 적힌 패널에 불이 들어오고 방청객들은 시키는 대로 한다.

10대 소녀처럼 가냘픈 여자가 등장한다. 청바지에 짙은 파란색 앙고라 스웨터를 입고 운동화를 신었다. 갈색 곱슬머리가 어깨 위에 늘어져 있다. 진행자가 다가가 그녀를 안심시키듯 뺨에 키스를 한다.

"안녕하십니까, 애드리아나 베커 양. 만나서 반갑습니다."

"안녕하세요, 스티븐, 저도 출연하게 되어 기뻐요."

"기억에 남는 하루 되길 바랍니다. 텔레비전 출연은 처음이시죠?"

"네."

"모든 일에는 처음이 있지요. 첫사랑이 기억나네요. 그녀와 처음 밖에서 식사했던 기억도 나고. 정말 낭만적이었지요. 그래서 영수증도 안 버리고 간직했답니다. (웃음) 애드리아나, 스무 살이고 직업은 배우, 맞지요? 지난 5월에 「로미오와 줄리엣」에 출연했고요? 무슨 역을 맡았습니까?"

"줄리엣요."

"당연히 줄리엣 역이겠지요. 「로미오와 줄리엣」을 올린 무대는 어디였습니까?"

"샌드라 파인스타인감 극장요."

그녀가 거의 속삭이듯 극장 이름을 말한다. 방청객 사이에서 잔인한 야유가 조금 일어난다. 여배우는 얼굴을 붉힌다. 스티븐 콜베어가 눈썹을 치켜세우자 그녀가 덧붙인다.

"거긴…… 로드 아일랜드 워릭에 있는 소극장이에요……."

"애드리아나, 얼굴 붉힐 일이 아니에요. 알죠? 맷 데이먼도 단역으로 시작했습니다. 피자 요리사 역이었고, 마르게리타 피자를 내오면서 '5달러입니다.'라고 말하는 게 대사의 전부였죠. 이제 와서 마르게리타 피자가 아니라 레지나 피자였고 7달러였다고 주장하는데, 그 친구도 참 허세가 쩐다니까요. (웃음) 미안해요, 애드리아나, 다음 작품은 뭐죠?"

"「느릅나무 밑의 욕망」요. 유진 오닐의 3막짜리 작품이죠. 저는 젊은 여자 역을 맡았어요."

"젊은 여자? 하지만 그건 문제가 되겠는데요, 그 작품에 젊은 여자가 한 명뿐이라면요. 그렇게 생각하지 않아요?"

애드리아나 베커가 웃는다. 방청객은 영문을 모르지만 일단 웃는다. 스티븐 콜베어가 미소 지으며 무대 뒤를 향해 외친다.

"여러분, 애드리아나 베커 양을 우레와 같은 박수로 맞아 주십시오! 네, 애드리아나 베커 양입니다!"

장막 뒤에서 둘째 애드리아나가 나온다. 옷도 똑같이 입었다. 스웨터 색만 빨간색으로 다르다. 방청객들이 전부 일어나 입을 떡 벌리고, 소리를 지르고, 박수를 치고 난리다. 스티븐 콜베어가 그녀에게 다가가 키스를 하고, 첫째 애드리아나가 앉아 있는 소파로 안내한다. 그 장면을 본 여자 PD는 조정실에서 법이고 내부 규정이고 무시한 채 전자 담배를 피운다. 이건 굉장한 텔레비전 방송이다. 이걸로 ABC와 NBC를 쓸어버릴 것이다. PD 뒤에서는 CBS의 소셜 미디어팀 여남은 명이 트위터, 인스타그램, 페이스북 라이브의 상황을 확인하느라 바쁘다. '좋아요'와 '공유' 수가 천장을 뚫을 기세다.

한 여자는 빨간 머리를 이마에 늘어뜨렸고 다른 여자는 파란 머리를 이마에 늘어뜨렸다. 지금까지는 분장사의 그 미묘한 연출이 눈에 띄지 않았는데 이제 뚜렷이 눈에 들어온다. 박수갈채가 이어지는 동안 콜베어는 자기 자리로 돌아간다.

"안녕하세요, 애드리아나."

"안녕하세요, 스티븐." 새로 등장한 애드리아나가 말한다.

"쌍둥이 아니죠?"

"아뇨, 절대 아니에요." 두 여자가 동시에, 똑같이 미소를 지으며, 똑같이 기세 좋게 대꾸한다.

"그렇군요! 자, 방청객 여러분도 여기까진 알아들으셨을 테지요. (웃음) 몇 시간 전부터 다들 여러분 얘기만 합니다. 두 분을 구분해야 하니까 6월 애드리아나, 3월 애드리아나로 부를게요. FBI 코드명도 6월과 3월이었지요?"

"네."

"6월이 빨간색, 3월이 파란색, 그렇게 구분하시면 되겠습니다……. 아니라고 하지 마요. 그 스웨터를 준비하고 앞머리를 염색하는 데 돈 많이 썼습니다!"

"알았어요."

두 여자가 동시에 똑같이 반응하고, 똑같은 매혹을 방청객에게 발산한다. 어린 애드리아나, 아니 애드리아나들은 방송 출연을 원 없이 즐긴다.

"6월 애드리아나, 당신은 줄리엣 연기를 하지 않았어요, 맞죠?"

"네."

"그래요, 「로미오와 줄리엣」은 5월 상연이었기 때문에 당신은 무대에 오르지 않았어요. 닷새 전 맥과이어 군 기지에 착륙해 다른 이백사십이 명의 승객과 함께 억류되어 있을 때도 당신은 계속 3월이라고 생각했지요?"

"맞아요, 스티븐. 정확한 날짜는 저도 몰라요. FBI가 알려 주지 않았거든요. 모두의 안전을 위해서라고 했죠."

"알았습니다. 내가 묻고 싶은 건, 그리고 시청자들도 알고 싶어 하시겠지만, '분신'이 있다는 사실을…… 어떻게 알게 됐습니까?"

그가 두 여자를 진지하게 바라본 후 말을 잇는다.

"3월 애드리아나, 지난 일요일 이른 아침에 FBI가 당신이 부모님과 함께 사는 집으로 찾아갔습니다. 거기가……." 스티븐은 서두르는 기색 없이 스크립트 카드를 들여다본다. "뉴저지 에디슨이군요. 부모님이 무척 놀라셨겠네요……. 당신도……."

"네, FBI 요원들은 국가 안보와 관련된 문제라고 했어요. 그래도 우리를 안심시키려고 굉장히 애쓰긴 했죠."

"FBI 두 명이 꼭두새벽부터 집으로 찾아오면 퍽 안심이 되죠. (웃음) 그리고요?"

"저를 헬리콥터 기지로 데려갔어요. 그리고……."

"헬리콥터는 처음 타 봤죠?"

"네."

"소음이 장난 아니죠. 마치 탈수 중인 세탁기처럼요. 프로펠러는 돌고, 바람은 막 불고. 난 헬리콥터가 질색입니다."

스티븐 콜베어는 딴소리로 방청객의 애를 태울 줄 아는 사람이지만 어디서 멈춰야 하는지도 잘 안다.

"군사 기지에 도착한 다음에는요?"

"군인들이 지키고 있는 무척 큰 관공서 같은 곳으로 데려 갔어요. 그다음에는 테이블과 의자 몇 개만 있는 방에 들어 갔죠. 심리 전문가라는 여자 그리고 FBI 여자 요원 한 명과 거기 앉아서 대기했어요."

"그 사람들이 뭐라고 하던가요?"

"겁낼 필요 없다고, 아주 특별한 일을 경험하게 될 거라고 했어요."

"그런 다음엔……" 스티븐 콜베어가 말한다.

"저를 들여보낼 때도 옆에 심리 전문가 한 명을 붙여 줬어요." 6월 애드리아나가 말한다.

"두 사람 엄청 충격받았겠군요. 그리고 심리 전문가들도……" (웃음)

"몇 초가 지나서야 내 앞에…… 내가 있다는 걸 알았어요. 머리가 빙글빙글 돌더군요. 나는 누구인가, 내가 정말 존재하기는 하는 건가, 뭐 그런 생각이 들었어요." 파란색 스웨터의 아가씨가 말한다.

"6월 애드리아나는요? 당신에게 일어난 일을 말해 주시죠."

"우리 비행기는 그보다 사흘 전에 착륙했어요."

"당신한테는 그때가 3월이었죠……."

"맞아요. 난기류를 만났고 비행기에 약간 손상이 있었어요. 억류되어 있는 동안 외부 세계와 완전히 단절되었죠. 휴대폰도 없고……."

"그럼 캔디 크러시 게임도 못 했겠네요? (웃음) 그래서 셋째 날이었던 지난 월요일에……."

"저를 데리러 와서 비슷한 얘길 했어요. 아주 특별한 순간이 어쩌고저쩌고, 만남이 불가능한 상대를 만나게 될 거다……."

"당신은 그게 누구일 거라고 생각했나요?"

"말이 안 된다고 생각하면서도 혹시 할머니를 만날 수 있으려나 했어요. 지난 1월에 할머니가 돌아가셨거든요……." (방청객들의 감정이 실린 '아!' 소리)

"아, 안타까운 일이네요, 애드리아나. 고인의 명복을 빕니다."

"그러고 나서 방으로 들어갔어요……."

6월 애드리아나가 미소 짓는 3월 애드리아나를 바라본다. 방청객이 다시 박수를 친다. 콜베어는 흐름을 깨고 싶지 않아 곧바로 입을 연다.

"세상에…… 나라면 심장 마비가 왔을 것 같네요. 아니,

똑같은 사람이 둘이니까 심장 마비도 두 번 오겠네요. (웃음) 무섭지 않았습니까, 3월 애드리아나?"

"당연히 무서웠죠. 처음에는 서로 감히 말도 못 건넸어요. 그냥 심리학자들과 FBI가 묻는 말에 대답만 했죠. 그들이 비디오를 보여 줬어요……. 설명이 담긴 비디오였죠. 바로 그…… 순간에 기내에서 찍힌 영상을 봤는데……."

"분기 혹은 아노말리의 순간을 말하는 겁니다." 스티븐이 스크립트 카드를 들여다보며 보충 설명을 한다.

"네, 그다음에는 우리에게 서로 묻고 싶은 걸 물어보라고 했어요. FBI는 우리가 서로의…… 뭐라고 해야 하나, 클론 같은 게 아님을 증명하고 싶어 했어요. 우리가 같은 삶을 살았고 기억도 같다는 걸요."

"3월까지는 같은 삶이었고, 파리-뉴욕 노선 비행 이후는 아니지요." 스티븐 콜베어가 짚고 넘어간다. "그럼 3월 애드리아나는 6월 애드리아나에게 자기만 아는 비밀을 물어본다든가 했습니까?"

"네. 새해 전야에 있었던, 오로지 저만 아는 일을 물어봤어요." 3월 애드리아나가 수줍게 말한다.

"음, 오로지 우리 둘만 아는 일이라고 해야겠죠." 6월 애드리아나가 덧붙인다. (웃음)

사실은 셋이 아는 일이었다. 두 애드리아나와 그들의 남동생까지. 애드리아나가 남동생 방에 노크도 안 하고 불쑥 들어가는 바람에 남동생은 노트북을 덮을 틈이 없었다.

"음, 두 분은 운이 아주 좋군요." 스티븐 콜베어가 미소를 날리며 말한다. "나는 새해 전야에 필름이 끊기도록 퍼마셨더니 1월 4일 정오쯤부터 기억이 나더라고요. (웃음) 자, 그럼 이제 두 분은…… 둘 다 애드리아나라고 생각하는 겁니까?"

"그렇게 생각하고말고요." 둘이 동시에 대답하자, 그들에게 홀딱 빠진 방청객들이 신기한 듯 탄성을 지른다.

스티븐 콜베어가 말한다. "난 말이죠, 우리가 간발의 차로 재앙을 피했다는 생각이 듭니다. 이런 일이 에어포스 원에 일어났으면 어쩔 뻔했어요. 상상이 갑니까? 대통령이 둘이 되고? (함성과 박수) 대통령이 둘이면 그날 바로 트위터가 마비될걸요. 음, 두 사람도 몇 가지 과학적 가설을 접했으리라 생각합니다. 최근 언론이 완전히 그 얘기로 도배가 되고 있는데……."

두 여자가 고개를 끄덕이고, 진행자는 다시 묻는다.

"특히 그럴듯하게 다가오는 설명이 있나요?"

두 여자가 고개를 젓는다.

"어쨌든 두 사람이 시뮬레이션처럼 보이진 않네요. 6월들을 이백사십삼 명의 외계인으로 보는 이들도 있습니다만.

탑승자들이 지구를 침략할 거래요. (웃음) 자, 이제 6월 애드리아나는 어떻게 할 겁니까? 물론 부모님 댁으로 돌아갔고 거기서 지낸다던데……."

"전에 남동생이 쓰던 방이 제 방이 됐어요. 그 애는 듀크 대학교에 재학 중이에요. 어제저녁에 FBI가 우리를 집에 데려다줘서 그 애를 봤어요."

"이름이 오스카 맞지요? 오스카는 어떻게 반응하던가요? 3월 애드리아나?"

"'미쳤다' 소리만 열 번은 한 것 같아요. 우리보고 머리 모양이라도 서로 다르게 하라고 하더군요."

방청객이 웃음을 터뜨리고 애드리아나들도 웃는다. 스티븐 콜베어는 그들에게서 시선을 돌리고 잠시 카메라를 똑바로 바라본다.

"오스카가 이 자리에 와 있습니다. 부모님도 초대했지만 참석을 거절하셨지요. 부모님과는 어땠습니까?"

두 여자가 서로 얼굴을 마주 보고, 6월이 먼저 입을 연다.

"어머니는 무서워하세요. 오늘 아침에 저한테 키스도 못 하시더라고요."

"우리 둘을 다 겁내세요." 3월이 거든다. "아예 구분이 안 가니까요. 어머니는 둘 중 하나가……."

"'가짜'라고 생각하세요." 6월이 말을 맺어 준다.

"아버지는요?"

두 여자가 입을 다문다. 제작진은 스티븐 콜베어에게 상세 정보를 전달하지 않은 것을 후회한다. 전날 저녁, 두 애드리아나가 에디슨의 집으로 돌아가기 전에 FBI 요원과 심리학자가 먼저 그 집에 가 있었다. 그들은 상상을 초월하는 이 사태를 애드리아나의 부모에게 장시간 설명했다. 모친은 맙소사, 어떻게 이런 일이? 이 말만 되풀이했다. 마침내 두 애드리아나가 집 안으로 들어오자, 소파에 축 늘어져 있던 아버지가 질겁하며 벌떡 일어났다. 그러고는 한마디 말도 없이 뒷걸음질로 계단을 올라가서는 자기 방에 틀어박혔다. 문짝을 사이에 두고 오랜 시간 협상을 한 후에야 그를 다시 방밖으로 끌어낼 수 있었다. 그때부터 아버지의 행동이 심상치 않아 FBI가 그 집에 요원을 상주시키기에 이르렀다.

콜베어는 이 주제를 건드리면 안 된다고 눈치챈다. 그는 분위기가 어색해지기 전에 재빨리 불꽃처럼 새빨간 스웨터를 입은 애드리아나에게 고개를 돌린다.

"유례 없는 상황이다 보니 누구라도 적응이 쉽지 않을 겁니다. 유일무이하다는 말은 좀 아닌 것 같습니다만. (웃음) 따님을 사랑하는 부모님은 이렇게 훌륭한 딸을 '둘이나' 두게 되어 기쁘실 겁니다."

이 동화 같은 이야기에 방청객이 박수를 보낸다. 박수가 너무 길어져서 콜베어가 나서서 끊어야 할 만큼.

"두 사람 사이는 어떻습니까?"

"좋아요." 6월 애드리아나가 말하고 3월이 옆에서 고개를 끄덕인다.

선의의 거짓말은 아니다. 그들은 서로 경쟁하지 않는다. 그들은 앞날이, 정복해야 할 미래가 아직 창창하다. 그들이 나눠 가져야 하는 것은 아직 아무것도 없다.

"6월 애드리아나는 남자 친구가 있습니까? 이건 스페인의 종교 재판이 아닙니다. 밝히기 싫으면 대답하지 않아도 괜찮아요."

"아뇨, 밝히고 싶어요. 저는 사귀는 사람 없어요."

"이런, 애드리아나, 여기서 생방송으로 밝히다니, 좋은 생각은 아니에요." (웃음)

콜베어가 파란 스웨터의 애드리아나에게 시선을 돌린다.

"그럼 3월 애드리아나는요? 3월 이후에 만나는 사람이 생겼습니까?"

"네, 석 달 됐어요."

"말해 줘서 고마워요, 애드리아나. 남자 친구 이름이?"

"놀런이에요."

방청객이 신이 나서 웅성웅성한다. 조정실에서 제작진도 쾌재를 부른다. 연애는 언제나 대박을 가져온다.

"놀런도 「로미오와 줄리엣」에 출연했다고 알고 있습니다만. 설마 로미오 역은 아니지요?"

"아니에요, 머큐쇼 역이었어요."

"아, 머큐쇼! 로미오와 가장 가까운 친구네요. 놀런-머큐쇼도 혹시 이 자리에 우리와 함께 있을까요?"

핀 조명이 방청석을 천천히 훑다가 맨 앞에 앉은 키 크고 마른 흑인 청년에게 가서 멈춘다. 그가 함박웃음을 지으며 일어나자 우레와 같은 박수가 쏟아진다.

"신사 숙녀 여러분, 놀런 시몬스를 맞이하겠습니다."

콜베어는 손을 내밀어 그가 무대에 오르는 것을 도와준다. 다 예정된 일인 것처럼 박수갈채가 끊이지 않는다. 애드리아나들도 웃으면서 인사를 한다. 3월은 살짝 애교를 부리는 것 같고, 6월은 미소 짓는 와중에도 놀란 눈으로 놀런을 쳐다본다. 방청객은 그 모습을 보고 박장대소한다. 실은 6월도 무대 뒤에서 이미 놀런을 만났지만 놀란 척 연기를 하는 것이다. 관심을 자기에게 끌어오는 나름의 방법이다. 두 여자를 설득해 연기를 시키는 건 전혀 어렵지 않았고, 그건 놀런도 마찬가지였다. 〈더 레이트 쇼 위드 스티븐 콜베어〉는 무척 잘나가는 프로그램이고, 그들은 애초에 조명받는 일을 거부하고 당황한 채 내숭이나 떨려고 배우라는 직업을 선택한 게 아니다. 그들은 모두 쇼를 위해 열연 중이다.

"여자 친구에게 키스해도 됩니다, 놀런. 헷갈리지는 말고요!"(웃음)

청년은 3월 애드리아나의 뺨에 다정하게 입을 맞추고, 6월 애드리아나와는 짧게 악수를 한다. 스티븐 콜베어가 고개를 도리도리 흔든다.

"걱정하지 마요, 이 양반아. 이런 상황에 준비된 사람이 어디 있겠습니까. 놀런, 솔직히 말해 봐요. 분장실에서 이 둘을 봤다면 누가 누구인지 구분할 수 있을 것 같아요? 만약 처음부터 두 사람이 서로 역할을 바꿔 연기한 거라면? 우리가 놀런을 속이려고 다 같이 짠 거라면요?"

방청석이 충격으로 웅성거리기 시작한다. 놀런은 정말로 자기가 잘못 알았나 싶어서 표정 관리가 안 된다. 그는 본능적으로 3월 애드리아나에게서 한 발짝 뒤로 물러난다. 이건 연기가 아니다. 방청객들이 갑자기 불안해하니 공기가 어색해진다. 콜베어는 괜한 소리를 했다고 금세 후회한다.

"걱정하지 말아요, 놀런. 진짜 '당신의' 애드리아나 맞습니다. (방청객이 안도하며 탄성을 지른다.) 내가 불쾌한 농담을 했지요. 난 왜 이런 걸 못 참나 몰라, 미안합니다……."

놀런이 다시 애드리아나의 손을 잡는다. 스티븐 콜베어가 인상을 쓴다. 자신의 잔인한 구석을 노출해 버렸다. 이게 다 애드리브에 취한 탓이다. 그는 다시 스크립트 카드를 읽으며 대본대로 매끄럽게 진행을 한다.

"자, 그럼…… 이제 두 사람은 역할을 어떻게 분담할 건가
요?"

〈더 레이트 쇼 위드 스티븐 콜베어〉가 온화한 분위기로
돌아오는 동안, 조정실에서는 불안이 싹튼다. 일부 화면에
에드 설리번 극장 외부 상황이 보인다. SNS 실시간 검색어
가 막 뜨더니 기독교 광신도 수십 명이 극장으로 몰려들기
시작했고, 십여 분 전부터 극장은 포위됐다.

"뉴욕에 미친 예수쟁이들이 이렇게 많을 줄은 몰랐네."
PD가 억지 미소를 지으며 말한다. 오늘 방송은 보안을 두
배로 강화했다. 가느다란 경찰 통제선이 군중을 저지하고 있
지만, 시위대는 감시 카메라 앞에서 고함을 지르고 플래카
드를 흔들면서 증오와 분노를 토해낸다. '사탄아, 물러가라',
'지옥의 딸들아', '사탄의 피조물', '신성 모독'…….

"신성 모독? 뭐가 신성 모독이라는 거야?" PD가 묻는다.

"기사에서 봤는데, 저 사람들은 분신을 저주받은 거라고
생각한대요. 특히 열 번째 계명 때문이라나요." 조연출이 말
한다.

"열 번째 계명이 뭔데?"

"PD님도 아실 거예요. '네 이웃의 아내를 탐내지 마라.
네 이웃의 집을 탐내지 마라, 기타 등등.' 분신들은 같은 것

을 소유하기 때문에 이 계명을 지키려야 지킬 수 없죠. 뭐, 한편으로는 그들은 '이웃' 사이가 아니라고 반박할 수도 있겠지만요……."

"으음, 저 미친놈들이 신학적 해석까지 하는 줄은 몰랐네."

갑자기 경찰의 지원군이 현장에 도착해 방어선을 강화하는 동안, 화염병이 불타는 포물선을 그리며 극장 입구에 떨어진다. 극장 보안 요원들이 허겁지겁 불을 끄고, 경찰들은 곤봉을 꺼내 들고 체포를 강행하며 시위대를 밀어내지만 소용없다. 미쳐 날뛰는 군중의 수는 계속 불어나 방책을 넘고, 극장 앞 계단까지 밀고 들어온다.

방송은 거의 끝나 간다. 콜베어는 그새 상황을 전달받고 방청객을 향해 말한다.

"여러분, 예정보다 조금 오래 극장 안에 머물러야겠습니다. 밖에서 과격 시위가 발생해 경찰과 충돌이 있습니다. 지금 나가시면 위험합니다. 자, 말이 나온 김에 두 사람에게 마지막 질문을 하겠습니다. FBI는 이미 두 사람에게 광신자들의 위험 행동을 경고했지요. 게다가 여러 종파 지도자들이 두 사람 모두를 '사탄의 피조물', '불경한 것'으로 선언했습니다. 개인적으로도 살해 협박을 받았지요?"

"네, 수백 건은 될걸요. 제 페이스북 계정으로, 아니, 우리 계정으로……."

"정말 유감스러운 일이네요. 단지 자기들이 이해할 수 없다는 이유로 겁을 내는 그들에게 무슨 말을 하고 싶습니까?"

스티븐 콜베어는 침묵이 깔릴 때까지 사이를 둔다. 바로 이 순간이 모두의 기억에 남을 방송의 하이라이트 부분이다. 스티븐과 두 애드리아나는 위기 대책 팀이 파견한 전문가들과 함께 조정실에서 이 순간을 오랫동안 준비했다. 끈기를 가지고 몇 번이나 연습했지만, 즉석에서 자연스럽게 나온 말처럼 보여야 한다. 6월 애드리아나가 발언해야 한다. 전문가들은 단호하게 꼭 그래야만 한다고 했다. 대다수의 사람들은 6월 애드리아나를 침입자처럼 생각할 테니 말이다.

"당연히 저는 그 비행기가 어떻게 두 번 착륙하게 된 건지 모르죠." 그녀가 부드럽게 말한다. "그걸 아는 사람은 아무도 없어요. 그렇지, 천천히, 일정한 속도가 중요해요. 적당한 말을 찾으려고 고심한다는 걸 보여 줘요. 감정이 느껴지게끔. 겁을 내는 사람들에게 하고 싶은 말은, 저 역시 겁이 난다는 거예요. 다들 우리 삶이 어떻게 됐을지 상상하려고 노력이라도 해 주세요. 제가 무슨 이유가 있어서 이렇게 된 게 아니에요. '선택'을 받은 건 더더욱 아니고요. 그 점은 탑승자 이백사십삼 명 모두 마찬가지죠. 저에게 일어난 일, 우리에게 일어난 일은 이 극장에 앉아 있는 누구에게도 일어날 수 있어요…… 가능하면 이 말은 반복하자고요. 아니, 그러지 않는 게 좋겠어요. 너무 갔어. 저는 특별한 데가 없어요. 잠시 쉬고. 저는 에디슨에 살고, 장차 초등학교 선생님이 되고 싶은 19세 여성이에요. 프랑스어 교사라고 하지 마요. 프랑스인은 비호감이라는 사람들이 많거든. '교사'라고 하지 말고 초등학교 선생님으로 가지요. 어린애들을 가르치는 선생님은 다들 좋아하니까. 저는 아마추어 극단에서 활동하는 젊은 여성이기도 해요. '아마추어'를 강조해요. 그 여성은 3월 초에 유럽에서 돌아왔는데, 오케이, 프랑스라고 하지 말고 유럽이라고 해요. 어느새 6월이래요. 그녀는 자기에게 무슨 일이 일어난 건지도 모르는데 어떻게든 헤쳐 나가야 하고…… 여기서도 잠시 쉬고, 더듬거려야 해요. 말이 바로 튀어나오면 안 됩니다. 그리고 제 앞에 있는…… 또 한 명의 젊은 여성은…… 제가 저인 것처럼 그녀 또한 저로서…… 어떻게든 헤쳐 나가야 해요. 이 애드리아나는 저보다 석 달을 더 살았지만 저와 똑같은 기억을 가지고 있고, 저와 마찬가지로 신을 믿어요. 젠장, 신을 빼먹을 뻔했네요. 이게 핵심인데. 그 사람들이 강조했잖아요, 우리가 신자라는 걸 반드시 모두에게 알려야 한다고. 미쳤나 봐, 어떻게 이걸 잊을 뻔하냐. 우리는 친구도 같고, 부모도 같고, 그들을 사랑하는 마음도 같습니다. 옷도 내 것 네 것이 아니기 때문에 같이 입을 거예요."

"그뿐 아니라." 3월 애드리아나가 나선다. "우리는 늘 같은 순간 같은 옷을 입고 싶어진답니다." 이건 콜베어의 아이디어인데 썩 괜찮다. 웃음을 터지기를 기다릴 것. 그렇지. 그다음에 다시 입을 여는 거예요.

"진짜 그래요." 6월 애드리아나가 말한다. "물론 이제부터 우리 둘의 삶은 달라질 거예요. 각자의 삶이 이미 시작됐죠. 놀런을 한 번 돌아보고, 방청객의 분위기를 살펴요. 예를 들어 제가 유럽으로 출발하기 전에 놀런을 만났다면 어떻게 됐을지, 제가 그를 사랑하게 됐을지 잘 모르겠어요. 이 대목은 조금만 힘을 줄 것. 대중이 이 혼란의 크기를 파악하고 가늠할 정도로만. 이것 말고도 머릿속에 맴도는 질문이 백 개는 되는 것 같아요."

"저는," 3월 애드리아나가 입을 연다. 목소리를 약간 다르게 내요. 두 사람의 차별화 가능성에 힘을 실어 주자고요. "그저 아무도 저를, 저 애드리아나를, 우리 둘을 겁내지 않았으면 해요. 친절하게 대해 주시면 좋겠어요. 이 대목에서 사이를 한참, 아주 길게 띄웠다가 결론을 내는 겁니다. 우리는 막막해요. 우리와 가까운 모든 분의 사랑이 절실히 필요해요." 시선 내리고, 6월 애드리아나의 손을 잡고, 박수가 터질 때까지 기다립니다. 혹시 눈물 연기가 되면 여기서 터뜨려요.

눈물 한 방울이 6월 애드리아나의 뺨을 타고 흘러내린다.

감정이 북받친 탓에 애써 쥐어짤 필요도 없었다. 오열이라도 하려면 했을 것이다. 3월 애드리아나가 다가가 그녀의 어깨를 감싸 안자 스티븐 콜베어가 미소 짓는다.

"두 분 모두 고맙습니다. 많은 사람이 두 분을 이해하게 됐을 거예요. 마지막으로 부탁 하나 할까요. 남동생 말이 지난 크리스마스에 누나가 가족 앞에서 그 유명한 보사노바 곡 「이파네마에서 온 소녀」를 불렀다고 하던데요."

"네, 에이미 와인하우스 버전으로 불러 봤어요." 6월 애드리아나가 말한다.

"그럼 마지막 순서로…… 두 분이 함께 불러 주시면 어떨까요?"

방청객이 환호한다. 두 여자가 미소를 짓는다.

"사전에 연습시키고 그런 거 아닙니다." 콜베어가 뻔뻔하게 거짓말을 한다. 사실은 삼십 분 동안 둘이서 노래만 불렀다.

스테이 휴먼 밴드의 드러머가 조빙과 모라이스의 명곡을 하이햇과 스네어 드럼으로 부드럽게 연주하기 시작하자 조명이 은은하게 바뀐다. 두 개의 부드러운 빛줄기가 하나는 빨간색, 다른 하나는 파란색으로 두 애드리아나에게 떨어지면서 두 여자의 차이를 상쇄한다. 조명을 이렇게 쓰기로 한 건 제작진의 아이디어다. 비니시우스 지 모라이스가 자

기 노래는 흐르는 시간 외에는 아무것도 말하지 않는다고
한 적이 있다. 흐르는 시간, 모두에게 속하되 누구의 것도 아
닌 그 슬픈 아름다움, 밀려왔다 밀려가는 파도의 우수. 이파
네마 해변이 스티븐 콜베어 쇼의 무대 배경으로 뜨는 순간,
한쪽 애드리아나가 노래를 시작하고 다른 쪽은 두 번째 마
디에서 합류한다. "키 크고 햇볕에 그을렸고 젊고 사랑스러
운……(Tall and tan and young and lovely…….)"

두 애드리아나는 고운 모래를 밟으며 바다를 향해 걸어
가는 이파네마의 우아한 바다 요정을 완벽한 이중창으로 노
래한다. 한 여자가 소절을 시작하면 다른 여자가 끝을 낸다.
함께 노래할 때도 두 사람으로 구분된다. 마법 같은 하모니
가 아찔하다. 이 현기증이 일으키는 전율에는 동종 요법 효
과를 내기에 적절한 양의 공포가 깃들어 있다.

"때깔이 기막히게 잘 뽑혔네. 죽여주는 방송이야." PD가
조정실에서 말한다.

제이컵 에반스 내면의 소리

2021년 6월 29일 화요일, 23시

뉴욕, 에드 설리번 극장

주의 손은 결코 힘을 잃지 않는다. 그리고 그분이 제이컵 에반스의 일거수일투족을 이끄신다. 제이컵은 버지니아주 스코츠빌에서, 그리스도교 신앙 안에서 태어났다. 그는 아버지 존으로부터 창조는 오직 주께만 있으며, 고통 속에서 태어나지 않은 자는 신의 피조물이 아니라고 배웠다. 그의 머릿속에서 울리는 목소리는 농장에서 일하던 어린 시절부터 들어 온 말을 끊임없이 되풀이했다.

언론과 소셜 네트워크가 불경한 것을 드러냈을 때, 주께서 제이컵 에반스를 인도하셨다. 첫날 제이컵과 그의 제7일 군대 형제들은 침례교회에 모여 로버츠 목사님이 사탄의 피조물, 믿음 없는 무리, 신을 모욕하는 모든 이에 대해 하시는 말씀을 들었다. 『요한의 묵시록』에 의하면 번개가 치고 지진이 일어나고 커다란 우박이 떨어질 텐데 그 무게가 한 달란트나 되고 하늘에서 사람들에게 퍼붓는다고 했다. 모든 것을 아시고 이끄시는 신의 은총으로 로버츠 목사와 제이컵을 비롯한 모든 신자는 그 폭풍을, 그리고 주님이 보내신 신성한 폭풍에 걸려든 비행기를 알아보았다. 그 비행기에 탄 모든 이들이 우박을 이유로 신을 모독했으니, 이는 그 재앙이 심히 큰 탓이었다.

주님의 희열이 제이컵 에반스의 몸을 관통했고, 주님의 분노가 그의 팔에 흘러들었으며, 주님은 제이컵에게 그분의 영광을 인간 세상에서 이루라 하셨다.

신문들이 제시하고 우려먹는 설명들이 있고, 전문가와 학자 들의 토론도 있었다. 그러나 내가 지혜 있는 자들의 지혜를 멸하고 총명한 자들의 총명을 폐하리라 하였으니, 그렇다, 제이컵은 이사야를 기억한다. 자기 안에서 자신의 구원을 찾는 것은 교만이요, 전능자를 멸시함이라. 그것은 사도 바울이 고린도 교회에 전하는 메시지이기도 했다. 고린도 교회 사람들은 주의 말씀을 넘어 헛된 인간에게서 지혜를 구하려 했다. 모름지기 인간은 겸손, 신을 경외하는 마음, 우리 주 예수 그리스도를 향한 믿음으로만 살아야 하거늘. 주님 다시 사셨다. 참으로 부활하셨도다. 신께서 불경한 것을 통하여 보내신 메시지는, 구원은 오직 주의 영광과 악의 파괴에만 있다는 것이었다. 제이컵의 눈은 감겨 있었으나, 아, 그렇다, 높으신 분은 눈을 크게 뜨고 어둠을 굽어보고 계셨다.

아메리카를 끊임없이 집어삼키는 불길의 중심에서, 이성이 비이성과 무지를 마주해 계속 후퇴하는 이 몽매와 계몽의 싸움에서, 제이컵 에반스는 본인의 원초적이고 절대적인 소망에 따라 어둠의 갑옷을 입었다. 종교는 심해에 서식하는 육식 물고기다. 이 물고기는 매우 희미한 빛을 발산해 먹이를 끌어들이기 때문에 주위가 완전히 캄캄해야만 한다.

에반스와 제7일 군대 형제들은 구세주 그리스도의 십자가를 단 차들로 행렬을 이루어 일곱 시간을 달렸고, 군사기지 앞에서 신의 분노를 부르짖었으나 군인들에게 쫓겨났다. 그러던 차에, 신과 인스타그램과 페이스북의 도움으로 제이컵은 그 괴물 중 하나가 오늘 밤 온 세상에 자기를 버젓이 드러낸다는 정보를 입수했다. 그는 그 갈색 머리 아가씨를 역겨워하며 바라보았고, 그녀가 크나큰 거짓과 타락 천사의 배덕 그 자체임을 알았다.

제이컵과 그의 무리는 CBS 극장으로 몰려갔다. 그들은 50번가 지하철역, 브로드웨이의 알록달록한 조명과 네온사인이 천지인 곳에 내렸다. 그들은 거대한 바빌론, 도시의 모습으로 화한 거대한 창녀를 관통해 행진해 갔으나 경찰은 대로 남쪽을 차단하고 극장 입구에 바리케이드를 세워 둔 참이었다. 소셜 네트워크에서 집결 신호를 보고 속속 달려오는 광신도들 때문에 흥분한 군중의 수는 자꾸 불어난다.

자정에 첫 번째 화염병이 날아가 환히 밝혀 놓은 극장 차양에 부딪쳐 깨졌다. 화재로 즉시 누전이 일어났고 수천 개의 전구와 '더 레이트 쇼 위드 스티븐 콜베어'라는 전광판이 꺼졌지만 제이컵은 불 속을 뚫고 나아간다. 지옥을 두려워하지 마라. 예수께서 그의 마음에서 기뻐하신다. 경찰이 돌격하고 시위대 일부를 체포한다. 제이컵은 부디 부정한 자들에게 다가가게 해 달라고, 주님의 뜻을 이루게 해 달라고 기도한다. 뜨거운 불 속에서 주님께 기도를 올리는 그는 자신이 이제 곧 선택받은 이들과 더불어 천국의 꿀을 맛보게 될 것을 안다.

주님이 당신의 산성에서 어린양 제이컵 에반스를 굽어보시고 그를 53번가로 이끄신다. 오직 하느님만 길을 아시니, 제이컵은 주님의 빛 속을 걸어간다. 주 안의 형제들이 브로드웨이에서 한창 시위 중인 그때, 그는 몇 미터 떨어진 지하 차고에서 검은색 리무진이 나오는 것을 목격한다. 리무진은 좌회전을 해서 시위대를 피하지만 길이 꽉 막혀서 델리 스페셜 브로드웨이 근처에서 오도 가도 못한다. 뒷좌석 차창이 금방 닫혔지만 제이컵은 대낮처럼 환한 뉴욕의 야간 조명

속에서 얼굴이 똑같은 두 여자를 알아본다. 주님의 지혜는 측량할 길 없도다. 부정한 것들이 역겨운 입으로 지나치게 고른 치열을 드러내며 킬킬거린다. 천사 같은 얼굴은 어둠의 천사, 배덕자의 얼굴이다. 주님께서 나의 복수의 검을 인도하시리라.

이 피조물들은 필경 죽어야 하리라. 하늘이 열리고 모든 인간을 뒤덮으리라. 제이컵은 주머니에서 그렌델 P30 권총을 꺼낸다. 빛은 가볍고 뜨겁게 빛나리니, 내 손을 붙잡아 주소서, 주여. 방아쇠를 당기자 차창이 산산이 부서진다. 예수 그리스도의 이름으로 너희를 쫓아내리라. 주위가 온통 공포로 울부짖고, 그가 다시 방아쇠를 당기자 얼굴 하나가 박살 난다. 대천사 가브리엘이 나에게 임하시리라. 제이컵은 피투성이가 된 또 다른 애드리아나에게 총알이 바닥날 때까지 계속 방아쇠를 당긴다. 그러고는 무릎을 꿇는다. 예수 그리스도 나셨도다. 더러운 아스팔트에 두 팔을 벌린 구세주 그리스도처럼 드러눕는다. 한 말씀만 하소서, 주여, 제 영혼이 구원을 받으리이다. 사람들이 달려와 등 뒤로 수갑을 채우는 동안에도, 사이렌이 요란하게 울리고 회전 경보등과 플래시 불빛이 눈부시게 터지는 중에도, 주님은 나의 목자시니, 주시는 자도 거두는 자도 오직 주님뿐이라. 눈을 감고 미소 짓는 제이컵 에반스는 용의 입, 짐승의 입, 거짓 선지자의 입에서 튀어나오는 영혼 셋을 본다. 개구리와 흡사하게 생긴 부정한 영혼 셋을.

삭제

2021년 6월 30일 수요일

뉴욕, 클라이드 톨슨 리조트

FBI 지청 건물, 0시 43분. 현재 모든 화면에는 이십사 시간 뉴스 채널 방송이 떠 있다. 프로토콜 42 팀은 두 건의 살인에 대한 연속 보도를 보고 있다. 새벽 1시에 CBS가 특별 방송을 내보낸다. 참담한 표정의 스티븐 콜베어가 종교 문제 전문 기자들과 대담을 진행한다. 푸들롭스키와 전문가들이 사태를 진정시키기 위해 취한 선제 조치는 소용이 없었다. 호프 채널에서 목사들이 거짓 선지자 숭배를 규탄하고, 폭스 채널에서는 방송 전문 전도사들이 범행 자체는 비난하면서도 과격한 말을 떠들어 대고 말세를 들먹인다. 아침에는 갤럽을 비롯한 여론 조사 기관들이 거리를 한 바퀴 돈다. 미국인의 44퍼센트는 이 일을 '말세의 징조'로 보고, 34퍼센트는 '말세가 가까워졌다.'고 보며, 25퍼센트는 말세가 '매우 가까워졌다.'고 답한다. 말세는 이미 시작됐다고 생각하는 사람도 1퍼센트를 차지한다. 그날 낮, 세계 곳곳의 성지로 유례없는 인파가 몰려든다. 70억 인구가 사실은 자기가 존재하지 않을지도 모른다는 걸 깨달았으니 이해가 안 가는 바도 아니다.

제이미 푸들롭스키가 노기등등해서 클라이드 톨슨 리조트의 회의실로 성큼성큼 들어선다. 프로토콜 42 팀은 이미 전부 모여 있다. 그녀가 다시 한번 말한다.

"모든 탑승자의 익명이 보장되어야 합니다. 마피아 재판의 증인 보호 비슷하게요. 이 사람들도 자기를 숨기고 새로운 신원으로 살 수 있어야 합니다."

그녀가 진즉에 말하지 않았나. 신이 문제가 될 거라고…… 신의 전능은 무엇으로도 반박돼선 안 되니 어디서 나타났는지 모를 그 비행기도 신의 섭리에 속해야 한다. 아이러니하게도 시뮬레이션 가설로 인해 인간이 지적으로 더 우월한 존재의 피조물이라는 사실만은 반박할 수 없게 되었다. 하지만 과연 누가 이 엄청난 롤 플레잉 게임의 개발자를 숭배할 준비가 되어 있을까?

미트닉이 끼어든다. "대통령의 발표 이후로 병원마다 자살자들이 쇄도하고 있습니다. 정신적으로 취약했던 사람들이 결심을 실행에 옮긴 겁니다. 음모론도 성행 중입니다. 전부다 편집이다, 자본주의나 기후 위기 같은 온갖 문제들을 둘러싼 투쟁을 부질없게 만들려고 시뮬레이션 이야기를 들고나온 거다. 지구가 평평하다고 주장하는 무리도 자기네 신념의 증거가 나왔다고 하고 그 밖에도 여러 무리가 있지만 이 정도만 말해 두죠."

"경계를 촉구하는 자들이야말로 항상 경계해야 할 대상이에요." 푸들롭스키가 한마디로 요약한다.

"외계인들도 멋지게 컴백했습니다." 미트닉이 이어서 말한다. "하지만 피할 길은 없으니……. 그리고 이 여자도 문제예요. 토미 진이라는 인플루언서인데…… 이런 걸 올렸어요."

미트닉이 스크린 하나에 검은 머리의 날씬한 아시아계 미국인 여성의 셀카 사진을 띄운다. '좋아요'가 벌써 1512개다. 여자의 이마가 둥글게 말린 빨간 앞머리로 덮여 있다. 사진 위에 '한 명, 두 명, 천 명의 애드리아나'라는 글이 떠 있다. 새벽 2시에 이미 1만 2816회 공유되었다. 아침 8시에는 700만 회가 되어 있을 것이다. 아침에는 파리부터 리우까지, 홍콩에서 뉴욕까지 각지에서 수천 명의 사람들이 6월 애드리아나처럼 앞머리를 빨갛게 염색하고 거리를 행진한다. 메시지가 모호하다. 하지만 인터넷상에서 생각의 자유는 절대적인 만큼 사람들은 더 이상 생각을 하지 않는 것 같다.

몇 시간이 더 지난다. 그리고 공감, 감정, 부질없음은 언제나 잘 팔리기에 장사꾼들은 '나를 시뮬레이션해요, 나를 시뮬레이션하지 말아요.', '나는 프로그램입니다, 나를 리셋하세요.', '나는 1, 너는 2, 우리는 자유' 따위의 문구를 프린트한 티셔츠를 내놓는다. 아침 방송에서 개그맨들은 복제에 관한 촌극을 시도한다.

"힐러리, 시뮬레이션이 뭔지 알아요?" 기자가 힐러리 클린턴으로 분장한 개그우먼에게 묻는다.

"피터, 미국에 시뮬레이션이 뭔지 모르는 여자는 한 명도 없어요." 그녀가 힐러리 성대 모사로 대꾸한다.*

그때까지는 백여 명의 학자가 격납고에서 사유에 골몰했다. 그러다 갑자기 전 세계 천만여 명의 연구자가 저마다 자기 이론을 붙잡고 씨름해서 대안을 내놓는다. '프린터' 이론과 '웜홀' 이론은 이제 지지자가 별로 없다. 가장 단순한 이론이 가장 정신 나간 이론이어도 어쩔 수 없다.

그렇지만 천체 물리학자들은 시뮬레이션 가설을 좋아하

---

* 시뮬레이션에는 '오르가슴을 흉내 내는 것'이라는 뜻도 있다.

지 않는다. 항공 우주국들은 더하다. 그러잖아도 우주 탐사에 돈이 많이 드는데 우주가 존재하지 않는다면 헛돈 쓰는 게 아닌가. 입자 물리학자들도 이 가설이 마음에 안 든다. 그들의 아름다운 입자들, 쿼크, 글루온, 암흑 물질은 어떻게 되는 건가? 그게 다 가상이라고? 그들이 그토록 자랑스러워하는 입자 가속기는 거대한 3D 장난질인가? 시간은? 시간 자체도 비디오 게임처럼 인위적으로 꾸며진 것이라면, 전부 눈금이 매겨져 있고 인간에게 플레이 기회를 주기 위해 느리게 돌아가는 거라면, 어떻게 가상의 시간을 기준으로 현실의 시간을 측정하는가? 마지막으로, 생물학자들도 분개한다. 진화는, 멸종은, 생물 다양성 파괴는 어떻게 되는 건가? 그러나 모두가 안다. 가상이든 아니든 법칙이 우주를 지배한다. 우리는 그러한 법칙을 점차 밝혀내고 있다. 이 과학자들 가운데 지난 몇 년 사이에 슈퍼컴퓨터로 시뮬레이션을 다뤄 보지 않은 자는 아무도 없다. 슈퍼컴퓨터의 성능은 십 년 사이에 100배가 되었다. 10억 배의 10억 배 성능 좋은 컴퓨터라면 얼마나 강력할지 상상하기는 어렵지 않다.

수요일 아침의 생산성은 측정하지 않는 편이 낫다. 정말로 일을 하는 사람들은 프로토콜 42 팀원들뿐이다.

수요일 아침에 '헤르메스' 작전이 시작되기 때문이다. 메레디스가 006 항공편 탑승자 전원의 여행과 비밀을 암시하는 코드명을 찾아냈다. 그들이 사라져야 할 때가 왔다. 제이컵 에반스의 범행은 적어도 탑승자들에게 그들 모두 표적이 될 수 있음을 납득시키는 효과는 있었다. 적어도 미국 국적자들은 전부 작전에 동의했다. NSA가 비행의 디지털 흔적을 지웠고 프랑스와 미국 요원들은 비행 기록 일지를 입수했다. 대중은 그 항공기가 3월에 운항한 에어 프랑스 파리-뉴욕 노선이라는 것을 알지만 그런 항공편은 200개가 넘었다.

★

2021년 6월 30일 수요일
파리, 앙리드프랑스 광장, 프랑스2 방송국 4스튜디오

몇 시간 안에 세계가 의미의 공백에 돌입했다. 종교가 교조적이고 거짓된 답을 제시하자 철학은 추상적이고 부정확한 답을 들고 나왔다. 세계 곳곳에서 토크쇼가 성행했다. 특히 프랑스, 전설적인 철학자와 방송인 들이 집중된 이 나라는 더하다. 그중에 필로메드라는 방송인이 있다. 인정해 주자. 그가 국영 방송사 스튜디오에 나왔고 초대 손님은 빅토르 미젤이다.

"시뮬레이션이라는 발상에 대해 내 생각을 밝히고 싶진

않습니다. 하지만 내가 보기에 그렇다고 바뀔 건 없습니다. 나는 유물론자입니다. 사유하는 것과 사유한다고 믿는 것은 다르지 않습니다. 고로 존재한다고 믿는 것과 존재하는 것에도 차이가 없고요."

"그렇지만 필로메드, 우리가 실제로 존재하는 것과 우리가 가상인 것이 완전히 같지는 않겠죠." 여성 진행자가 말한다.

"실례지만 그 둘은 같습니다. 나는 생각합니다. 고로 설령 내가 생각하는 프로그램에 불과할지라도 나는 존재합니다. 내가 사랑과 고통을 느끼는 방식은 바뀌지 않으며, 나는 고맙게도 확실히 죽을 겁니다. 그리고 세계가 가상이든 아니든 내 행동의 결과도 달라지지 않습니다."

"필로메드, 옆에 이미 컬트의 대상이 되었고 현재 더욱더 열풍을 일으키고 있는 책 『아노말리』의 저자 빅토르 미젤 작가님이 나와 계십니다. 빅토르, 그 비행기의 탑승자였고 당신의 '분신'은 자살을 한 것으로 알려져 있습니다. 오늘 오후에 기자 회견도 하셨지요. 이 자리에 나와 주셔서 감사합니다. 두 명이 된 탑승자들은 앞으로 어떻게 살게 될까요?"

"이백 명도 넘는 우리는 자기의 분신이 3월에서 6월까지 어떻게 지냈는지 살펴봐야만 하고, 어쩌면 왜 그 길을 갔을까 하며 아쉬워할지도 모릅니다. 더러는 다르게 해 봤으면, 혹은 다른 어떤 것을 해 봤으면 할 겁니다. 하지만 나는 나를 마주할 일이 없었습니다. 그렇긴 하지만……"

작가가 주머니에서 빨간색 레고 브릭 두 개를 꺼낸다.

"아버지가 돌아가신 지 삼십 년도 더 됐지만 항상 이걸 주머니에 넣고 다녔습니다. 부적이나 행운의 마스코트는 아닙니다. 그저 몇 그램의 추억, 거의 습관 같은 거예요. 자살한 빅토르가 지니고 있던 걸 받아서 이제 두 개가 되었습니다. 어느 게 원래 내 것인지 모르겠고, 그냥 하나로 맞춰서 가지고 다닙니다. 이것들이 무엇을 의미하는지는 모르겠습니다만 선택지가 늘어난 것 같고 한결 자유로워진 기분이 드네요. 아무튼 나는 '운명'이라는 말을 썩 좋아하지 않습니다. 운명은 화살이 이미 꽂힌 자리 주위에 그려 넣는 과녁일 뿐이에요."

방청석에 앉아 있는 《타임스 리터러리 매거진》의 안 바쇠르는 속으로 재미있어한다. 화살이 표적에 명중하려면 그전에는 어떤 것도 맞히면 안 된다는 다른 우스갯소리가 더 마음에 들긴 하지만. 4월에 빅토르의 죽음을 알았을 때 그녀는 충격을 받았고, 마음이 아팠고, 자기 감정에 놀랐다. 당연히 아를에서 그를 인상적으로 보았고, 그의 발언도 지적이고 통찰력 있다고 보았고, 저녁 식사 때 마치 10대 소년처럼 그녀에게 서툴게 접근하려는 태도도 가상했다. 그때는 사귀는 사람이 있었기 때문에 게임에 뛰어들고 싶지 않았다. 손만 내밀면 되는, 거만해지고 마음 약해지는 순간이 싫었다. 자기도 그가 마음에 들었기 때문에 그가 자기를 마음에 두는 게 싫었다. 그래서 예정보다 일찍 아를을 떠났다. 이기적이고 하찮은 욕망이 부끄러웠다. 자기 좋자고 바람 피우는 여자, 누군가에게 상처를 주고 결국 자기가 갈 곳이 어딘지도 모르게 되는 여자가 되기 싫었다. 그녀는 도망쳤다. 미련을 남기기보다는 원망을 품는 편이 낫지 않을까 하는 생각도 잠시 들었지만, 핑계를 만들면서까지 그 곤차로프 번역자를 다시 보고 싶진 않았다. 그녀는 이 신기한 '부활'을 일종의 징조로, 불가해하지만 분명한 징조로 보았다. 문학 전문 기자인 그녀는 《타임스》 편집 주간을 설득해 그 기자 회견에 특파원 자격으로 참석했다. 지금 그녀는 한 남자를 바라본다. 오랜 시간 동안 그저 운명일 수 있었던 남자를.

"필로메드, 당신이 이런 상황에 놓인다면 어떻게 하겠어요?" 진행자가 묻는다.

"일단 비현실적인 기분이 오래갈 것 같진 않습니다. 내 존재 여부가 의심스러우면 볼을 꼬집어 보는 걸로 충분하죠. 그리고 또 하나의 나는 내 비위를 맞춰 주지 않는 거울 같지만 내 비밀까지 다 아는 유일한 인물이라는 점이 더 중요하죠. 그렇게 노출이 되면 나는 변화 혹은 도피를 결심하게 될 겁니다. 마지막으로, 하나의 삶에 둘이 있으면 하나는 없어도 된다는 뜻이죠. 틀림없이 이런 생각이 들 겁니다. 야, 다 허무하구나, 아파트, 직장, 물질적인 것 전부가……. 내면의 알맹이, 온 힘을 다해 지켜야 하는 것에 집중하겠지요. 나는 딸이 있고, 아내를 사랑합니다. '내' 딸, '내' 아내라고 말할 때 그 '내'가 무엇을 의미하는지 나는 압니다……. 딸과 아내를 공유해야 한다면 소유욕을 상대화하는 법을 배우게 되겠지요. 진실은, 나도 내가 어떻게 해야 할지는 모른다는 겁니다."

"프란치스코 교황의 성명문은 어떻게 설명하시겠습니까?"

"죄송합니다만 교황이 뭐라고 했는지 전혀 모릅니다."

"제가 읽어 드리죠. '하느님은 당신 전능의 표지를 인류에게 나타내시어 그 앞에 굴복하고 그분의 법대로 살 기회를 주셨습니다.'"

"교황이 그런 소릴 했어요?"

"오늘 아침에요."

"약간 '회개하라, 너희 불쌍한 죄인들아.' 유네요. 이런 말 하긴 미안하지만 교황에게 그거보다 나은 걸 기대했는데요. 뭐랄까, 모든 종교는 이런 소프트웨어로 작동하죠. '우리의 신앙은 이렇다, 이걸 입증하는 사실들을 찾아보자.' 볼테르의 작중 인물 팡글로스처럼, 그들은 코는 안경을 쓰기 위해 만들어졌다, 그래서 안경이 존재하는 거다, 뭐 이렇게 생각한단 말이죠. 나는 이번 사태에서 신의 음성을 ~~듣~~거나 구름 속에서 신이 나타나는 것을 보거나 하지 않았어요. ~~까놓~~고 말해, 신이 우리에게 할 말이 있다면 이 절호의 기회에 했어 야죠. 지금 같은 상황이 아니면 언제 해요. 그러니 철학적이 고 과학적인 행보는 오직 이것뿐입니다. '사실들이 이렇다. 가능한 결론은 무엇인지 알아보자.'"

"우리 모두의 행보이기도 하죠. 빅토르 미젤 작가님, 앞으 로 일어날 일을 예상해 보신다면요?"

"아무것도요."

"네?"

"아무것도 없다고요. 아무것도 안 바뀝니다. 예전과 똑같 이 아침에 일어나고, 집세를 내야 하니까 일하러 가고, 먹고, 마시고, 예전처럼 사랑을 나눌 겁니다. 우리는 여전히 우리 가 실제로 존재하는 것처럼 살겠지요. 우리는 우리의 착각 을 증명하는 모든 것에 눈을 감고 삽니다. 그게 인간이죠. 우리는 합리적이지 않습니다."

"빅토르 미젤 작가님의 발언은 오늘 아침《르 피가로》에 실린 필로메드의 기고문과 비슷한 데가 있네요. 우리가 '인 지 부조화'를 줄여야 한다고 하셨죠?"

"그렇습니다. 우리는 가진 걸 잃지 않기 위해서라면 현실 을 왜곡할 준비가 되어 있죠. 아주 작은 불안에도 해답을 원하고 우리의 가치관, 감정, 행동을 의문시하지 않으면서 사유할 방법을 찾습니다. 기후 변화만 봐도 그래요. 우리는 과학자들이 하는 말을 듣지 않습니다. 가상 탄소를 거침없이 배출하죠. 가상인지 아닌지 모를 화석 에너지를 마구 태우고, 가상인지 아닌지 모를 대기 온도를 높이고, 가상인지 아닌지 모를 우리 종도 사라지겠지요. 아무것도 달라지지 않아요. 부자들은 상식이 무색하게도 자기들은 살길이 있다고 믿고, 나머지 사람들은 꿈만 꾸는 신세입니다."

"작가님도 필로메드에게 동의하세요?"

"물론이죠. 판도라의 상자 이야기 기억하십니까?"

"네." 진행자가 놀라면서 대답한다. "그 이야기가 무슨 관련이 있는데요?"

"관련이 있습니다. 기억하시겠지만 프로메테우스는 하늘의 불을 훔쳤고, 제우스는 그와 불경한 인간들에게 복수하기 위해 판도라를 프로메테우스의 동생 에피메테우스에게 보냈지요. 제우스는 선물이라면서 이 여인의 짐꾸러미 속에 수수께끼의 상자를 하나 넣어 주고, 실은 상자가 아니라 단지였다고 하지만요, 절대로 열어 보지 말라고 했습니다. 하지만 호기심을 이기지 못한 판도라는 결국 상자를 열어 보지요. 상자 안에 갇혀 있던 인간의 모든 불행이 풀려났습니다. 노년, 질병, 전쟁, 기근, 광기, 가난……. 그런데 한 가지

불행만은 꾸물거리느라 밖으로 나오지 못했지요. 아니면 그 불행은 제우스에게 복종하지 않은 건지도 모릅니다. 그 불행의 이름을 아십니까?"

"아뇨, 직접 말씀해 주세요, 빅토르 미젤."

"그 불행의 이름은 '엘피스(Elpis)', 즉 희망입니다. 온갖 나쁜 것 중에서도 가장 나쁜 것이죠. 인간의 행동을 가로막는 것이 희망, 인간의 불행을 오래 끄는 것도 희망입니다. 상황이 명백한데도 '다 잘될 거야.'라고 말하잖아요? 일어나선 안 될 일은 일어나지 않을 거라고……. 우리가 매번 제기해야 할 진정한 질문은 이거죠. '주어진 관점을 수용하면 어떤 점에서 나에게 좋을까?'"

"알았습니다." 진행자가 말한다. "필로메드, 오늘 일어난 일이 그렇다고 보시는군요. 우리가 저마다 주어진 현실을 수용할 방법을 찾고 있다, 이거죠?"

"네, 물론입니다. 니체를 인용해도 되겠습니까? '진리는 우리가 환상임을 망각한 환상이다.' 현재 전 지구가 우리의 환상을 완전히 뒤집는 새로운 진리에 직면했습니다. 의심할 수 없는 표지가 우리에게 주어졌어요. 그런데 이걸 어쩌나요, 생각은 시간을 들여야 하는걸요. 아이러니한 것은, 가상의 존재라는 사실이 우리 이웃, 우리 지구에 대한 의무를 더욱 강화한다는 겁니다. 특히 집단으로서의 의무를요."

"왜 그렇죠?"

"어느 수학자가 이미 말한 대로, 이 시험은 개인으로서의 우리에게 주어진 게 아니기 때문입니다. 이 시뮬레이션은 대양 차원에서 생각하지, 물 분자의 움직임은 아랑곳하지 않습니다. 시뮬레이션은 인류라는 종 전체의 반응을 기다립니다. 궁극의 구원자는 없을 겁니다. 우리가 우리 자신을 구해야 해요."

세 통의 편지, 두 통의 메일,
한 편의 노래, 절대 영도

2021년 7월 10일 토요일
브루클린, 캐롤 스트리트

봉투에 '에이비와 조애나 워서먼에게'라고 쓰여 있다. 조애나는 촘촘하고 가느다란 자기 글씨체를 알아본다. 에이비가 봉투를 열어 보니 두 번 접은 종이 한 장과 따로 밀봉된 편지 두 통이 들어 있다.

에이비, 조애나,
이 안에 조애나 너에게 보내는 편지가 따로 있지만 에이비에게 보여 줄 거라는 걸 알아. 나라도 분명히 그럴 테니까. 그리고 한 통은 에이비, 오직 당신을 위한 거야.
에이비와 조애나, 당신들도 그랬지만, 그 비행기에 탔던 다른 사람들도 그랬겠지만, 나 역시 『아노말리』에서 답을 찾으려고, 적어도 단서만이라도 발견하려고 해 봤어. 탑승자 중 한 사람이었던 그 프랑스 작가의 이상한 책 말이야. 하지만 이 문장 말고는 아무것도 찾지 못했어. "과거를 가능하게 하려면 과거를 죽여야 한다."

우리도 과거가 살아나길 바랐어. 그래서 넉넉한 품의 자연을 찾아 버몬트주의 그 통나무집에 갔지. 에이비가 날 데려갔던 곳, 조애나 너를 데려갔던 곳, 눈과 얼음의 나날 속에서 우리가 아기를 갖기로 결심했던 곳. 에이비, 당신과 나는 거기서 잊을 수 없는 추억을 만들었기에 그 추억이 우리를 지탱해 주기를, 우리 셋이 함께 살 길을 보여 주기를 바랐어.

하지만 가문비나무와 전나무 사이 그 좁은 돌길에서, 우리가 나란히 걸을 수 없을 정도로 좁다는 점이 상징적인 그 길에서, 에이비 당신은 딱하게도 두 여자 사이를 왔다 갔다 해야 했지. 주인이 둘인 개처럼 애잔한 미소를 띤 채 한쪽에 다가갈 때는 다른 쪽에게 계속 미안해하고, 어느 한쪽에 너무 오래 머물지 않고 다른 쪽으로 가야만 했어. 당신은 결코 그녀하고도, 나하고도 함께하지 않았어. 그냥 두 갈래로 찢어져 있었을 뿐. 당신은 쉴 새 없이 그림을 그렸지. 그게 답이 없는 문제를 피하는 당신의 방식이잖아. 내가 그 수채화들을 가지고 떠나. 그 그림들을 보면 당신이 떠오르겠지.

웅, 나는 떠났어. 그 슬픔의 통나무집에 당신들만 남기고, 우리가 서로를 망치기 전에 떠나왔어. 조애나, 너는 에이비의 아이를 가졌어. 그러니 내가 양보할 수밖에 없다고, 내가 먼저 무너질 거라고 짐작했을 거야. 내가 먼저 도망쳐야 해. 물론 나도 네가 알고 있다는 걸 알고 있었어.

나는 도망쳤어.

뉴욕으로 돌아와 맨해튼 지청의 제이미 푸들롭스키에게 연락했어. 그랬더니 FBI가 단 하루 만에 새로운 신원과 지난 육 년간의 디지털 개인 정보를 만들어 줬어. 조심하는 뜻에서 조애나 애시버리라는 이름을 쓰기로 했어. 애시버리는 영국의 소도시야. 런던 북쪽에 있고 로마네스크 양식의 교회 말고는 볼 게 없지. 그리고 우즈(Woods)는 나무, 애시버리(Ashbury)는 파묻힌 재잖아. 의도한 건 아니지만 나름대로 유머가 있다고 생각해.

조애나 애시버리는 이제 FBI 법무 팀에서 일하게 될 거야. NSA가 힘써 준 덕분에 이 이름으로 스탠퍼드 학위증도 받았어. FBI에서 엘렌의 치료도 맡아 주겠다고 제안했어. 너무 감사한 제안이어서 거절하지 않았어. 그렇다고 덴턴 & 로벨을 그만두진 마. 하지만 내가 이런 조언을 할 필요는 없겠지. 난 너의 결정을 이미 알고 있어.

우리는 또 보게 될 거야. 엘렌을 만나러 가면 언젠가는 마주치겠지.

두 사람이 한껏 행복하기를 바라.

조애나 애시버리

조애나에게,

널 이렇게 부르니까 기분이 너무 이상해.

이제 넌 워서먼이고 나는 애시버리야. '와서(Wasser)'는 물, '애시(Ash)'는 재, 참 아이러니하기도 하지. 조애나 애시버리라고 하니까 존 애시버리와 비슷하게 들리네. 기억하지, 그의 장시 「볼록 거울에 비친 자화상」을 꼭 읽겠다고 다짐했잖아. 애시버리는 그 시에서 친퀘첸토 시기 파르미자니노의 그림을 이야기해. 그 시가 너무 좋아서 그 그림에 얽힌 사연을 알아보고 싶었어.

그 화가가 스물한 살밖에 안 됐을 때라는데, 하루는 미용사의 볼록 거울 중 하나에 비친 자기 모습을 보고 자화상을 그리기로 했지. 그는 나무로 거울과 같은 크기의 곡면 패널을 만들게 했어. 거울에 비친 상과 정확히 똑같은 그림을 그리려고 말이야. 아래쪽 전면에 자기 손을 아주 크게, 진짜처럼 멋지게 그려 넣었어. 중앙에는 천사처럼 예쁘고 거의 어린애 같은 얼굴을 별 왜곡 없이 그렸지. 그 얼굴 주위에서 세상이 빙글빙글 돌았어. 천장, 빛, 원근법, 모든 것이 왜곡되었지. 곡선의 카오스라고 할까.

그 그림은 우리 둘의 이미지도, 내 거울의 거울인 너의 이미지도 아니야. 그렇지만 내가 그 그림에서 눈을 못 떼다가 갑자기 울어 버렸던 걸 보면 뭔가 우의적인 의미가 있긴 할 거야. 요즘 들어 눈물이 많아. 그때 나는 그 커다란 손이 뭔지 알았어. 날 붙잡고, 날 위협하고, 내게 속한 모든 것을 빼앗는 손이었어.

버몬트 통나무집에서 꿈을 꿨어. 네가 갑자기 죽어서 내가 예전의 삶을 되찾는 꿈. 네가 죽는 걸 보면서 너무 기뻤어. 나는 에이비를 위로했어, 그를 다시 내 것으로 만들고 너를 잊게 하는 건 너무 쉬웠어. 꿈에서 깨니 새벽이었는데 다시 잠이 오지 않았어. 커피 한 잔을 들고 테라스로 나갔지. 네가 벌써 나와 있더라. 너도 잠을 못 이루었던 거야. 너도 나처럼 커피 잔을 들고 맨발로 서 있었어. 뒤로 넘겨서 내 것과 똑같은 은색 헤어클립으로 고정한 머리도 그렇고, 잔을 두 손으로 들었는데 손가락 위치까지 똑같더라. 우리 앞 산허리에 안개가 걸려 있고

해는 아직 나오지 않고 있었지. 우리는 차가운 눈빛을 주고받았어. 그때 알았지, 너도 꿈에서 날 죽였다는 걸. 그 순간 떠나기로 결심했어. 두려워서가 아니야. 질투와 고통으로 내가 추해지는 게 싫었어. 너를 통해 그 추한 꼴을 대놓고 보는 게 싫었어.

어디로 갈지는 몰라. 하지만 너에게서, 너희에게서 떠나야만 나라는 사람을, 내가 되고 싶은 사람을 되찾을 기회가 있다는 건 알겠어.

조애나

에이비는 발코니 저만치로 가서 오직 그를 위한 편지를 뜯어본다. 단어 하나하나가 그의 가슴을 짓누른다.

에이비,

내가 사랑하는 사람은 당신뿐이야. 하지만 나는 떠나.

일 년 전, 우리는 서로 모르는 사이였지. 아무것도 믿지 않는 당신이 기적이라고 말했고, 나는 좋아서 웃으면서 만남에 관한 얘기만 했어.

다른 조애나가 내 편지를 읽어 줄 거라는 거 알아. 그래서 덧붙일 말은 많지 않아.

군사 기지에서 돌아온 날, 당신은 작업실 맞은편 공원에 가자고 했어. 우리가 참 많은 얘기를 나눈 벤치가 있는 공원에. 거기서 당신은 나를 안아 줬고 나는 당신 어깨에 머리를 기댔어. 당신이 내 배에 손을 얹었어. 무의식적으로 나온 몸짓이라는 거 알아. 당신들이 으레 그래 왔고 당신은 당신 아이를, 당신들의 아이를 보호하고 싶었던 거지. 하지만 내 배 속에는 보호해야 할 것이 아무것도 없었어. 에이비, 거기엔 당신을 향한 나의 욕망밖에 없었고, 당신은 당황해서 얼른 손을 치우고 무슨 말인가를 했지. 당신 표정이 내가 아무것도 눈치채지 못했기를 바란다고 말하고 있었어. 그리고 우리는 돌아왔지. 나는 배 속에 생명이 없었을 뿐 아니라 힘이 하나도 없었어.

버몬트에 있는 당신 통나무집에 갔을 때도 기억나지. 그 덥고 습하던 밤, 난 당신을 숲으로 데려갔어. 당신이 나무 아래에서 나를 사랑해 주기를 간절히 원했어. 당신은 어느 쪽하고도 감히 뭔가를 하려 하지 않았지. 아예 욕망이 싹틀 여지도 주지 않았어. 그래, 난 당신이 날 가지길 바랐어, 강하게 내 안으로 치고 들어오는 당신을 느끼고 싶었어. 내가 갑자기 달아났던 건 당신이 날 거절했기 때문이 아니야. 자기혐오가 치밀어 올라 견딜 수 없었어. 내가 무엇보다 바랐던 건 나도 당신 아이를 가지는 거였거든. 운명이 나에게도 경쟁력을 주길 바랐다고.

고통이 나를 어떤 여자로 만들었는지 봐. 난 떠나야
해. 나의 에이비, 걱정하지 마, 당신은 『전쟁과 평화』를 마
르고 닳도록 읽었으니 쿠투조프 장군과 마찬가지로 알고
있잖아. 가장 힘센 두 전사는 인내와 시간이라는 것을.

다른 남자가 나타나겠지, 다른 만남이 있겠지, 다른
기적이 일어나겠지. 그건 믿어 의심치 않아. 다시 사랑을
할 거야. 사랑을 하면 적어도 자기 인생에서 계속 의미를
찾을 필요는 없거든.

당신이 그려 준 내 초상화를 보고 있어. 석양을 배경
으로 눈을 감고 들보에 살짝 머리를 기댄, 믿을 수 없을
정도로 온화한 표정의 나를.

사랑해. 언제나 사랑할 거야. 당신도 그걸 알게 될 거
야. 나는 더없이 기묘한 방식으로 당신 곁에 있을 테니까.

조애나

★

그 전날,
뉴욕, 클라이드 톨슨 리조트

"조애나, 괜찮아요?" 제이미 푸들롭스키가 FBI '성 중립 (all-gender)' 화장실 문 너머에서 묻는다.

아니, 조애나는 괜찮지 않다. 스카치를 지독하게 퍼마셨고, 지독히도 괴롭다. 머리와 심장이 빙글빙글 돈다. 쓰러지면 좋겠는데 옷만 더럽힐 것이다.

몇 시간 전, 조애나는 도저히 못 보낼 거라 생각하면서도 편지 세 통을 썼다. 가방에 넣은 편지들이 실수로 구입한 권총 같았다. 침대 머리맡에 권총을 숨겨 두면 차츰 공간 전체를 차지하고 강박 관념이 되어 버린다. 권총이 계속 자기를 써 주기를 요구하기 때문에 총을 산 사람은 결국 살인자 아니면 자살자가 되고 만다. 6월 조애나는 도저히 그 편지들을 태워 버릴 수 없었다. 편지들이 우체통에 넣어 주기를 요구했으므로.

사랑하는 남자를 떠나는 여자는 세계를 해체해야 한다. 6월 조애나는 그들의 이야기를 다시 써야 했다. 묻어 두었던 의심을 다 파내고 에이비를 향한 끌림을 소진해야 했다. 어떤 단어를 열 번 스무 번 되뇌어서 그 단어의 의미를 말려 죽이듯이. 그이의 진한 금발 곱슬머리, 착실한 모범생 분위기, 비쩍 마른 소년 같은 서투름, 약간 고상한 척하는 옷차림, 매사에 끼워넣는 농담, 어린애처럼 까르르 웃어 버리는 태도까지 사랑하지 않는 법을 익힌다. 그가 당장 결혼해야 할 것처럼 흥분하고 서둘러서 불편했던 기억을 되살린다. 그는 당장 내일 모든 게 사라질 수도 있다는 듯, 그녀에 대한 믿음이나 자신에 대한 믿음, 서로에 대한 믿음이 부족하기라도 한 것처럼 혼인 계약에 들어가려 했다. 고통스러운 하룻밤 동안, 조애나는 그와 함께했던 모든 순간을 다시 살면서 자기 안의 냉정을 되찾고 그들의 애정 행각을 혐오스럽게 바라보아야 했다. 조금씩, 신물이 올라올 때까지 감정을 풀어냈다. 변호사는 검사가 되었다. 자기 두뇌 전부를 가차 없이 범죄에 쏟아붓는다. 모든 면에서 완벽한 에이비, 조애나의 사랑이 반짝반짝한 소금 결정이 되어 무수히 내려앉은 그 단순한 나뭇가지에 무관심의 비를 퍼부어 버린다. 소금이 녹아내리고 이파리 없는 칙칙하고 평범하고 멋없는 가지가 다시 드러나자 눈물이 날 것 같다.

그리하여 마침내 편지를 부친 순간, 그리고 그 후 한 시간 동안은, 조애나는 에이비를 사랑하지 않았다. 그러나 그 후에 그녀의 사랑은 오롯이 파도처럼 되돌아왔고, 그녀는 스카치위스키 병을 땄다.

보낸 사람: andre.vannier@vannier&edelman.com

앙드레에게(달리 뭐라고 부르겠어?)

드롬에서 쓰는 메일이야. 당분간 여기서 지낼 테니까 너는 파리의 내 집이자 네 집을 필요한 만큼 오래 써도 돼. 뉴욕에서 돌아온 후 뤼시와 주고받은 메일 전부를 첨부 파일로 보내. 그걸 읽으면 이해가 될 거야. 나는 메일을 자주 보냈지만 그녀는 답신을 잘 보내지 않았어. '당신을 따라다니고 쓸데없이 성가시게 굴지 않을게.'라는 마음에 없는 말이 꽤 많이 보일 거야. 쓸데없는 메일을 그렇게 많이 보낸 사람이 할 말은 아니지. 주책없이 길게 늘어지는 마지막 메일에서는(제길, 짧게 가지) 끝까지 "당신과 함께 가능한 한 가장 먼 길을 걷고 싶었어."라고 허세를 떨어. 나는 허풍 떨고, 성가시게 굴고, 울먹거리고, 애처롭게 구는 모습을 차례차례 보였고, 그녀가 자기 삶에서 이미 나를 내보낸 상황에서도 나를 돌아가게 해 주길 바랐어.

나는 너의 적이나 경쟁자가 아니지만 동맹군도 아니야. 그래도 내 메일함에는 나의 과거가 있어. 너의 미래가 이렇게 되는 게 싫다면, 행동해.

조만간 보자.

앙드레

보낸 사람: andre.j.vannier@gmail.com

받는 사람: lucie.j.bogaert@gmail.com

날짜: 2021년 7월 1일, 17:08

제목: 당신과 나와 나와 당신

뤼시,

새 메일 계정으로 당신의 새 메일 계정에 보내. 우리의 기존 메일 계정은 다른 이들이 차지했으니까. 나도 당신처럼 6월을 뜻하는 j를 붙여서 새 메일을 만들었어. 왜 우리가 적응해야 할까? 당신과 내가 경험하지 못한 넉 달이 저쪽 앙드레와 뤼시에게 유리하게 작용하는 것 같아.

이제 우리 둘 다 '우리'에게 일어난 일을 알지. '당신'은 나의 열성과 조바심에 질려서 나와 결별했어. '우리'가 주고받았다는 메일을 봤어. 다른 뤼시가 다른 앙드레에게서 멀어졌음을 보여 주는 글을 봤어. 내가 봐도 내가 쓴 것 같은 문장을 봤어. 내가 아주 약하고 또 어리석을 때

452

쓴 문장을.

간단히 쓸게. 나와 함께하는 건 당신 입장에서 결코 온당한 선택이 아니었어. 그런데도 당신은 내게 왔어. 당신과 함께한 시간은 기적이었지만 나는 결국 당신을 잃고 말았어.

위기가 닥치기 전에 관계를 구할 수 있는 기회는 드물지. 나는 첫 번째 기회를 망치기 전에 두 번째 기회를 얻고 싶어.

사랑해. 나의 포옹을 보내, 너무 숨 막히지는 않게.

앙드레

유령의 노래
작사, 작곡: 페미 타이우 카두나 & 샘 케힌데 추크웨즈
ⓒ리얼슬림 엔터테인먼트, 2021

Here I dance with a holy ghost

On the sandy Calabar beach

Because now love is so out of reach

Oh we did not see them comin'

I loved your skin that was our sin

That's how they burned you in a tyre

And threw our rainbows in their fire

I have remembrance of every kiss

So many things of you I miss

O fallen hearts from the abyss

And I sing a gone away ghost

On the sunny Calabar beach

Even love now is out of reach

Hear the barking dogs around us

The blowing wind over the dust

Of my sweet love gone in the dark

Come on, let us swim with a last shark

I have remembrance of every kiss

So many things of you I miss

O fallen hearts from the abyss

As I walk with you lover Tom

On the crying Calabar beach

See, even hate is out of reach

I want a mist of forgiveness

But I shall beg for nothing less

To cover the blood and tears

I just want some love if you please

I have remembrance of every kiss

But everything of you I miss

O fallen hearts from the abyss

To cover the blood and tears

I just want some love

if you please

if you please.

나 여기서 거룩한 유령과 춤을 추네

칼라바르의 모래 해변에서

이제 사랑은 다다를 수 없어

오 우린 그들이 다가오는 걸 보지 못했지

너의 살갗을 사랑한 것이 우리의 죄
그들은 너를 타이어에 묶어 불태우고
우리의 무지개를 불 속에 던졌네

　　　모든 키스를 기억해
　　　너의 많은 것이 그리워
　　오 심연에서 추락한 마음들이여

　　나 그래서 사라진 유령을 노래해
　　햇빛 찬란한 칼라바르 해변에서
　　이제 사랑조차 다다를 수 없어
　　우리를 둘러싼 개들이 짖어대고
어둠 속으로 스러진 내 정다운 사랑의
　　고운 가루 위로 바람이 부네
자, 마지막 상어와 함께 헤엄을 치자

　　　모든 키스를 기억해
　　　너의 많은 것이 그리워
　　오 심연에서 추락한 마음들이여

　　　내 사랑 톰 너와 함께

울부짖는 칼라바르 해변을 걷는다

봐, 미움조차 다다를 수 없어

나는 용서의 안개를 원하지만

더도 덜도 애원하지 않을 거야

피와 눈물을 덮을 사랑 말고는

아무것도 원치 않아, 오직 그것만을 원해

모든 키스를 기억해

너의 많은 것이 그리워

오 심연에서 추락한 마음들이여

피와 눈물을 덮을

사랑 말고는 아무것도 원치 않아

오직 그것만을 원해

오직 그것만을 원해.

2021년 7월 1일 목요일

뉴욕, 클라이드 톨슨 리조트

"녹음을 다시 들려 드릴까요, 클레프먼 부인?"

6월 에이프릴이 도리질을 한다. 제이미 푸들롭스키는 그녀가 얼빠진 얼굴로 의자에서 몸을 앞뒤로 움직이는 모습을 본다. 놀이, 입, 비누, 세상이 빙글빙글 돈다. 낱말 하나하나가 의미를 형성하지 못한 채 울려 퍼진다. FBI 요원이 물잔을 건네지만 에이프릴은 손이 떨려서 그 잔을 내려놓아야 한다. 비행기 일도 기가 막혔는데 이런 일까지.

"소아 정신과 의사가 따님이 말하는 걸 들었습니다. 어떤 식의 유도 질문도 하지 않았어요. 신뢰감이 생긴 상태에서 소피아가 자기가 그린 그림을 설명하고 비밀에 대해 말했습니다. 아시겠어요?"

에이프릴은 굳어졌다. 클라크, 그녀가 낳은 딸, 목욕. 에이프릴의 모든 것이 그 장면을 조금이라도 떠올리기를 거부한다. 정다운 에이프릴, 그늘진 에이프릴, 그 시는 클라크가 쓴 것이 아니었다. FBI 요원은 설명을 하다 말고 한참 사이를 두곤 한다. 그래도 매번 부드러운 말투로 설명을 이어 나간다.

"클레프먼 부인, 내 이름은 제이미예요. 에이프릴이라고 불러도 될까요?"

"그래요, 내가 에이프릴이에요." 그녀는 꽉 잠긴 목소리로 대답한다.

제이미가 다시 물잔을 내민다.

"마셔요, 에이프릴."

에이프릴은 기계적으로 그 말에 따른다. 보드랍고, 노곤하도록 따스한 에이프릴…….

"네, 고맙습니다."

"에이프릴…… 내 말 듣고 있어요? 따님은 망가지지 않았어요. 그 일을 자기 입으로 말할 수 있었으니까요. 말이 중요해요, 아주 중요하죠. 인지 치료 전문가들이 따님과 장시간 이야기했어요. 물과 어둠에 대한 공포, 자기 몸과의 관계에 대해서요. 그들은 소피아의 트라우마가 단기적으로만 영향을 미칠 것으로 진단했어요. 아, 물론 앞으로의 발달에 관해서는 아무것도 장담할 수 없어요, 클레프먼 부인. 다 잘되기를 바랄 뿐입니다."

"……다 잘되기를."

"앞으로 일어날 일을 말씀 드리죠. 부인 남편은 재판을 받을 거고요. 소피아의 증언, 아니, 소피아들의 증언을 고려하건대, 유죄 판결을 예상하기는 어렵지 않습니다. 파리에서의 일 이후로…… 그러니까 부인에게서 사라져 버린 그 석 달 사이에도…… 따님은…… 그러니까 또 다른 소피아는 자기 집에서 또 추행을 당했거든요. 무슨 말인지 알겠지요? 재판 관할 구역인 뉴욕주에서 해당 범죄에 대한 형은 징역 십 년에서 이십오 년입니다."

"이십오 년. 그래요."

"치료, 추적, 접근 금지를 받아들인다면 형은 줄어들 수도 있습니다. 아이들에게, 특히 리엄에게 설명을 해야 할 겁니다. 리엄이 분노할 거예요. 엄마에게, 여동생에게, 자기 자신에게……"

"설마…… 리엄도?"

"아뇨, 안심하세요. 면담을 해 봤는데 그건 걱정하지 않아도 돼요."

에이프릴은 멍한 눈으로 손가락을 자기 입술에 가져갔다가 머리를 쓸어 넘긴다. 제이미는 안쓰러운 표정으로 그녀를 바라보며 말을 잇는다.

"부인은 성을 바꾸고 다른 주로 옮길 수 있어요. 부인의 분신도 그렇게 할 겁니다. 이미 우리 제안을 받아들였거든요. 내가 군과 협상을 했어요. 부인에게는 연금이 계속 지급될 겁니다. 남편이 전투 중 사망한 경우처럼요."

"전투 중 사망한 경우처럼요." 에이프릴이 힘없이 따라한다.

그녀는 어머니에게 그려 드렸던 망아지들을 생각한다. 망아지들. 핏빛 망아지들이 강청색 하늘에 둥둥 떠 있다. 춥다. 너무 춥다. 이제 모든 것이 멈췄다. 절대 영도. 얼음 폭풍에 갇혀 버린 에이프릴.

"부인과 자녀분들은 의료 및 심리 치료 지원을 받게 될 겁니다."

무슨 반응을 할 겨를도 없이, 에이프릴은 경악으로 눈이 커지고 욕지기가 치밀어 오른다. 시커먼 담즙이 걷잡을 수 없게 확 올라온다. 토하고 싶지만 그마저도 할 수가 없다.

결정권

2021년 10월 21일, 13시 42분

슈퍼호넷 조종사는 지시를 세 번이나 확인했다. 하지만 그는 사슬의 마지막 고리일 뿐이다. 손이 뇌의 지시를 따르지 않는다면 무슨 쓸모가 있겠는가?

결정은 국방부의 가장 신성한 방 '탱크'에서 방금 떨어졌다. 탱크는 창문 없는 금고실, 공식 명칭은 '2E924호실'이다. 금빛 떡갈나무 테이블, 가죽 회전 의자, 시류를 타지 않는 실내 장식은 기업의 평범한 회의실과 다르지 않다. 벽에 걸린 그림 속에서 에이브러햄 링컨 대통령이 남북 전쟁 전략 회의를 주재한다. 링컨 주위에 율리시스 그랜트 총사령관, 윌리엄 테쿰세 셔먼 사단장, 데이비드 딕슨 포터 해군 소장이 보인다. 화폭 속에 묘사된 그들은 각 군의 참모 총장들의 역사상 가장 비밀스러운 결정, 오랜 시간에 걸친 논의 끝에 대통령이 최종 결정권을 행사하고자 했던 그 결정의 증인이다.

추적기의 날개에서 발사된 미사일이 북서쪽으로 날아간다. AIM 120 암람*은 즉시 로켓 추진 장치를 발동하고 금세 순항 속도에 도달해 하늘에 회색 직선으로 꼬리를 그린다. 강철 표면에 반사되는 햇빛은 눈부시게 빛나는 죽음이다. 속도는 마하 4, 목표물과는 고작 십오 초 거리다.

파리에서는 빅토르와 안이 저녁을 먹으러 가기 전 뤽상부르 공원이 마주 보이는 테라스에서 마지막 커피 한 잔을 즐긴다. 10월 말이지만 여름이 아직도 끝자락을 거두지 않은, 소위 인디언 서머다. 안이 눈을 들어 빅토르를 바라보며 웃는다. 빅토르는 살아 있음을 이토록 실감한 적이 없다. 어쩌면 다른 빅토르가 죽은 덕분에 내 삶이 아스라하고도 소중해졌나 하는 생각이 들 때가 있다. 그가 테이블에 올려놓은 레고 브릭 두 개가 마치 빨간색 각설탕 두 알 같다. 그는 별생각 없이 두 개의 브릭을 끼웠다 풀었다 한다.

헛되고 헛되다, 코헬렛이 말한다

---

* 전천후 공격 및 비가시 거리(BVR) 공격이 가능한 현대식 공대공 미사일.

하벨 하발림

하벨, 코헬렛이 가로되, 모든 것이 헛되도다.

빅토르는 비행기, 이상(anomaly), 분기를 다룬 얇은 책 한 권을 이제 막 마쳤다. 그가 생각한 제목은 '어느 겨울밤 243명의 여행자가'*였으나 안이 고개를 절레절레 흔들었다. 이 표현을 첫 구절로라도 쓰고 싶어 했지만 안이 한숨을 쉬었다. 결국은 짧은 제목, 한 단어로 가게 될 것이다. 애석하게도 '아노말리'라는 제목은 벌써 썼다. 그는 설명하려 들지 않는다. 단순하게 증언을 할 뿐이다. 인물은 열한 명으로 좁혔지만, 어쩌나, 벌써부터 그것도 너무 많은 것 같은 느낌이 든다. 편집자가 간곡히 말했다. 빅토르, 제발, 너무 복잡하잖아요, 독자들이 도망간다고요, 좀 단순하게 가죠, 잔가지는 쳐내요, 본론으로 들어가요. 그래도 빅토르는 순전히 자기 마음대로다. 그는 미키 스필레인 식의 패스티시 기법으로, 누구도 잘 안다고 할 수 없는 어떤 인물로 힘차게 소설의 문을 열었다. 아니, 아니야, 첫 장으로는 문학성이 떨어져요, 언제까지 놀이를 할 작정이에요? 클레망스가 지적했다. 하지만 빅토르는 어느 때보다 놀이를 즐긴다.

---

* 이탈로 칼비노의 소설 『어느 겨울밤 한 여행자가』의 제목을 패러디한 것.

1000킬로미터 떨어진 마운트 시나이 병원에서는 조디 마클이 더 이상 눈물도 나오지 않는 눈을 감는다. 그녀는 두 번째로 남편을 떠나보낸다. 나흘 전부터 데이비드 마클은 프랑스제 나노 약물로도 통증이 완화되지 않아 깊은 진정에 들어갔다. 창백하고 수척해진 폴이 동생의 병상 옆에 말없이 서 있다. 밖에서 유리 깨지는 소리가 난다. 폴이 고개를 내밀고 블라인드 틈새를 열어 아래를 내려다본다. 주차장에서 남자 두 명이 박살 난 헤드라이트를 두고 서로 욕설을 퍼붓는다. 그 사이 병실 모니터의 심전도 곡선이 점점 납작해지면서 평평해지고, 희미한 삐 소리가 한 음으로 변해 끝없이 이어진다.

라고스에서는 슬럼멘 콘서트가 열려 열대의 어둠이 내려앉을 때 막을 내린다. 마지막 곡을 부를 때 깜짝 손님이 무대에 올라온다. 분홍색 반짝이 양복을 입고 알이 큰 금색 안경을 낀 키 작은 금발 남자에게 우레와 같은 환호와 박수가 쏟아진다. 삼천 명이 넘는 나이지리아 젊은이들이 후렴을 떼창으로 부른다. 그 노래의 숨은 뜻을 모르는 사람은 아무도 없다.

　　나는 용서의 안개를 원하지만
　　더도 덜도 애원하지 않을 거야
　　피와 눈물을 덮을 사랑 말고는

아무것도 원치 않아, 오직 그것만을 원해

3월 조애나는 몸이 많이 불었다. 아기가 예정보다 빨리 나올지도 모른다. 아기는 딸이고 이름은 차나라고 하기로 했다. 일본의 잊힌 공주 이름이자 히브리어로 '해[年]'를 뜻하는 단어다. 발데오 소송 건이 진행되지 않아서 조애나는 시간 여유가 생겼다. 고소인들과 합의를 했고, 헵타클로르는 시장에서 전량 회수되었다. 그녀는 돌더 클럽 모임에 가지 않았다. 어떻게 하면 불멸할 것인가에 관해 논한 후 저녁을 먹으면서 온실 효과와 쇄도하는 이민자들을 피해서 갈 곳을 물색하는 자리에 그녀는 없었다. 프라이어는 뉴질랜드에 땅 1제곱킬로미터를 샀다.

절망과 죄책감 범벅에서 헤어나지 못한 에이비는 6월 조애나와 계속 연락을 하고 싶었지만 조애나 쪽에서 거절했다. 나중이면 모를까. 그녀는 직장에서 남자를 만났다. 예술품 불법 거래 쪽 전문가다. 그는 진지한 관계라고 생각하고, 그녀는 잘 모르겠지만 일단 그렇게 믿고 싶다.

서남극 빙원의 스웨이츠 빙하에 봄이 깃들면, 두께만 2킬로미터에 면적은 플로리다주만 한 그 빙하가 석 달 만에 떨어져 나가 녹아 버리면 해수면이 1미터 넘게 상승할 테지만, 소피아와 리엄과 그들의 엄마는 침수 위험이 있는 하워드 비치 집을 이미 떠났다. 6월들은 클리블랜드 근처 애크런으로 이주했고, 3월들은 루이스빌로 갔다. 군과 FBI는 약속을 지켰고, 두 가족 역시 절대 서로 연락하지 않기로 했다. 클라크라는 교집합이 있긴 하나, 그가 받은 형벌에 의하면 추후 가족과의 접촉은 불가능하다. 두 리엄의 분노도 수위가 차츰 낮아졌다.

블레이크는 괜한 걱정을 했다. 이제 FBI에서는 그를 추적하지 않고 있다. 케네디 공항 세관에서 흐릿하게 찍힌 사진 두 장에 30E 좌석 승객일 수도 있는 남자가 보이긴 했다. NSA는 안면 인식 기술로 SNS에서 백사만 구천이백칠십팔 명을 찾았다. 이 백만여 명 중 그다음 주에 동부 해안에 소재한 공항 카메라에 찍힌 사람이 천오백오십삼 명이었지만 그것으로는 아무것도 입증되지 않았다. 다른 사천사백팔십이 명은 프로필에 전혀 부합하지 않았고, 그냥 사진상에만, 때로는 배경에만 나왔다. 물론 그자도 두 명이 됐을 것이다. 하지만 그자는 의도적으로 시선을 피하는 것이 분명했다. 사실 격납고 문을 파손하고 차를 훔쳤다는 점을 제외하면 그가 무슨 죄를 지었나?

3월 앙드레는 몽주 새집의 주방 찬장에 파란색 도자기를 놓는다. 8월 초 이 마을 교회에서 열린 연주회에서 콘트라베이스를 연주하는 이웃 마을 여자를 만났다. 그는 준비가 되어 있었다. 키가 크고 짙은 갈색 머리에 깊고 푸른 눈의 그녀는 그를 웃게 하고 끊임없이 금연에 도전한다. 그녀는 가끔 멜빵이 달린 헐렁한 작업복을 입는데, 그 벌어진 틈새가 앙드레의 손을 황홀하게 한다. 앙드레는 전기 자전거의 즐거움도 알아 가는 중이다. 오늘 아침 사랑을 나눈 후 그녀는 침대에서 도로 잠이 들었고 그는 아침 식사를 차렸다. 3월 뤼시가 가끔 전화를 하지만 그는 단지 즐거운 대화 상대일 뿐이다. 뤼시는 일을 '많이, 엄청나게 많이' 하고 있다지만 한결 차분해졌다. 그녀는 자신과 6월 뤼시 사이에 자리 잡은 일정을 수용하면서 루이를 보살피고 있다. 루이는 잘 지낸다. "기가 찰 만큼 잘 지내요."

루이는 '다른' 엄마 6월 뤼시가 임신을 한 것도 못마땅해하지 않는다. 삶의 무게 중심이 몇 달 사이에 훌쩍 옮겨 간 나머지, 그 뤼시에게는 상상도 못 할 일이 가능해졌다. 확실해? 6월 앙드레가 기쁨 반 걱정 반으로 물었다. 응, 그녀는 확신이 있다. 새로운 평형점이 생겼다. 어떤 면에서는 이 운명에 대한 복수랄까. 그녀는 두 번 다시 라파엘에게 전화하지 않았고 그를 대신할 다른 섹스 파트너도 만들지 않았다.

에이드리언과 메레디스는 유럽에, 이탈리아 베네치아에 있다. 이상 조위* 때문에 호텔에 갇혔지만, 이 일시적 이동 제한이 그렇게 암담하진 않다. 해가 잘 드는 객실은 폰다멘

타 델 파사몬테가 내려다보이고 룸서비스가 흠잡을 데 없으며(호텔 매니저가 에이드리언에게 미국 배우를 닮았다고 했는데, 누굴 말한 걸까?), 처음보다 덜 희고 덜 깨끗한 셔츠, 그 백악관 기념품이 바닥에 널브러진 채 검은색 드레스에 아무렇게나 덮여 있다. 그들은 침대 시트로 피라미드를 만들고 그 속에 숨어서 소곤소곤 이야기를 나눈다. 메레디스의 낭랑한 웃음소리가 들린다.

9월에 국방부는 헤르메스 작전에 집중하기 위해 프로토콜 42를 종료했다. 대책위는 여름 내내 머리를 쥐어짰지만 특정한 이론을 확증하거나 반박할 방법을 고안하지 못했다. 미국인들은 중국에도 같은 비행기가 두 번 착륙한 사실을 끝내 알지 못했다. 그 비행기 탑승자들이 어떻게 됐는지는 알 수 없다.

제이미 푸들롭스키가 콴티코에서 훈련 과정의 마지막 수업을 마치고 바에서 드라이 마티니를 마신다. 그녀는 이틀 전 006편 탑승자에 대한 마지막 보호 프로그램을 승인하고 미 서부 샌프란시스코로의 인사이동을 허가받았다. 다음 주부터 그녀는 그곳 지청과 일곱 개 위성 지구국을 총괄한다. 만약 누군가가 그녀에게 지금 무슨 생각을 하느냐고 묻

---

* acqua alta. 폭풍 해일, 지진 해일 등에 의해 해수면의 높이가 비정상적으로 상승하거나 저하하는 현상.

는다면 그녀는 그냥 마티니를 한 잔 더 주문할 것이다.

슈퍼호넷 좌측 날개 아래 사이드 카메라가 AIM 120 암람의 궤도를 추적한다. 백악관 지하 사령실에서 미합중국 대통령이 눈썹을 찡그리고 주먹을 꽉 쥔 채 거대한 화면을 주시한다. 그렇다, 어려운 결정이었다. 나 혼자서 그 결정을 내렸다. 혼자서 결정을 내리는 것이 내 역할이니까. 세 번째 에어 프랑스 006편이 대서양 상공에 나타났고 이번에도 마클 기장과 파브로 부기장을 비롯해 똑같은 이들이 탑승했다는 보고를 받았을 때, 대통령은 비행기를 폭파하라고 지시했다. 어쨌든 그 비행기가 또다시 몇 번이고 착륙하게 할 수는 없지 않나.

마지막으로 커피 한 잔만 해요, 당신 마실 거죠? 빅토르가 묻는다. 그는 안을 자기 쪽으로 끌어당기고 그녀의 차가운 손가락을 정답게 만지작거리면서 살짝 벌어진 입술에 키스한다. 안의 숨결에서 담배와 멘톨 향이 난다. 바로 그때 일어난 일이다. 처음엔 바람이 부는지 낙엽들이 잠시 땅에서 회오리치며 일어났다. 공중에서 어렴풋하게 한 음이, 콘트라베이스의 파 음이 울렸다. 공기가 진동하고 하늘이 아주 살짝 밝아진다. 쇼핑 카트를 끌던 멋쟁이 아주머니가 서점 앞에서 발길을 멈추고, 레인코트를 입은 남자는 덩치 큰 검은 개를 산책시키고, 자전거를 탄 아가씨가 그들 앞으로 지나가다 멈춰 서서 스마트폰을 들여다보고 미소 짓는다. 느긋하고 평온한 순간이다.

미사일은 에어 프랑스 006편 비행기에서 단 일 초 거리에 있다. 시간이 늘어지고 또 늘어지다가 폭발한다.

그 일을 묘사하기는 어렵다. 세계의 이 느릿한 떨림을, 이 한없이 미세한 박동을 정의할 단어는 언어에 존재하지 않는다. 그 떨림은 지구 곳곳에 동시에 영향을 미친다. 아칸소의 통나무집 난롯가에서 잠자던 고양이와 보르도에서 하늘을 나는 회색기러기에게, 잠베지강의 폭포와 티끌 한 점 없는 안나푸르나 설산에, 베네치아 대운하의 리알토 다리와 다라비 빈민가의 꽉 막힌 도로와 몽주의 어느 싱크대 옆에 놓여 있는 더러운 수세미와 뭄바이 정비소 마당의 펑크 난 낡은 타이어와 빨간색 커피 잔과 알   들이 노는 들   라이나 서

일   쟁과   가   면번   각하지   서의   랭과   병

“어   내   생도프   소   속   의한   처   리

한   느   성과   반   많   자에

이   ㅎㅑㅇ   ㅁㅣ   ㅇ

ㅏ   ㅁㅇㅅㄹ

ㄲ

ㅡ

ㅌ

감사의 글

알리 아미르 모에지, 다니엘 르뱅 베커, 폴 벤키문, 에두아르도 베르티, 엘리즈 베트르미외, 아드리앵 비셰, 닉 보스트롬, 엘렌 부르기뇽, 올리비에 브로슈, 사라 클리슈, 크리스토프 클레르크, 클레르 두블리에, 폴 푸르넬, 자크 가야르, 토마 귄지그, 자크 주에, 필리프 라크루트, 장크리스토프 라미네트, 클레망틴 멜루아, 아나엘 뫼니에, 빅토르 푸셰, 안로르 르불, 비르지니 살레, 새라 스턴, 장 베드런, 피에르 비바르, 샤를로테 폰 에센, 이다 질리오그랑디에게 감사한다.

옮긴이의 말

2020년 공쿠르상 수상작 『아노말리』의 작가 에르베 르 텔리에는 1957년에 파리에서 태어나 수학, 저널리즘, 언어학을 공부했고, 1992년에 울리포(OuLiPo, 잠재적 문학의 작업실)에 입회해 현재 이 문인 집단의 대표직을 맡고 있다. 국내에 처음 소개되는 이 작가가 '제약을 도구로 사용하는 문학'의 전문가이니만큼 울리포는 그의 작품을 논하면서 절대로 빼놓을 수 없는 부분이다.

울리포는 1960년대 프랑스에서 문인과 수학자를 중심으로 결성된 문학적 실험 집단이다. 이들은 일견 창작의 자유를 방해하는 듯 보이는 제약을 적극적으로 도입함으로써 역설적으로 문학을 일상적 기능의 속박에서 해방하고 새로운 잠재력을 끌어내려 했다. 울리포는 수학, 과학, 생물학, 음악 혹은 뚜렷한 규칙성을 띠는 놀이 등에서 제약을 찾아내어 창작의 도구로 활용했다. 조르주 페렉, 레몽 크노, 이탈로 칼비노 등 우리나라에도 잘 알려진 여러 작가가 울리포의 일원으로서 이러한 문학적 실험에 충실한 작품들을 발표했다.

이 책 『아노말리』에도 독자가 주의 깊게 분석하지 않으면 눈치채지 못할 문학적 실험들이 숨어 있다. 어떤 장은 스릴러 같은 장르 소설의 기법에 충실하고, 또 어떤 장은 처음부터 끝까지 프랑스어에 고유한 운율을 따르며, 또 다른 장은 메타 소설처럼 쓰였다. 몽타주, 혼성 모방, 철학 소설, 그 밖에도 이 소설을 논하면서 언급할 수 있는 전문 용어는 차고 넘친다. 그렇지만 그런 것은 중요하지 않다. 작가는 독자가 그러한 설정을 알아보기를 바라지 않는다. 문학성이 두드러지는 작품보다 — 작중 인물 클레망스 발머가 빅토르 미젤에게 지적하듯이 — 자신이 즐기는 놀이가 중요하다. 이 놀이가 독자들의 마음에 들었던 걸까. 『아노말리』는 공쿠르상 수상작으로는 드물게 밀리언셀러가 되었다. 지금까지 공쿠르상 수상작 가운데 가장 많이 팔린 책은 마르그리트 뒤라스의 『연인』인데 어쩌면 『아노말리』가 이 기록을 뛰어넘을지도 모르겠다.

『아노말리』는 또한 우리 자신에게, 우리 인류에게 들이미는 거울 같은 소설이다. 아니, 거울이라는 표현은 정확하지 않다. 좌우가 반전된 이미지가 아니라 우리의 분신을 만나는 경험을, 나아가 우리 존재에 대한 근본적인 회의(懷疑)를 던져준다고 할까. 나와 내 분신의 관계는 우호적일 수도 있고(앙드레, 슬림보이) 적대적일 수도 있다(블레이크, 뤼시). 비밀을 공유하기에 혹은 결코 공유할 수 없는 대상이 있기에, 혹은 한쪽이 이제 경기장을 떠나기로 마음먹었기에, 각기 다르게 펼쳐지는 관계들의 양상은 — 실험적 형식을 전혀 신경 쓰지 않고 보더라도 — 그 자체로 흥미진진하다.

이 작품은 번역가에게 문장이 아니라 제약을 번역해야 한다는 과제를 던져 주는 동시에 어떤 부분에서는 번역가가 감당하기 어려운 자유를 떠안긴다. 특히 프랑스에서는 대중적 성공까지 거둔 작품인데 외국어, 특히 알파벳 문자 체계를 사용하지 않는 동양의 언어로 번역될 때 어느 선까지 대중성을 유지할 수 있을지 걱정도 되었다.

에르베 르 텔리에의 영어판 번역가 애드리아나 헌터가 "그의 작품을 번역한다는 것은 늘 타협한다는 것이다."라고 한 말이 큰 힘이 됐다. 이를테면, 프랑스어의 운율을 살려 쓴

장은 사실상 성에 차게 번역할 수 없었지만 여러 번 소리 내어 읽으면서 나름대로 운율감이 느껴지는 문장을 만들려고 했다. 그 밖에도 나보다 앞서 이 책을 번역한 세계 각국의 번역가들이 친절하게 남겨 놓은 자료가 있었기 때문에 한참 뒤에 뛰어든 한국인 번역가는 시행착오를 엄청나게 줄일 수 있었다. 사실, 처음에 가벼운 마음으로 읽을 때는 이렇게 번역이 힘든 책인 줄 몰랐다. 작가도 아마 몰랐을 것이다. 2021년 봄, 그는 이 책의 전 세계 번역가들을 만나는 자리에서 "작가가 책을 쓸 때 얼마나 자기 책의 번역가들을 생각하지 않는지 깨달았다."고 소회를 밝혔다.

어쨌든, 이 작품의 마지막 단락 번역에 대해서는 부연 설명을 남겨야 할 것 같다. 작가는 원래의 텍스트를 비밀에 부친 채 번역가가 알아서 텍스트를 창조하고 모래시계에서 모래가 떨어지는 모양으로 문자를 지우고 해체한 후 'fin(end, 끝)'만 남겨줄 것을 주문했다. 그래서 원서에 없는 문장을 완전히 새로 만드는, 번역가로서는 난생처음의 경험을 — 나는 뜬금없이 크렘 앙글레즈 운운하는 문장을 끼워 넣는 번역가가 아니므로! — 하게 됐다. 물론 내가 만든 텍스트는 비밀이다.

쉽지 않은 작업이었지만 개인적 취향을 확인하는 즐거움은 적지 않았다. 나는 문학 번역을 좋아하면서도 철학, 수학,

과학 분야의 책을 많이 작업한 편인데, 그런 경험이 은근히 도움이 되었다. 번역을 하다가 튀어나오는 기술 용어들은 검색으로 찾고 금방 잊어버린다는 문장에 폭소했고, 거미 브로치를 단 수학자가 등장했을 때는 아는 사람을 만난 것처럼 반가웠다. 무엇보다, 내가 좋아하는 작가들을 이 작가도 지독히 좋아한다는 사실에 동질감을 느꼈다. 카뮈, 페렉, 칼비노⋯⋯. 이제 여기에 에르베 르 텔리에라는 이름을 추가한다.

근사한 작품을 맡겨주시고 원고를 꼼꼼하게 살펴 주신 민음사 편집부에 감사드린다.

이세진

옮긴이 **이세진**

서강대학교 철학과를 졸업하고 동 대학원에서 프랑스 문학을 공부했다. 현재 전문 번역가로 활동하고 있다. 『보부아르, 여성의 탄생』, 『티에르탕의 베케트』, 『음악의 기쁨』, 『살아 있는 정리』, 『역사를 만든 음악가들』, 『아직 오지 않은 날들을 위하여』 등 다수의 책을 우리말로 옮겼다.

아노말리

1판 1쇄 펴냄 2022년 5월 26일
1판 5쇄 펴냄 2022년 11월 24일

지은이 에르베 르 텔리에
옮긴이 이세진
발행인 박근섭·박상준
펴낸곳 **(주)민음사**

출판등록 1966. 5. 19. 제16-490호
주소   서울특별시 강남구 도산대로1길 62(신사동)
      강남출판문화센터 5층 (우편번호 06027)
대표전화 02-515-2000 | 팩시밀리 02-515-2007
홈페이지 www.minumsa.com

한국어 판 ⓒ **민음사**, 2022. Printed in Seoul, Korea

ISBN 978-89-374-2722-0 (03860)

＊ 잘못 만들어진 책은 구입처에서 교환해 드립니다.

AMBASSADE DE FRANCE EN CORÉE *Liberté Égalité Fraternité*   주한 프랑스 대사관 문화과

Cet ouvrage, publié dans le cadre du Programme d'aide à la Publication Sejong, a bénéficié du soutien de l'Institut français de Corée du Sud - Service culturel de l'Ambassade de France en Corée.

이 책은 주한프랑스대사관 문화과의 세종 출판 번역 지원프로그램의 도움으로 출간되었습니다.